列夫·托尔斯泰 〔俄〕著

草婴 译

高加索主题中短篇小说

ИЗ КАВКАЗСКИХ ВОСПОМИНАНИЙ

高加索回忆片段

人民文学出版社

根据 Л.Н.ТОЛСТОЙ, СОБРАНИЕ СОЧИНЕНИЙ В 12 ТОМАХ（МОСКВА，ГОСЛИТИЗДАТ,1958—1959）翻译。

图书在版编目（CIP）数据

高加索回忆片段/（俄罗斯）列夫·托尔斯泰著；草婴译. —北京：人民文学出版社，2021（2022.5重印）

（草婴译列夫·托尔斯泰中短篇小说全集）
ISBN 978-7-02-015578-1

Ⅰ.①高… Ⅱ.①列… ②草… Ⅲ.①中篇小说—小说集—俄罗斯—近代 ②短篇小说—小说集—俄罗斯—近代 Ⅳ.①I512.44

中国版本图书馆CIP数据核字（2021）第149446号

责任编辑	柏　英
装帧设计	陶　雷
责任印制	宋佳月

出版发行	人民文学出版社
社　　址	北京市朝内大街166号
邮政编码	100705
印　　刷	三河市博文印刷有限公司
经　　销	全国新华书店等
字　　数	266千字
开　　本	890毫米×1290毫米　1/32
印　　张	13.125　插页6
印　　数	5001—7000
版　　次	2021年8月北京第1版
印　　次	2022年5月第2次印刷
书　　号	978-7-02-015578-1
定　　价	56.00元

如有印装质量问题，请与本社图书销售中心调换。电话：010-65233595

列夫·托尔斯泰（摄于1857年）

1853年1月6日

……战争是如此不正义的事，难怪打仗的人要尽力压制自己的良心的呼声。……

6 января 1853 года

...Война такое несправедливое и дурное дело, что те, которые воюют, стараются заглушить в себе голос совести. ...

走进这座巍峨的大山

——序《草婴译列夫·托尔斯泰中短篇小说全集》

赵丽宏

二十多年前,曾经有报刊给我出题,要我推荐人类有史以来最伟大的十部小说。中国的小说,我首先想到的是《红楼梦》,外国的小说家,第一个出现在脑海里的就是列夫·托尔斯泰。然而,选他的哪一部小说?我感到为难。《战争与和平》《安娜·卡列尼娜》《复活》,三部小说都是伟大的作品,选任何一部都不会辱没了这个小说的排行榜。我最后还是选了《战争与和平》,不过加了一个说明:托翁的这三部小说,难分高下,都可以入选。面对托尔斯泰和他的作品,再狂妄自大的家伙,也不敢发出不恭敬的声音。"伟大"这样的形容词,曾经被人用得很随便很泛滥,用来形容托尔斯泰,却是妥帖的。

托尔斯泰的形象和他的小说,似乎有些对不上号。照片和雕塑中那个满脸胡子的老人,更像一个普通的俄罗斯农夫。托尔斯泰是贵族,是大地主,但对贵族的头衔和田地钱财看得很轻。他把土地分给农奴,让农奴们恢复自由,自己也常常穿着粗布衣衫,操着农具,和农民一起在田野里劳动。但是,他的小说中表现的，却是那个时代知识分子最沉重最深刻的思考，他的小说中展现的宽阔雄浑的场景和丰富多彩的人物，让人叹为观止。他是一个小说家，也是一个哲学家，读他的那些哲学笔记，我也曾被他深邃的思想震惊。不是所有的小说家都在这样锲而不舍地寻找真理，探索人类的精神。他追求的是人与人之间的平等，希望人心向善，希望正义和善良能以和平的方式战胜邪恶。他是一个理想主义者，并用自己所有的生命和才华去追求这理想，尽管这理想在他的时代犹如云中仙乐、空中楼阁。他的向往和困惑，在小说中化成了有血有肉的人物，化成了让人叹息沉思的曲折人生。

如果认为托尔斯泰只写长篇小说，那就大错特错了。托尔斯泰一生写的中短篇小说，和其他篇幅不长的散文、特写、随笔、日记，不计其数。它们的数量和篇幅，也许远超托尔斯泰的长篇小说。人民文学出版社这次出版的由草婴翻译的列夫·托尔斯泰中短篇小说全集，篇幅浩瀚，有洋洋洒洒七卷之巨。它们的题材和内容极其丰富，几乎容纳和涵盖了托尔斯泰一生的经历和追求。这七卷中短篇小说的编排，没有以写作时间为序，而是根据不同的主题集合成卷。第一册《回忆》，是托尔斯泰的自传文字。多年前，人民文学出版社曾经出版过其中的三部曲《童年》《少年》《青年》，这是托尔斯泰早年的代表作。读这些回忆的篇章，可以生动地了解托尔斯泰最初的才华展露和精神成长。第二册《高加索回忆片段》，所选篇目都与托尔斯泰在高加索的经历有关——他在高加索亲历的战争生活，他对高加索问题、对战争问题的思考。第三册《两个骠骑兵》，作品多为军旅主题，表现俄罗斯贵族在军营中的哀怒喜乐，是了解俄国社会生活的一个特殊视角。第四册《三死》，所选作品都与死亡有关，如《三死》《伊凡·伊里奇的死》《费奥多尔·库兹米奇长老死后发表的日记》。思考死亡，表现死亡，其实也是对生活和生命的思考，托尔斯泰把自己对死亡的深邃见解，通过小说的人物故事，生动地传达给了读者。第五册《魔鬼》，并非写妖魔鬼怪，而是以欲望为主题的选篇，因其中有题为《魔鬼》的作品而取名。小说写的是情欲、财欲和权力之欲，思考的是人类的生存境况和命运走向，也传达了托尔斯泰的人生观。第六册《世间无罪人》，所选作品多与俄国社会问题有关，既有作家对俄国社会问题的关注，也有对人性的思考，表达着托尔斯泰对故土和人民的热爱。第七册《苏拉特的咖啡馆》是哲思主题的选篇。托尔斯泰是一位思想家，他一生都在做哲学的思考，晚年写过很多谈哲学的文章。而收在这里的小说，是以丰富多彩的故事、日记、人物对话以及别具一格的寓言，传达作家对生命之旅、对生活之道的探寻求索，对人类终极问题的深邃沉思。读这些小说，可以看到托尔斯泰是如何把他的哲思巧妙地融入了自己的小说。

列夫·托尔斯泰的中短篇小说，还是第一次如此完整系统地呈现给中国读者，通过这些作品，我们可以对这位文学巨匠有更全面和深刻的了解。托尔斯泰是一位创作态度极为严谨的作家，作品无论长短，他都一样用心对待。他曾经在为莫泊桑小说集写的序文中宣示自己的创作观。他认为，对任何艺术作品都应该从三个方面去评判：一是作品的内容，必须真实地揭示生活的本质，"作者对待事物正确的，即合乎道德的态度"；二是作品表现形式的独特和优美的程度,以及与内容的相符程度,"叙述的畅晓或形式美";三是真诚,即"艺术家对他所描写的事物的爱憎分明的真挚情感"。他认为,作家是否有真诚的态度,是决定作品成败的关键。他用这三个标准批评他人的作品,也用这三个标准指导自己的创作。读托尔斯泰的中短篇小说,和读他的长篇小说一样,我们都能感受到他所遵循的这三条原则,感受到他的正直、独特和发自灵魂的真诚。这也许正是托尔斯泰成就他非凡的文学人生的秘诀。

中国读者能如此完整地读到托尔斯泰的中短篇小说,要感谢翻译家草婴先生。"草婴"这两个字,在我心里很早就是一个响亮的名字,在小学时代,我就读过他翻译的俄苏小说,他翻译的长篇巨著《一个人的遭遇》和《新垦地》,让中国人认识了肖洛霍夫。草婴的名字和很多名声赫赫的俄苏大作家连在一起——莱蒙托夫、托尔斯泰、巴甫连柯、卡达耶夫、尼古拉耶娃……在中国的俄罗斯文学翻译家中,他是坚持时间最长、译著最丰富的一位。

四十年前,我刚从大学毕业,分在《萌芽》当编辑,草婴的女儿盛姗姗是《萌芽》的美术编辑,她告诉我,她父亲准备把托尔斯泰的所有小说作品全部翻译过来。我当时有点儿吃惊,这是何等巨大的工程,完成它需要怎样的毅力和耐心。托尔斯泰的长篇小说,在草婴翻译之前早已有了多种译本。然而托尔斯泰小说的很多中译本,并非直接译自俄文,而是从英译本或者日译本转译过来,便可能失去了原作的韵味。草婴要以一己之力,根据俄文原作重新翻译托翁所有的小说,让中国读者能读到原汁原味的托尔斯泰作品,是一个极有勇气和魄力的决定。草婴先生言而有信,此后的岁月,不管窗外的世界发生多大的变化,草婴先生一直安坐书房,专注地从事他的翻译工作,把托尔斯泰浩如烟海的小说文字,一字字、一句句、一篇篇、一部部,全都准确而优雅地翻译成中文。我和草婴先生交往不多,有时在公开场合偶尔遇到,也没有机会向他表达我的敬意。但这种敬意,在我读他翻译的托尔斯泰小说时与日俱增。二〇〇七年夏天,《世界文学》原主编、翻译家高莽在上海图书馆举办画展。高莽先生是我和草婴先生共同的朋友,他请我和草婴先生作为嘉宾出席画展。那天下午,草婴先生由夫人陪着来了。在开幕式上,草婴先生站在图书馆大厅里,面对着读者慢条斯理地谈高莽的翻译成就,谈高莽的为人,也赞美了高莽为几代作家的绘画造像。他那种认真诚恳的态度令人感动,也让我感受到他对友情的珍重。在参观高莽的画作时,有一个中年女士手里拿着一本书走到草婴身边,悄悄地对他说:"草婴老师,谢谢您为我们翻译托尔斯泰!"她手中的书是草婴翻译的《复活》。草婴为这位读者签了名,微笑着说了一声"谢谢"。高莽先生在一边笑着说:"你看,读者今天是冲着你来的。大家爱读你翻译的书。"那天画展结束后,高莽先生邀请我到他下榻的上图宾馆喝茶,一边说话,一边为我画一幅速写。高莽告诉我,他佩服草婴,佩服他的毅力,也佩服他作为一个翻译家的认真和严谨。他说,能把托尔斯泰所有的小说作品都转译成另外一种文字,全世界除了草婴没有第二人。高莽曾和草婴交流过翻译的经验,草婴介绍了他的"六步翻译法"。草婴说,托尔斯泰写《战争与和平》用了六年时间,修改了七遍,要翻译这部伟大的杰作,不反复阅读原作怎么行?起码要读十遍二十遍!翻译的过程,也是探寻真相的过程，为小说中的一句话、一个细节，他会查阅无数外文资料，请教各种工具书。有些翻译家只能以自己习惯的语言转译外文，把不同作家的作品翻译得如出自一人之笔，草婴不屑于这样的翻译。他力求译出原作的神韵，这是一个精心琢磨、千锤百炼的过程。其中的艰辛和甘苦，只有认真从事翻译的人才能体会。高莽对草婴的钦佩发自内心，他说，读草婴的译文，就像读托尔斯泰的原文。作为俄文翻译同行，这也许是至高无上的赞誉了。

今天我们读到的这套托尔斯泰的中短篇小说全集，凝聚着草婴先生后半生的心血，其中的每一篇作品，都是他的智慧和心血的结晶。草婴先生的翻译，在托尔斯泰和中国读者之间，在俄罗斯文学和中国文学之间，架起了一座恢宏坚实的桥梁。托尔斯泰在天有灵，应该也会感谢草婴，感谢他的这位中国知音。他用一生心血创作的小说作品，被一位中国翻译家用一生的心血翻译成中文，这是怎样的一种深缘。

我很多年前访问俄罗斯，有一个很大的遗憾，就是没有去看看托尔斯泰的庄园，没有去祭扫一下托尔斯泰的墓。托尔斯泰的墓，被茨威格称为"世界上最美的、最感人的坟墓"。这位大文豪的归宿之地，"只是树林中的一个小小长方形土丘，上面开满鲜花，没有十字架，没有墓碑，没有墓志铭，连托尔斯泰这个名字也没有"，但这却是世上最宏伟的墓地，因为，里面长眠着一个伟大的灵魂，他在全世界都有知音。

在当时的苏联作家协会的花园里，有一座托尔斯泰的雕像，他穿着那件典型的俄罗斯长衫，坐在椅子上，表情忧戚地注视着每一个来访者。我在他的雕像前留影时，感觉自己是站在一座巍峨的大山脚下。现在，用中文阅读托尔斯泰这些展露心迹的中短篇小说，感觉是走进了这座巍峨的大山，慢慢走，细细看，可以尽情感受山中的美妙天籁和浩瀚气象。

二〇二一年三月七日于四步斋

目 次

高加索回忆片段：一个被贬谪的军官 ………… 001

哥萨克：一八五二年高加索的一个故事 ……… 033

高加索俘虏：往事 …………………………… 235

哈吉穆拉特 …………………………………… 265

高加索回忆片段：一个被贬谪的军官

我们的分遣队出差在外。任务将近完毕,一条林间通道已经开辟出来,我们天天就等司令部下令把我们调回要塞。我们的炮兵营驻扎在一座陡峭的高山的山坡上,负责控制前面的平原。山下是水流湍急的梅奇克山溪。有时候,特别是黄昏时分,在这片风景如画的平原上,在射程以外的地方,那些不怀敌意的山民在好奇心的驱使下,往往三五成群骑马出来观看俄罗斯兵营。黄昏明朗、静谧而爽快,高加索12月的黄昏一般都是这样的。太阳正往左边陡峭的山岭落下,把玫瑰红的余晖投向遍布山上的帐篷,投向成群走动的士兵和我们的两尊大炮。那两尊大炮,仿佛伸长脖子,笨重地屹立在我们旁边的土炮台上。左边小丘上的步哨,连同他们叉起的枪支、哨兵的身影、一群士兵和将灭未灭的篝火的烟,在明亮的夕阳照耀下,像浮雕似的显得格外清晰。左右两边的山腰,在踩得坚实的黑泥地上,搭着一座座白色的帐篷,帐篷背后黑黝黝地挺立着一株株光秃的法国梧桐,从那边不断地传出伐木声、篝火的噼啪声和树木倒下的巨响。四面八方一缕缕青烟直上浅蓝色的寒冷天空,哥萨克、龙骑兵和炮兵正饮马归来,他们的马打着响鼻,发出嘚嘚的蹄声,从帐篷和小溪旁边走过。天气开始上冻,各种声音听来特别分明;极目望去,远方的原野在纯净稀薄的空气中清晰可见。三五成群的山民在收割过的淡黄色玉米田里安详地骑着马,士兵们对此已无动于衷；树林后面，看得见鞑靼人墓地的石柱和他们的炊烟缭绕的村庄。

我们的帐篷搭在离大炮不远的又高又干燥的地方，从那里望出去，视野特别宽广。帐篷旁边，紧挨着炮台，我们收拾出一块空地，用来玩打棒游戏。勤快的士兵们在这儿为我们安上几只柳条长凳和一张小桌子。有了这些设备，我们的炮兵军官和几个步兵军官每到晚上总爱聚集在我们的大炮旁边，还把这地方叫作俱乐部。

这是一个可爱的黄昏，打棒的好手们聚集在一起，大家就玩起这游戏来。我、德准尉和奥中尉一连输了两场，只好在旁观者（从自己的营帐里看我们玩的军官、士兵和勤务兵）的一片欢笑声中，把赢的一方从空地的一端背到另一端，接连背两次。最滑稽的是那身体肥胖的施上尉，呼噜呼噜地喘着气，和蔼地微笑着，两脚拖在地上，让那又瘦又小的奥中尉背着走。一会儿，天色晚了，勤务兵给我们六个人送来三杯茶，而且没有茶碟子；我们玩够了，就走到柳条桌椅那边去休息。那里站着一个陌生人，罗圈腿，身穿光板皮袄，头戴一顶毛很长的白羊皮帽。我们一走过去，他犹豫不决地几次把帽子脱下又戴上，几次似乎想走到我们跟前来，但又站住了。最后，他大概觉得无法逃避人家的注意吧，就又脱下帽子，在我们身边兜了一圈，走到施上尉跟前。

"啊，古西康基尼！怎么样，老朋友？"施上尉招呼他说，他刚才让人家背着走而现出的笑容还没有消失。

古西康基尼（照施上尉的叫法）当即戴上帽子，做出两手插到皮袄口袋里的姿势，可是皮袄上对着我的那一边并没有口袋，他那只冻得发红的小手就没有地方放，显得很滑稽。我很想知道他究竟是什么人（是士官生还是被贬谪的军官），可是我没有注意到，我这个

陌生军官打量着他的服装和外表的目光使他很窘。他看上去有三十岁。他那双又小又圆的灰眼睛从皮帽的垂在额上的肮脏白羊毛下望出来,有点儿睡意蒙眬,又有点儿惊惶不安。他那不端正的大鼻子夹在凹陷的双颊中间,越发衬托出他那病态的、异乎寻常的消瘦。嘴上稀稀落落地生着几根淡黄的柔软的胡子,两片嘴唇一直在微微翕动,仿佛想表达一种情绪。但这种情绪并没有充分表达出来,而他脸上表现出来的始终是恐惧和慌张。他那筋脉毕露的瘦长脖子上围着一条绿色羊毛围巾,围巾掖在皮袄里。皮袄不长,很旧,领子和假口袋上饰着狗皮。他下面穿一条烟灰色的方格子长裤和一双靴筒没有染黑的短皮靴。

"不用客气了。"当他怯生生地看了我一眼,伸手脱帽的时候,我对他说。

他现出感激的神情向我鞠了一躬,戴上帽子,从口袋里掏出一只系有带子的肮脏印花布烟荷包,动手卷烟。

我自己不久以前也是个士官生,是个不像年轻伙伴那样殷勤随和的老士官生,而且没有财产,因此,我很能体会,一个年纪不轻而又很爱面子的人处在这种地位精神上是多么痛苦,我也很同情一切处在这种地位的人。我总是竭力摸清他们的性格、智力水平和倾向,以便判断他们精神上痛苦的程度。这个士官生或者被贬谪的军官,从他那惊惶的目光和故意不断改变的面部表情上看来,人并不太笨,而且极爱面子,因此也很可怜。

施上尉提议大家再玩一场打棒游戏,并且规定输的一方除了背赢的一方之外,还得出钱买几瓶红酒、朗姆酒,加上白糖、桂皮和石竹,以配成热红酒。当年冬天由于天气寒冷,这种酒在我们队伍里十分流行。古西康基尼（施上尉又这样称呼他）也被邀参加游戏，但在开始玩之前，由于被邀请他显然又快乐又害怕，因而把施上尉拉到一旁，在他耳边说了些什么。和蔼可亲的上尉用肥胖的大手拍拍他的肚皮，大声回答说："不要紧，老弟，我敢向您担保。"

游戏完毕，陌生人参加的一方赢了，我们的德准尉得背着他走一趟，可是准尉涨红了脸，走到凳子旁边，送了那陌生人几支纸烟以抵偿规定的处分。输的一方出钱订了热红酒之后，在勤务兵的帐篷里只听得尼基塔在忙碌张罗，他派传令兵去买桂皮和石竹，他的脊背忽而在这里忽而在那里把肮脏的帐篷顶了起来。我们七个人坐在长凳旁边，因为茶杯只有三只，只能轮流喝茶，同时眺望着前面开始披上暮色的原野，嘻嘻哈哈地议论着游戏时的种种情况。穿皮袄的陌生人没有参加谈话，执意不肯喝茶，虽然我几次三番请他喝。他像鞑靼人那样盘腿坐在地上，用烟屑卷着一支又一支的烟卷抽，看样子并非特别爱抽烟，而只是想找些事做做。当我们谈到明天也许要撤退、也许要有战事时，他跪起来，对施上尉一人说，他刚才在副官那里还亲手写过明天出动的命令。他说的时候，我们大家都默不作声，而且尽管看来他有点儿胆怯，我们还是要他把这个我们极其关心的消息再说一遍。他又说了一遍，而且补充说，当命令送来的时候，他正好坐在①副官那儿，因为他跟副官住在一起。

"注意啊，老弟，要是您没有撒谎，我可得到连里去，吩咐他们做好明天行动的准备了。"施上尉说。

"没有……干吗要撒谎？这怎么行呢，我说的是实话……"陌

---

① 加着重号文字在原著中是斜体，以下不再一一加注。——编者注

生人回答，可是突然住了口，显然感到委屈，不自然地皱起眉头，嘴里喃喃地说着些什么，又动手卷烟。可是他那花布烟荷包里的烟屑不够了，他就问施上尉借一支烟。接着我们又谈了好一阵，无非是那种凡是在部队里待过的人都熟悉的军人的闲谈：用老一套的词句抱怨行军生活的枯燥和漫长，用老一套的方式议论长官，或者反复赞扬这个同事、为那个同事抱屈，或者惊奇地谈到某人赢了多少钱，某人输了多少钱，等等。

"我说啊，我们那位副官输得可惨了，"施上尉说，"他在团部的时候总是赢钱，不论跟谁打牌，总是把人家的钱悉数赢到手，可是现在呢，他已经连输一个多月了。他这次出门很不顺利。我想他已经输掉一千卢布现款了，输掉的东西总也值五百卢布吧：从穆兴手里赢来的那条地毯，尼基丁的手枪，伏隆卓夫送给他的萨达金表，统统给他输掉了。"

"他这是活该，"奥中尉说，"以前他总是让人家吃大亏，简直不能跟他打牌。"

"让人家吃亏，这下子自己可破产了，"施上尉也和气地笑起来，"喏，古西科夫住在他那儿，副官也输给他，差点儿输个精光，真的。对吗，老弟？"他对古西科夫说。

古西科夫也笑了。他的笑显得很可怜，带点儿病态，使他脸上的表情完全起了变化。这样一变化，我觉得我以前遇见过他，认识他，而且他的姓古西科夫也很熟，可是我怎么认识他，在什么地方遇见过他，却一点儿也记不起来。

"是的，"古西科夫说，一再举起手来，仿佛要摸摸小胡子，但没有摸又把手放下来，"巴维尔·德米特里耶维奇这次出门真不走运，真是时运不济①，"他用认真而道地的法语补了一句，我又觉得我在什么地方看到过他，甚至于看到过他好多次。"我跟巴维尔·德米特里耶维奇很熟，他总是很信任我，"他继续说，"我跟他还是老朋友呢，我是说他很喜欢我，"他补充说，把副官说成自己的老朋友，他发觉这种说法太狂妄，自己也感到有点儿吃惊。"巴维尔·德米特里耶维奇打牌一向打得很高明，可这会儿真叫人弄不懂，不知他这是怎么搞的，变得呆头呆脑，好运都跑光了。"他又用法国话补了一句，主要是对我说的。

我们起初都很有礼貌地听着古西科夫说，可是他一说这句法国话，我们都不由自主地转过身去不理他。

"我跟他打过千把次牌了，可实在叫人奇怪，奇怪极了，"奥中尉说，特别强调奇怪两个字，"我从来没有从他手里赢到过一个子儿。可是为什么我跟别人打牌却能赢钱呢？"

"巴维尔·德米特里耶维奇牌打得很高明，我认识他有好久了。"我说。真的，我认识副官有几年了，还几次看到他打牌，那种牌就军官的收入来说输赢很大。我很欣赏他那稍微有点儿忧郁但总是十分镇定的漂亮模样，欣赏他说话时那种慢吞吞的乌克兰腔，还有他那些漂亮的东西和马匹，他那从容不迫的乌克兰式的洒脱风度，尤其欣赏他那沉着、利落、愉快地打牌的本领。老实说，有好多次，他那双又白又胖、食指上戴着钻石戒指的手，拿起一张又一张的牌把我打败。我瞧着他这双手，心里真恨这只戒指，恨这双白手，恨副官这个人，我对他产生了不好的看法；但冷静考虑之后，我深信他不

---

① 楷体文字在原著中是法语，以下不再一一加注。——编者注

过是个比别人聪明的赌徒罢了。尤其是听了他对赌博的一般议论（开始赌钱时先下小注，倘若顺手的话，就不该半途而废，但遇到某种情况就该中途停止，赌钱赌现款是最重要的原则，以及诸如此类的话）之后，我更加懂得，他之所以常常赢钱，只因为他比我们大家聪明，比我们大家有魄力。现在呢，这个沉着顽强的赌徒出门在外，可大输特输了，不但把钱输光，而且连东西都输掉。这对一个军官来说真是输得太惨了。

"他跟我打牌总是很走运的，"奥中尉继续说，"我发誓不再跟他打牌了。"

"嗨，您这人真怪，老兄，"施上尉摇摇脑袋向我使了个眼色，对奥中尉说，"您输给他三百卢布，是不是？"

"还不止呢！"奥中尉生气地说。

"如今您变聪明了，可是晚了，老兄！大家早就知道他是我们团里的一个骗子手，"施上尉好容易忍住笑说，对自己想出这个词儿感到很得意。"喏，古西科夫在这儿，他常常替他预备纸牌。因此他们很有点儿交情，老兄！"施上尉说着和蔼地哈哈大笑，笑得整个身体摇摇晃晃，手里一杯热红酒都泼出来了。古西科夫黄瘦的脸上似乎有点儿发红，他几次张开嘴，两手举到胡子旁边，又放下来按住装口袋的地方，身子站起又坐下，终于声音极不自然地对施上尉说："这可不能开玩笑啊，尼古拉·伊凡内奇！您当着大伙儿的面说这样的话，大伙儿又不了解我，只看到我穿着光板皮袄……因为……"他的声音忽然中断了，那双指甲肮脏、冻得红红的小手又从外套上移到脸上，一会儿摸摸胡子、头发和鼻子，一会儿擦擦眼睛，一会儿又无缘无故地摇摇面颊。

"讲讲有什么关系，老弟，大家都知道的。"施上尉继续说，他对自己的玩笑十分得意，根本没有注意到古西科夫的激动。古西科夫喃喃地说了些什么，右臂肘搁在左腿的膝盖上，姿势极不自然地瞧着施上尉，似乎在轻蔑地微笑着。

"对，"我瞧着他的微笑，断然地想，"我不但见过他，而且在什么地方跟他说过话。"

"我们在什么地方见过面。"等到施上尉受大家沉默的影响止住笑，我对古西科夫说。古西科夫那张善于变化的脸忽然开朗了，他的眼睛第一次带着衷心的喜悦盯住我。

"当然啰，我一下子就认出您来了，"他又说起法语来，"四八年我在莫斯科常常看到您，是在我姐姐伊凡兴娜家里。"

我向他道歉，因为他穿着这身服装我一下子认不出。他站起来，走到我跟前，用汗滋滋的手犹豫不决地轻轻握握我的手，在我身边坐下。他看到我虽然好像很高兴，但并没有瞧着我，而带着一种令人不快的夸耀神气向军官们扫了一眼。不知是由于我认出他就是几年前在客厅里穿燕尾服的那个人呢，还是由于他一想到往事就觉得自己的身价提高了，他的面貌甚至他的举动都判若两人。如今他的面貌和举动都显得聪明伶俐、冷漠高傲和天真的自负（自以为很聪明）。因此，尽管这位旧相识目前的处境很可怜，他在我心里引起的已经不是同情，而是一定程度的反感了。

我清楚地回想起我们的第一次见面。四八年我在莫斯科的时候，常常到伊凡兴家里去。我跟伊凡兴一起长大，我们是老朋友。他的太太是个和蔼可亲的女主人，是个所谓殷勤好客的女人，可是我一直不喜欢她……在我认识她的那年冬天，她常常带着不太掩饰的骄傲神气谈到她的弟弟。她的弟弟当时刚从学校毕业，似乎是彼得堡上流社会中最有教养最受喜爱的青年之一。在知道古西科夫的父亲十分有钱、地位很高，并且知道他姐姐的癖性之后，我遇到年轻的古西科夫，就不免带点儿成见。有一个晚上，我到伊凡兴家里去，遇见一个个儿不高、模样十分可爱的青年，他穿着黑色燕尾服、白背心，结着领带，但主人却忘记替我跟他介绍。这青年看样子正要去参加舞会，手里拿着帽子站在伊凡兴面前，热烈而有礼貌地跟他争论着我们一个共同熟人的事，他在匈牙利战役中曾表现得十分卓越。他说，这人根本不是个英雄，也不是个"天生的军人"（照他的说法），而只是个聪明和有教养的人罢了。记得我也参加了争论。我不同意古西科夫的意见，并且趋向极端，试图证明智慧和教养总是跟勇敢成反比的。我记得古西科夫快乐而聪明地向我证明，勇敢是智慧和一定程度教养的必然结果。我心里不能不暗暗同意这个论点，因为我自认为是个聪明而有教养的人！我记得在我们谈话结束的时候，伊凡兴娜把她的弟弟介绍给我，当时他脸上露出殷勤的微笑，向我伸出一只小手（手上的细羊皮手套还没有完全戴好），像此刻一样犹豫不决地轻轻握了握我的手。我虽然对古西科夫有成见，当时却不能不给他说句公道话，不能不同意他姐姐的意见：他确实是个聪明可爱的青年，在社会上准会有所作为。他外表异常整洁，穿着讲究，精神焕发，态度谦逊而自信，看上去十分年轻，简直像个孩子。看到他这副样子，你自然会原谅他那种志得意满的神气，也会原谅他故意克制他胜过你的优越感的意图——这种优越感在他那张聪明的脸上，特别是在微笑的时候，经常流露出来。据说，那年冬天他在莫斯科贵夫人中间很受宠爱。我在他姐姐家里看到他，光从他年轻的外表上经常流露出来的得意神气，以及他那有时不太谦虚的讲述中就可以断定这些传闻真实的程度。我跟他大概见过五六次面，我们谈得相当多，说得更确切些，是他讲得很多，我总是光听他讲。他多半说法语，说得很正确，流利，漂亮，并且善于在谈话时婉转地打断别人的话。总的说来，他对我也像对别的一切人那样，相当高傲；我呢，经常受到那些不太熟识的人这样的对待（他们深信应该以高傲的态度对待我），也就觉得他这种态度是理所当然的了。

这会儿，他挨着我坐下，主动跟我握手，我又鲜明地回想起他过去那种自命不凡的神气，同时，他以下级的身份随便问我这个当军官的这些年来在干些什么以及怎么会来到这里，我觉得这种态度也不太得体。虽然我每次都用俄语回答他，他却一直说着法语，而我发现他的法语显然已经不像从前那样运用自如了。关于自己的情况他只简单地告诉我，说他在出了那件不幸的蠢事（我不知道这是件什么事，他也没有告诉我）之后被捕三个月，然后被送到高加索N团，如今他在这个团里已经当了三年兵了。

"您准不会相信，我在这种团里吃了军官们多少苦！"他用法语对我说。"幸亏我认识刚才谈到的那位副官，他是个好人，真的，"他恳切地说，"我住在他那儿，对我来说这样毕竟要好过一点儿。是的，老朋友，日子一天一天地过去，可是一去不返了！"他补了一句，突然窘了，脸涨得通红，站了起来，因为发现那个副官正向我们走来。

"遇到您这样的人真高兴，"古西科夫离开我的时候低声说，"我有好多好多话要跟您说。"

我说我也很高兴跟他谈谈，但是，说句实话，古西科夫在我心里引起的只是一种沉重不快的怜悯。

我预感到跟他面面相对有点儿尴尬，但我很想从他身上知道许多事情，特别想知道，为什么他父亲那么有钱，而他却那么穷——这从他的服装和举动上都看得出来。

副官跟我们大家（古西科夫除外）一一问好，在我旁边古西科夫的座位上坐下。巴维尔·德米特里耶维奇一向是个沉着、从容而有魄力的赌徒，并且是个有钱人，如今呢，比起他在牌桌上的全盛时期来可大不相同了，他仿佛忙着要上哪儿去，眼睛不断地打量着每一个人，而且来了不到五分钟，他这个平时不打牌的人就要奥中尉组织牌局。奥中尉借口有任务推辞了，其实是因为知道巴维尔·德米特里耶维奇剩下的钱和东西都不多了，他认为拿三百卢布去冒险而赢到手的可能只有一百卢布或者更少，未免太不聪明。

"哦，巴维尔·德米特里耶维奇，"中尉说，显然有意不让对方再提出这个要求来，"据说明天要出动了，这是真的吗？"

"我不知道，"巴维尔·德米特里耶维奇说，"光叫大家做好准备。哦，我们还是打牌吧，我可以拿我那匹卡巴尔达马下注。"

"不，今天……"

"那匹灰马。赌什么都行，您要的话，赌现钱也可以。怎么样？"

"我没什么……我是愿意的，您别以为……"奥中尉说，像是在解答自己的疑问，"明天说不定会有一场袭击或者什么行动的，得好好睡一觉哇。"

副官站起来，两手插在口袋里，在空地上踱来踱去。他脸上现出平时那种冷淡而带几分傲慢的神气，这神气我倒是喜欢的。

"要不要来杯热红酒？"我问他说。

"行！"他说着向我走过来。古西科夫急忙从我手里接过玻璃杯，以便递给副官，眼睛却竭力不去看他。可是古西科夫没留意绷帐篷的绳子，绊了一跤，玻璃杯就从手里落下了。

"嗨，笨蛋！"副官刚伸出手去接玻璃杯，骂了一声，大家哈哈大笑，古西科夫也笑了，同时用一只手抚摩着瘦骨棱棱的膝盖——他的膝盖在摔跤时从来没有摔坏过。

"看，就像狗熊伺候隐士一样，"副官继续说，"他天天就是这样侍候我的，把搭帐篷的桩头一根根都撞断了——他老是绊跤。"

古西科夫不理他，却向我们大家道歉，同时带着隐约的苦笑对我望望，仿佛在说，只有我一人能了解他。他的处境可怜，但是副官，作为他的保护人，却不知怎的似乎很生他的气，总是不让他安宁。

"是啊，真是个灵活的孩子！不论你叫他干什么，都一样。"

"谁没有在这些桩头上绊过跤哇，巴维尔·德米特里耶维奇，"古西科夫说，"您自己前天就绊过一跤。"

"我吗，老弟，我又不是士兵，我用不着灵活。"

"他可以拖着腿走路，"施上尉应声说，"可士兵就得跳跳蹦蹦……"

"这话多滑稽。"古西科夫垂下眼睛，简直像耳语似的说。副官对他的同住者显然并不冷淡，他仔细地听着他的每一句话。

"又得派他去打埋伏了。"他对施上尉说，同时向古西科夫挤挤眼。

"那又得掉眼泪了。"施上尉笑着说。古西科夫不再对着我瞧，假装从烟荷包里掏着烟草，其实烟荷包早就空了。

"准备去打埋伏吧，老朋友，"施上尉笑着说，"刚才探子报告说，今天夜里敌人要来劫营，得派几个可靠的弟兄去。"古西科夫迟疑地

高加索回忆片段：一个被贬谪的军官　　015

微笑着，似乎想说些什么，并且几次用恳求的目光瞧瞧施上尉。

"好吧，我以前也去过的，如果派我去，我可以再去。"他喃喃地说。

"会派您去的。"

"好，那我就去。那有什么呢！"

"哼，像上次在阿尔贡那样，从埋伏的地方跑掉，把枪也扔了。"副官说，接着撇下他，开始给我们讲解明天行动的命令。

果然，敌人方面准备夜里向营地开火，明天还会有别的行动。又谈了些跟大家有关的事之后，副官仿佛随便想到似的，建议奥中尉来点儿小输赢。奥中尉居然同意了，于是他们就邀施上尉和准尉到副官帐篷里去，那里有绿色的活动桌子和纸牌。大尉，我们的营长，到帐篷里睡觉去了，另外几个人也各自回营，只剩下我同古西科夫两人。我的估计没有错，我跟他两人面面相对，确实有点儿尴尬。我不由得站起身，在炮台上踱起步来。古西科夫默默地在我旁边走着，慌慌张张地转着身，免得落后或者抢先。

"我不打扰您吧？"他语气温和而悲伤地说。我在黑暗中努力察看他的脸，我觉得他显得沉思而忧郁。

"一点儿也不。"我回答说。但由于他没有打开话头，我不知道对他说些什么好，我们就默默地走了好一阵。

黄昏已经完全被黑夜所接替，在群山的黑色剪影之上不时亮起一片明亮的闪光，小星星在浅蓝色的寒空中闪烁，四面八方冒烟的篝火的火焰在黑暗中发出红光，近处是一座座灰乎乎的帐篷和我们炮台前面黑魆魆的土堤。从最近那堆篝火旁边传来我方勤务兵的低语声；炮台上，我们重炮上的铜件间或闪亮一下；披着外套的哨兵在土堤上缓缓巡行。

"您准不能想象,跟您这样的人谈话,我是多么愉快,"古西科夫对我说,虽然他还没有跟我谈过什么话,"这只有经历过我这种处境的人才能理解。"

我不知道该怎样回答他。我们又沉默起来,虽然,看样子他很想说话,我也很想听听他说些什么。

"您这是为什么……您这样受罪是为了什么啊?"我终于问他,因为想不出别的更适当的话来开头。

"难道您没听说过我跟梅吉宁的那件倒霉事吗?"

"哦,好像有过一场决斗吧;我只听到一些传闻,"我回答他说,"我来到高加索有好久了。"

"不,不是决斗,是一件愚蠢而可怕的事!既然您不知道,那我就把前后经过原原本本给您讲一讲吧。这是我跟您常常在我姐姐家里见面那一年的事,我当时住在彼得堡。我得告诉您,我当时有着所谓上流社会的地位。这地位即使算不上显赫,也是相当不错的。我父亲每年给我一万卢布。在四九年那年,人家答应我在都灵大使馆里弄个差事;我舅舅很有势力,他也很愿意帮我的忙。现在事情都过去了。当时我踏进了彼得堡最有势力的上流社会,我有希望结下一门最好的婚姻。我也像大家一样只在学校里念过书,因此没受过什么特殊的教育。不错,后来我看了很多书,我尤其出色地掌握了上流社会的那套用语,不管怎么说,许多人居然把我看成彼得堡最出色的青年之一。在舆论中使我身价百倍的是我跟德夫人的关系。这件事在彼得堡闹得沸沸扬扬,但我当时太年轻,没有重视这个有利条件。我当时真是年幼无知,我想我还需要什么呢?那个梅吉宁当时在彼得堡很有点儿名气……"古西科夫就这样把他那件不幸的事讲给我听,但我对这事一点儿也不感兴趣,因此这里就从略了。"我坐了两个月监牢,"他继续说,"孤零零的一个人,在这段时期里,我什么事没有想过啊! 不瞒您说,等到这一切结束以后,我跟过去也仿佛一刀两断了,倒觉得轻松愉快起来。我的父亲,您大概听说过吧,他是个性格刚强、说一不二的人,他取消了我的继承权,跟我断绝一切关系。他认为应该这样做,我一点儿也不怪他;他这人是说得出做得到的。再说,我也没有想什么办法使他回心转意。姐姐当时远在国外,在我恢复通信自由之后,只有德夫人一人写信给我,她提出要帮助我,但被我谢绝了。这样,我就没有一点儿零用钱使我的日子可以过得稍微轻松些 —— 我没有书,没有衬衣,没有吃的,什么也没有。在这期间,我想得很多很多,不论看什么事都换一副眼光;譬如说,我不再理会彼得堡上流社会关于我的种种闲话,也一点儿不因此引以为荣,我认为这一切都很可笑。我觉得是我自己的错,我粗心,我年轻,我毁了自己的前途,因此我只考虑着怎样来补救这个局面。我觉得我有力量这么做。我对您说过,我被捕后被送到高加索来,进了 N 团。我想,"他越说越兴奋,"在高加索这儿过的是军营生活,我将能接触一些平凡而正直的人,在这儿我会遇到战争,遇到种种危险,而这一切真是再合我的心意也没有了,我将开始一种崭新的生活。人家会在炮火中看到我,他们会喜欢我、尊敬我(但不是由于我的名字),然后我将获得十字勋章,升做军士,撤销处分,并且带着有过不幸遭遇的名声回去! 可是现实却叫人大大失望! 您准不能想象,我的估计是多么错误……您了解我们团里的那些军官吗?"接着他沉默了好一阵,大概希望我对他说我知道这里的军官们如何如何坏，可是我什么也没有回答他。使我反感的是，由于我懂得法语，他就认为我一定瞧不起这里的军官。正好相反，我在高加索待久了，对他们的优点有了充分的认识，我尊敬他们超过古西科夫先生出身的那个社会足有一千倍。我想把这意思告诉他，可是他的地位不能不使我有所顾虑。

"N团里的军官要比这儿的军官坏一千倍，"他继续说。"我想这样说总够明白了吧。您准不能想象这是怎么回事！至于士官生和士兵就更不用说了。真是糟透了！开头他们待我很好，这完全是事实，可是后来他们看到我在日常琐事上总是瞧不起他们，他们看到我跟他们截然不同，我比他们高明得多，他们就恨我，开始用各种卑鄙手段来侮辱我。您准不能想象，我吃了多少苦。再有我不得不敷衍那些士官生，主要是由于我手头太拮据，我什么都没有，只有姐姐寄了一些东西给我。有一件事可以说明我穷到什么地步：以我这样的性格，像我这样自尊心强的人，居然写信给我父亲，请求他多少给我寄些钱来。我明白，这样的生活要是过上五年，我会变得像那个被贬谪的德罗莫夫一样：德罗莫夫跟士兵们一起喝酒，给军官们个个出借据，要求借三卢布，并且在借据上写上'德罗莫夫谨具'这样的字眼。一个人必须具有像我这样的性格，才不至于在这可怕的处境中完全堕落。"接着他默默地在我旁边踱了好一阵。"您有烟吗？"他又开口了。"哦，我说到哪儿了？是的，我受不了这样的生活，倒不是身体受不了，因为我虽然又饥又寒，过着士兵一样的生活，军官们多少还是尊敬我的。我在他们的心目中也还有点儿威信。他们不派我放哨，不叫我上操。要是叫我干那些事，那我就更受不了。可是我在精神上痛苦得要命。主要是从这样的处境中看不到出路。我写信给我舅舅,请求他设法把我调到这儿的团里来,这儿至少有些活动,同时我想巴维尔·德米特里耶维奇在这儿,他是我父亲的管家的儿子,他总会照顾我的。舅舅替我想了办法,把我调过来了。在那个团里待过之后,我觉得这个团里的人简直像宫廷侍从一样可爱。再有,巴维尔·德米特里耶维奇在这儿,他知道我是谁,他待我很好。应我舅舅的要求……您知道……可是我发现这些人没有文化和教养,他们不可能尊敬一个人,不可能给他应有的尊敬,如果他不是财富过人、声名显赫的话。我渐渐发觉,他们看到我很穷,对我的态度就越来越冷淡,越来越冷淡,最后简直瞧不起我了。真是可怕啊!但这完全是事实。"

"我在这儿参加过战斗,打过仗,人家看见我在炮火底下干过,"他继续说,"这一切几时才会了结啊?我想永远也不会了结的!可是我的精力已在开始衰退。再有,我从前对战争和军营生活也有过幻想,可是现在所看到的却完全不是那么一回事:身上穿着光板皮袄,脚上套着士兵的长靴,好久没有洗澡,跑去打埋伏,跟那个因为醉酒闹事而被罚当兵的安东诺夫一起,整夜伏在峡谷里,随时都可能有人从矮树后面开枪,不是把你打死,就是把安东诺夫打死,反正都一样。这实在不是勇敢不勇敢的问题,而是很可能的事。实在可怕极了。"

"我看这次进军之后您会升为军士,到明年就是准尉了。"我说。

"是的,可能,他们答应过我了,可是还得两年,而且也很难保证。至于这两年将是个什么滋味,那就只有天知道了。您想象一下跟这位巴维尔·德米特里耶维奇一起生活的情形吧:打牌,狂饮,开粗鲁的玩笑。你想说说心里话,人家却不了解你,甚至还要笑你。

他们跟你谈话，不是要向你暴露思想，而是要千方百计拿你开玩笑，而这一切又都是那么下流，粗暴，丑恶，你会感到你是个下级，他们老是让你感觉到这一层。就因为这个缘故，您不会了解，跟您这样的人谈心是多么愉快啊。"

我怎么也弄不懂他把我看成什么样的人，因此不知道该怎样回答他才好……

"您吃点儿东西吗？"这当儿，尼基塔在黑暗中悄悄走到我跟前，问我。我发现他对有客人在座很不满意。"只剩下甜馅饺子和一点儿牛肉饼了。"

"大尉吃过了吗？"

"他们早就睡了。"尼基塔老大不高兴地回答。我吩咐他给我们拿点儿吃的东西和烧酒来，他不满意地咕噜着，慢吞吞地走回他的帐篷里去。他在那边又咕噜了一阵，但给我们送来了食物箱。食物箱上点了一支蜡烛，前面围了一张纸挡风，箱子上还放着一只锅子、一罐芥末、一只带柄铁皮酒杯和一瓶苦艾酒。尼基塔把这一切都安排好，又在我们旁边站了一会儿，看我和古西科夫喝酒，现出很不高兴的样子。蜡烛透过纸张发出朦胧的光，在周围一片黑暗中，只看见食物箱上的海豹皮，摆在上面的晚餐，古西科夫的脸和身上的外套，以及他那双从锅子里掏饺子的红红的小手。周围什么都是黑的，只有留神细看，才能分辨出哪是黑魆魆的炮台，哪是胸墙后面哨兵的同样黑魆魆的身子，两边是一堆堆的篝火，上空是淡红色的星星。古西科夫脸上现出忧郁而羞怯的微笑，仿佛在吐露真情之后有点儿不好意思看到我的眼睛。他又喝了一杯烧酒，贪馋地一边吃一边刮着锅子。

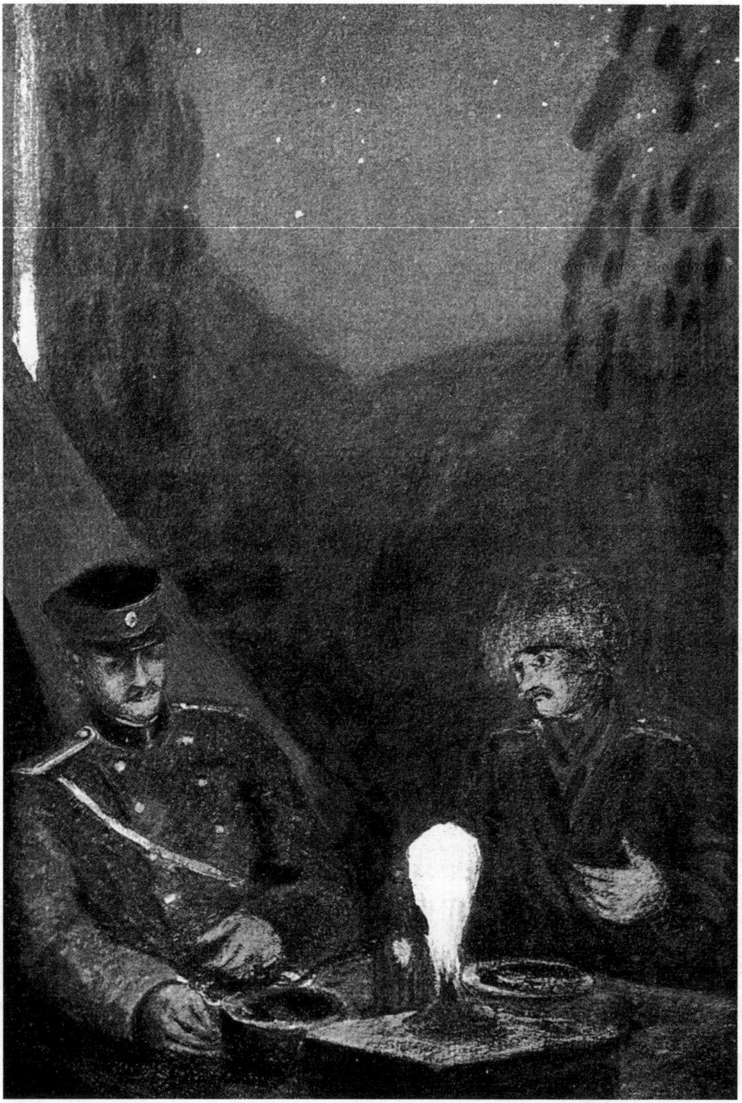

"是的,您认识副官,这对您来说毕竟方便些,"我没话找话,这样对他说,"听说他这人很好。"

"是啊,他是个好人,"古西科夫回答,"但他不可能不是这样,就他的教养来说,不可能要求他真正成为一个人。"他的脸仿佛一下子红了,"您今天该注意到他谈到的关于打埋伏的粗鲁笑话吧?"虽然我几次三番竭力想岔开话题,古西科夫还是在我面前辩解,说他并没有从埋伏的地方逃跑,说他不是像副官和施上尉所暗示的那种胆小鬼。

"我对您说过,"他两手在皮袄上擦着,继续说,"那种人对待一个当了士兵而又没有钱的人,是不可能客客气气的。这在他们是办不到的。最近五个月,不知怎的姐姐一直没有寄钱来,我发现他们待我的态度就大不相同了。这件皮袄我是向一个士兵买的,一点儿也不暖和,因为里面的毛全磨掉了(说着他让我看看光秃秃的衣襟),可是这并没引起他的怜悯,或者对我的不幸表示同情,他只是流露出无法掩饰的鄙视神气。尽管我穷到现在这种地步,除了士兵的薄粥之外什么也没有吃,也没有穿的,"他垂下眼睛,又给自己倒了一杯烧酒,继续说,"他准知道我将来会还他,可他从没想到主动借钱给我,却一定要处在我这样地位的人向他开口。您也明白,要我向他开口是什么滋味。而对您呢,譬如说,我就可以直说:您是不会见怪的,亲爱的朋友,我是身无分文了。您知道,"他忽然绝望地注视着我的眼睛,"我坦白对您说吧,我目前的情况很糟,您能不能借我十卢布?下一班邮件来,姐姐该会寄钱来给我,还有我父亲……"

"哦,我很高兴,"我嘴里虽这么说,心里却很苦恼,因为昨天晚上打过牌之后,我自己只剩下五个多卢布,由尼基塔保管着,"好,我这就到帐篷里去拿。"我说着站起来。

"不,等一会吧,不用费心了。"

我不理他,爬进幔布放下的帐篷里——里面放着我的床,大尉就睡在那里。"阿列克谢·伊凡内奇,请借我十卢布,到发饷的时候还您。"我推推大尉,劝他说。

"怎么,又输光了?昨天还说不再赌了呢!"大尉睡眼惺忪地说。

"不,我没赌,我有急用,请您借给我。"

"马卡玖克!"大尉对他的勤务兵嚷道,"把钱匣子拿来。"

"轻一点儿,轻一点儿。"我一边说,一边听着帐篷外面古西科夫匀调的脚步声。

"什么?干吗轻一点儿?"

"是那个被贬谪的军官向我借的。他就在外面!"

"早知这样我也不借了,"大尉说,"我听人家说,这个家伙卑鄙得很!"但大尉还是给了我钱,吩咐勤务兵把钱匣子收起来,把帐幔合拢,接着又说了一声,"早知这样我也不借了,"他把头钻进被窝里。"记住,如今您欠我三十二卢布了!"他又大声对我说。

我走出帐篷,看见古西科夫在长凳旁边来回走着。当他走过蜡烛前面时,他那矮小的身材,罗圈腿和头上那顶白羊毛很长的难看的皮帽亮了一下,接着又在黑暗中隐没了。他装作没有看见我。我把钱交给他。他说了声谢谢,就把钞票揉成一团塞进裤袋里。

"我想巴维尔·德米特里耶维奇那儿此刻牌准打得很热闹吧。"他接着说。

"是啊,我也这样想。"

"他的打法很古怪,老是孤注一掷,不留余地。运气好的时候,这样打很好，可是运气不好的时候，这样打就可能大输特输。他自己就有这样的经验。这次行军，如果把东西也算在里面，他已经输掉一千五百卢布以上了。他过去却打得很有节制，弄得你们那位军官怀疑起他的为人来了。"

"他并没有这个意思……尼基塔，我们还有契希尔[①]吗？"我说，古西科夫的健谈使我觉得心里轻松了。尼基塔又嘀咕了一阵，但还是给我们拿来了契希尔，接着他又怒气冲冲地瞧着古西科夫，看他如何喝完一杯酒。古西科夫又露出以前那种放肆的态度。我希望他快点儿走，我觉得他之所以还留着，只是因为不好意思拿到钱立刻就走。我不作声。

"您有钱，又没有丝毫必要，怎么轻易就决定到高加索来服役啊？这点我实在不明白。"他对我说。

我竭力向他解释在他觉得很奇怪的行为。

"我能想象，您和这些军官，这些毫无教养的人，是多么格格不入。您跟他们没办法互相了解。老实说，您如果住上十年，除了打牌、喝酒、谈奖赏和战事，您是什么也见不着，什么也听不到的。"

他硬要我同意他的意见，这点我很不高兴。我十分坦率地向他说明，我确实很爱打牌、喝酒和谈战事，而且不指望得到比这里的军官更好的伙伴。可是他不相信我的话。

"哦，您这只是说说罢了，"他继续道，"没有女人，我指的是正派女人，难道不是一大苦事吗？要是现在能让我到哪个公馆客厅里去待一会儿，甚至从门缝里张望一下漂亮的女人，我真不知道愿意

---

① 契希尔——一种高加索葡萄酒。

出什么代价啊。"

他沉默了一下，又喝了一杯契希尔。

"哦，天哪，天哪！也许有一天我们还能在彼得堡见面，在人家家里，跟人们、跟女人们生活在一起。"他倒出瓶子里剩下的酒，喝干了，又说："哦，对不起，也许您还要再来点儿，我真糊涂啊。我看来喝得太多，我的脑袋不中用了。从前我住在滨海街①，住底层，是一套漂亮的公寓，连家具，不瞒您说，我布置得很雅致，尽管钱花得不多。不错，我父亲给了我瓷器、花草、精美的银器。我每天早晨五点整就出门，我到她那儿去吃饭，常常只有她一个人在家。说真的，她可是个迷人的女人！您不认识她吗？完全不认识吗？"

"不认识。"

"不瞒您说，她具有那种最高度的女性的温柔，还有她那种热烈的爱情！哦，天哪！我当时却不会珍惜这样的幸福。有时候我们俩看完戏回家，就一块儿吃晚饭。跟她在一块儿从来不觉得寂寞，她总是那么快活，总是那么热情。是的，我当时不理解，这可是一种难得的幸福。有许多事情我得责备自己……我常常使她伤心。我真残酷。唉，那些日子是多么美妙哇！您觉得无聊吗？"

"不，一点儿也不。"

"那我就给您讲讲我们度过的那些黄昏吧。走进大门，就是楼梯，这里的每一盆花我都认识，然后是门把手，这一切都是那么亲切，那么可爱，然后是前厅，再就是她的房间……不，这样的日子永远永远不会回来了！她到如今还给我写信，您要是愿意，我可以

---

① 滨海街——彼得堡最漂亮的街道之一。

给您看看她的来信。可我已经不是以前的我，我毁了，我已经配不上她……是的，我彻底毁了！精疲力竭了。我没有精力，没有自尊心，什么都没有。连高尚的品德都没有了……是的，我毁了！永远不会有人了解我的痛苦。一个人也没有。我是个堕落的人！我再也爬不起来，因为我精神上堕落了……落进泥坑里了……"从他的这些话里听得出一种发自内心的蚀骨的绝望，他眼睛不看我，坐着一动不动。

"何必这样灰心丧气呢？"我说。

"因为我卑鄙，这生活把我糟蹋了，我身上的一切全毁了。如今我忍受痛苦，不再感到骄傲而觉得卑贱，我已经丧失了苦难时应有的骨气。我时刻受屈辱，但我一味忍受，还自动招来屈辱。这烂泥玷污了我，我也变得粗野了，我忘记了以前知道的东西，我已经不会说法语，我觉得我卑鄙庸俗。在这样的环境里，我不能作战，说什么也不能。给我一个团，给我金肩章，给我号手，我也许能成为英雄，可是叫我跟那野蛮的安东诺夫之流在一块儿冲锋，并且想到我跟他之间没有任何区别，打死他跟打死我也完全一样——这样的想法使我感到痛苦。而想到哪个无赖会打死我，打死我这个有思想有感情的人，正像他可能打死我旁边那个跟动物毫无区别的安东诺夫一样；同时又想到，很可能打死我，而不是打死安东诺夫，因为命运对待一切高贵的人总是这样的。不瞒您说，想到这些事真叫人害怕！我知道他们叫我懦夫，就算我是个懦夫吧。我确实是个懦夫，也不可能不是懦夫。我不但是个懦夫，照他们说来，我还是个穷光蛋，是个被人家瞧不起的人。可不是吗，我现在问您借钱，您就有权利瞧不起我。不，您把钱收回吧，"他把揉成一团的钞票递给我，"我要您尊敬我。"他两手蒙住

高加索回忆片段：一个被贬谪的军官　　|　　027

脸哭起来，我简直不知道该怎么说怎么办才好。

"您安静点儿，"我对他说，"您太敏感了，别把什么事都放在心上，别老是疑心这个疑心那个，把事情看得简单些。您自己说您个性很强，那您就该克制感情，您受苦的日子不会很多了。"我对他说，但说得颠三倒四的，因为怜悯和悔恨使我很激动，我后悔不该在心里谴责一个遭遇确实十分不幸的人。

"是的，"他又开口说，"自从我来到这座地狱以后，我要是能听到一句同情和友好的话，像我此刻从您嘴里听到的这种充满人情的话，我也许能平心静气地忍受一切，也许还能像一个士兵那样担负起责任来，可是现实太可怕了……当我清醒地考虑这一切的时候，我希望死。我何必爱惜这种耻辱的生活，爱惜我这丧失人世间一切美好东西的生命呢？可是只要稍微遇到一点儿危险，我就会情不自禁地贪恋这卑贱的生活，好像爱护什么宝贝似的，我不能，我不能控制我的感情……我也能控制的，"他停了一会儿又说下去，"可是我得费很大的劲，费异乎寻常的劲，如果只有我一个人的话。通常我要是跟别人一起干，我是勇敢的——我用事实证明了这一点，因为我爱面子，我自命不凡，这是我的弱点——但是要有别人在场……让我在您这儿过一夜吧，因为我们那儿通宵打牌。随便哪儿都行，在地上睡也可以。"

趁尼基塔安排床铺的时候，我们站起身，在黑暗中又顺着炮台溜达了一会儿。古西科夫的头脑看来确实不中用，喝了两小杯烧酒和两大杯葡萄酒之后，他就摇摇晃晃了。当我们站起来离开烛光的时候，我发现他竭力不让我看见，把刚才谈话时一直捏在手里的十卢布钞票塞进口袋里。他继续说，他要是有个像我这样关心他的人，他觉得他还能重新振作起来。

我们刚要进帐篷睡觉,忽然有颗炮弹从我们头上呼啸而过,落在不远的地上。在这沉睡的营地上,在我跟古西科夫谈话的当儿,忽然天知道从哪儿飞来一颗敌人的炮弹,落在我们的帐篷中间,这真是太突兀了,以致我好半天弄不懂是怎么一回事。我们的士兵安德烈夫在炮台上放哨,这时向我走来。

"你看,偷偷爬过来了!刚才那边有火光。"他说。

"得去叫醒大尉。"我说,对古西科夫瞧了一眼。

他身子弯得几乎碰到地面,结结巴巴地想说些什么:"这个……那个……敌人……这个太……可笑了。"他没有说别的话,我也没看到他怎样一下子溜掉了。

大尉的帐篷里点着一支蜡烛,传出来他那睡醒时惯常的咳嗽。他很快从帐篷里出来,要一支点火杆点他那只小烟斗。

"这是怎么搞的,老兄!"他笑嘻嘻地说,"今晚上不让我睡觉吗?一会儿是您跟您那位被贬谪的军官,一会儿又是那个沙米里。我们怎么办呢,要不要还手?命令里没有提到这一点吗?"

"完全没有。看,又来了,"我说,"是两门炮打的。"

果然,在右前方的黑暗中有两点火光,好像一双眼睛。接着就有一颗炮弹从我们头上飞过,随后又飞来一个空的榴弹壳(大概是我们方面的吧),发出一阵尖锐响亮的啸声。士兵们从附近几个帐篷里爬出来,听得见他们在干咳,伸懒腰,说话。

"听,信管孔里叫得像只夜莺呢!"一个炮兵说。

"叫尼基塔来,"大尉露出他那惯常的不怀恶意的嘲笑说,"尼基塔!你别躲起来,快来听听山上夜莺叫吧。"

"行，大人！"尼基塔站在大尉旁边说，"我见到过那些夜莺了，我不怕，可是刚才在这儿喝我们契希尔的客人呀，他一听见炮声，就一溜烟跑了；他身子弯得像头野兽，像一只球似的在我们帐篷旁边滚过！"

"得有个人到炮兵司令那儿去跑一趟，"大尉用长官的严肃口吻对我说，"问问他要不要开炮。开炮没有什么道理，但要开也行。劳驾您跑一趟，问一问。叫他们备马，骑马去快一点儿，骑我的波尔康去也行。"

过了五分钟，马牵来了，我就动身到炮兵司令那儿去。

"注意，口令是'车杠'，"做事认真的大尉低声对我说，"不然阵地那儿不会放您过去的。"

到炮兵司令那儿只有半里路，一路上两边都是帐篷。一离开我们的篝火，周围就是一片漆黑，我连马耳朵都看不见，只有篝火的火光忽近忽远，在我眼前时隐时现。我松了缰绳，让马自由走了一会儿，才看出一座座白色的四角形帐篷和路上黑乎乎的车辙。半小时中，我问了三次路，在帐篷的木桩上绊了两次跤（每次都挨了帐篷里人的骂），被哨兵拦住了两次，这才来到炮兵司令那里。一路上，我还听见敌人两次向我们的营地开炮，但炮弹没有打到司令部。炮兵司令命令不还炮，再说敌人也停止射击了。我牵着马回去，在步兵的帐篷中间一步步地走着。我经过点着灯的士兵的帐篷时，不止一次放慢脚步，倾听某个爱说话的人在讲故事，或者某个识字的人在朗读（往往全班人都挤在帐篷里听，偶尔有谁打断读书的人，发表一些意见），或者听听士兵们如何议论行军、祖国和长官。

经过第三营的一个帐篷时，我听见古西科夫洪亮的声音。他正谈得兴高采烈。回答他的声音也很愉快，那是军官们的声音，而不是士兵们的声音。显然，这是士官生或者司务长住的帐篷。我站住了。

"我早就认识他了，"古西科夫说，"我住在彼得堡的时候，他常常到我家来，我也常常到他那儿去，他出身本来很好。"

"你这是说谁啊？"一个酒意十足的声音问。

"说公爵，"古西科夫说，"我跟他是亲戚，主要是老朋友。要知道，先生们，有这样一个熟人真不错。他有钱得很。百把卢布在他是无所谓的。我刚刚问他借了点儿钱，等我姐姐寄来再还他。"

"好，那么派谁去吧。"

"行！萨维里奇，老弟！"传来古西科夫的声音，他走到帐篷的入口处，"给您十卢布，您到随军贩子那儿去一下，买两瓶卡汗金葡萄酒来。还要什么呀，先生们？说吧！"接着古西科夫没戴帽子，头发散乱，踉踉跄跄地从帐篷里走出来。他拉开皮袄的下摆，两手插到浅灰色裤子的口袋里，在入口处站住了。虽然他在亮处，我在暗处，我还是吓得直打哆嗦，唯恐被他看见，小心翼翼地悄悄走开了。

"是谁啊？"古西科夫酒意十足的声音对我嚷道。显然，外边的寒冷使他清醒了一点儿，"哪个鬼东西牵着马在这儿溜达啊？"

我没有理他，默默地走到大路上。

一八五六年十一月十五日

哥萨克:一八五二年高加索的一个故事

一

莫斯科万籁俱寂。冬天的街上难得听到辘辘的车声。窗子里已没有灯光，街灯也熄灭了。但教堂里却传出当当的钟声，钟声荡漾在沉睡的城市上空，报道着黎明的降临。街上空荡荡的。偶尔有一辆做夜生意的雪橇，滑过街上的积雪和泥沙，从街的这一头驶到那一头；赶雪橇的坐在上面等顾客，等得睡着了。一个老婆子上教堂去；教堂里零零落落地点着几支蜡烛，烛光红红地映在圣像的金饰上。工人们睡了一个漫长的冬夜，已经起床，这时候正上工去。

可是对老爷先生们来说，这还是晚上呢。

法定的营业时间已过，但骑士酒店的一个窗子里有灯光从紧闭的百叶窗缝里漏出来。酒店门口停着一辆轿车、一辆雪橇和一辆出租马车，马车和雪橇的后座紧靠在一起。一辆三驾驿站雪橇也停在这里。看门人裹紧衣服，身子缩成一团，躲在屋角后面。

"他们干吗尽说废话呀？"一个面容消瘦的堂倌坐在前厅里想。"老是正好碰到我值班！"从灯光通明的隔壁房间里传来三个在吃饭的青年人的声音。房间里，桌上摆着吃剩的晚餐和酒。一个个儿瘦小、相貌难看但很整洁的青年坐在那里，他那双和善而疲倦的眼睛望着那个准备远行的人。另外一个个儿很高，躺在摆满空酒瓶的桌旁，玩弄着表上的钥匙。第三个身穿一件崭新的皮里短外套，在房间里踱来踱去，偶尔停住脚步，用他那相当粗壮有力、但指甲修得很整齐的手指捏碎一粒杏仁。他老是笑眯眯的，眼睛和脸上都焕发着光辉。他指手画脚、热情洋溢地说着话，但显然找不到适当的字眼，因为他想到的话似乎都不足以表达他心中翻腾的感情。他一直满面笑容。

"现在什么话都可以说了！"这个准备远行的人说。"我不是替自己辩护，但我希望你至少得像我了解自己那样了解我，并且不要庸俗地看待这件事。你说我对不起她吗？"他对那个用和善的目光瞧着他的朋友说。

"是的，你对不起她。"瘦小难看的人回答，他的目光似乎显得更和善更疲倦了。

"我知道你为什么说这种话，"准备远行的人继续说，"照你看来，被人爱同爱人一样幸福，一个人只要一次被爱，就终生受用不尽了，是吗？"

"是啊，受用不尽了，我的宝贝！一辈子受用不尽了。"瘦小难看的人回答，一会儿睁开眼睛，一会儿闭上眼睛。

"但一个人为什么不主动去爱人呢？"准备远行的人若有所思地说，露出一副近乎怜悯的神气瞧着朋友。"为什么不去爱呢？因为没有爱情。不，光被人爱是一种不幸，因为你没有同样的感情可以给人，你会觉得对不起别人。哦，天哪！"他摆了摆手。"这些事要是能合理进行倒也罢了，事实上往往颠三倒四，不由我们做主，只得听其自然了。如今倒像是我偷了那份感情。你也是这样想的；你别否认，你确实是这样想的。说实话，我这辈子干过好多愚蠢和卑鄙的事，可是在这件事上,我并不懊悔,也不可能懊悔。不论开头,还是后来,我都没有欺骗过自己,也没有欺骗过她。我原以为终于对她有了爱情,但后来发现我这是在自欺欺人,这样谈恋爱是不行的,我谈不下去,可是她不肯罢休。我谈不下去,难道能怪我吗?叫我怎么办呢?"

"算了吧,反正这事现在已经了啦!"那朋友一边说,一边吸着雪茄以驱除睡意。"有一点可以断言:你还是没有恋爱过,你也不懂什么叫恋爱。"

穿短外套的人抱住头,还想说些什么,可是他无法把心里的意思表达出来。

"没有恋爱过!对,我没有恋爱过。可我心里想恋爱,没有别的欲望比这更强烈的了!再说,有没有这样的恋爱呢?天下什么事都是有缺陷的。哼,有什么可说的!我在生活上搞得乱糟糟的。可现在一切都了啦,你说得对。我觉得我要开始一种新的生活了。"

"你在新的生活中又会搞得乱糟糟的。"躺在沙发上玩弄怀表钥匙的人说,但准备远行的人没有听见。

"我要走了,我觉得又伤心又高兴,"他继续说,"为什么伤心?我说不上来。"

于是准备远行的人又讲起他自己的事来,没注意别人并不像他那样感兴趣。一个人在心醉神迷的时刻往往最自私。在这样的时刻,他觉得天下没有什么比他自己更可爱更有趣的了。

"德米特里·安德烈伊奇,车夫不肯等了!"一个年轻的农奴进来说,他穿着一件羊皮外套,头颈上绕着一条围巾。"马车十一点多就来了,此刻已经四点了。"

德米特里·安德烈伊奇瞧了瞧他的农奴凡纽沙。凡纽沙头颈上绕着的围巾，他那双毡靴和他那张睡眼惺忪的脸，仿佛都在召唤他的主人走向一种新生活，一种充满劳动、困苦和忙碌的生活。

"真的，该走了。再见吧！"他一边说，一边摸索着外套没有扣上的钩子。

尽管朋友们都劝他再给车夫一些小费，叫他再等一会儿，他却戴上帽子，站在房间中央。他们相互吻了一次，两次，停了一下，又吻了第三次。穿短外套的人走到桌子旁边，喝干了桌上的一杯酒，握住那个瘦小难看的朋友的手，涨红了脸。

"啊，我还是说出来吧……我必须对你坦白，我也可以对你坦白，因为我喜欢你……你爱她，是不是？我一直是这样想的……是吗？"

"是的。"那朋友回答，同时笑得更亲热了。

"也许……"

"对不起，我是奉命来熄掉蜡烛的，"睡眼惺忪的堂倌说，他听到他们最后几句话，心里觉得奇怪，老爷先生们说的怎么总是那些话？"请问，账单该给哪一位？给您吗，先生？"他对高个子说了一句，其实早就知道该向谁收账了。

"给我，"高个子说，"多少钱？"

"二十六卢布。"

高个子想了想，一句话没说，就把账单塞进口袋里。

另外两个继续谈他们的话。

"再见了，你真是个出色的小伙子！"那位瘦小难看、目光和善的先生说。

两人的眼睛里都含着泪水。他们走到门口。

"哦，对了！"远行的人红着脸，对高个子说。"这骑士酒店的账请你先付一下，以后写信告诉我。"

"好的，好的，"高个子一边戴手套，一边说，"我真羡慕你！"当他们走出门口的时候，他又突然补了一句。

远行的人坐在雪橇里，把外套裹紧身体，说："好吧，那咱们一起走吧！"他甚至于挪了挪身体，给那说羡慕他的人让出一个位子来；他的声音有点儿哆嗦。

一个送行的人说："再见了，米嘉，上帝保佑你……"他但愿他快点儿走，因此没有把话说完。

他们沉默了一会儿。有人又说了一声"再见"，另外一个说了一声"走啦"，于是赶雪橇的催动了马匹。

"叶利沙，走吧！"送行人中的一个嚷道。

马车夫活动起来，嘴里啧啧作声，拉动缰绳。僵硬的车轮就在雪地上吱嘎吱嘎地响起来。

"奥列宁真是个可爱的青年，"有个送行的人说，"可他上高加索去有什么意思？而且当的又是士官生！叫我说什么也不干。你明天去俱乐部吃饭吗？"

"去的。"

送行的人走散了。

远行的人觉得热了，皮外套很暖和。他坐到雪橇底里，敞开外套；那三匹鬃毛很长的驿马慢吞吞地穿过一条条黑暗的街道，经过许多他从来没见过的房子。奥列宁觉得只有出远门的人才会经过这些街道。周围黑暗、寂静而凄凉，可是他心里却充满回忆、爱情、懊悔和哽住喉咙的愉快的眼泪……

哥萨克：一八五二年高加索的一个故事 | 039

二

"我喜欢他们！十分喜欢！他们真好！真可爱！"他反复说，并且很想哭。为什么想哭？谁真可爱？他很喜欢的是谁？他可说不上来。有时候，他望望一座房子，觉得奇怪，为什么把它造得这样古怪？有时候，他觉得奇怪的是，这车夫和凡纽沙跟他身份这样不同，为什么此刻却坐得离他这样近，并且由于骖马猛拉冻僵的皮带，他们正和他一起颠簸摇晃。接着他又说："他们真可爱，我真喜欢他们。"有一次甚至说："多么动人哪！太妙啦！"他自己也觉得奇怪，他说这个干什么，他问自己："莫不是我喝醉了？"不错，他喝了大概两瓶葡萄酒，但使他陶醉的不光是酒。他想起了一切他觉得亲切而友好的话，想起了朋友们在他临走前羞怯而又似乎随口说的话。他想起了握手、眼神、沉默，以及他坐上雪橇时送行人们的送别声："再见了，米嘉！"他也想起了自己毅然决然的坦白。而这一切他觉得都使人感动。在动身以前，不但亲戚朋友，不但平素对他冷淡的人，就连那些讨厌他仇视他的人，也都不约而同地格外喜欢他，并且像在忏悔或者临终之前那样饶恕他。"也许我再不会从高加索回来了。"他想。他觉得他爱他的朋友们，同时爱某一个人。他可怜自己。然而，使他心肠软化、热情洋溢，以致忍不住吐露那些无意义的话的，并不是朋友的情谊，使他感情达到这种地步的，也不是女人的爱情（其实他还没有恋爱过呢）。那种满怀希望的自爱自怜，那种青春时期珍爱自己灵魂中一切美好东西的感情（他觉得如今他的灵魂中只有美好的东西），使他流泪，使他说了些语无伦次的话。

奥列宁是个青年，没有念完大学，也没有工作过（只在什么官厅里弄了个挂名差事），却已经花掉了一半财产。年纪到了二十四岁，还没有选定一种职业，也没有做过任何事情。他就是莫斯科社交场中的所谓"年轻人"。

从十八岁起，奥列宁就过着自由自在的生活——这样的自由生活，只有四十年代有钱而从小丧失父母的俄罗斯青年才能享受。对他来说，既没有肉体上的枷锁，也没有精神上的枷锁；他想干什么就能干什么，他什么也不缺少，也没有什么东西束缚他。家庭、祖国、信仰、贫穷，对他都是不存在的。他不相信什么，也不承认什么。虽然如此，他却不是一个阴郁、乏味、爱唱高调的青年；正好相反，他总是热情洋溢。他根本不承认有爱情这回事，可是每次遇到年轻貌美的女人，总有点儿神魂颠倒。他早就认为名誉地位都毫无意义，可是在舞会上，谢尔基公爵走过来对他说了几句亲切的话，他不禁又感到很得意。但他决不让他的任何冲动发展到妨碍自由的地步。不论迷恋什么，只要预感到将引起操劳和斗争（跟生活的微小斗争），他就立刻本能地摆脱掉那种感情或事情，以恢复自身的自由。就这样，他开始他的社交活动、公事、家务、音乐（他一度想献身的事业）和跟女人的恋爱（他不相信真有这样的事）。使他犹豫不决的是，他应该把人生只有一度的青春奉献给什么：献给艺术呢，还是献给科学？爱一个女人，还是做些实际工作？因为，青春不是智慧、意志或者教育，而是一生只有一次的激情。有了这种激情，人可以随心所欲地改造自己，而且照奥列宁看来，甚至可以随心所欲地改造世界。不错,有些人缺乏这种激情,他们一踏进生活,就把最初碰到的那副重轭套在自己身上,并且老老实实地戴着它,一直干到生命结束。但奥列宁却过分强烈地感到身上这种无所不能的青春活力:那种可以转化成一种愿望或一种理想的力量,那种敢想敢做的力量,那种可以不问目的而纵身投入无底深渊的力量。他意识到这一层,感到自豪,并且不知不觉地因此觉得快乐。直到如今,他只爱自己一个人,而且不可能不爱自己,因为他对自己只抱着美好的期望,还从来没有失望过。离开莫斯科的时候,他心里洋溢着青春的快乐:青年人一旦认识了错误,就对自己说:"原来不是那么一回事。"过去的事都是偶然的,微不足道的,以前他并不想好好生活;现在呢,等他离开莫斯科,就将开始一种崭新的生活——过这种生活不会再犯错误,不会再有悔恨,只会有幸福。

长途旅行总是这样的:在头上两三站,思想往往停留在离开的那个地方,但在路上过了一夜,到了第二天早晨,思想就会忽然转移到旅行的目的地上,而对那新地方做种种海阔天空的遐想。奥列宁的情形也是如此。

出了城市,环顾白雪皑皑的田野,他感到单独处身在这自然环境中的情趣。他裹紧外套,坐到雪橇上,静下心,打起瞌睡来。跟朋友们分手使他十分感动。他想起在莫斯科度过的最后一个冬天。当时的种种景象,连同模模糊糊的思想和悔恨,不禁一一浮现在眼前。

他想起那个为他送行的朋友,想起他们谈到的那朋友跟那姑娘之间的关系。那姑娘很有钱。"既然知道她爱我,他怎么还能爱她呢?"他想,心里起了恶意的猜疑。"人世间不道德的事真多啊!可

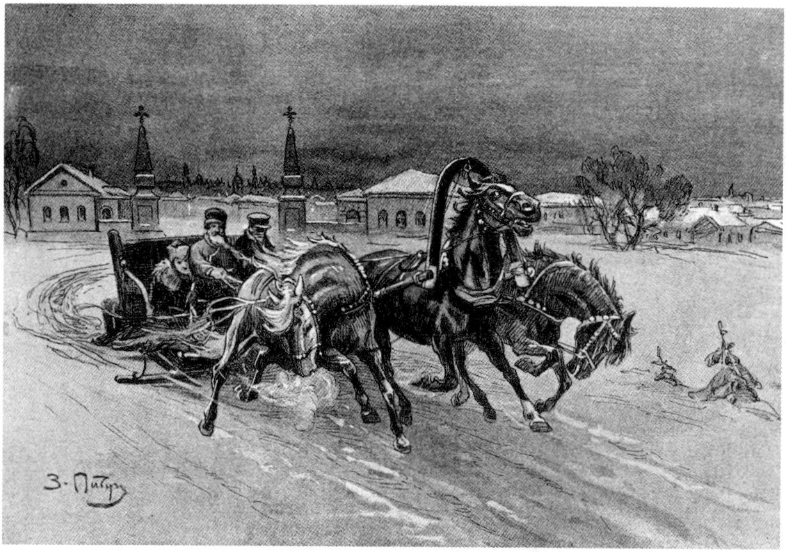

我怎么还没有恋爱过呢？"他问自己，"人家都说我从来没恋爱过。难道我精神上有毛病吗？"接着他回想起他对女性的迷恋。他想起最初的社交活动，想起朋友的一个妹妹：他跟她一起坐在桌旁，在灯下共度了几个黄昏，当时灯光照亮她那正在做针线的纤细手指和她那美丽娇嫩的脸蛋的下半部。他想起他们的娓娓长谈，像传送燃烧的木棒游戏那样没完没了；他想起当时的局促不安和经常对这种不自然场面的反感。当时总像有个声音在轻轻地说："不是那么一回事，不是那么一回事！"事实果然证明不是那么一回事。接着他想起了舞会，想起了怎样跟美丽的德夫人跳玛祖卡舞。"那天夜里我是那么销魂，多么幸福哇！可是第二天早晨醒来，发觉自己还是无拘无束的时候，我又是多么伤心，多么懊恼哇！为什么爱情不来捆住我的手脚呢？"他想。"不，爱情是没有的！那位邻居太太，像对杜勃罗文和首席贵族那样对我说，她爱星星，看来也不是那么一回事。"他又想起了乡下的农事，但也想不出什么愉快的事情。"他们会长久谈到我这次远行吗？"他心里琢磨着。但"他们"是指谁啊？他说不上来。接着产生的思想使他愁眉不展，嘴里也跟着嘟囔起来，他想起了裁缝卡普尔和欠这裁缝的六百七十八卢布。他还想起他请求裁缝再等一年，裁缝脸上却露出困惑不解和无可奈何的神气。"哎，天哪，天哪！"他眯细眼睛反复说，竭力驱除这些讨厌的念头。"虽然如此，她还是爱我的，"他想起临别时谈到的那个姑娘，"是的，我要是娶了她，就不会负债了，可如今我欠着华西里耶夫的债"。接着，他想起那天晚上他从她家出来，最后一次到俱乐部同华西里耶夫先生打牌；还想起当时他怎样低声下气地要求再打一局，却被华西里耶夫冷冷地拒绝了。"只要省吃俭用地过上一年，就可以还清全部债务了，去他妈的……"虽然有着这样的信心,他还是重新计算着剩下的债务、限期和预计归还的时间。"除了骑士酒店之外,我还欠莫列尔的账呢,"他回想着他负下那么多债务的那个夜晚。这是在吉卜赛人那儿举办的狂欢酒会,由几个从彼得堡来的人发起:沙皇侍从官萨施卡·贝,德公爵和那个显要的老头儿。"那些大人先生们为什么这样得意扬扬呢?"他想,"他们凭什么结成一派,并且认为别人参加他们一伙就挺有面子呢? 就凭他们是沙皇的侍从官吗? 他们把别人看得那么愚蠢,那么卑贱,真是岂有此理! 我可要让他们明白,我才不稀罕跟他们接近呢。但我想,要是安德烈经理知道我跟萨施卡·贝上校那样的沙皇侍从官居然你我相称,他准会大为惊奇的……还有,那天晚上没有人喝得比我更多了;我还教会吉卜赛人一支新歌,大家都听我们唱。我虽然做了不少蠢事,可我到底是个出色的青年。"他想。

早晨,奥列宁已经来到第三个驿站。他喝了茶,亲自动手跟凡纽沙把包裹皮箱重新安放好,稳稳当当地在行李中间坐下来,并且知道各种东西放的地方(钱放在哪儿、有多少,护照、驿马使用证和通行税征收单放在哪儿)。他觉得一切都安排得妥妥帖帖,心里很高兴,而漫长的旅途似乎成了长时间的游荡。

从早晨到中午,他一直专心致志地做着算术:他走了多少俄里①,到下一站还有多少俄里,到下一个城市有多少俄里,到吃饭的地方有多少俄里,到喝茶的地方有多少俄里,到斯塔夫罗波尔有多少俄里,他已经走了全程的几分之几。他还计算着:他有多少钱,还能剩下多少,还清全部债务需要多少,以及他每月生活将用去收入的

---

① 1俄里合1.06公里。

几分之几。傍晚,喝过茶,他算出到斯塔夫罗波尔还剩下全程的十一分之七,还清债务就得省吃俭用七个月,还要拿出全部财产的八分之一。接着他静下心,裹紧外套,坐上雪橇,又打起瞌睡来。如今他的思想已经转向未来,转向高加索了。对未来的一切遐想,总是离不开阿玛拉特老爷①、契尔克斯女人、崇山峻岭、悬崖峭壁、可怕的激流和种种危险。这些遐想都是朦朦胧胧的,而荣誉的诱惑和死亡的威胁却使未来更加迷人。一会儿,他幻想自己以超群的勇气和惊人的力量杀死和征服无数山民;一会儿,他把自己想象成山民,跟别的山民一起反抗俄罗斯人,保卫自己的独立。当他想象那些详情细节时,就会联想到莫斯科的一些熟人。萨施卡·贝一会儿跟俄罗斯人一起,一会儿跟山民一起,同他作战。连卡普尔裁缝不知怎的也参加了胜利者的凯旋仪式。奥列宁也回想到过去的屈辱、缺点和错误,但回想起来也很有趣。生活在那边的崇山、激流、契尔克斯女人和各种危险之中,显然不会重犯那些错误。既然他已经做过忏悔,事情也就完了。在他对未来的各种遐想中,还有一个梦,一个最珍贵的梦:关于女人的梦。他想象那边山中有个契尔克斯女奴,身材苗条,眼神深邃而温柔,留着一条长辫子。他仿佛看见山中有一座孤零零的小屋,她站在屋门口等他,他却带着荣誉、一身灰尘和血迹疲劳地回到她身边,为她的亲吻、她的双肩、她那甜蜜的声音和柔情而销魂。她十分迷人,但淳朴粗野,缺少教养。在漫长的冬夜,他帮她学文化。她天资颖悟,很快就掌握了一切必要的知识。这有什么不可能的呢? 她会毫不费劲地学会外国语,阅读和理解法国文学作品。比方说,她应该喜欢《巴黎圣

---

① 阿玛拉特老爷 —— 俄国作家别斯土舍夫的中篇小说《阿玛拉特老爷》中的主人公。

母院》。她也会说法国话。在客厅里,她也许比上流社会的贵妇人更雍容华贵。她能唱歌,唱起来那么淳朴、热情、高亢。"嘻,真是胡思乱想!"他对自己说。这时他们来到一个驿站,他得换一辆雪橇,并且给点儿小费。接着他又想入非非了。他又想象着契尔克斯女人、荣誉以及回到俄罗斯、当沙皇侍从官、娶个绝代佳人做妻子等情景。"但爱情是根本没有的,"他又自言自语,"荣誉是没有意思的。可是那六百七十八卢布怎么办呢?还有那征服的土地呢,它可会给我带来一辈子享用不尽的财富哇?可是一个人独享这么多财富也是不对的。应该把它分给别人。可是分给谁呢?先还给卡普尔六百七十八卢布,其余瞧着办吧……"他头脑里充满了模模糊糊的幻象,只有凡纽沙的声音和雪橇的突然停止才破坏了他那沉酣的青春的睡梦。连到了下一站,他又换了一辆雪橇,继续前进的情景也记不清了。

第二天早晨又是同样的情况:同样的一个个驿站,同样的喝茶,同样摆动的马臀,同样跟凡纽沙的简短谈话,同样模模糊糊的幻想和黄昏的瞌睡,以及夜里同样的困倦沉酣的青春的睡梦。

三

奥列宁离俄罗斯中部越远,他的回忆也就越远;而他越接近高加索,心里也就越高兴。"我从此再也不回去了,再也不到社交场中去了,"他有时这样想。"我在这儿看到的人可不是上流社会人士,他们谁也不认识我,谁也不会有一天踏进我去过的社交场所,谁也不会知道我的往事。而莫斯科的社交界也不会有人知道,我处在这儿的人们中间在干些什么。"在路上遇到的那些粗汉,他认为跟他所熟识的莫斯科人不一样,而处身在这些人中间,他体会到一种跟过去一刀两断的新鲜感。人们越粗野,文明的迹象越少,他觉得越自在。而他必须路过的斯塔夫罗波尔却使他烦恼。形形色色的招牌(有些还是法文的)、坐马车的贵妇人、广场上停着的出租马车、林荫大道和一个穿外套戴礼帽在路上高视阔步的绅士——这一切都使他反感。"也许他们认识我的一些熟人吧。"他这样想。于是又回想起俱乐部、裁缝、纸牌、上流社会……但过了斯塔夫罗波尔,一切景象又使他满意了:粗犷,美丽,壮观。奥列宁的情绪越来越好。哥萨克、马车夫和驿站长在他看来都是些淳朴的人,他可以跟他们随便说笑,不用考虑他们的身份。他们都是些使奥列宁不由自主地感到亲切的人,而他们对他也都很友好。

还在顿河哥萨克地区,他就退掉雪橇,换乘马车;而过了斯塔夫罗波尔,天气竟暖和得使奥列宁非脱去皮外套不可。季节已经交春,那是一个奥列宁想象不到的欢乐的春天。当地居民不让他夜里离开哥萨克村庄,并且告诉他晚上赶路也有危险。凡纽沙有点儿提心吊胆,车上还预备了一支实弹的步枪。奥列宁却越发高兴。在一个驿站上,站长讲了前不久路上发生的一桩可怕的谋杀案。他们开始遇到武装的人。"原来从这儿开始!"奥列宁自言自语着。他一直渴望见到闻名已久的高加索雪山。一天傍晚,诺盖族①的车夫用鞭子指指云雾后面的群山。奥列宁急急地凝神眺望,这是一个阴天,云雾把群山拦腰遮住。奥列宁只看到一片灰蒙蒙、白漾漾、蓬蓬松松的东

---

① 诺盖族 —— 居住在斯塔夫罗波尔边区和阿斯特拉罕州的一个土耳其语系民族。

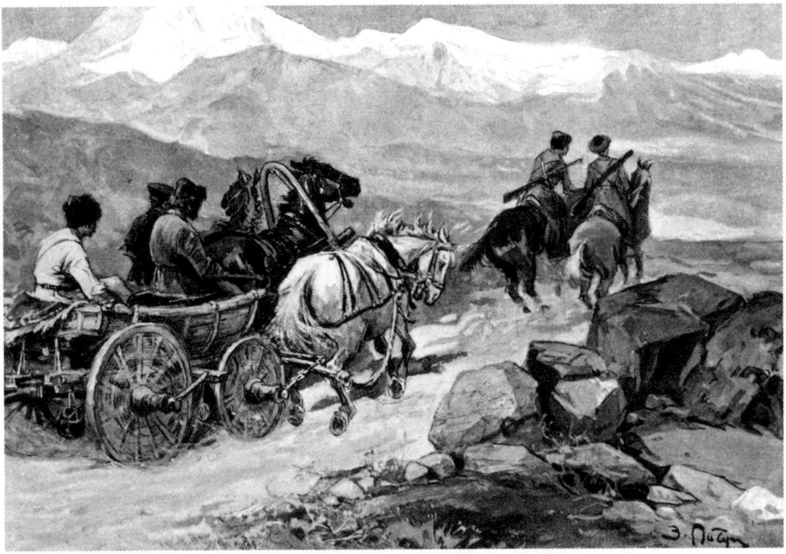

西，但不论怎样注视，都看不出他常常读到和听到的那种山岭的景象。他觉得山和云都是千篇一律的，所谓雪山的特殊美丽，就同巴赫的乐曲和对女人的爱情（他不相信这两者是确实存在的）一样，都是凭空想象出来的，因此，他对山不再抱什么幻想。第二天清早，他在车上由于呼吸到沁人心脾的清新空气清醒过来，睁开眼睛漫不经心地向右边望了一下。早晨天气晴朗。他忽然看见二十步开外的地方（最初一刹那他这样感觉）屹立着洁白巍峨的群山，线条优美，峰峦清晰，背衬着遥远的天空，显得格外壮丽。当他看清山和天离开他有多远，群山多么巍峨时，当他领略到这无与伦比的美景时，他害怕了，唯恐它只是海市蜃楼，只是虚幻梦境。他抖擞精神，使自己头脑更清醒些。群山却照样屹立在眼前。

"那是什么？那是什么啊？"他问马车夫。

"山嘛。"诺盖人漫不经心地回答。

"我也看了好半天了，"凡纽沙说，"真好看！我们家里的人准不会相信天下竟有这样美的山。"

三驾马车在平坦的山路上飞驰，从车上望出去，群山仿佛在地平线上奔跑，玫瑰红的峰峦在初升的太阳照耀下熠熠发亮。奥列宁看到山，起初只感到惊奇，接着又觉得高兴，但后来越是全神贯注地凝视这白雪皑皑的山（这山不是从别的黑色山脉延伸过来的，而是拔地而起，伸展开去的），他就越发领略到它的美，并且具体地感觉到它的存在。从这个时候起，他所看见的，他所想到的，他所感觉的，都离不开那对他十分新鲜而又异常庄严的群山。关于莫斯科的一切回忆、羞耻和悔恨，关于高加索的种种庸俗的梦想，全消失了，一去不返了。"这下子可开始了。"仿佛有个郑重的声音对他这样说。

道路也罢,出现在远处的捷列克河也罢,哥萨克村庄也罢,当地的居民也罢——这一切如今他觉得都不能等闲视之了。他望望天空,就想到了山。瞧瞧自己,瞧瞧凡纽沙,又想到了山。他望望两个骑马的哥萨克,看见套着枪衣的步枪在他们背后有节奏地摇晃,他们身下的枣红马和灰色马的腿夹杂在一起飞跑,接着又想到了山——他望见捷列克河对岸山村里升起的炊烟,接着又是山……太阳升起来了,芦苇丛后面是波光闪闪的捷列克河,接着又是山……村庄里有人推出一辆大车,路上走着几个妇女,几个年轻貌美的妇女,接着又是山……"山上的强盗在草原上游荡,我赶我的路,我不怕他们,我有枪,我年富力强……"接着他又想起了山……

四

　　捷列克河两岸散布着高地哥萨克的村庄,绵延近八十俄里。这些村庄的风土人情都是相同的。捷列克河是哥萨克同山民的分界线,河水浑浊而湍急,河面却宽阔而平静。河水不断把浅灰色的沙土冲到地势较低、芦苇丛生的右岸上,同时冲刷着虽不算高却很陡峭的左岸,以及岸上的百年老麻栎、腐烂的法国梧桐和幼树的根须。河的右岸分布着那些归顺帝俄、但还不很平静的鞑靼村落;河的左岸,离河半俄里的地方,是一座座哥萨克村庄,彼此相距有七八俄里。在古代,哥萨克村庄多半坐落在河边,可是捷列克河一年年向北移动,冲掉村庄,如今那儿就只剩下古代村庄的遗迹、荒芜的果园和梨树、樱桃树、白杨树,树丛中间还蔓生着黑莓子和野葡萄。这儿现在已没有人居住,而沙地上也只有鹿、狼[①]、野兔和野鸡的脚印——它们看中了这地方。各村庄之间有一条大路相连,这是从树林里开辟出来,以便通行炮车的。沿路是哥萨克的哨兵线和有哨兵守着的瞭望台。可是属于哥萨克管辖的,只有一条六七百米宽的狭长的肥沃林地。林地以北是诺盖草原(或者叫莫兹多克草原)的流沙地,远远地伸展到北方,天知道在哪儿跟特鲁赫曼、阿斯特拉罕和吉尔吉斯—凯萨茨等草原连成一片。在捷列克河的南面,是大车臣尼雅山、柯奇卡雷科夫岭、黑山,还有一排不知名的山脉,最后才是看得分明而人迹不到的雪山。在这片土壤肥沃、草木茂盛的林地上自古以来就住着漂亮、勇敢而富裕的俄罗斯族人,他们信奉旧教,被称为高地哥萨克。

很久以前,他们信奉旧教的祖先从俄罗斯逃出来,定居在捷列克河畔高地上的车臣人中间。这高地是林木茂盛的大车臣尼雅山的第一支脉。这些哥萨克生活在车臣人中间,跟车臣人通婚,接受了山民的风俗习惯和生活方式,但保持着纯粹的俄罗斯语言和旧教信仰。在哥萨克中间至今流行着一个传说:伊凡雷帝有一次来到捷列克河边,召见高地长老,把河这边的土地赐给他们,劝谕他们跟俄罗斯人和睦相处,并且答应不强迫他们归顺或改变信仰。至今哥萨克还把车臣人看作亲戚,而爱好自由、游荡、劫掠和战斗仍是他们性格的特征。俄罗斯对他们只有不利的影响:限制他们的选举,拿走他们教堂里的钟,纵容军队在村庄中驻扎或过境。哥萨克憎恨一个杀害他兄弟的山地骑士,远不如憎恨一个为保卫村庄而在他的屋子里

[①] 狼——指离群的公狼。——列夫·托尔斯泰注

任意吸烟的俄罗斯士兵。他们尊敬山地的敌人,而蔑视压迫他们的异族士兵。说实在的,在哥萨克的心目中,俄罗斯农民是野蛮卑下的异族人,他们从流动商贩和小俄罗斯移民(他们被哥萨克蔑称为帽匠)身上看到了具体的形象。哥萨克认为,漂亮的装束是模仿契尔克斯人的,最好的武器是从山民那儿获得的,最好的马也是从山民手里买来或者偷来的。哥萨克青年喜欢卖弄说鞑靼话的本领,在喝酒玩儿的时候,甚至跟哥萨克弟兄也讲鞑靼话。虽然如此,这批僻居在世界一角的基督徒处于半野蛮的伊斯兰教徒和士兵的包围中,却自以为具有高度的文明,他们认为只有哥萨克是真正的人,而瞧不起其余的一切人。哥萨克的大部分时间都耗在值岗、行军或者渔猎上。他们几乎从来不在家里干活。他们难得待在村里,一回到村庄,就寻欢作乐。哥萨克家家都酿酒,开怀畅饮与其说是普遍嗜好,不如说是一种仪式,而不遵奉这种仪式就会被看成叛教行为。哥萨克把女人看作享乐的工具,他们只容许姑娘们自由玩乐,而迫使老婆从青春时期到老年一直为自己干活,并且要她像东方女人那样听话和操劳。由于这种观点的影响,女人在体格上和心理上都特别发达,表面上尽管顺从男人,事实上却同东方各地一样,她们在家庭中的势力和实权,远远超过西方的妇女。不参加社会活动,惯于负担繁重的男性劳动,使她们在家庭中取得更高的地位和更大的权力。哥萨克认为在外人面前跟老婆亲昵戏谑有失体面,但跟她单独相处时,却不能不感到她的权威。他们的房子,他们的财产,他们的全部家业,都是靠她一个人辛勤操劳挣来和保持的。虽然他们坚决认为哥萨克男子从事劳动是可耻的,只有诺盖工人和妇女才配劳动,他还是模模糊糊地感觉到,他所拥有的和使用的一切都是这种劳动的成果，而被他看作奴隶的女人——母亲和妻子，却有权剥夺他所享用的一切。此外，经常性的男性繁重劳动和种种操劳使山地女人形成了一种独立不羁的男性化性格，并且大大发展了她们的体力、智力、意志和毅力。哥萨克女人多半比男人强壮而聪明，干练而漂亮。高地哥萨克女人的美，特别表现在既有契尔克斯人的清秀脸型，又有北方女人的高大体格。这儿的女人都是一副契尔克斯打扮：穿靰鞡式布衫、短棉袄和平底软鞋，但头上却像俄罗斯女人那样包一块头巾。讲究服装的整齐美观，注意室内布置的清洁雅致是她们的风气。在跟男人的关系上，妇女们，特别是姑娘们，享有完全的自由。诺伏姆林村一般认为是高地哥萨克的发源地。这个村庄比其他村庄保持着更多高地哥萨克的古老风俗，村里的女人自古以来在整个高加索就以美丽著称。哥萨克的生活依靠葡萄园、果园、西瓜田、南瓜田，依靠渔猎、种植玉米和小米，也依靠战利品。

  诺伏姆林村离捷列克河有三里路，中间隔着稠密的树林。一条大路贯穿村庄，路的一边是河，另一边是苍翠的葡萄园和果园，还望得见诺盖草原的流沙。村庄四周围着一道土堤和多刺的乌荆子。进出村庄都得通过一道高大的门。那门装在木柱上，门上盖着一个不大的芦苇顶。门旁摆着一尊安在木架上的古怪大炮，那是哥萨克以前缴获的，已经有一百年没有使用了。门旁有时站着一个穿军服的哥萨克哨兵，带着军刀和步枪，有时却没有人站岗；站岗的哨兵有时向过路的军官举枪致敬，有时却站着不动。大门顶下的白板上写着黑字：266户，男子897名，女子1012名。哥萨克的房子都是架空建筑在离地一米高的柱子上，顶上整齐地盖着芦苇，还有高高的山墙。房子即使不是新盖的，也都很整洁，附有各式各样的高大门廊，并且都不是紧挨在一起，而是散布在大街小巷之间,又宽敞,又好看。在许多房子的又亮又大的窗子前面,在菜园后边,耸立着苍绿的白杨和开着芬芳白花的洋槐,树梢高过屋顶,旁边还长着黄澄澄的向日葵,藤蔓卷曲的石竹和葡萄。广场上有三家铺子,经售布匹、呢绒、瓜子、皂荚和蜜糖饼干。在高大的围墙后面,在一排老白杨树的掩映下,可以看见团长那座装有双扇窗的住宅,比所有的房子都高大。除了星期日,村里的街道总是人迹稀少,特别是在夏天。哥萨克男人都在服役:不是在哨兵线上值岗,就是参加出征;老人们不是打猎,就是捕鱼,或者跟女人们一起在果园和菜园里干活。留在家里的就只有年迈的老人、孩子和病人。

五

这是高加索特有的一个美丽的黄昏。太阳落山了,但天色还很亮。晚霞染红了三分之一的天空;在霞光照耀下,乳白色的高山显得格外分明。空气稀薄而宁静,空中充满声音。山的影子投在草原上,有几里路长。草原上,河对岸,大路上,到处都是空荡荡的。偶尔什么地方出现几个骑马的人,于是哨兵线上的哥萨克和山村里的车臣人就都惊奇地注视着,竭力猜测那些可疑的骑手是什么人。到了晚上,人们由于互相忌惮而蜷缩在屋子里,只有飞禽走兽不怕人,自由自在地在这荒野上巡行觅食。白天在果园里扎葡萄藤的哥萨克女人在日落之前赶回家去,一路上有说有笑,兴高采烈。在这黄昏时分,果园里也像村外一样,阒无人迹,但村庄里此刻却特别热闹。人们从四面八方赶回村去，有步行的，有骑马的，有坐吱嘎发响的大车的。姑娘们把布衫掖在腰里，手拿树枝，叽里喳啦地谈着话，奔到村口去接回牲口。牲口在飞扬的尘土和蚊蚋（是牲口把它们从草原上带回来的）的包围中紧挤在一起。肥壮的黄牛和水牛在街上乱闯，穿着花花绿绿短袄的哥萨克女人在牲口中间跑来跑去。只听得她们尖声的谈话、快乐的笑声和喊声，跟牲口的叫声混成一片。一个武装的哥萨克从哨兵线上骑马回来。他骑到一座房子前，俯身凑近窗子，敲敲窗，接着就有一个年轻美丽的哥萨克女人探出头来，于是响起亲热的欢声笑语。一个衣衫褴褛、颧骨突出的诺盖长工带着芦苇从草原上回来。他把一辆吱嘎作响的大车赶到哥萨克大尉清洁宽敞的院子里，从摇头摆尾的公牛颈上解下车轭，同时跟主人大声说着鞑靼话。一个赤脚的哥萨克女人背着一捆木柴经过街上的水潭（那水潭几乎横贯全街，许多年来行人总是小心翼翼地紧挨着篱笆从它旁边走过）。她高高地撩起布衫，露出雪白的双腿。一个哥萨克打猎回来，开玩笑地对她说："再拉高点儿，不要脸的！"同时用枪向她瞄准。那哥萨克女人放下布衫，却丢掉了木柴。一个哥萨克老头儿，裤脚卷得高高的，袒着毛茸茸的胸膛，打鱼归来。他肩上搭着一网鲜蹦活跳的银色鲤鱼，为了抄近路，就从邻居的破篱笆上爬过去，随即扯下被篱笆钩住的短褂。一个女人拖着一根枯枝走过，接着街道转角处就传来叮叮的斧头声。哥萨克孩子们在街上平坦的地方打陀螺，嘴里尖声叫喊着。女人们不愿绕远路，也都翻越篱笆走过去。所有的烟囱都冒着味儿很浓的畜粪烟。家家院子里传出一片忙碌声，预告着寂静的夜晚即将来临。

乌丽特卡奶奶，哥萨克少尉兼小学教师的妻子，也同别的女人一样，走到院子门口，等女儿玛丽雅娜赶牲口回来。不等她把篱笆门完全打开，一头被蚊蚋包围的大水牛就哞哞叫着直冲进门来。几头肥壮的黄牛跟在它后面，都用大眼睛认着女主人，同时有节奏地用尾巴拂着身子的两侧。身材匀称的美人儿玛丽雅娜走进门来，扔掉树枝，砰的一声关上篱笆门，就急急地跑去把牲口分开，赶进畜棚里。"快把鞋脱掉，鬼丫头，"做娘的嚷道，"鞋都被你踩坏了。"玛丽雅娜听见母亲叫她鬼丫头，一点儿也不生气，把它当作亲昵的称呼，继续快活地干她的活儿。玛丽雅娜的脸用一块帕子半遮着，身上穿一件粉红色布衫，外罩一件湖色短袄。她跟着肥壮的牲口钻到畜棚里，只听得她在那儿温柔地抚慰水牛："不肯站一会儿吗？哼，你这家伙！喂，来吧，老东西！……"不多一会儿，母女俩从畜棚来到牛奶房，手里捧着两大罐牛奶——今天一天的产品。接着牛奶房的泥烟囱里就冒出畜粪的烟气——她们在把牛奶熬成熟奶油呢。女儿烧着火，母亲走到大门口。暮色笼罩了全村。空气里弥漫着蔬菜、牲口和畜粪烟的味儿。哥萨克女人们拿着引火的破布，在门口和街上奔走。挤过奶的牲口在院子里呼呼地喘气，安静地倒嚼；街上和院子里但听得妇女和孩子呼应的声音。在平常日子里，喝醉酒的男人的声音是难得听到的。

一个身材高大、有点儿男子气的哥萨克老太婆从对面院子里走来，向乌丽特卡奶奶讨火。她手里拿着一块破布。

"都收拾好了吗，大娘？"她问。

"丫头在烧火呢。你是不是要火？"乌丽特卡奶奶高兴地说。她总是乐于帮人家的忙。

两个女人走进屋子里。不习惯拿小东西的粗手哆嗦着打开火柴盒子——火柴在高加索是很稀少的。有点儿男子气的老太婆在门槛上坐下来，显然想聊会儿天。

"你那口子还在小学里吗，大娘？"客人问。

"一直在教孩子们念书呢，大娘。他来信说，过节要回来一次。"

少尉的妻子说。

"聪明人哪，处处用得着。"

"是啊，用得着。"

"我那个鲁卡沙可是在哨兵线上，他们不放他回家。"客人说，虽然这事少尉的妻子早就知道了。她就是想谈谈她的鲁卡沙——她最近刚送他到哥萨克军里去服役，并且希望他能娶少尉的女儿玛丽雅娜做妻子。

"在哨兵线上吗？"

"是啊，大娘。上次过节以后就没有来过。前两天我托福摩什金送去几件衬衫。他说，他好着，上司还称赞他呢。他说，他们那边又在搜捕山匪了。他说，鲁卡沙很快活，他好着呢。"

"哦，感谢上帝，"少尉的妻子说，"一句话，是个机灵鬼。"

鲁卡沙被称为"机灵鬼"是因为他勇敢机灵，曾经从水里救出一个哥萨克孩子。少尉的妻子提到这事，存心让鲁卡沙的母亲高兴，以答谢她对她丈夫的夸奖。

"感谢上帝，大娘，他是个好儿子，有出息，大伙儿都称赞他，"鲁卡沙的母亲说，"只要给他娶上个媳妇，我就是死了也安心。"

"哦，难道村子里的姑娘还嫌少吗？"机灵的少尉的妻子一边说，一边用粗糙的双手小心翼翼地套上火柴盒子。

"多得是，大娘，多得是，"鲁卡沙的母亲一边说，一边摇头，"你家的玛丽雅娜可是个好姑娘，全村再找不到第二个了。"

少尉的妻子知道鲁卡沙母亲的用意。虽然她也认为鲁卡沙是个好哥萨克，却避开这事不谈，第一因为她是少尉的妻子，家里又有钱，而鲁卡沙只是个普通的哥萨克孩子，又丧了爹；第二因为她不愿马上让女儿离开。但主要是因为从体面上讲，她不能不推托一番。

"是啊，等玛丽雅娜长大了，她也要做大姑娘了。"她稳重而谦逊地说。

"我要请人来说媒，一定要请人来的。等我把葡萄园收拾好，我们就来求亲，请求伊里亚·华西里耶维奇答应这门亲事。"鲁卡沙的母亲说。

"那关伊里亚什么事！"少尉的妻子傲然地说，"得跟我谈。到时候再说吧。"

鲁卡沙的母亲看到少尉的妻子板着脸，知道不便再谈下去，就用火柴点着破布，站起身来说："别推托了，大娘，记住我的话吧。我走了，得回去生火了。"

当她摇摇晃晃地拿了点着火的破布穿过街道时，正好遇到玛丽雅娜。玛丽雅娜向她鞠了一躬。

"真是个美人儿，勤快的姑娘，"她瞧着这个美丽的姑娘想，"她还用得着再长吗？ 该出嫁了，嫁个好人家，嫁给鲁卡沙吧。"

但乌丽特卡奶奶也有她的心事。她一动不动地坐在门口，苦苦地想着什么，直到女儿叫她才停止思索。

六

村里的男人不是出征去，就是在哨兵线上，或者照他们哥萨克的说法，"在站岗"。两个老妇人谈到的机灵鬼鲁卡沙，那天傍晚正站在下普罗托茨克哨所的瞭望台上。下普罗托茨克哨所就在捷列克河畔。他双肘搁在瞭望台的栏杆上，眯细眼睛，一会儿望望捷列克河对岸的远处，一会儿向下瞧瞧哥萨克伙伴们，偶尔跟他们交谈两句。太阳已经接近那矗立在云雾之上的白皑皑的雪山了。云雾在山麓上翻腾，色彩越来越暗。空中显出一派黄昏时分的明净。从草木稠密的树林里送来阵阵凉意，可是哨所周围仍旧很热。哥萨克的谈话声越来越响地传开来。捷列克河黄浊的急流在宁静的两岸中显得更加分明。河水开始退落，河岸和浅滩上露出几处黄褐色的湿沙。哨兵线对面的河岸上空旷荒凉，只有那片低矮的芦苇无边无际，一直伸展到山麓那儿。斜对面，在不高的河岸上，望得见车臣人村落里的泥屋、平屋顶和漏斗形的烟囱。站在瞭望台上的哥萨克目光炯炯地注视着远处平静的村子里几个穿红蓝衣服的车臣女人，她们在炊烟中走动着。

虽然哥萨克时刻提防着鞑靼山民渡河袭击，特别是在这五月里，捷列克河两岸树木非常稠密，徒步不易通过，而河水却很浅，即使骑马也可以涉水而过；虽然两天之前有个哥萨克骑马跑来，送来团长的通知，其中说，据探子密报，有七八个敌人企图渡河，着令特别戒备，但是哨兵线上并没有什么特别戒备。哥萨克们像在家里一样，不备马鞍，不带武器，有的在捕鱼，有的在打猎，有的在喝酒。只有值班人的马备了鞍，脚上系着绳子，在树林旁边的乌荆子丛里走动；还有一个哥萨克哨兵穿着契尔克斯服，带着步枪和军刀。班长是个瘦长的哥萨克，脊背特别长，手脚特别小。他敞开短裤，坐在小屋前面的土台上，脸上现出做上司的懒洋洋的神气，闭上眼睛，两只手交替托着脑袋。一个上了年纪的哥萨克蓄着宽阔的灰白胡子，穿一件衬衫，腰里束一条黑皮带，躺在河畔，懒洋洋地望着水流湍急、曲折而又单调的捷列克河。另外几个人也热得半光着身子,有的在河里洗衣服,有的在编马笼头,有的躺在河边的热沙上哼歌曲。一个脸又黑又瘦的哥萨克显然已喝得烂醉,仰天躺在小屋的墙脚边,那儿两小时之前是个背阴的地方,此刻却在炎热的夕阳照射之下。

站在瞭望台上的鲁卡沙是个漂亮的高个子青年,二十岁上下,长得很像他母亲。他的脸和身材虽然显出青春时期的瘦削,却洋溢着旺盛的体力和坚强的毅力。他应征入伍虽然还不久,但从他那落落大方的神情和从容不迫的姿态上看来,他已具有哥萨克和经常佩带武器的人所特有的威武豪迈的气概,并且充分认识到自己的哥萨克身份。他身上那件宽大的契尔克斯服有几处破了,帽子像车臣人那样歪戴在脑后,膝盖下的绑腿布松开了。他的服装并不讲究,但穿在他身上,自有一种特别洒脱的哥萨克风度,那是向车臣骑士学来的。一个真正的骑士,身上的服装总是宽大而破旧,显得落拓不羁,只有他的武器是贵重的。但穿戴这样破旧的服装,佩带那样贵重的武器,都有一定的款式,不是人人都会的。这一层,不论哥萨克或者山里人,都是一目了然的。鲁卡沙就具有这种骑士的风度。他双手按住军刀,眯细眼睛,不断地瞭望着远处的鞑靼村落。他脸上的各部分,分开来看,并不漂亮,可是不论谁一看到他那匀称的体格和眉毛乌黑的聪明脸相,都会忍不住喝一声彩:"好一个漂亮的小伙子!"

"嘿,娘儿们,村子里就有这么多娘儿们!"他懒洋洋地露出一排洁白的牙齿,尖声说,并不专对某一个人。

躺在地上的纳扎尔卡连忙抬起头来,应声说:"她们准是打水去的。"

哥萨克:一八五二年高加索的一个故事 | 061

"开一枪吓唬吓唬她们,准会叫她们慌作一团!"鲁卡沙笑着说。

"枪打不到的。"

"哼!我的枪可以打过头呢。过些日子,等他们过节,我要到吉烈汗那儿去做客,去喝布扎①。"鲁卡沙一面说,一面怒气冲冲地挥开包围他的蚊子。

密林里一阵簌簌声吸引了哥萨克们的注意。一只毛色斑驳的杂种猎狗搜寻着野兽的踪迹,拼命摆动着脱毛的尾巴,向哨兵线跑来。鲁卡沙认得这是邻居猎人耶罗施卡大叔的狗,接着就看见猎人从树林里走出来。

耶罗施卡大叔是个体格魁伟的哥萨克,留着一把宽阔的银白色大胡子,肩膀和胸膛都很宽阔,树林里没有人能跟他相比。他看上去个儿并不太高,那是因为他的手脚生得粗壮,跟他的体格十分相称。他身穿一件腰间掖起的褴褛短褂,脚套一双用绳子系在包脚布上的鹿皮鞋,头上戴一顶破旧的白色便帽。他一边肩上搭着一张打野鸡用的遮身布幔和藏有引诱鹞子用的小鸡和小隼的口袋;另一边肩上用皮带吊着一只打死的野猫子;腰带后面挂着一只装子弹、火药和面包的小口袋,一个驱蚊用的马尾拂尘,一柄插在血迹斑斑的破鞘里的短刀和两只打死的野鸡。他向哨兵线望了望,站住了。

"嘿,梁姆!"他用洪亮的低音吆喝着狗,他的声音远远地在树林里引起了回响。接着他把那支巨大的火枪往肩上一背,举起帽子来。

---

① 布扎——一种用小米做的鞑靼啤酒。——列夫·托尔斯泰注

"你们好哇,老乡们!喂!"他用同样洪亮而快乐的声音招呼哥萨克们,虽然一点儿也不费劲,却像隔河招呼人一样响亮。

"您好,大叔!您好!"许多哥萨克小伙子的快乐声音从四面八方答应着。

"你们看见什么了?给我讲讲吧。"耶罗施卡大叔一边用衣袖擦着红彤彤的阔脸上的汗水,一边喊道。

"哦,大叔!这儿的法国梧桐里有一只老大的鹞子!天一黑,它就在这儿兜圈子。"纳扎尔卡挤挤眼,耸耸肩,摇摇腿,说。

"哼,得了吧!"老头儿怀疑地说。

"真的,大叔,你来守着吧。"纳扎尔卡笑嘻嘻地说。

哥萨克们都笑了。

这个淘气的家伙根本没看到过什么鹞子;可是哨兵线上的哥萨克小伙子们早就有个习惯,耶罗施卡大叔每次跑来,他们总要捉弄捉弄他。

"哼,你这傻瓜,老是胡说八道!"鲁卡沙从瞭望台上对纳扎尔卡说。

纳扎尔卡立刻住口。

"得守住这鹞子。我来守吧,"老头儿说得哥萨克个个都高兴起来,"可你们有没有看到野猪?"

"看到野猪!哪有这么容易!"班长说,弯下身子,双手搔着瘦长的背。他遇到开玩笑,总是挺高兴的。"我们要搜捕的是山匪,可不是野猪。大叔,你没听到什么风声吗?"他又补了一句,无缘无故地眯细眼睛,露出一排整齐洁白的牙齿。

"你是说山匪吗?"老头儿说,"不,没听到。你们有没有契希尔[①]？让我喝一点儿，老弟。可把我累坏了。下次我给你带些新鲜野味来，一定带来。给我来一点儿酒吧。"他又补了一句。

"那么，你真想守着它吗？"班长问，仿佛没听见老头儿的话。

"我想守它一夜，"耶罗施卡大叔回答，"运气好，说不定能打到些什么来过节，打到了我准送你一份！"

"大叔！喂！大叔！"鲁卡沙在上面尖声喊道，引得哥萨克们都抬起头来瞧他。"你还是到上游去吧，那边有一大群野猪呢。真的！我没撒谎。前两天我们的一个弟兄在那边打到了一只。我说的是实话，"他挪了挪背上的步枪，补充说。从他的口气上听来，并不是开玩笑。

"哦，原来机灵鬼鲁卡沙也在这儿！"老头儿向上面望望说，"他这是在哪儿打的？"

"你没看到吗？该是你长得太小了！"鲁卡沙说。"就在沟旁边，大叔，"他摇摇头，认真地补充说。"那天我们正沿着沟走，忽然听到一阵簌簌响，不巧我的枪装在套子里。伊里亚开了一枪……我可以带你去看那地方，大叔，并不远。等过一些时候。它们的行踪我都知道。"他忽然口气坚决、简直像发命令似的对班长说，"莫赛夫大叔！该换班了！"说着就提起步枪，没等命令，从瞭望台上走下来。

"下来吧！"班长这才向周围扫了一眼，说，"该轮到你了吧，古尔卡？那就去吧！你那个鲁卡沙可变得调皮了，"班长转身对老头儿说，"他像你一样，成天东奔西跑，家里待不住。前几天他打死了一只野猪。"

[①] 契希尔——一种葡萄酒。

七

太阳已经落山,夜的阴影迅速地从树林那边扩展开来。哥萨克们完成了哨兵线一带的任务,聚集到小屋里吃晚饭。只有那老猎人留在法国梧桐下,拉着拴住小隼的绳,守候着鹞子。鹞子栖在树上,不下来攫取那小鸟。鲁卡沙在乌荆子丛中野鸡必经的地方不慌不忙地安排绳套,嘴里一曲又一曲地唱着歌。鲁卡沙生得身高手大,但不论什么大小活儿,他做起来总是得心应手。

"喂,鲁卡沙!"附近树林里传来纳扎尔卡的尖声叫喊,"哥萨克都吃晚饭去了。"

纳扎尔卡胳肢窝下夹着一只活野鸡,穿过乌荆子丛,来到小径上。

"哦!"鲁卡沙停止唱歌说,"这野鸡是哪儿弄来的? 大概是落在我的套儿①里的吧……"

纳扎尔卡跟鲁卡沙同年,也是春天入伍的。

他是个瘦弱难看的小伙子,声音很尖。他跟鲁卡沙是邻居,又是好朋友。鲁卡沙像鞑靼人那样盘腿坐在草地上,安排着绳套。

"我不知道是谁的。大概是你的吧。"

"是不是在水坑那边的法国梧桐旁边? 那是我的,是我昨天安下的。"

鲁卡沙站起来,瞧瞧捕获的野鸡。那野鸡恐怖地伸长脖子,转

---

① 套儿——一种专门捕野鸡的套索。——列夫·托尔斯泰注

动眼珠。鲁卡沙摸摸灰蓝色的鸡头，把野鸡抱过来。

"今天晚上我们烧鸡肉抓饭吃；你去把它杀了，煺掉毛。"

"哦，我们自己吃还是送给班长？"

"他那里有的是。"

"我不敢杀这种东西。"纳扎尔卡说。

"拿来。"

鲁卡沙从鞘里拔出短刀，猛地戳了一刀。那野鸡挣扎了一下，可是还没展开翅膀，就垂下血淋淋的头，微微哆嗦着。

"就得这么办！"鲁卡沙扔下野鸡，说，"可以做一顿肥美的鸡肉抓饭吃了。"

纳扎尔卡瞧着野鸡，身子哆嗦了一下。

"你看，鲁卡沙，那恶鬼又要派我们去打埋伏了，"他拾起野鸡又说，把班长称作恶鬼。"他派福摩什金打酒去了，本该轮到他的。我们去过多少夜了！老是派我们去。"

鲁卡沙吹着口哨，沿哨兵线走去。

"你带根绳子去！"他大声说。

纳扎尔卡听从他的话。

"我今天要对他说，一定要对他说，"纳扎尔卡又说，"我们对他说：我们不去了，累坏了，这就是了。你去对他说，他会听你的话的。要不，真是太气人啦！"

"这种事也犯得着费口舌！"鲁卡沙说，显然在想别的事，"真无聊！要是晚上逼我们离开村子，那才气人哪。村子里还可以玩玩，这儿又有什么呢？守在哨兵线上也罢，打埋伏也罢，反正一个样。嗨，你这家伙！"

"你到村里去吗？"

"等休假日回去。"

"古尔卡说,你那个董卡跟福摩什金搞上了。"纳扎尔卡忽然说。

"去他妈的!"鲁卡沙回答,露出一排细密洁白的牙齿,但并没有笑。"难道我就找不到别的女人啦?"

"古尔卡说,他有一次到她那儿去,她丈夫不在家。福摩什金坐在那儿吃包子。古尔卡坐了一会儿就走了,走过窗口,听见她说:'那恶鬼走了。你怎么不吃包子啊,心肝?你可不用回家去睡了。'古尔卡就在窗外应声说:'妙哇!'"

"你胡说!"

"真的,我说的是实话。"

鲁卡沙沉默了一下,说:"她找上别人,那就去他妈的吧,姑娘还嫌少吗?我也搞腻啦。"

"嗨,你这鬼东西!"纳扎尔卡说,"你还是去找找少尉的女儿玛丽雅娜吧。怎么样,她跟谁也没来往吗?"

鲁卡沙皱起眉头。

"玛丽雅娜又怎么样!全都一个样!"他说。

"你去试试看……"

"你想到哪儿去了?村子里的姑娘还嫌少吗?"

鲁卡沙又吹着口哨向哨兵线走去,一路上摘着树上的叶子。走过灌木丛时,他忽然发现一株光滑的小树,就拔出短刀把它砍下来。

"可以做一根通条呢。"他一边把那小树挥得呼呼响,一边说。

哥萨克们坐在哨兵线上土屋外间的泥地上,围着一张鞑靼式矮桌,谈论着该轮到谁去打埋伏。

"今天该谁去啊?"一个哥萨克回头朝一扇开着的门,问里间的班长。

"该谁去呢?"班长回答说,"布尔拉克大叔去过了,福摩什金去过了。"他说到这里口气不很坚决,"还是你们去吧?你和纳扎尔卡，"他对鲁卡沙说，"还有叶尔古肖夫也去，他也睡够了吧。"

"你都没睡够，他怎么会睡够呢！"纳扎尔卡低声说。

哥萨克们都笑起来。

叶尔古肖夫就是那个喝醉酒睡在墙脚下的哥萨克。他刚揉着眼睛，踉踉跄跄地闯进屋里来。

鲁卡沙已经站起来，把枪准备好。

"快去吧！吃了晚饭就去！"班长说。他不等弟兄们答应就关上门，显然对哥萨克们听从他的命令不抱太大的希望。"要不是上头有命令，我也不派谁去打埋伏了，可是没办法，长官要来检查的。再说已经有八个山匪渡过河了。"

"没办法，只好去，"叶尔古肖夫说，"规矩嘛！这种时候有什么办法。我说，只好去。"

鲁卡沙双手拿着一大块野鸡肉吃着，一会儿瞧瞧班长，一会儿瞧瞧纳扎尔卡，似乎完全没把刚才的事放在心上，却瞧着两个人大笑。耶罗施卡大叔在法国梧桐下徒然守到天黑，这时也走进昏暗的外间，哥萨克们却还没出去打埋伏。

"喂，孩子们，"低矮的外间里响起了他那洪亮的低音，把所有人的声音都压下去，"我同你们一起去。你们守车臣人，我守野猪。"

八

当耶罗施卡大叔和三个哥萨克披上斗篷，挎着枪，离开哨兵线，沿捷列克河向指定的埋伏地点走去时，天色已完全黑了。纳扎尔卡根本不愿意去，但被鲁卡沙一声吆喝，不多一会儿他们就出发了。他们默默地走了几步，离开壕沟，顺着一条几乎被芦苇遮没的小径向捷列克河走去。河岸上横着一根被河水冲来的粗大黑木头，木头周围的芦苇新近被人踩过了。

"守在这里怎么样？"纳扎尔卡问。

"行！"鲁卡沙说，"坐在这儿吧，我去给大叔指点一下，马上就回来。"

"这地方倒挺不错：人家看不见我们，我们看得见人家，"叶尔古肖夫说，"就坐在这儿吧。这是个头等好地方。"

纳扎尔卡跟叶尔古肖夫摊开斗篷，在那根木头后面坐下来，鲁卡沙跟耶罗施卡大叔继续向前走去。

"离这儿不远了，大叔，"鲁卡沙一边说，一边悄悄地走到老头儿前面，"我指给你看它们打哪儿过的。只有我一个人知道，大叔。"

"指给我看吧，你真是个好样的，机灵鬼！"老头儿也低声答应着。

又走了几步，鲁卡沙站住，向一个水潭弯下身子，打了个呼哨。

"这就是那畜生经过时喝水的地方，看见吗？"他指着新鲜的蹄印说，声音轻得几乎听不见。

"基督保佑你，"老头儿回答，"那丑货会到这沟后面的水潭里来洗澡的，"他又说，"我守在这儿，你去吧。"

鲁卡沙把斗篷拉得高些，自个儿沿河岸走回去，一会儿瞧瞧左边的芦苇墙，一会儿望望岸下汹涌奔流的捷列克河。"他们也在放哨，也可能爬过来侦察的。"他想到车臣人。忽然一阵很响的簌簌声和拍水声把他吓了一跳，他急忙抓住枪。一只野猪气势汹汹地窜出来，

哥萨克：一八五二年高加索的一个故事 | 069

它那乌黑的身体在光滑的水面上一闪，就钻到芦苇丛里去了。鲁卡沙连忙举起枪来瞄准，可是不等他开枪，野猪已经消失在灌木丛里了。他懊恼得啐了一口唾沫，又向前走去。他走近埋伏地点，又站住，轻轻吹了一声口哨。口哨得到了回应，他就向伙伴们那边走去。

纳扎尔卡身子缩成一团，已经睡着。叶尔古肖夫盘腿坐在那儿，身子挪了挪，给鲁卡沙让出个位子来。

"坐在这儿可舒服啦，真是个好地方，"他说，"把他带到啦？"

"我指给他看了，"鲁卡沙一边摊开斗篷，一边回答，"刚才我在水边把一只好大的野猪吓跑了。大概就是那一只！你也听见簌簌声了吧？"

"听见了。我马上听出是头野兽。我心里就想，准是鲁卡沙把野兽吓跑了，"叶尔古肖夫拿斗篷裹紧身体，说。"现在让我睡一会儿，"他又说，"等鸡啼了，你叫醒我，得有个规矩。让我睡一会儿，然后你睡，我来守着。就这么办。"

"谢谢，我可不想睡。"鲁卡沙回答。

夜黑暗而温暖，没有风。只有小半边天空星光闪烁；山那边的大半边天空都被乌云遮没了。乌云跟山连成一片，因为宁静无风，缓缓地向前移动，它那曲折的边缘在湛蓝的星空陪衬下显得格外清晰。这哥萨克只看得见前面的捷列克河同河对岸的远方；他后面和两边都被芦苇包围着。芦苇有时无缘无故地东摇西摆，发出飒飒声。从下面看去，摇摆的芦苇在那片明亮的天空衬托下好像蓬松的树枝。脚边就是河岸，河岸下是汹涌的激流。远一点儿是一大片光滑而流动的褐色河面，河水在浅滩和岸旁泛着单调的涟漪。再远一点儿，水、岸、云汇成了一片不可渗透的黑暗。河面上浮动着一条条黑影，哥萨克富有经验的眼睛一下子就可以认出是些从上游冲下来的木块。偶尔亮起一道闪光，映入黑镜子般的水中，照亮了对面微斜的河岸。和谐的夜籁——芦苇的飒飒声，哥萨克的打鼾声，蚊子的嗡嗡声和流水的潺潺声，偶尔被远方的枪声、河岸上泥土的崩落声、大鱼的泼剌声，或是野兽窜过荒林的簌簌声所打断。一只猫头鹰沿捷列克河飞过，在飞翔时双翼每挥动两下就相碰一次。当它飞到哥萨克们的头上时，就折向树林，向一棵树飞去，它的双翼不再是每挥动两下相碰一次，而是每次挥动都相互接触，然后它在一株法国梧桐下盘旋了好一阵，才在那株老树上栖息下来。每次碰到这种意外的响声，这个醒着的哥萨克就竖起耳朵，眯细眼睛，不慌不忙地摸索着步枪。

大半夜过去了。乌云向西方扩展，从它那残缺的边缘里透露出一片星光闪烁的天空，一钩黄澄澄的残月玲珑地高悬在群山之上。寒气开始侵入肌肤。纳扎尔卡醒过来，说了几句话，又睡着了。鲁卡沙觉得无聊，站起来，从鞘里拔出短刀，动手把树干削成通条。他的头脑里萦回着各种幻象：车臣人住在那边的山里，勇敢的小伙子越境过来，他们不怕哥萨克，并且可能在别处渡河。于是他探身望望沿河一带，可是什么也看不见。他偶尔望望朦胧的月光下依稀可辨的流水和河岸，不再想到车臣人，只等时候一到好叫醒伙伴，好回村去。他想着村子里的董卡，他的"小心肝"（哥萨克这样称呼他们的情妇），可是一想到她，心里就有点儿气恼。黎明来到了，水面上白漾漾地笼罩着一片银雾，离他不远的地方，幼鹰尖声叫起来，扑动着翅膀。最后，第一声鸡啼远远地从村子里传来，接着是另一只公鸡经久不息的啼声，于是另外一些公鸡也纷纷响应着啼叫起来。

"该叫醒他们了。"鲁卡沙削好通条,感到眼皮很重,心里想。他向伙伴们转过身去,辨认着哪双腿是谁的,忽然听到河对岸有个响声,仿佛有什么东西掉到水里。他再望望残月下渐渐被照亮的远山,望望对面河岸的轮廓,望望捷列克河以及现在看得清清楚楚的河上的浮木。他似乎觉得,他自己的身子在移动,而捷列克河和浮木却一动不动,但这只是一瞬间的幻觉。他又仔细观察。一块生有枝丫的巨大黑木头特别引起他的注意。奇怪得很,这木头既不摇晃,也不打转,却在河的中流直浮过来。他甚至觉得它不是顺流而下,而是横穿捷列克河向浅滩浮来。鲁卡沙伸长脖子,全神贯注地盯着它。那木头浮到浅滩上停住,古怪地晃动起来。鲁卡沙仿佛看见有只手从木头底下伸出来。"让我一个人干掉这山匪!"他想,抓起步枪,镇静而迅速地摆好枪架,把枪搁在上面,悄悄地扣住扳机,屏息瞄准起来。"我不去叫醒他们。"他想。可是他的心紧张得怦怦直跳。他站住不动,仔细倾听。那木头忽然扑通一声落入水里,又横穿河面向河岸这边浮过来。"可别打偏人!"他想,接着在朦胧的月光下有个鞑靼人的脑袋在木头前面晃了一下。他把枪对准那脑袋。他觉得那脑袋很近,简直就在枪杆的末端。他又看了一下。"果然是个山匪!"他高兴地想,忽然用双膝跪着,再度瞄准,看见那目标出现在长枪头上,于是就用他从小习惯的规矩说了声:"凭圣父圣子之名!"扣动扳机。一阵闪光刹那间照亮了芦苇和河水。急促而尖锐的枪声沿着河流传开去,在远处扩散成一片隆隆声。那木头不再横穿河流,而是摇摇晃晃,打着转,顺着水流冲下去。

"喂,站住!"叶尔古肖夫一边叫,一边抓起枪,从一段木头后

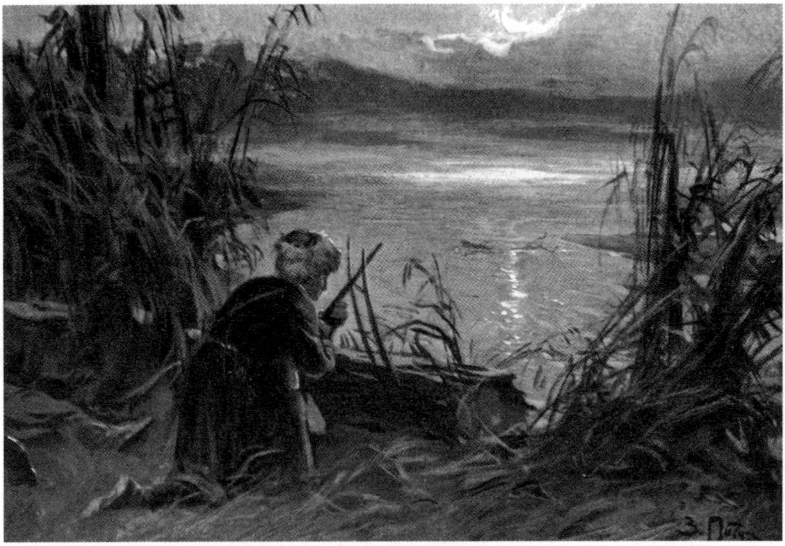

面抬起身来。

"闭嘴,小鬼!"鲁卡沙咬咬牙,低声对他说。"山匪!"

"你开枪打谁啊?"纳扎尔卡问,"打谁啊,鲁卡沙?"

鲁卡沙什么也没回答。他装上子弹,眼睛盯着那浮木。浮木在不远的浅滩上搁住,木头后面露出一样巨大的东西在水面上摇晃。

"你打什么啊? 怎么不说话?"哥萨克们又问。

"山匪嘛! 跟你说了。"鲁卡沙重复道。

"胡说八道! 是不是枪走火了?"

"我打死一个山匪了! 我开枪打的!"鲁卡沙跳起来,兴奋得断断续续地说。"有个人游水过来……"他指指浅滩说,"我把他打死了。往那儿瞧吧。"

"你胡说!"叶尔古肖夫擦擦眼睛,又说。

"怎么胡说? 你瞧! 往那儿瞧。"鲁卡沙一边说,一边抓住叶尔古肖夫的肩膀使劲拉,拉得叶尔古肖夫叫了声"喔唷!"

叶尔古肖夫往鲁卡沙指的方向望去,看清有具尸体,才改变了口气。

"哦! 我看还有别的人哪,真的,"他低声说,拿起枪来察看了一下,"那是个打先锋的,其他的人不是已经到了这里,就是在对岸不远的地方,真的。"

鲁卡沙解开腰带,动手脱下契尔克斯服。

"你上哪儿去啊,傻瓜?"叶尔古肖夫大声说,"你只要一暴露,就会白白送命的,真的。既然你把他打死,他就跑不掉了。给我点儿火药,你有吗? 纳扎尔卡! 你马上到哨兵线上去,可是别顺着河岸走,要不然会给人打死的,真的。"

"叫我一个人去吗？你自己去吧！"纳扎尔卡怒气冲冲地说。

鲁卡沙脱掉上衣，走到河边。

"别下去，我说，"叶尔古肖夫一边把火药装到枪上的药池里，一边说，"瞧，他不动了，我看得出来。天快亮了，等哨兵线上来了人再说。快去，纳扎尔卡，真胆小！别害怕，我说。"

"鲁卡沙！喂，鲁卡沙！"纳扎尔卡说，"你倒说说，你是怎么把他干掉的。"

鲁卡沙改变主意，不马上下水。

"你们快到哨兵线上去，我在这儿守着。叫他们派个侦察班来。要是山匪到了这边……就得把他们捉住！"

"对，他们会跑掉的，"叶尔古肖夫支起身来，说，"得把他们捉住，说得对。"

叶尔古肖夫和纳扎尔卡站起来，画了十字，向哨兵线走去，但不沿着河岸，而是踏着荆棘穿过林间的小径走去。

"喂，鲁卡沙，留点儿神，别动，"叶尔古肖夫说，"要不然他们也会在这儿把你干掉的。你得留神，可别大意，我说。"

"去吧，我知道。"鲁卡沙回答。他检查了一下枪，又在木头后面坐下。

鲁卡沙独个儿坐着，望望浅滩，又用心听听，看哥萨克们来了没有，可是哨兵线离这地方很远，他有点儿不耐烦。他老担心那些同来的山匪逃走。他唯恐他们像昨天晚上那头野猪那样跑掉，因此焦虑不安。他一会儿向周围瞧瞧，一会儿朝对岸望望，巴不得再发现一个人。他摆好枪架，准备开火。至于他自己也可能被人家打死，这一层他根本没想到。

哥萨克：一八五二年高加索的一个故事 | 075

九

  天蒙蒙亮了。车臣人的尸体搁在浅滩上微微晃动,现在看得很清楚了。忽然,在离鲁卡沙不远处,芦苇簌簌地响起来,听得见脚步声,芦苇梢也摇晃起来。鲁卡沙扣住扳机,说了声:"凭圣父圣子之名!"枪机一响,脚步声就停住了。

  "喂,哥萨克们!可别把我大叔打死啊!"传来一个镇静的男低音。接着耶罗施卡大叔分开芦苇,来到他跟前。

  "险些儿把你打死了,真的!"鲁卡沙说。

  "你在打什么呀?"老头儿问。

  他那洪亮的声音在树林里传开来,顺河而下,一下子打破了那笼罩着哥萨克的寂静和神秘。周围的一切仿佛也变得更加明亮和清楚。

  "你什么也没看到,大叔,我可打死一头野兽了。"鲁卡沙松开枪机说,异常镇静地站起来。

  老头儿紧瞅着那尸体的白脊背,同时看河水怎样在它周围起着涟漪。

  "他背着木头游过来。我看得清清楚楚……你往这儿瞧!喏!穿着蓝裤子,带着枪……你看见吗?"鲁卡沙问。

  "怎么没看见!"老头儿生气地说,脸上现出一副郑重其事的样子。"把一个骑士打死了。"他仿佛很惋惜似的说。

  "我刚才坐在这儿,忽然看见那边有样黑乎乎的东西。我当时就看出来，有个人走到那边，跳下水去。好奇怪！一块木头，一块老大的木头浮过来，不是顺水而下，而是横穿河面。我一看，木头下面有颗脑袋伸出来。这是个什么怪物哇？我探出身去，可是被芦苇挡住，看不清楚；我抬起身来，大概被那家伙听见了，他爬上浅滩，向四下里望望。我想，哼，你逃不掉了。他爬到浅滩上张望。哦，我的喉咙像被什么东西堵住了！我准备好枪，一动不动地等着。他停了一会儿，又游起水来，等他一落到月光下，他的背都看得见了。'凭圣父圣子圣灵之名！'我透过烟雾望去，看见他正在挣扎。他呻吟起来，但这也许只是我的幻觉。哦，谢天谢地，我想这下子可把他打死了！等他浮到浅滩上时，全身都露了出来。他想爬起来，可是没有力气。他挣扎了一阵，又倒下了。什么都看得清清楚楚。瞧，他不动了，多半是断气了。哥萨克们已赶回哨兵线去通知，可不能让其余的人逃掉！"

"就这样要了他的命！"老头儿说，"老弟，如今他可走远了……"他又伤心地摇摇头。这时候，哥萨克们沿河赶来，有骑马的，也有步行的，只听得一片响亮的说话声和树枝的簌簌声。

"小船带来了吗？"鲁卡沙大声问。

"好样的，鲁卡沙！把他拖到岸上来！"一个哥萨克喊道。

鲁卡沙不等小船划到，就动手脱衣服，眼睛盯住那房获物。

"等一下，小船纳扎尔卡马上划来。"班长喊道。

"傻瓜！说不定还活着呢！他装死！把匕首带去！"另一个哥萨克喊道。

"胡说！"鲁卡沙一边拉下裤子，一边喝道。他利索地脱下衣服，画了十字，纵身一跳，哗啦一声窜到水里。他在水里泡了泡，伸长白手臂,高高地从水里弓起背,冲着水流,横穿捷列克河向浅滩游去。一群哥萨克站在岸上大声谈话。三个骑马的出发巡逻。小船在河湾那边出现了。鲁卡沙爬上浅滩,向尸体俯下身去,摇了他两下。"一点儿气也没有了!"他尖声嚷道。

那车臣人被打中脑袋。他穿着蓝裤、衬衫和契尔克斯服,背上缚着一支枪和一把匕首。他身上缚了一根粗大的树干,因此开头把鲁卡沙骗过了。

"一条大鲤鱼落网了!"当车臣人的尸体从小船里拖起来放在岸边的草地上时,哥萨克围拢来,其中有一个说。

"颜色好黄啊!"另一个说。

"我们那几个人上哪儿找去了? 其余的人恐怕都在对岸吧。他要不是个打前站的,也不会那么游法。一个人游来干什么?"第三个人说。

"他倒挺灵活,走在大家前头。是个真正的骑士呢!"鲁卡沙一面嘲笑说,一面站在岸上绞着湿衣服,身上直打哆嗦。"胡子还染过颜色,修剪过了。"

"他把棉袄装在口袋里,挂在背后。这样游起来方便些。"有人说。

"我说,鲁卡沙!"班长手里拿着从死人身上解下来的匕首和枪,说道,"匕首你自己拿去吧,棉袄也拿去,这支枪呢,我出三卢布向你买。瞧,上面还有砂眼呢,"他向枪筒里吹着气,又补了一句,"我想留下它做个纪念。"

鲁卡沙什么也没回答,这种硬讨便宜的手法显然使他很生气,但他知道这是无法拒绝的。

"哼,真见鬼!"他皱着眉头把车臣人的棉袄往地上一扔,说道,"要是件好棉袄倒也罢了,可这简直是块破布。"

"打柴穿穿倒合适。"另一个哥萨克说。

"莫赛夫！我回家去一趟。"鲁卡沙说，显然忘了他的气愤，并且希望利用这讨好长官的机会得到点儿方便。

"好的，去吧！"

"弟兄们，把尸体搬到哨兵线那边去，"班长对哥萨克们说，仍旧察看着那支枪，"还得在他上面搭个棚子遮遮太阳。说不定山匪会来赎的。"

"天还不热呢。"有人说。

"要是被豺狼撕掉了呢？那可怎么办？"另一个人说。

"我们得派人守着，不然他们来赎时，要是被撕掉，就糟了。"

"哦，鲁卡沙，不管怎么说，你得请弟兄们喝桶酒啊。"班长快乐地补充说。

"对，这是老规矩，"哥萨克们附和说，"你看，上帝赐福给你了，还没见过什么世面，就干掉了一个山匪。"

"把这匕首和棉袄都买下吧！别舍不得钱。这裤子我也卖。上帝保佑你，"鲁卡沙说，"我穿不下，他是个瘦鬼。"

有个哥萨克用一卢布买了棉袄。另一个人出两桶酒的代价换了匕首。

"喝吧，弟兄们，我请你们喝一桶，"鲁卡沙说，"酒我会从村里带来的。"

"这裤子剪开来给姑娘们做头巾吧！"纳扎尔卡说。

哥萨克们哄然大笑起来。

"你们笑得也够了，"班长又说，"把尸体拖开。干吗把这脏东西搁在屋子旁边……"

"大家站着干什么？弟兄们，把他拖开！"鲁卡沙用命令的口吻喝道。哥萨克们勉强抓起尸体，像服从长官命令那样服从他。他们把尸体拖了几步，松开手，那两条腿毫无生气地抖了一下，又横在地上。哥萨克们让开点儿，默默地站了一会儿。纳扎尔卡走到尸体跟前，把他歪在一边的脑袋摆正，让大家看见死人太阳穴上血淋淋的枪洞和脸庞。

"瞧，给他做了个多清楚的记号！正好在脑壳上！"他说，"丢不了啦，主人们认得出来的。"

谁也没有应声，静默的天使又在哥萨克的头上飞翔。

太阳升起来了，它那四散的光芒照耀着露珠滚滚的草木。捷列克河在附近苏醒了的树林中哗哗奔流；野鸡在四处啼叫，互相呼应，迎接着早晨。哥萨克们呆立在尸体周围，默默地瞧着他。褐色的尸体光穿着一条湿淋淋的蓝裤，凹陷的肚子上束着腰带，看上去体格生得匀称漂亮。两条肌肉发达的手臂直挺挺地摆在身旁。头发剃得发青的圆脑袋带着凝血的伤口歪在一边。晒得黑黝黝亮光光的脑门儿跟新剃过的头皮黑白分明。一双玻璃般的眼睛向上翻着，眼珠呆呆地下陷，对周围的一切似乎都视而不见。红棕色的小胡子下露出两片展延到嘴角的薄唇，唇上仿佛还挂着一丝不怀恶意的嘲笑。两只小手上长满红棕色的汗毛，手指向里弯曲，指甲也染红了。鲁卡沙还没有穿上衣服。他浑身湿淋淋的，脖子发红，眼睛也比平时明亮；宽阔的颧骨不断颤动着。他那洁白强壮的身体上隐隐约约地冒着热气，散发在早晨的新鲜空气中。

"原来也是一个人物哇！"他说，显然欣赏着那尸体。

"是啊，你要是落在他手里，他也不会放过你的。"一个哥萨克应声说。

静默的天使飞走了。哥萨克们开始活动和谈话。有两个砍树枝搭棚去了。其余的人慢吞吞地向哨兵线走去。鲁卡沙和纳扎尔卡跑去收拾东西,准备回村。

半小时以后,鲁卡沙和纳扎尔卡穿过捷列克河和村庄之间的密林,奔回家去,一路上不断地谈着话。

"记住,别告诉她是我派你去的,你只要看看她丈夫在不在家就行了。"鲁卡沙尖声说。

"我也要去找找雅姆卡,"顺从的纳扎尔卡说,"咱们去喝个痛快,怎么样?"

"今天不喝还等几时啊!"鲁卡沙回答。

这两个哥萨克回到村里,痛饮了一场,就倒头一直睡到黄昏。

十

就在那件事发生后的第三天,高加索步兵团的两个连进驻诺伏姆林村。辎重车队卸了马,停在广场上。火头军挖了一个坑,从人家院子里拖来些没藏好的木头,动手做饭。司务长们在点着人数。辎重兵们在地上打着拴马桩。设营员们像当家人似的在大街小巷里走来走去,给军官和士兵安排住所。这儿摆着一排排绿色的弹药箱,那儿停着行军灶和马匹以及一只只正在煮饭的锅子。上尉、中尉和司务长奥尼西姆·米哈伊洛维奇都在这儿。一切都集中在这个村庄里，据说两个连奉命驻在此地，所以官兵们就都像在家里一样随便。为什么要驻在这里？那些哥萨克怎么样？驻在这里他们欢迎不欢迎？他们是不是旧教徒？管他妈的！士兵们都筋疲力尽，满身灰尘，散队后乱哄哄的像一群蜜蜂散布在街道和广场上。他们根本不管哥萨克们的反感，三三两两地有说有笑，把枪支碰得哐哐响，走进人家家里，把军服装备往屋子里到处乱挂，打开带着的袋子，还跟娘们开玩笑。一大群士兵聚集在他们心爱的地方——饭锅周围，他们嘴里衔着小烟斗，一会儿望望炊烟怎样渐渐升腾到炎热的天空，在高空凝集，好像一片白云，一会儿瞧瞧篝火怎样在明净的空中跳动，好像熔化的玻璃。他们挖苦和嘲笑哥萨克男女，因为他们的生活跟俄罗斯人完全不同。家家院子里都可以看到士兵，听到他们的哄笑声和哥萨克女人们恼怒的尖叫，她们守着自己的家，不让士兵们用水和食具。哥萨克孩子们紧挨着他们的妈妈，或者互相依偎着，惊奇地盯着他们从没见过的士兵们的一举一动，或者保持一定距离跟在他们后面跑。哥萨克老人们坐在门外的土台上，阴沉沉地望着士兵们奔走忙碌，一言不发，似乎对什么都听天由命，漠不关心。

奥列宁以士官生身份进高加索团已有三个月了。分派给他住的是村里一所好房子，就是伊里亚·华西里耶维奇少尉的房子，也就是乌丽特卡奶奶家里。

"这算是个什么路数哇，德米特里·安德烈耶维奇？"凡纽沙气呼呼地对奥列宁说。奥列宁身穿契尔克斯服，骑着那匹他在格罗兹纳亚买的卡巴尔达马，在五小时行军之后愉快地走进那派给他住的人家的院子。

"什么事啊，伊凡·华西里奇？"他一边抚摩着马，一边问，同时好玩地瞧着头发蓬乱、满脸大汗、神情激动的凡纽沙。凡纽沙是跟辎重车一起来的,正在卸行李。

奥列宁好像换了个人。原来剃得光光的面颊和下巴颏如今都长了柔软的胡子。原来由于过夜生活而脸色枯黄,如今两颊、前额和耳朵后面的皮肤都晒得黑里透红,十分健康。原来穿一套洁净的崭新黑色燕尾服,如今可换上一件肮脏的打宽裆的白色契尔克斯服,还佩了武器。原来那种浆得笔挺的洁白硬领,也换上紧束住黧黑脖子的红绸短衫的领子。他一身契尔克斯人打扮,但并不地道;谁都能一眼看出他是个俄罗斯人,而不是个鞑靼骑士。一切似乎都像,其实还是不像。但他浑身都焕发着健康、快乐和满足的神气。

"噢,您觉得可笑,"凡纽沙说,"可您自己去跟那些人谈谈看,谁也不理你,这就是了。一句话也不会跟您说的。"凡纽沙怒气冲冲地把一只铁桶扔到门口。"到底不是俄罗斯人。"

"那你干吗不去找村长呢?"

"我又不知道他住在哪儿!"凡纽沙委屈地回答。

"谁让你生这么大的气啊?"奥列宁四下里打量了一下,问。

"鬼才知道他们! 呸! 真正的东家不在,说是到什么克里加[①]去了。那老太婆简直是个魔鬼,上帝保佑!"凡纽沙抱住头回答。"在这儿怎么过日子,我可说不上来。他们比鞑靼人还要坏,真的。也算是基督徒! 就是鞑靼人也比他们高尚点儿。'到克里加去了'!'克里加'是个什么鬼地方,我可说不上来!"凡纽沙说完,转过身去。

"你说,跟我们家的下房不一样,是吗?"奥列宁嘲笑说,并不

---

① 克里加 —— 河滨用篱笆围起来捕鱼的地方。—— 列夫·托尔斯泰注

下马。

"把马给我！"凡纽沙说。显然，新环境使他感到困惑，但他还是听凭命运的摆布。

"你说鞑靼人高尚点儿吗？呃，凡纽沙？"奥列宁又问，同时跳下马来，拍拍鞍子。

"哼，您笑我！您觉得好笑！"凡纽沙生气地咕噜着。

"哦，别生气，伊凡·华西里奇，"奥列宁应着说，仍旧笑嘻嘻的，"回头让我去找房东他们，你瞧着，我会把一切都安排好的。我们还要在这儿好好过日子呢！只是你别激动。"

凡纽沙没回答，他只是眯细眼睛，轻蔑地望望东家，摇摇头。凡纽沙把奥列宁单单看作东家，奥列宁把凡纽沙单单看作仆人，要是有人说，他们其实是朋友，那两个人都会感到惊奇的。但他们确实是朋友，尽管自己并没意识到这一层。凡纽沙领来那年才十一岁，当时奥列宁也是这样的年纪。奥列宁十五岁的时候，一度教过凡纽沙读书写字，还教他学法文。这件事凡纽沙挺引以自豪。如今每逢凡纽沙高兴的时候，总爱说几个法文字，并且总是一边说一边傻笑。

奥列宁跑上台阶，推开房门。玛丽雅娜只穿一件粉红衬衫（哥萨克女人在家里通常都是这样），吃惊地从门边跳开去，身子贴住墙壁，用鞑靼衬衫的宽大袖子遮住下半个脸蛋。奥列宁把门开得大一点儿，在昏暗的走廊中看见了这个年轻哥萨克女人高大匀称的身材。他不禁怀着年轻人的好奇心，心头痒痒地注视着那薄印花布衬衫裹着的健美的处女身体和那双带着稚气的惊慌与粗野的好奇盯住他的乌黑美丽的眼睛。"哦，是她！"奥列宁想，"这样的女人一定还有不少。"于是他打开房间的另一扇门。乌丽特卡奶奶也只穿一件衬衫，正弯着腰,背着他在扫地。

"您好,老妈妈!我是来看房子的……"他招呼她说。

哥萨克女人并没有直起身子,只向他转过脸来。她的相貌长得还不错,但神色很严厉。

"你来干什么?想来取笑我们吗?啊?让我来教你怎么取笑吧!让黑死病瘟死你!"她一边骂,一边皱着眉头斜瞅着客人。

奥列宁原以为他所参加的英勇的高加索团在长途劳顿之后准会处处受到欢迎,特别会受到哥萨克战友们的欢迎,因此这样粗暴的接待使他纳闷。不过,他并不发窘,他只想说明一番,房租他会付的,可是老太婆不让他把话说完。

"你来干什么?谁要你这种病鬼?脸皮刮得这么光光的!等当家的回来,他会派给你住的地方的。我可不要你的臭钱。神气什么,我们这辈子又不是没见过钱!烟草熏得满屋子都是烟味,还想拿几个钱来赎罪呢!我可没见过这样的病鬼!让子弹打穿你的肚子和心肺!"她尖声叫骂着,打断奥列宁的话。

"看来凡纽沙说得对!"奥列宁想,"还是鞑靼人高尚点儿。"他在乌丽特卡奶奶的咒骂声中走出屋子。这当儿,玛丽雅娜突然从穿堂里跑出来,从他身边溜过。她仍旧只穿一件粉红色衬衫,但头上包了一块头巾,直遮到眉毛边上。她赤着脚啪哒啪哒地奔下台阶站住,笑盈盈地看了奥列宁一眼,便在房子转角处消失了。

她那年轻稳健的步态,她那从白头巾下射出来的光芒逼人的野性的目光,她那匀称健美的身体,这会儿更使奥列宁惊讶不已。"这一定是她。"他心里想。他不再考虑房子的事,只不断瞧着玛丽雅娜,同时向凡纽沙走去。

"瞧，连姑娘都这样野，"凡纽沙说，他仍旧在马车旁边忙碌，但情绪已经好些了，"简直像匹野马！女人①！"他得意扬扬地用不成腔的法语大声补了一句，哈哈大笑起来。

十一

傍晚，房东打鱼回来，知道士官生答应付房租，就说服妻子，并且满足了凡纽沙的要求。

在新的住所里，一切都安排停当。房东一家搬到冬天住的屋子里，士官生就以每月三卢布的代价租得了夏天住的屋子。奥列宁吃了些东西就睡了。他傍晚醒来，洗了脸，刷过衣服，吃了饭，点上一支烟，在临街的窗口坐下。白天的暑热减弱了。一座带雕花山墙的房子的斜影投落在满是灰土的街上，影子的末端落在另一座房子的墙脚，折在墙上。对面房子坡度很大的芦苇屋顶在夕阳下闪闪发亮。空气越发清新了。村子里静悄悄的。士兵们都安顿下来，寂然无声。牲口还没有赶回棚子，人们也还没有下工回家。

奥列宁的寓所差不多就在村边。从捷列克河对岸的远处，从奥列宁来的那些地方（在车臣或者库梅茨平原），偶尔传出几下隐约的枪声。在经历了三个月的露营生活之后，奥列宁的身体越发健康了。他那张刚洗过的脸容光焕发，强壮的身体在行军之后异常洁净，经

---

① 法语词"女人"的俄语拼写。

过休息的四肢感到轻松而有力。他的心情也很舒畅。他回想着这次行军和所经历的危险。他想到他在危急关头镇定自若，不比别人差，因此被英勇的高加索人看作伙伴。关于莫斯科的回忆已消失得无影无踪。他同旧生活一刀两断了，新生活开始了，这是一种洁白无瑕的崭新生活。在这儿，他作为一个新人，生活在陌生人中间，可以给人家一个新的良好印象。他尝到了一种不知从何而来的青春的生活乐趣，一会儿站在窗口望望在房子的阴影里打陀螺的孩子，一会儿瞧瞧这收拾得干干净净的新居，觉得他这个村居新生活安排得实在太美了。他又望望群山和天空，一种在雄伟的大自然面前油然而生的庄严感跟他的种种回忆和遐想融合在一起。生活开始了，同他离开莫斯科时所想望的并不相同，但是出乎意外地美好。山哪，山哪，他的一切思想和感情都离不开山！

"哈，跟小狗亲嘴！把瓦罐子都舔空！耶罗施卡大叔跟小狗亲嘴！"在窗下打陀螺的哥萨克孩子忽然向小巷那边嚷起来。"跟小狗亲嘴！拿刀子换酒喝！"孩子们一边喊，一边挤成一团向后退。

原来他们是在向耶罗施卡大叔叫嚷。耶罗施卡大叔正挎着枪，腰带上挂着几只野鸡，打猎回来。

"是我错了，孩子们！是我错了！"他一边说，一边雄赳赳地挥动双臂，望望街道两边的窗子。"拿小狗换酒喝，是我错了！"他一再说，显然有点儿生气，但表面上仍装得满不在乎。

孩子们对老猎人的态度使奥列宁觉得惊奇，尤其使他惊奇的，就是那个被唤作耶罗施卡大叔的富于表情的聪明的脸和强壮的体格。

"老大爷！哥萨克！"他喊道，"请到这儿来。"

老头儿往窗里瞧了一眼，站住。

"你好，老乡。"他一边说，一边掀了掀帽子，露出头发剪得很短的脑袋。

"你好，老乡，"奥列宁回答，"孩子们为什么对你这样嚷嚷啊？"

耶罗施卡大叔走到窗下。

"他们捉弄我老头儿。不要紧。我喜欢。让他们拿我大叔开心吧，"他像一般受人尊敬的老人那样，音调抑扬顿挫地说，"你是部队的长官吗？"

"不，我是个士官生。你这些野鸡是在哪儿打的？"奥列宁问。

"我在树林里打死了三只野鸡。"老头儿一边回答，一边把他那宽阔的背转向窗子，让对方看见，有三只野鸡头塞在腰带上挂着，把他的契尔克斯服沾得血迹斑斑。"你没见到过野鸡吗？"他问。"你要，拿一对去吧。喏！"说着从窗口递进两只野鸡来。"你也爱打猎吗？"他问。

"是的。我在行军途中就打死了四只。"

"四只吗？ 这么多！"老头儿嘲笑说，"你爱喝酒吗？ 契希尔你喝吗？"

"怎么不喝？ 我也爱喝酒。"

"哎，你这人，我看得出来，是个好样的！ 咱们做个朋友吧！"耶罗施卡大叔说。

"进来吧！"奥列宁说，"我们来喝点儿契希尔吧！"

"好的，我来，"老头儿说，"你把野鸡收下吧！"

从老头儿的脸上看得出，他喜欢这个士官生。他立刻懂得可以白喝士官生的酒，因此送他一对野鸡是应该的。

一会儿，耶罗施卡大叔便来到房子门口。奥列宁这才看清此人身材的魁伟和体格的强壮,虽然在他红棕色的脸上留着宽阔而浓密的全白大胡子,而且布满由年龄和辛劳刻下的粗大皱纹。他的腿上、臂上和肩上肌肉发达,像年轻人一样富有弹性。他的头上,在剪短的头发底下有几道很深的伤疤。筋脉毕露的粗脖子像牛脖子一样布满交叉的皱纹。粗糙的双手也满是抓伤和擦伤的痕迹。他轻快地跨过门槛,解下枪,把它放到屋角里,向室内的杂物扫了一眼,撇开穿生皮凉鞋的双脚,轻轻走到房间当中。他一进来,房间里就闻到一股契希尔、伏特加、火药和凝血的浓郁而并不难闻的混合味儿。

耶罗施卡大叔向圣像鞠了个躬,抚平胡子,走到奥列宁跟前,伸出又黑又粗的手。

"柯施基尔达!"他说,"这是鞑靼话,意思就是您好,祝您健康。"

"柯施基尔达! 这我知道。"奥列宁一边回答,一边跟他握手。

"哎,你不懂,你不懂规矩! 傻瓜!"耶罗施卡大叔说,责备似的摇摇头。"要是人家对你说柯施基尔达,你就应该说阿拉·拉齐·波·宋,意思就是上帝保佑你。就是这样,老朋友! 可不能说柯施基尔达。我什么都会教你的。我们这儿从前有个人,叫伊里亚·莫赛伊奇,也是你们俄罗斯人,我跟他是好朋友。是个好样的。喝酒,偷东西,打猎,什么都来,打猎打得可出色啦! 我什么本领都教给他。"

"那你教给我什么呀?"奥列宁问道,对老头儿越来越感兴趣了。

"我要带你去打猎,教你捉鱼,指给你看车臣人,你要的话,我还可以给你找个相好。看,我这人就是这样的。我这人就爱开玩笑!"老头儿说着笑了。"我要坐一下,老朋友,我累了,卡尔迦?"他问道。

"'卡尔迦'是什么意思?"奥列宁问。

"那就是好,是格鲁吉亚话。可我说惯了,这是我的口头禅,是我喜欢的词儿。卡尔迦,卡尔迦,我这是开玩笑。怎么样,老朋友,叫人弄点儿契希尔来吧。你有勤务兵吧? 有吗? 喂,伊凡!"老头儿叫道。"你们的士兵个个都叫伊凡,你那个是不是也叫伊凡哪?"

"对了,叫伊凡①。凡纽沙! 你问房东要点儿契希尔,拿到这儿来。"

"凡纽沙也好,伊凡也好,都一样。为什么你们的士兵全叫伊凡呢? 伊凡!"老头儿又喊了一声。"你问他们要新开桶的,老弟。他们酿的契希尔全村数第一。可是得留心,顶多三十戈比一升,别多给,要不就太便宜了那婆娘……我们这儿的人真该死,脑子笨,"凡纽沙出去以后,耶罗施卡大叔用推心置腹的口气继续说,"他们不把你们当人看待。在他们眼里,你比鞑靼人还坏。他们说,俄罗斯人很世故。可是依我说,你虽然是军人,到底也是个人哪,也有心肠的。我说得对吗? 伊里亚·莫赛伊奇也是军人,可他真是个金子一样的好人! 你说对吗,老朋友? 就因为这个缘故,我们那些人不喜欢我,我可不在乎。我这人挺快活,我谁都爱,我是耶罗施卡! 就是这样,老朋友!"

老头儿说着亲切地拍拍年轻人的肩膀。

十二

凡纽沙这时情绪极好。他已经把家务安排停当,还请连里的理发师修过面,并且把掖在靴筒里的裤脚拉出来——这表示连队驻在

---

① 伊凡——凡纽沙的本名。

宽敞的宿舍里。他不怀好意地仔细打量着耶罗施卡,好像瞧着一只从没见过的野兽,并且对着被老头儿踩脏的地板直摇头,接着从凳子底下取出两只空瓶去找房东。

"您好,好太太,"他决定装出特别和气的样子,说,"老爷叫我来买点儿契希尔,请您舀一点儿吧,好心的太太!"

老太婆不理他。那姑娘呢,正对着一面鞑靼小镜子整理头上的帕子,只默默地回头瞅了他一眼。

"我会付钱的,可敬的太太,"凡纽沙把口袋里的铜币弄得叮当响,又说,"你们客客气气,我们也客客气气,这样大家都好。"他补了一句。

"要多少?"老太婆粗声粗气地问。

"一升。"

"去吧,孩子,给他们去舀一点儿,"乌丽特卡奶奶对女儿说,"从那刚开的一桶里舀吧,宝贝。"

姑娘拿了钥匙和玻璃瓶,同凡纽沙一起走出屋子。

"请问这女人是谁啊?"奥列宁指着从窗外走过的玛丽雅娜问。

老头儿挤挤眼,用臂肘碰碰年轻人。

"等一下!"他说,探身到窗外。"哼!哼!"他咳嗽起来,含糊地说:"玛丽雅娜!啊,玛丽雅娜小姑奶奶!你跟我要好要好吧,小心肝!我这人爱开玩笑。"他对奥列宁低声说了一句。

姑娘没回过头来,仍旧匀调而有力地摆动双臂,以哥萨克女人特有的轻盈洒脱的步态走过窗口,只慢悠悠地把她那双覆着长睫毛的乌溜溜眼睛转向老头儿。

"跟我要好要好吧,你会快活的!"耶罗施卡嚷道,挤挤眼,询问似的向奥列宁瞅了一眼。"我这人顶呱呱,我这人爱开玩笑,"他接着说,"那姑娘是个天生的女皇,是吗? 呃?"

"是个美人儿,"奥列宁说,"叫她到这儿来吧。"

"不行,不行!"老头儿说,"人家要把她说给鲁卡沙呢。鲁卡沙是个好样儿的哥萨克,是个骑士,前几天他打死了一个山匪。我给你找个更好的吧。我给你找个穿绸戴银的好姑娘。我这人说得出办得到,我准给你找个美人儿。"

"哦,老头儿,这算什么话!"奥列宁说,"不怕罪过吗?"

"罪过? 有什么罪过?"老头儿断然说,"看看漂亮的姑娘罪过吗? 跟她玩玩罪过吗? 还是爱她罪过呀? 这是你们那边的规矩吗? 不,老朋友,这不是罪过,这是功德。上帝造了你,上帝也造了姑娘。什么都是他造的,老弟。所以看看漂亮的姑娘不算罪过。姑娘造出来就是让人爱让人快乐的。我是这样想的,老乡。"

玛丽雅娜穿过院子,走进昏暗阴凉、放满酒桶的贮藏室,嘴里念着念惯的祷文,走到一个酒桶前面,把吸管放进桶里。凡纽沙站在门口,笑嘻嘻地望着她。看见她只穿一件后面扎紧、前面耸起的衬衫,觉得很可笑;对于她脖子上挂着一串银币项链,他觉得尤其可笑。他想,这不是俄罗斯派头,要是在家乡看到这样的姑娘,下房里大家准会笑死的。"这姑娘蛮不错①,别有风味,"他想,"我要去告诉老爷。"

"你干吗把光遮住,鬼东西!"姑娘忽然嚷道,"把酒瓶拿来。"

玛丽雅娜把冰凉的红葡萄酒注了一满瓶,递给凡纽沙。

"钱拿去给妈妈吧。"她推开凡纽沙拿钱的手,说。

---

① 这句话是用不正确的法语说的。

凡纽沙嗨地笑了一声。

"您干吗这样凶啊,好姑娘?"当她盖上酒桶时,凡纽沙两脚交替站着,和气地说。

她笑了。

"难道你们就老实吗?"

"我家老爷和我都很老实,"凡纽沙毫不含糊地回答,"我们都很老实,不论走到哪儿,房东总是很感激我们的,因为老爷是个上等人。"

姑娘停住脚听着。

"那么他有妻子吗,你家老爷?"她问。

"没有!我家老爷年纪轻,还没成亲哪。凡是上等人总不会年纪轻轻就成亲的。"凡纽沙用教训的口吻说。

"说得倒漂亮!吃得像水牛一样壮,还说结婚还早呢!他是你们一伙人的长官吗?"她问。

"我家老爷是士官生,就是说,他还不是军官。可他的身份比将军大人还高呢。因为别说我们的上校,就连皇上都认识他呢,"凡纽沙骄傲地解释道,"我们可不像部队里那些穷光蛋,我家老太爷本人就是枢密官;他有一千多个农奴,常给我们寄钱来,一次就是一千卢布。所以人家总是喜欢我们。别的人就算做到上尉,可是没有钱,又有什么用?"

"走,我要锁门。"姑娘打断他的话。

凡纽沙带了酒回来,告诉奥列宁,那姑娘蛮漂亮①,接着就傻里傻气地哈哈笑着走了。

---

① 原文是不正确的法语。

十三

这时候,广场上吹起了军号。村民们都下工回家。成群的牲口挤在金光闪闪的尘雾里,在栅栏门口叫着。姑娘们和婆娘们在街上和院子里奔走忙碌,料理牲口。太阳完全落入远处的雪峰后面。一片浅蓝色的阴影笼罩着天地。在昏暗的花园上空,隐隐约约闪烁着几颗星星,村子里的喧闹声渐渐静息了。哥萨克女人们料理好牲口,来到街头巷尾,坐在土台上嗑葵花子。玛丽雅娜挤完两头黄牛和一头水牛的奶,也加入了其中的一伙。

在这伙人中有几个婆娘、几个姑娘和一个哥萨克老头子。

他们正谈到被打死的山匪。老头子讲着,娘儿们向他问长问短。

"我看会给他一笔重赏吧?"一个哥萨克女人说。

"那还用说!据说要奖给他一个十字勋章呢!"

"莫赛夫就想欺负他。他硬要了他的枪,可是被基兹利亚尔当局知道了。"

"真是个卑鄙的家伙,那个莫赛夫!"

"据说鲁卡沙回来了。"一个姑娘说。

"跟纳扎尔卡一起在雅姆卡(雅姆卡是个放荡的单身哥萨克女人,开着一家小酒店)那儿玩呢。听说他们喝掉了半桶酒。"

"这机灵鬼可走运了!"有人说。"真是个机灵鬼!可不是!是个好小子!灵活极了!心眼儿也直。他爹基里亚克大爷也是这样的人品；活像他爹。当年他爹被人杀了，全村人都为他大哭一场……瞧，他们来了，"说话的女人指着街上走着的几个哥萨克，继续说，"叶尔古肖夫那家伙也跟上他们了！瞧，这酒鬼！"

鲁卡沙跟纳扎尔卡和叶尔古肖夫喝完了半桶酒，正向姑娘们走来。他们三人，尤其是上了年纪的叶尔古肖夫，脸色比平时红多了。叶尔古肖夫走路跟跟跄跄，老是高声大笑，还推推纳扎尔卡的腰。

"姑娘们，干吗不唱歌啊？"他对姑娘们嚷道，"我说，唱个歌儿给我们开开心吧。"

"你们好哇？你们好哇？"他们听到一片招呼声。

"唱什么呀？又不是过节。"一个女人说，"你灌饱了，自己唱吧！"

叶尔古肖夫哈哈大笑，推推纳扎尔卡："还是你唱吧！我也要唱的，我什么都行，真的。"

"你们睡着了吗，美人儿？"纳扎尔卡说，"我们从哨兵线回来为大家的健康干一杯。刚才我们为鲁卡沙干过了。"

鲁卡沙走到大伙跟前，不慌不忙地掀掀帽子，在姑娘们面前站住。他的宽颧骨和脖子都是红彤彤的。他站着说话，语气沉着而庄重，但他这种沉着和庄重倒比纳扎尔卡的饶舌和慌张富有生气和力量。他好像一匹玩够了的小马，翘起尾巴，打着响鼻，四条腿像钉在地上似的一动不动地站着。鲁卡沙悄悄站在姑娘们面前，眼睛笑眯眯的；他很少说话，一会儿瞧瞧喝醉酒的伙伴，一会儿望望姑娘们。玛丽雅娜走过去，他从容不迫地掀了掀帽子，给她让了路，又站到她对面，稍稍伸出一只脚，两只拇指插在腰带里摸弄着匕首。玛丽雅娜落落大方地点头答礼，在土台上坐下，从怀里摸出一把葵花子。

鲁卡沙一直盯着玛丽雅娜,也嗑着葵花子,吐着壳儿。玛丽雅娜一来,大家都不作声了。

"怎么样?你们回来要待一阵吗?"一个哥萨克女人打破了沉默。

"明天早晨就走。"鲁卡沙一本正经地回答。

"好吧,但愿上帝多给你点儿好处,"一个哥萨克说,"我刚才说过,我真替你高兴。"

"我也这么说,"酒意十足的叶尔古肖夫笑着应和说。"来了多少客人哪!"他指着一个过路的士兵,又说,"士兵的伏特加顶呱呱,最中我的意啦!"

"他们把三个魔鬼赶到我家来,"一个哥萨克女人说,"我爷爷去找过村长,可是他们说没有办法。"

"嘿!你吃到苦头了吧?"叶尔古肖夫说。

"他们怕都是抽烟的吧?"另一个哥萨克女人问道。"在院子里尽管抽好了,可就是不许在屋子里抽。就是村长来,我也不答应。他们还会偷东西的。瞧,村长那鬼儿子,他就不让人家住到他自己家里去。"

"你也不喜欢吗?"叶尔古肖夫又说。

"听说姑娘们还得给士兵们收拾床铺,给他们送加蜜糖的契希尔呢!"纳扎尔卡一边说,一边像鲁卡沙那样伸出一只脚,并且像鲁卡沙那样把皮帽歪戴在脑后。

叶尔古肖夫呵呵大笑,一把搂住坐得离他最近的姑娘。

"我说的是实话。"

"哎,黑鬼,"那姑娘尖声叫道,"我要去告诉你老婆了!"

"去告诉吧！"他大声说，"纳扎尔卡说的全是实话；有过通告了，他识字的。确实是这样的。"他又动手去搂下一个姑娘。

"你动手动脚干什么，流氓！"脸蛋儿又圆又红的乌斯金卡笑着尖声嚷道，挥手要打他。

叶尔古肖夫身子一闪，险些儿跌倒。

"瞧，还说姑娘们没力气，差点儿要了我的命。"

"哦，黑鬼，魔鬼把你从哨兵线送回来啦！"乌斯金卡说，转过身去，又扑哧一声笑了。"你是不是睡得把山匪都放过了？要是把你宰掉，那就好了。"

"那你就要号啕大哭啰！"纳扎尔卡笑着说。

"我才不会为你号啕大哭呢！"

"你看，她一点儿也不在乎。你说她会哭吗？纳扎尔卡，啊？"叶尔古肖夫说。

鲁卡沙一直默默地瞧着玛丽雅娜。他的目光显然使姑娘感到不好意思。

"哦，玛丽雅娜，听说他们让一个长官住在你家里，是真的吗？"鲁卡沙向她走近一步，说。

玛丽雅娜像平常那样没有立刻回答，只是慢慢抬起眼睛，望望哥萨克们。鲁卡沙的眼睛眯眯笑着，仿佛在他同这姑娘之间有一件跟谈话不相干的特别事儿。

"是啊，她们还好有两座房子，"一个老太婆替玛丽雅娜回答，"可是他们给福摩什金家也带来一个长官，据说，整个屋子里给堆满了东西，他们一家人自己就没地方住了。把一大群大兵全赶到一个村子里来，天下哪有这样的事！叫我们怎么办！"她说，"他们要在这里搞点儿什么鬼名堂啊！"

"据说他们要在捷列克河上造一座桥呢！"一个姑娘说。

"可我听人家说，"纳扎尔卡走到乌斯金卡跟前，说道，"他们要挖一个坑，把姑娘们埋在里面，因为她们不爱小伙子。"他说着又做了一个古怪的手势，引得大家哈哈大笑。叶尔古肖夫这时却放过应该轮到的玛丽雅娜，动手去搂一个上了年纪的哥萨克女人。

"你怎么不抱一抱玛丽雅娜？个个都得轮到啊！"纳扎尔卡说。

"不，我这个老太婆甜一点儿。"叶尔古肖夫一边叫喊，一边吻着那挣扎着的老妇人。

"你要闷死我了！"她笑着嚷道。

街头传来整齐的脚步声，打断了他们的笑声。三个穿外套的士兵挎着枪，齐步走到连队辎重车那边去换岗。上了年纪的上等兵怒气冲冲地对哥萨克们瞧了一眼，带领两个士兵向鲁卡沙和纳扎尔卡站着的地方走来，逼得他们只好让路。纳扎尔卡后退了几步，鲁卡沙却皱起眉头，转过头和宽脊背，双脚站着不动。

"人家站在这儿，你们应该绕着走。"他一边说，一边从侧面轻蔑地对士兵们摆了一下头。

士兵们在灰沙飞扬的路上用整齐的步伐默默地从他们身旁走去。

玛丽雅娜笑起来，其余的姑娘也跟着笑了。

"那些家伙好神气！"纳扎尔卡说，"活像唱诗班里穿长袍的家伙。"他说着模仿他们的样子，在街上走了几步。

大家又哄然大笑起来。

鲁卡沙慢吞吞地走到玛丽雅娜跟前。

"那长官住在你们家什么地方啊？"他问。

玛丽雅娜想了想。

"我们让他住在新屋里。"她说。

"他年纪大不大？"鲁卡沙在姑娘旁边坐下来，问道。

"我干吗去问他！"姑娘回答，"我给他拿契希尔去的时候，看见他跟耶罗施卡大叔坐在窗口，头发红红的。行李倒带来了整整一大车。"

玛丽雅娜说着垂下眼睛。

"我从哨兵线请假回来，心里真高兴！"鲁卡沙一边说，一边坐得更挨近姑娘一点儿，一直盯住她的眼睛。

"回来要待一阵子吗？"玛丽雅娜微微笑了一下问道。

"明天早晨就走。给我些葵花子。"鲁卡沙又说，伸出一只手。

玛丽雅娜嫣然一笑，解开衬衫领子。

"别拿光。"她说。

"说实话，我一直在想念你呐。"鲁卡沙一边沉住气低声说，一边伸手到姑娘怀里取葵花子，俯着身子更加挨近她，又在她耳边说了些什么，眼睛笑嘻嘻的。

"我不来，我对你说。"玛丽雅娜忽然高声说，闪开身子。

"真的……我有话要跟你说……"鲁卡沙喃喃地说，"来吧，玛丽雅娜。"

玛丽雅娜摇摇头，但脸上笑眯眯的。

"玛丽雅娜姐姐！姐姐！妈妈叫你去吃晚饭。"玛丽雅娜的小弟弟一边叫，一边向他们跑来。

"我就来，"姑娘回答，"你去吧，弟弟，你先去，我马上就来。"

鲁卡沙站起来，掀掀帽子。

"看来我也该回家了，这样也好。"他说，装得若无其事，勉强忍住微笑，消失在屋角后面。

夜幕笼罩了村庄。黑暗的天空中撒满明亮的星星。街上黑洞洞的，空无一人。纳扎尔卡跟哥萨克女人们留在土台上，只听见他们嘻嘻哈哈的笑声。鲁卡沙却悄悄离开姑娘们，像猫一样弯下身子，用手按住摇摇晃晃的匕首，悄没声儿地奔跑起来，但不是回家，而是朝少尉家跑去。他跑过两条街，拐进小巷里，翻起契尔克斯服的下摆，在篱笆脚下的阴影中坐下来。"瞧，真是少尉家的姑娘，"他想着玛丽雅娜，"连开个玩笑都不行，鬼丫头！等着瞧吧。"

一个女人走近来的脚步声吸引了他的注意。他留神倾听，心里暗暗好笑。玛丽雅娜低下头，迅速而平稳地径直向他走来，手里拿着一根树枝，一路上打着篱笆桩子。鲁卡沙站起来。玛丽雅娜吓了一跳，站住了。

"唔，死鬼！吓了我一跳。原来你没回家去。"她说，大声笑起来。

鲁卡沙一手搂住姑娘，一手托起她的脸。

"我有话要跟你说……真的！……"他的声音哆嗦着，没说完就断了。

"深更半夜说什么话呀！"玛丽雅娜回答，"妈妈等着呢，你找你那个相好的去吧！"

玛丽雅娜从他的怀抱里挣出来，跑了几步。她跑到自己家的篱笆旁站住，向鲁卡沙回过头来。鲁卡沙在她旁边跑着，还在求她等一会儿。

"那你有什么话要说啊，夜游神？"玛丽雅娜又笑了。

"你不要笑我，玛丽雅娜！真的！你说我有个相好吗？去他妈的！你就说一句吧，我可实在爱你啊，你要什么，我都给你办到。

你看！"他把口袋里的钱弄得叮当响。"让我们好好过日子吧。人家都很快活，可是我呢？你就不肯给我一点儿快活，玛丽雅娜！"

姑娘站在他面前，什么也没回答，只用手指很快地把树枝折成一段一段。

鲁卡沙忽然握紧拳头，咬咬牙。

"干吗老是叫人等啊等的，难道我还不爱你吗，宝贝？你要拿我怎么样？"他忽然皱着眉头说，同时抓住玛丽雅娜的双手。

玛丽雅娜镇静的脸色和沉着的声音没有变。

"你别吵，鲁卡沙，你听我说，"她回答，没有缩回手，但把身子避开一点儿，"当然，我是个姑娘，你听我说，我自己做不了主，既然你爱我，我就老实告诉你吧。你放手，让我告诉你。我愿意出嫁的，可是你别想跟我胡搞。"玛丽雅娜说，没有转过脸去。

"出嫁有什么意思？出嫁这件事我们可做不了主。你跟我要好要好吧，玛丽雅娜！"鲁卡沙说，他忽然改变了那副烦躁不安的神气，显得温柔驯顺了。他又笑嘻嘻地逼视着她的眼睛。

玛丽雅娜紧挨着他，热烈地吻他的嘴唇。

"好哥哥！"她热情地紧贴着他，轻轻地说。接着忽然挣脱身子，头也不回地跑进自己家里去了。

这哥萨克小伙子虽然求她再等一下，说他还有话要对她说，但玛丽雅娜却不停下脚步。

"去吧！会给人家看见的！"她说，"你看，好像是我家那个鬼房客在院子里散步。"

"真是个少尉家的姑娘，"鲁卡沙心里想，"她要嫁人了！嫁人当然对，可你该先爱爱我啊！"

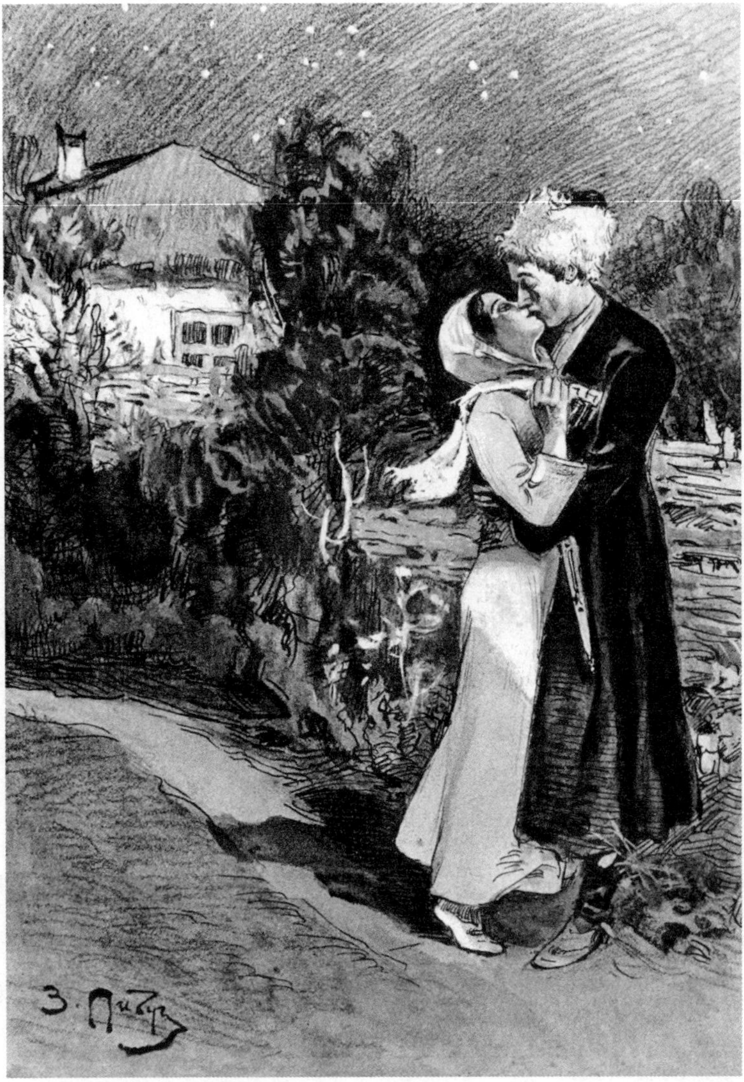

他在雅姆卡家里找到纳扎尔卡,跟他一起喝了一阵酒,接着就去找董卡。虽然她对他不忠实,他还是在她那里过了一夜。

十四

玛丽雅娜走进大门的时候,奥列宁确实在院子里散步,他也听得她说:"那个鬼房客在散步。"那天,他跟耶罗施卡大叔在新居的门口消磨了整个黄昏。奥列宁吩咐凡纽沙搬出一张桌子、一把茶炊,拿出酒,点上一支蜡烛,一边喝茶,吸雪茄,一边听那坐在他脚边台阶上的老头儿讲故事。虽然没有刮风,蜡烛却在跳动,火焰忽东忽西地摇晃,一会儿照亮阳台上的柱子,一会儿照亮桌子和餐具,一会儿照亮老头儿白发苍苍的脑袋。飞蛾围绕着烛火盘旋,振落翅膀上的粉末,扑着桌子,撞进玻璃杯里,忽而飞进烛火里,忽而飞到烛光之外的黑暗中。奥列宁跟耶罗施卡两人喝了五瓶契希尔。耶罗施卡不停地把酒杯斟满,一杯递给奥列宁,跟他碰了杯,又滔滔不绝地讲下去。他讲到哥萨克过去的生活,讲到他父亲巨人一个人能背三百斤重的死野猪,一口气能喝两桶契希尔。他讲到他的往事,在那瘟疫流行的年月,他怎样跟老朋友基尔奇克偷运斗篷过捷列克河。他讲到打猎,讲到他怎样一个早晨打死两只鹿。他讲到他的相好基尔奇克怎样常常夜里跑到哨兵线上去找他。他讲得有声有色,奥列宁听得入迷,连时间是怎么过去的都没有感觉到。

"就是这样,老朋友,"他说,"可惜你没在我的黄金时代碰到我,

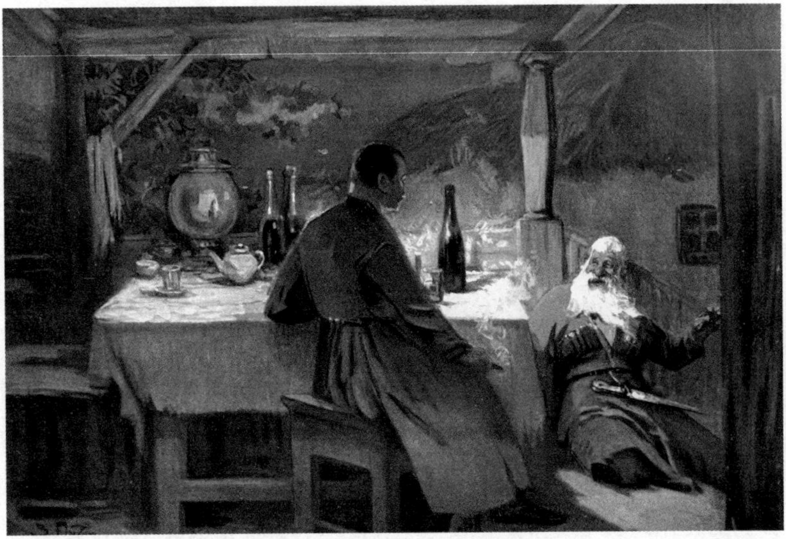

不然我什么都会让你看到的。今天耶罗施卡只舔舔空罐子,当年耶罗施卡在整个团里可是大名鼎鼎的!谁的马数第一?谁有古尔达[①]造的宝刀?上谁家去喝酒?跟谁一块儿玩?该派谁上山去杀死阿赫梅特汗?全是耶罗施卡。姑娘们爱的是谁?回答总是耶罗施卡。因为我是个真正的骑士。喝酒,偷东西,上山劫马群,唱歌,我什么都行。像我这样的哥萨克如今可没有了。如今的哥萨克叫人瞧着都难受。个儿只有这么高(耶罗施卡把手举到离地三尺高),就穿上古里古怪的靴子,而且老是得意扬扬地瞧着靴子,欣赏个没完。再不然就是喝得烂醉,喝得简直不成体统,稀里糊涂。可我当年是个怎样的人哪?我是偷东西的耶罗施卡,不但各个村子里的人认得我,就是山里的人也都知道我。那些鞑靼王爷,我的老朋友,也常来找我。我跟什么人都交朋友;是鞑靼人,就交个鞑靼朋友;是亚美尼亚人,就交个亚美尼亚朋友;是士兵,就交个士兵朋友;是军官,就交个军官朋友。什么人我都不在乎,只要能喝酒就行。他们说,一个人要洁身自好:别跟士兵一起喝酒,别和鞑靼人一同吃饭。"

"这是谁说的?"奥列宁问。

"我们那些神父呀。可是你听听毛拉[②]或者鞑靼法官的话吧。他们说:'你们这些异教徒,干吗吃猪肉?'就是说,各人有各人的规矩。可我以为都是一样的。上帝创造的一切都是给人享受的。什么罪孽也没有。就拿野兽来做比方吧,它可以在鞑靼人的芦苇丛里过活,也可以在我们的芦苇丛里过活。走到哪儿,哪儿就是家。上帝给你什么,就吃什么。可是我们那里的人说,贪吃要到地狱里去舔

[①] 古尔达——高加索制作刀剑的名匠,最名贵的刀剑由他造。——列夫·托尔斯泰注
[②] 毛拉——即阿訇,伊斯兰教的教士。

哥萨克:一八五二年高加索的一个故事 | 105

烧红的锅子的。我看这些全是骗人的鬼话。"他停了停，补充说。

"什么骗人的鬼话？"奥列宁问。

"神父们说的那些话。契尔弗伦那亚有个队长，他是我的老朋友。也像我一样了不起。后来在车臣尼雅给人杀死了。他说，这些全都是神父们骗人的鬼话。他说，人一死，坟上长出青草来，这就完了。"老头儿笑了。"是个不顾死活的家伙！"

"你多大年纪了？"奥列宁问。

"只有天知道。总有七十了吧。你们那个女皇在位的时候，我已经不太小。你就算一算有多大吧。该有七十了吧？"

"有了。可你的身子骨还挺硬朗啊！"

"是啊，感谢上帝，我身体健康，什么病也没有；就是被一个婆娘搞坏了，那妖……"

"怎么一回事？"

"就这样被她搞坏了……"

"哦，那你死了坟上也会长出青草来吗？"奥列宁又问。

耶罗施卡显然不愿明白说出自己的意思。他沉默了一会儿。

"那你是怎么想的呢？ 喝吧！"他笑嘻嘻地举起酒杯，大声说。

十五

"哦，我刚才说什么来着？"他竭力回想着，又说，"对了，我就是这样的人，我是个猎人。团里没有一个猎人能跟我相比。不论什么飞禽走兽,我都能指给你看;它们叫什么,住在什么地方,我全知道。我有几条狗,有两支枪,有网,有幔,有一只鹞子,我什么都有。感谢上帝!你要是不吹牛,确实是个猎人,我什么都可以带你去看看。我是个怎样的人吗?只要一发现脚印,我就知道是什么野兽,它躺在哪儿,到哪儿去饮水或者打滚。我会拿桩头做凳子,通夜坐在那儿守着。待在家里有什么意思!无非是喝酒造孽罢了。再有娘儿们走来东家长西家短地扯淡,孩子们对着你乱叫乱嚷,真是活受罪。还不如黄昏头出来,找个好地方,在芦苇丛里坐下来守着倒舒服。你总知道树林里是个什么景象吧?你抬头望望天空,星星在慢慢移动,你望望星星,就能知道时间了。你向四下里瞧瞧,树林里一片飒飒声,你一直守着。忽然喀啦一声,一头野猪出来擦身子了。你还能听见小鹰在那里吱吱乱叫,公鸡或者鹅儿在村子里呼应。鹅一叫,就是半夜了。这一切我都知道。有时候远远一声枪响,你头脑里就会出现各种念头。你会想,这是谁在开枪啊?也许是个哥萨克,像我一样守着野兽,可他有没有把它打死啊?还是只把它打伤了,害得那可怜的畜生白白把血溅在芦苇上。我可不喜欢这样!哦,真不喜欢!干吗要糟蹋野兽呢?傻瓜!真是傻瓜!你也可能想:'也许是山匪把哪个哥萨克笨蛋干掉了。'种种念头都在脑子里出现。有一次我坐在河边,忽然看见有只摇篮从上游漂来。一只好好的摇篮,只是边上有点儿坏了。这时候我心里就琢磨起来:这是谁家的摇篮哪?准是你们的士兵来到村子里,把车臣女人拉走,哪个恶鬼还杀了孩子:抓住一双小腿往屋角里一扔就完了。这种事他们干不出来吗?唉,人都没有心肝哪!头脑里也会出现这样的念头,真是不好受哇!我想:他们扔掉摇篮,赶走婆娘,烧掉房子,那骑士就

哥萨克:一八五二年高加索的一个故事 | 107

拿起枪，上我们这边抢劫来了。一个人坐着想个没完。一听到有群野兽在矮树丛里簌簌地响，你的心就跳起来。宝贝啊，过来吧！你心里想：它们要嗅出我来了；人坐着一动不动，可是那心哪：怦！怦！怦！简直跳得你灵魂都要出窍了。今年春天，有一次我碰上一群好畜生，黑压压的。'凭圣父圣子之名……' 我刚要开枪，忽然那母野猪对小野猪说：'糟了，孩子们，这儿有人守着！'于是它们就从矮树丛里跑掉了。那野猪离开我那么近，简直可以把它一口咬住。"

"那母猪怎么会告诉小猪有人守着呢？"奥列宁问道。

"你想怎么着，你以为它是傻瓜，是野兽？不，它比人还灵呢，虽然你叫它猪猡！它什么都知道。随便打个比方吧：一个人从你的脚印上走过，他不会发觉什么的，可是一头猪碰上你的脚印，马上就会逃走。这就说明猪有灵性。你闻不出自己的味儿，猪却闻得出来。再说，你想杀死它，它却想活在树林子里玩儿呢。你有你的道理，它也有它的道理。它是猪，可并不比你差，它也是上帝创造的啊。哎！人真愚蠢，真愚蠢！"老头儿反复说，垂下头，沉思起来。

奥列宁也沉思起来。他走下台阶，反背着双手，默默地在院子里走来走去。

耶罗施卡醒悟过来，抬起头，凝视那绕着跳跃的烛火飞行并且扑到火里自焚的飞蛾。

"傻瓜，傻瓜！"他说，"往哪儿飞啊？傻瓜！傻瓜！"他站起来，用他那粗壮的手指赶掉飞蛾。

"你要烧死了，小傻瓜，飞到这儿来吧，地方多得是，"他一边温柔地说，一边努力用粗手指留神地捉住它的小翅膀，又把它放掉。"你自己把自己给毁了，我可舍不得你啊！"

他坐了好一阵，唠叨着，从瓶里慢慢地啜着酒。奥列宁却在院子里踱来踱去。忽然，门外一阵低语声使他愣住了。他不由得屏住气，于是听到女人的笑声、男人的说话声和他们接吻的声音。他故意把脚下的草踩得沙沙响，走到院子的另一边去。过了一会儿，篱笆又咯咯地响起来。一个哥萨克身穿深色契尔克斯服，头戴白羊皮帽，沿着篱笆走过去（这是鲁卡沙），一个个儿高高的女人包着白头巾从奥列宁身边走过。"你管你的事，我管我的事，咱们俩不相干吧！"玛丽雅娜稳健的步伐仿佛在这样说。他目送她走到房东的屋子门口，还从窗子里看到她解下头巾，在凳子上坐下。忽然，这年轻人的心给一种忧郁的孤独感，一些模模糊糊的希望和憧憬以及不知对谁的嫉妒揪住了。

房子里最后几盏灯熄灭了。村子里最后一些声音静息了。枝条编的篱笆、院子里白乎乎的牲口、屋顶和端庄的白杨，全都沉入酣畅、宁静和劳动后的睡梦中。只有一刻不停的蛙鸣从潮湿的远方传到留神的耳鼓里。东方，星星越来越稀，在渐渐发白的天空中慢慢暗淡下去。可是头顶上的星星却越来越远，越来越密。老头儿一手托着脑袋，打起瞌睡来。一只公鸡在对面院子里啼叫，奥列宁却一直踱着步，想着心事。传来几个人合唱的声音，他走到篱笆旁倾听。几个哥萨克小伙子在合唱一支快乐的歌，其中有个声音特别高亢。

"你知道这是谁在唱吗？"老头儿清醒过来，说，"这是骑士鲁卡沙。他打死了一个车臣人，因此高兴了。其实有什么可高兴的？傻瓜，真是傻瓜！"

"那你打死过人吗？"奥列宁问。

老头儿忽然用双肘支起身，把脸凑近奥列宁的脸。

"你这鬼东西！"他嚷道，"你问什么呀？别提了。送掉人家的命可不好受，哦，真不好受啊！再见吧，老朋友，我已经酒醉饭饱了，"他说着站起来，"明天打猎去吗？"

"去的。"

"记住，得起得早一点儿，睡过头可要受罚的。"

"我会起得比你早的。"奥列宁回答。

老头儿走了。歌声停了，但听得到脚步声和愉快的说话声。过了一会儿，歌声又起，但更远一点儿，耶罗施卡洪亮的声音也加入了合唱。"这是些怎样的人，这是种怎样的生活啊！"奥列宁想着，叹了一口气，独自回到屋子里。

十六

耶罗施卡大叔是个退伍的单身哥萨克。他老婆二十年前改信正教，抛下他，另嫁了一个俄罗斯司务长。他也没有子女。他讲到他年轻时是村里最勇敢的小伙子，倒不是吹牛。团里人人都知道他英勇的往事。他不止一次杀过车臣人和俄罗斯人。这些事就成为他精神上的负担。他上过山，抢劫过俄罗斯人，还坐过两次牢。他一生的大部分时间都在树林里打猎，往往一连几天只吃些面包，喝点儿水。而待在村子里的时候，他就从早到晚饮酒作乐。那天晚上，他从奥列宁那儿回来，睡了两小时，天没亮就醒了。他躺在床上琢磨着昨天认识的那个人。他很喜欢奥列宁的老实（他心目中的老实，就在于不惜请他喝酒)。他也喜欢奥列宁的为人。他不懂为什么俄罗斯人都很老实、很有钱,为什么他们什么都不懂,还算是受过教育的。他独自琢磨着这些问题,同时考虑着他能问奥列宁要点儿什么东西。

耶罗施卡大叔的房子相当宽大,也不算旧,但是一望而知,里面没有主妇。跟一般哥萨克爱好整洁的习惯相反,他的整个屋子里乱糟糟的非常肮脏。桌子上摊着一件血迹斑斑的短褂,半块甜面饼,还有一只喂鹞子用的撕碎去毛的穴鸟。长凳上乱七八糟地放着凉鞋、枪、匕首、小口袋以及潮湿的衣服和破布。屋角里放着一桶发臭的脏水,桶里浸着另一双凉鞋,桶旁还放着一支步枪和一张幔。地上丢着一张网和几只打死的野鸡,桌子旁边系着一只母鸡,在肮脏的地上走来走去。在没有生火的炉子上搁着一把破壶,壶里盛着牛奶之类的东西。火炉上有只小隼在尖声啼叫,想挣断绳子,而那只脱毛的鹞子却宁静地栖在火炉边上,斜眼瞅着那只母鸡,偶尔向左右点点头。耶罗施卡大叔仰天躺在墙壁和火炉之间的短床上,只穿一件布衫,缩起两条强壮的腿,双脚搁在火炉上,用一根粗手指搔着手上被鹞子抓伤留下的痂——他带鹞子出去是不戴手套的。整个屋子里,特别是在老头儿周围,弥漫着一股强烈而并不难闻的老人所特有的混合味儿。

"乌伊德吗,大叔?(大叔在家吗?)"窗外传来一个尖细的声音,他立刻听出这是邻居鲁卡沙。

"乌伊德,乌伊德,乌伊德!在家,进来吧!"老头儿高声说,"邻居马尔卡,邻居鲁卡沙,你来看大叔吗?还是上哨兵线去?"

鹞子被主人的喊声吓了一跳,扑扑翅膀,在绳子上挣扎着。

老头儿喜欢鲁卡沙。他瞧不起年轻一代的哥萨克,唯有鲁卡沙

哥萨克:一八五二年高加索的一个故事 | 111

例外。而鲁卡沙和他的母亲也常常送给这位老邻居葡萄酒、熟奶油和他所缺乏的别的家庭自制食品。耶罗施卡大叔一生落拓不羁，总是从实惠的观点来解释他的嗜好。"那有什么关系？反正人家有的是，"他对自己说，"我可以给他们一些野味，一只野鸡，他们也就不会忘记我大叔了：他们会送我一些包子馅饼什么的……"

"你好，马尔卡！你来，我很高兴，"老头儿快乐地大声说，连忙从床上挂下光脚，跳下来，在吱嘎发响的地板上走了两步，瞧瞧他那双八字脚。他忽然觉得他的脚很滑稽，嗨地笑了一声，用光脚跟顿了顿地板，顿了又顿，摆出一种滑稽的舞蹈姿势。"你看灵活吗？"他闪动一双小眼睛，问道。鲁卡沙微微一笑。"要回哨兵线去吗？"老头儿又问。

"我给你送契希尔来了，大叔，我在哨兵线上答应你的。"

"基督保佑你！"老头儿说，从地上捡起宽大的裤子和短褂，穿上，束好皮带，拿壶里的水冲了冲手，又在那条旧裤子上擦擦干，拿半截断梳子梳了梳胡子，站在鲁卡沙面前说："准备好了！"

鲁卡沙拿出一只杯子，擦了擦，斟满酒，在凳子上坐下来，递给老头儿。

"祝你健康！凭圣父圣子之名！"老头儿郑重其事地接过酒杯，说，"祝你万事如意，祝你打仗勇敢，得个十字勋章！"

鲁卡沙也做了祷告，喝了点儿酒，又把酒杯放在桌上。老头儿站起来，拿出一条干鱼，放在门槛上，用棒把它打软，然后用他那双满是老茧的手把鱼放在唯一的一个蓝盘子里，摆在桌上。

"我什么都有，下酒的菜也有，感谢上帝。"他得意扬扬地说。"哦，莫赛夫怎么样？"老头儿问。

鲁卡沙讲到班长怎样硬要了他的枪，显然是想听听老头儿的意见。

"别舍不得一支枪，"老头儿说，"你不给他枪，就不会得奖的。"

"你这算什么话，大叔！人家说，没有正式编制的哥萨克能得什么奖？那支枪可出色得很，克里米亚造的，要值八十卢布呢。"

"哎，算了吧！当年我跟百人长也有过一场争吵，他要我的马。他说，你给我马，我就保举你当少尉。我不肯，结果就没有当上。"

"你这算什么话，大叔！你看，我得买一匹马。据说，河对岸至少得五十卢布，可我妈还没把酒卖掉呢！"

"嗯，你可不用伤心！"老头儿说，"耶罗施卡大叔像你这样的年纪就从诺盖人手里偷了马群，赶过捷列克河来。有时候，拿一匹好马只换一瓶伏特加或者一件斗篷。"

"怎么这样便宜啊？"鲁卡沙问。

"傻瓜，傻瓜，马尔卡！"老头儿轻蔑地说，"不行啊，既然你是偷来的，就不能斤斤计较。我看你还没见过人家怎样偷走一群马吧！你为什么不说话？"

"有什么可说的，大叔？"鲁卡沙说，"看来我们可不是那样的人。"

"傻瓜，傻瓜，马尔卡！不是那样的人！"老头儿模仿哥萨克小伙子的腔调，应声说。"在你那样的年纪，我可不是这样的。"

"那你是怎样的呢？"鲁卡沙问。

老头儿轻蔑地摇摇头。

"耶罗施卡大叔挺老实，什么也不会舍不得的。就因为这缘故，我在车臣尼亚到处有朋友。哪个朋友找我，我就请他喝伏特加，招待他，跟他一起睡觉；我去看他，就带一把匕首去作为礼物。当年大家

哥萨克：一八五二年高加索的一个故事 | 113

就是这样的,可不像现在:小伙子们只懂得玩儿,嗑嗑瓜子,吐吐壳儿!"老头儿轻蔑地一边说,一边装出哥萨克嗑葵花子和吐壳的样子。

"这个我知道,"鲁卡沙说,"是这样的!"

"你要有所作为,这得做个骑士,别当庄稼人。当然,庄稼人也会买一匹马,也会一手付钱,一手取马的。"

他们沉默了一会儿。

"哦,大叔,待在村子里也罢,去哨兵线也罢,都挺无聊,可是又没地方好玩。我们那些人都胆小得很。就说纳扎尔卡吧,前几天我们去过鞑靼人的村子,那边的吉烈汗叫我们上诺盖偷马去,可是谁也不肯去,叫我一个人去,那怎么成呢?"

"那么大叔怎么样?你以为我老得不中用了吗?不,我还没老得不中用呢。给我一匹马,我马上就能到诺盖去。"

"何必空口说白话呢?"鲁卡沙说,"你倒讲讲,该怎样对付吉烈汗?他说:'你只要把马赶到捷列克河边,就是整整一大群马,我也准能找到地方安顿的。'可他也是个光头①,叫人很难相信他。"

"你可以相信吉烈汗,他的一族人都很好,他爹在世时也很够朋友。可是你得听我大叔一句话,我不会捉弄你的。你得叫他起个誓,这就稳当了;还有跟他一起走路,手枪得随时准备好,特别是在分马的时候。我有一次险些儿被一个车臣人打死:我要他十卢布一匹马。相信归相信,不带枪可不能睡觉。"

鲁卡沙留神听着老头儿的话。

"大叔,人家说你有虎耳草②,是真的吗?"他沉默了一会儿,说。

---

① 鞑靼人当时喜欢剃光头。
② 虎耳草——俄罗斯童话中的一种仙草,能开锁破门,进而取得宝物。

"我手头没有，但我能教你怎样弄到它。你是个好孩子，没忘记我老头儿。要我教你吗？"

"教教我吧，大叔。"

"你见过乌龟吗？要知道乌龟是妖精。"

"怎么没见过！"

"你去找乌龟的窠，用栅栏把它围住，不让它进去。乌龟一回来，它就会绕着栅栏转，接着它就会去找虎耳草，虎耳草一拿到，栅栏就破了。到第二天早晨你赶去看看：栅栏破的地方就有虎耳草。你带着它不论去哪儿，都不会有门锁门闩拦着你了。"

"那你试过吗，大叔？"

"试倒没试过，但那是好人告诉我的。我只有一套法术，我一骑上马，就念'平安咒'。因此，从来没有人能杀害我。"

"什么叫'平安咒'啊，大叔？"

"你不知道吗？嘿，你这人！那就得问大叔。你听着，跟我念：

喂，住在锡安的人，
这是你们的国王。
我们骑在骏马上。
苏菲尼在哭叫，
扎哈里在说笑。
我们的父亲，
永远爱世人。

"永远永远爱世人，"老头儿反复说，"知道了吗？你说说！"

哥萨克：一八五二年高加索的一个故事 | 115

鲁卡沙笑了。

"真的吗，大叔，难道你没有给人害死就靠它吗？不见得吧！"

"你们全变得太聪明了。你还是学学，念念。这不会有坏处的。嗯，你念念'平安咒'就行了，"老头儿说着也笑起来，"你可别上诺盖去，鲁卡沙，记住，别去！"

"为什么？"

"时势不同了，你们不是那样的人，你们这种哥萨克都是窝囊废。看，我们这儿来了多少俄罗斯人！他们会把你关起来的。哦，算了吧。你们怎么行呢！我跟基尔奇克可就不同了……"

于是老头儿又想讲他那些讲不完的故事，可是鲁卡沙向窗外瞧了一下。

"天大亮了，大叔，"他打断他的话，"我该走了，改天请到我家来玩玩。"

"基督保佑你，我也要到军官那儿去，我答应带他去打猎。我看他倒是个好人。"

十七

鲁卡沙从耶罗施卡那里出来，走回家去。一路上，只见湿滋滋的晨雾从地面升起来，笼罩了村庄。牲口开始在四处活动，虽然还看不见它们。公鸡彼此呼应，啼得越来越频繁越起劲。天空渐渐明亮起来，村民开始起床。鲁卡沙直到走近家门，才看清他家院子里被露水沾湿的篱笆、房子的台阶和敞开的贮藏室。从雾气弥漫的院子里传来斧头劈柴的声音。鲁卡沙走进屋子。他的母亲已经起身，站在火炉前面加木柴。他的小妹妹还在床上睡觉。

"鲁卡沙，怎么，玩够了吗？"母亲低声说，"昨天晚上你哪儿去啦？"

"在村子里。"儿子一边勉强回答，一边把枪从套子里取出来，察看着。

母亲摇摇头。

鲁卡沙在火药池里倒了点儿火药，取出一只口袋，从袋里摸出几只空弹药筒，装着药，小心翼翼地在每个筒里塞进一颗包布的子弹。他用牙齿咬紧装好的弹药筒，仔细检查过，才放进袋子里。

"妈妈，我叫你把布袋子补一补，你补好了吗？"他问。

"那还用问！我们的哑姑娘昨天晚上补过什么东西啦。难道你又得上哨兵线去吗？还没让我好好瞧瞧你呢。"

"收拾好就得走了，"鲁卡沙一边包火药，一边回答，"哑姑娘在哪儿？出去了吗？"

"该是在劈柴吧。她一直在替你担心哪。她说：'我再也看不到他了。'她一只手在脸上比画着，哑着舌头，又把手压在心口，表示心里难过。要叫她来吗？你打死山匪的事她全知道了。"

"叫她来，"鲁卡沙说，"我那边还有些牛油，你去拿来。我那把刀要擦点儿油。"

老太婆走出去，过了一会儿，鲁卡沙的哑姐姐踏着吱嘎作响的台阶，走进屋子里。她比弟弟大六岁，要不是她也带有聋哑人常有的那种迟钝而又粗鲁多变的表情，她的相貌倒是很像他的。她穿一件打满补丁的粗布衫，光脚上沾满泥泞，头上包着一块很旧的蓝色头巾。她的脖子、手臂和脸上都筋脉毕露，像庄稼汉一样强壮。从她的穿着和外表上可以看出，她经常干男子干的重活。她搬来一捆木柴，扔在火炉旁。接着满脸浮起快乐的微笑，走到弟弟跟前，摸摸他的肩膀，迅速地用手、脸和全身向他做着各种姿势。

"好极了，好极了！斯吉普卡真行！"弟弟点点头回答。"什么都补好了，收拾好了，真行！赏给你这个！"他说着从口袋里摸出两个蜜糖饼递给她。

哑姑娘脸红了，高兴得粗野地呜呜叫起来。她抓住蜜糖饼，更快地做着手势，不时指指一个方向，又用一只粗手指在眉毛和脸上比画着。鲁卡沙懂得她的意思，一直笑眯眯地点着头。她告诉他，他应该给姑娘们送点儿好吃的东西，还有，姑娘们都很喜欢他，而那个玛丽雅娜是姑娘中最可爱的，她也爱他。她迅速地指指玛丽雅娜的房子，又指指自己的眉毛和脸，咂咂嘴，摇摇头，来表示玛丽雅娜。她把一只手放在胸口，吻吻自己的手，像是在拥抱什么似的，来表示"爱"。母亲回到屋子里，一知道哑姑娘在谈什么，便笑了笑，摇摇头。哑姑娘给她看看蜜糖饼，又高兴得呜呜叫起来。

"前天我对乌丽特卡说过，要请人去说媒，"母亲说，"她同意了。"

鲁卡沙默默地瞧瞧母亲。

"那么怎么办呢，妈妈？酒得送出去卖。我要一匹马。"

"到时候我会送去的。我得先把酒桶准备好，"母亲说，显然不愿让儿子过问家务，"你走的时候把穿堂里的一袋东西带去。是我向人家借的，给你带到哨兵线去。是不是把它装在鞍囊里？"

"行，"鲁卡沙回答，"要是吉烈汗过河来的话，你叫他到哨兵线

118　高加索回忆片段

去找我,因为我这一阵不会有休假。我有事跟他谈。"

他动手收拾行李。

"我会叫他去的,鲁卡沙,会叫他去的。你怕是一直在雅姆卡家里玩儿吧?"老太婆说,"我夜里起来照料牲口,听见好像是你在唱歌。"

鲁卡沙没有回答,他走到穿堂里,把袋子搭在肩上,翻起短褂的下摆,拿起枪,在门槛上站住。

"再见了,妈妈,"他对母亲说,顺手关上门,"你让纳扎尔卡带一桶酒来,我答应过弟兄们了,他会来的。"

"基督保佑你,鲁卡沙!上帝保佑你!我会给他的,从新桶里舀给他,"老太婆一边向篱笆走去,一边回答。"你听我说。"她倚在篱笆上说。

鲁卡沙停住脚步。

"你在这儿玩了一下,嗯,感谢上帝!年轻人怎么能不找点儿快活呢?再说,是上帝赐给你福气的,这很好。可是在那边哪,好儿子,就得注意了……最要紧的是要巴结上司,千万记住!等我把酒卖掉,预备好钱给你买匹马,再去说媒。"

"得了,得了!"儿子皱着眉头回答。

哑姑娘叫了一声,引起他的注意。她指指脑袋和手,表示剃光头的车臣人。然后皱起眉头,装出拿枪瞄准的姿势,大叫一声,又摇摇头,急促地发出咿咿呜呜的声音。她的意思是要鲁卡沙再打死一个车臣人。

鲁卡沙明白了她的意思,嗨地笑了一声,按住背后斗篷下的步枪,迈开轻快的步子,渐渐消失在浓雾中。

老太婆在门口站了一会儿,回到屋子里,马上又动手干活。

十八

鲁卡沙上哨兵线去了；耶罗施卡大叔唤了狗，爬过篱笆，从后院绕到奥列宁的屋子里（他出去打猎，竭力避开女人）。奥列宁还睡着，凡纽沙已经醒了，但也没有起床。耶罗施卡大叔挎着枪，一副猎人打扮，推门进去的时候，凡纽沙正打量着周围的光景，思量着是不是应该起身。

"拿棍子来！"耶罗施卡大叔声音低沉地叫道，"有警报！车臣人来了！伊凡！给老爷准备茶炊。你快起来！快点儿！"老头儿又嚷道，"我们就是这样的，好人。你看，姑娘们都起来了。你看看窗外，你看看，她打水去了，可你还睡觉。"

奥列宁醒了，霍地跳起来。他看到老头儿，听到他的声音，不由得精神一振，心里高兴。

"快点儿！快点儿，凡纽沙！"他叫道。

"你就这样去打猎吗？人家在吃早饭了，可你还睡觉。梁姆！往哪儿跑？"老头儿喝着狗。"枪准备好了吗？"老头儿大声问道，仿佛屋子里有一大群人。

"哦，是我的不是，可是有什么办法。火药，凡纽沙！还有填弹塞！"奥列宁说。

"得罚款！"老头儿嚷道。

"您要茶吗？"凡纽沙笑着用法语问。

"你不是我们的人！你叽里咕噜讲的不是我们的话，鬼东西！"老头儿露出牙龈，对他骂道。

"头一回可以原谅。"奥列宁一边拉上他的大皮靴，一边开玩笑说。

"头一回可以原谅你，"耶罗施卡回答，"下次再睡过头，可得罚一桶契希尔。等太阳一晒暖，你就碰不着鹿了。"

"就是碰着也没用，因为畜生比我们灵！"奥列宁重复着老头儿昨晚的话，挖苦道，"你骗不了它。"

"哼，你笑吧！你先去打一只再说。喂，快点儿！看，房东也找你来了，"耶罗施卡望着窗外说，"瞧他的打扮，穿上崭新的上衣，好让你知道他是个军官。唉，这批人，这批人！"

果然，凡纽沙进来通报，说房东想见见东家。

"钱！"他意味深长地用法语说，预先警告东家哥萨克少尉来访的目的。接着，少尉身穿一件新的契尔克斯服，佩着军官肩章，脚蹬一双锃亮的皮靴（这在哥萨克中是很少见的），脸上堆着笑，摇摇摆摆地走进屋子，向房客致意。

伊里亚·华西里耶维奇少尉是个受过教育的哥萨克。他到过俄罗斯，又是学校里的教师，而主要是个上等人。他要摆出上等人的样子，但他那种装腔作势、冒充风雅的姿态和不伦不类、装腔作势的谈吐却不能不使人觉得，他跟耶罗施卡大叔并没有什么两样。这一层，不论从他那张晒得发黑的脸，不论从他的双手或者红彤彤的鼻子上，都看得出来。奥列宁请他坐下。

"你好，伊里亚·华西里耶维奇老爷！"耶罗施卡一边说，一边站起来，带着嘲讽的意味（奥列宁有这样的感觉）低低地鞠了一躬。

"你好，大叔！你也在这儿吗？"少尉漫不经心地向他点点头，回答。

少尉是个四十岁上下的人，留着一撮山羊胡子，身体干瘦，相貌端正，就他的年纪来说，精神也很饱满。他到奥列宁这儿来，唯恐人家把他当作一个普通的哥萨克，因此想立刻显出自己的身份。

"他是我们这儿的埃及的宁录[1]，"他指着老头儿，得意扬扬地笑着对奥列宁说，"耶和华面前英勇的猎户。他是我们这儿的第一把手。您大概已经知道了吧？"

耶罗施卡大叔望着自己那双穿着湿漉漉生皮凉鞋的脚，若有所思地摇摇头，仿佛对少尉的手腕和学问感到惊奇，接着又自言自语道："'挨挤的您老！'这是什么怪话啊？"

"你看，我们正想打猎去呢。"奥列宁说。

"是的，先生，"少尉应道，"可我有件小小的事儿要找您谈哪。"

"您有什么吩咐哇？"

"因为您是一位上等人，"少尉打开了话头，"而我明白我也具有军官的身份，因此像一切上等人那样，我们总可以从长计议。"他停了一下，笑嘻嘻地对老头儿和奥列宁瞧了一眼，"但如果您愿意的话，按照我的同意，由于我妻子是我们阶级中的无知女人，她在目前不能完全请教您昨天的话。因为我的房子本可以按月租六卢布租给团里的副官，而马厩还不计在内，但是我身为上等人，永远可以宽大待人。不过，您既然愿意，我也具有军官身份，因此我个人在一切方面都可以同意您，而我虽是本地居民，但我可以不按照本地习惯，而一切都可以遵守条件……"

---

[1] 见《旧约·创世纪》第十章。

"说得好清楚！"老头儿咕噜着。

少尉用这种腔调又谈了好一阵。奥列宁从他全部谈话里好容易才明白他的意思是要他每月付六卢布的房租。他欣然同意，并且请客人喝茶。少尉却辞谢了。

"按照敝地的规矩，"他说，"我们认为用一只'世俗的'杯子喝茶是种罪孽。虽然，以我的教育来说，我能了解，可是我的妻子由于人类的弱点……"

"那么，您要喝茶吗？"

"要是您允许的话，让我把自己的杯子拿来，特殊的杯子，"少尉回答，走到门口，叫道，"拿杯子来！"

过了一会儿门开了，一只套着粉红袖子、晒得黑黑的年轻的手拿着一只杯子从门外伸进来。少尉走过去，接了杯子，跟女儿低声说了些什么。奥列宁把茶给少尉倒在特殊的杯子里，给耶罗施卡倒在世俗的杯子里。

"我可不想耽搁你们了。"少尉说，虽然烫痛嘴唇，还是把一杯热茶喝完。"我对于钓鱼也很感兴趣，一放假总想抛开职务休息一下。我也想碰碰运气，看捷列克河的礼物会不会落到我的头上来。我希望您什么时候也到我家来喝一杯土酒，按照我们村里的风俗。"他补充说。

少尉起身告辞，他握了握奥列宁的手出去了。当奥列宁收拾行装准备出发的时候，他听见少尉正用明确而带命令的口气在对家里人说话。几分钟之后，他看见少尉裤脚卷到膝盖上，穿一件破烂的短褂，掮着网，从他窗外走过。

"是个骗子手，"耶罗施卡大叔喝完"世俗的"杯子里的茶，说道，

哥萨克：一八五二年高加索的一个故事 | 123

"难道你真愿意付他六卢布吗？岂有此理！村里最好的房子出两卢布都可以租到。这个滑头！我情愿把我的房子租给你，只要三卢布就行了。"

"不，我就住在这儿算了。"奥列宁说。

"六卢布！明明白白，这钱花得太冤枉。嗨！"老头儿回答，"伊凡，拿点儿契希尔来！"

奥列宁跟老头儿临行前吃了些点心，喝了伏特加，一块儿来到街上，时间已经七点多钟。

他们在大门口碰到一辆装货的牛车。玛丽雅娜头上那条白头巾直包到眼睛上边，衬衫外面罩着一件短袄，脚上穿着一双皮靴，手里拿着一根长树枝，使劲拉着那缚在牛角上的绳子。

"好姑娘！"老头儿一边说，一边装出要搂她的姿势。

玛丽雅娜拿树枝对他挥了挥，她那双美丽的眼睛喜气洋洋地向他们两人瞅了一下。

奥列宁越发高兴了。

"嗯，走吧，走吧！"他说着，把枪挂到肩上。这时他发觉姑娘在看他。

"驾！驾！"玛丽雅娜的声音在他们后面响着，接着牛车就轧轧地响起来。

他们顺着村庄后面牧场上那条大路走去，耶罗施卡一路上不停地说话。他忘不了那少尉，一个劲儿地骂他。

"你干吗这样生他的气啊？"奥列宁问。

"真小气！我可不喜欢他，"老头儿回答，"眼睛一闭，还不是什么都得留下。他攒钱为谁啊？盖了两座房子，还要打官司把另一座果园从弟弟手里夺过来。这狗东西就是喜欢摇笔杆子！还有人从别的村子里跑来找他写状子呢。他写状子，总能赢官司。他就有这种本事。可是攒那么多钱为了谁啊？总共只有一个男孩，一个姑娘；等姑娘一出嫁，还留给谁呢？"

"他攒钱是为了给她办嫁妆啊！"奥列宁说。

"什么嫁妆？姑娘长得不错，反正有人要。可他这恶鬼还想让她嫁个有钱人。是我邻居，也是我侄儿，是个好小子，前不久打死了一个车臣人。他托人向他说媒，说了好久，可他一直不答应。一次次推托，说什么姑娘年纪还小。可我知道他在打什么主意。他要人家向他点头哈腰。在姑娘这件事上，他真是太不要脸了。可人家一直在给鲁卡沙说媒呢。因为他是村子里顶出色的哥萨克，是个真正的骑士，他杀了一个山匪，会得到十字勋章的。"

"这是怎么搞的？昨天晚上我在院子里散步，正好看见房东家的姑娘在跟一个哥萨克男人亲嘴。"奥列宁说。

"你胡说。"老头儿站住，嚷道。

"是真的！"奥列宁说。

"娘儿们都是魔鬼！"耶罗施卡一边说，一边沉思着。"是个什么样子的哥萨克？"

"我没看清楚。"

"嗯，他戴什么帽子？是白的吗？"

"是的。"

"身穿红短褂吗？个儿跟你差不多？"

"不，比我高大。"

"就是他，"耶罗施卡哈哈大笑，"就是他，就是我的马尔卡。就是

哥萨克：一八五二年高加索的一个故事 | 125

他，鲁卡沙。我叫他马尔卡，好玩嘛。就是他。我喜欢他！我当年也是这样的，老弟。嗨，看住她们有什么用？记得我那个相好常常跟她娘或者嫂子睡在一起，可我照样爬进去。她常常睡在高头，她娘是个妖精，魔鬼，她把我恨透了：我往往同我那个叫基尔奇克的朋友一起去。我走到窗子底下，爬到他肩上，打开窗子，摸进去。她就睡在长凳上。有一次我把她弄醒了。她叫起来！她没认出是我，她想这是谁啊？可我不能开口。她娘已经在翻身了。我慌忙摘下帽子，塞到她鼻子前面，她立刻从帽子的接缝上认出是我，就霍地跳起来。我什么也不缺。又是熟奶油，又是葡萄，她什么都给我送来，"耶罗施卡讲着，他总是很讲究实惠，"而且不光她一个人。当年的生活就是这样的。"

"那么现在呢？"

"哦，现在我们跟着那条狗走，等野鸡飞到树上，你就开枪。"

"你怎么不去讨好讨好玛丽雅娜啊？"

"你看住我的狗。晚上我再讲给你听。"老头儿指指他的爱狗梁姆，说道。

他们沉默了一会儿。

接着又谈着话走了一百步光景，老头儿又站住，指指横在地上的一根树枝。

"你看这是什么？"他说，"你以为这没什么稀奇吗？不，这棒横在地下很不好。"

"有什么不好哇？"

他嗨地笑了一声。

"你什么也不懂。你听我说：看到棒这样横在地上，你就别从上面跨过去，你要绕过它，或者把它从路上扔出去，再说一声：'凭圣父圣子圣灵之名',这样就太平无事了。这还是当年老辈教我的。"

"嗨,真是胡说八道!"奥列宁说,"你最好还是给我讲讲玛丽雅娜的事!怎么样,她跟鲁卡沙来往吗?"

"嘘!现在别响,"老头儿又低声打断他的话,"你听。让我们兜到树林里去。"

于是老头儿就悄悄地踏着那双穿着凉鞋的脚,带头沿着狭窄的小径向浓密、荒野的树林里走去。他几次皱着眉,回头向奥列宁望望,奥列宁却嘎吱嘎吱地踏着大皮靴,大大咧咧地挎着枪,以致枪杆子好几次被路边的树枝钩住。

"别响,走得轻点儿,当兵的!"老头儿怒气冲冲地对他低声说。

从空气中可以察觉太阳已经升起。迷雾在渐渐消散,但还笼罩着树梢。树林显得出奇地高。每走一步,景色都有变化。你会把一株灌木当作一棵树,连一枝芦苇远远望去都像是一棵树。

十九

雾一部分已经消散,露出湿漉漉的芦苇屋顶;一部分凝成露水,沾湿了道路和篱边的青草。家家烟囱里冒着炊烟。村民们纷纷离开村庄:有的去上工,有的去河边,有的去哨兵线。两个猎人并肩循着杂草丛生的潮湿道路走着。猎狗摇动尾巴,回头望望主人,在旁边跑着。成千上万的蚊蚋麇集在空中,追逐着这两个猎人,包围着他们的脊背、眼睛和手臂。空气中充满青草的芳香和树林的潮气。奥列宁不断地回顾玛丽雅娜坐着的那辆牛车，玛丽雅娜手里拿着一根树枝在赶牛。

周围一片寂静。村子里的声音如今已经传不到猎人的耳朵里；只有猎狗穿过荆棘时发出窸窣的响声，鸟儿偶尔鸣叫几声，彼此呼应着。奥列宁知道树林里有危险，山匪往往潜藏在这种地方。他也知道，对一个在树林里步行的人来说，枪是一种有力的自卫武器。他倒并不怎么害怕，但他认为，别人要是处在他的地位，准会害怕。他特别紧张地向雾蒙蒙湿漉漉的树林里张望，倾听稀落而微弱的响声，手里紧握着枪，心里产生一种新鲜而又愉快的感觉。耶罗施卡大叔走在前面，遇到留有野兽蹄印的水洼就站住，仔细察看着，并且指给奥列宁看。他简直不大开口，只偶尔低声说出他的看法。他们走的那条路，原先是由大车轧出来的，如今早就长满了野草。道路两旁的榆树林和法国梧桐林长得那么稠密茂盛，树林背后的景物一点儿也看不见。差不多每棵树都从上到下缠满野葡萄藤，树下又密密麻麻地丛生着黑色的乌荆子。林间每块空地上都长满黑莓和灰穗摇摆的芦苇。有几个地方，巨大的兽蹄印和细小的野鸡足迹离开道路，直铺到树林深处。这座未受牲口糟蹋的树林的蓬勃生气，处处使奥列宁感到吃惊。他还没见过这样的景象呢。这树林、危险、老头儿和他神秘的耳语、玛丽雅娜和她那具有男子气概的健美体格以及山岭——这一切在奥列宁看来都像一个迷人的梦。

"有只野鸡歇下来。"老头儿低声说，向四下里望望，把帽子拉下来遮住脸。"把脸遮住！"他气愤地向奥列宁挥挥手，几乎像爬一般向前走去。"野鸡不喜欢看见人的嘴脸。"

老头儿站住，开始向树上张望，奥列宁还在后头。野鸡在树上向那对着它吠叫的狗高声啼了一下,于是奥列宁也看到了它。就在这当儿,耶罗施卡的大枪像大炮一样轰的一声打响,野鸡扑了扑翅膀,掉下一些羽毛,落在地上。奥列宁走到老头儿跟前,惊起了另一只野鸡。他举起枪,瞄准好,也开了一枪。野鸡挣扎着向上冲去,但随即像石子似的撞着树枝,落在草丛里。

"好样的!"老头儿笑着喊道,他自己是不会打飞枪的。

他们拾起野鸡,又向前走去。奥列宁由于打中野鸡、受到称赞而兴致勃勃,不断跟老头儿谈话。

"等一等!往这儿走,"老头儿打断他的话,"昨天我在这儿看到过鹿的脚印。"

他们转入密林,走了三百步的样子,来到一片芦苇丛生、有几处积水的空地上。奥列宁一直落在老猎人的后面,耶罗施卡大叔走在他前面有二十步光景,忽然弯下腰,意味深长地点点头,向他招招手。奥列宁走到他跟前,看见老人指着一个人的脚印。

"看见了吗?"

"看见了。怎么回事?"奥列宁故作镇定地说。"人的脚印。"

他的头脑里不由得闪过库柏[①]的《拓荒者》和高加索山匪的形象,同时看到老头儿走路的那副神秘模样,他弄不懂这是由于危险还是由于打猎引起的,但他不敢问他。

"不,这是我的脚印。"老头儿简单地回答,又指指青草,草丛里可以隐约看出野兽的蹄痕。

老头儿又向前走去,奥列宁紧跟着他。又往低处走了二十步光景,

[①] 库柏(1789—1851)——美国小说家,著有总称《皮裹腿故事集》的五部长篇小说,主要反映美国殖民者对印第安人的残酷屠杀和印第安人的反抗,《拓荒者》是其中的一部。

哥萨克:一八五二年高加索的一个故事 | 129

他们看到一株枝叶扶疏的野梨，树下的黑土上还留有新鲜的兽粪。

这地方到处爬满野葡萄藤，好像一座舒服、阴暗而凉快的棚子。

"早晨它来过这里了，"老头儿叹了一口气说，"看，窠还湿漉漉的，很新鲜。"

忽然，树林里发出一声使人惊心动魄的巨响，离开他们只有十步路光景。两人都吃了一惊，抓住枪，可是什么也看不见，只听得树枝折断的响声。刹那间传来一阵匀调而急促的蹄声，从清晰的嗒嗒声慢慢变成模糊的响声，越来越远，越来越广地扩散在幽静的树林里。奥列宁觉得心里好像有样东西断裂了。他竭力向苍翠的密林里张望，可是什么也看不见，随后他回头望望老头儿。耶罗施卡大叔把枪贴在胸口，呆呆地站着，他的帽子推到后脑勺上，眼睛里发出异样的光芒。他张开嘴，怒气冲冲地露出残缺不全的黄牙，仿佛在这样的姿势中僵化了。

"一只鹿。"他说。接着把枪扔在地上，扯着自己灰白的大胡子。"就站在这儿呐！我们应该从那条小路上兜过来！傻瓜！傻瓜！"他说着又恨恨地抓住胡子。"傻瓜！猪猡！"他一边反复说，一边痛苦地扯着胡子。树林上空的雾中好像有样东西飞过；那只被惊跑的鹿的蹄声越来越远，传播得越来越广……

黄昏时分，奥列宁才跟老头儿一起回村。他又疲劳，又饥饿，又兴奋。晚饭已经准备好了。他跟老头儿一起吃喝，渐渐觉得暖和而快乐了。于是又走到阳台上。他的眼前又耸立着夕阳照耀下的群山。老头儿又讲着他那些讲不完的故事：他讲到打猎，讲到高加索山匪，讲到他的相好，讲到那种无忧无虑的放荡生活。美人儿玛丽雅娜又走进走出，穿过院子，隔着衬衫清楚地显出她那健美的处女身体。

二十

第二天，奥列宁独自到昨天他跟老猎人遇见鹿的地方去。他不绕道走栅栏门，而像一般村民那样爬过带刺的篱笆。他还没把钩住他的契尔克斯服的篱笆拉开，那跑在前面的猎狗已经惊起了两只野鸡。他一踏进荆棘丛，便步步有野鸡飞起来（老头儿昨天没有带他踏进这地方，打算以后张幔捕捉）。奥列宁开了十二枪，打死五只野鸡，他在荆棘丛里爬来爬去追逐，累得一身大汗。他唤了狗，拉开枪机，装上子弹，用契尔克斯服的袖子挥开蚊群，悄悄向昨天去过的地方走去。但是他止不住那一路上追踪前去的狗，因此又打死了一对野鸡。这样一耽搁，直到将近中午才找到昨天那个地方。

天气晴朗，炎热，没有风。连树林里都感觉不到早晨的凉意，成千上万的蚊蚋简直盖没了他的脸、背和手臂。他的猎狗由黑色变成了灰色，因为它的背上也盖满了蚊蚋。奥列宁身上的契尔克斯服也是这样，蚊子隔着衣服叮他。他被蚊子叮得简直想逃回家去，他甚至觉得无法在村里过夏天。他已经转身回家，可是一想到别人也是这样过日子，便决定忍受下去，听凭蚊子的折磨。说也奇怪，到了中午，这种折磨反而使他高兴了。他甚至觉得，要是没有这种从四面八方包围他的蚊群，没有这种举手一拍就会沾在汗淋淋脸上的黏糊糊的蚊子，没有这种浑身难受的瘙痒，那么，这儿的树林对他就会丧失特色和魅力。成千上万的蚊蚋跟那茂盛稠密的野生植物，跟那满树林的飞禽走兽，跟那郁郁苍苍的草木，跟那芬芳闷热的空气，跟那从捷列克河各处渗透过来、在低垂的枝叶下汩汩作响的浑浊溪流是那么协调，以致他原来觉得可怕和难受的东西，现在都变得可爱了。他在昨天遇到鹿的地方兜了一圈，什么也没有找到，很想休息一下。太阳高悬在树林上空，当他走到空地或者大路上时，阳光就直射到他的背上和头上。七只沉甸甸的野鸡挂在他的腰部，勒得他发痛。他找到昨天那只鹿的踪迹，悄悄地钻到一棵灌木底下，就在那鹿躺过的地方歇下来。他望望周围暗绿的草叶，瞧瞧那遗有鹿粪的湿漉漉地面，瞧瞧鹿膝的印痕、一块被鹿踢起的黑土和他自己昨天留下的脚印。他觉得凉快、舒服，他没有什么思虑，也没有什么欲望。他心中突然充满了一种没来由的幸福和博爱的奇特感情，他不由得按照童年时代的老习惯，画着十字，并且感激某个人。他忽然异常清晰地想："我德米特里·奥列宁，一个与众不同的人物，如今独自躺在这天知道的怪地方。这儿原来有一只美丽的老鹿，它也许从来没有见过人，而这地方恐怕也从来没有人来坐过，并且做过这样的遐想吧。我现在坐在这儿，四下里都是老树和幼树，那棵树上还爬满野葡萄藤，那些野鸡在我身边扑动翅膀，互相追逐，它们也许闻到了它们的被杀害的弟兄们。"他摸摸他猎获的野鸡，将沾在手上的暖烘烘的鲜血擦在契尔克斯服上。"也许豺狼嗅到它们的味儿，却虎着脸往别处去了。蚊蚋在空中嗡嗡地喧闹，在我身边的枝叶中间飞来飞去。对蚊蚋来说，那枝叶就像是巨大的岛屿。蚊子一只，两只，三只，四只，一百只，一千只，一百万只，它们全都在我周围嘤嘤嗡嗡地叫着，而它们当中每一只又都和所有的蚊子不同，就像我德米特里·奥列宁跟别人不同那样。"他清晰地想象着，蚊子在嗡嗡地闹些什么，它们在想些什么。"来啊，来啊，弟兄们！这儿有个可吃的人哪！"蚊子们在这样互相召唤，并且粘在他身上。他恍然大悟，他根本不是什么俄罗斯贵族，不是莫斯科社交场中的人物，也不是某某人和某某人的亲戚朋友，他只是一只蚊子，一只野鸡，一只鹿，跟此刻生活在他周围的那些东西一模一样。"我也像他们那样，像耶罗施卡大叔那样，活一些时候，然后死去。他说得对：只有青草在上面长出来。"

"得了，青草长出来又怎么样？"他继续想，"人总得活下去，应该得到幸福！而我也只有一个愿望——幸福。不管我是什么，是一只跟别的动物一样的动物（到头来只有青草会在上面长出来，此外就什么也没有了），或者是一具带有一点儿灵性的躯壳，我总得以最好的方式生活下去。那么，该怎样生活才能幸福？为什么我以前不幸福呢？"他开始追忆昔日的生活，他讨厌自己了。他觉得他是个要求过多的自私自利的人，事实上他并不需要什么。他望望周围被阳光照得通亮的草木、夕阳和明净的天空，他又觉得自己像以前一样幸福。"为什么我是幸福的？我以前活着又是为了什么？"他想。"我为了自己待人多么苛刻，多么会用心思，可是除了羞耻和悲哀之外，我什么也没有给自己弄到手！如今我可不再为了幸福而去争取什么了！"他心里豁然开朗。"幸福，哦，对了，"他自言自语，"幸福就在于为别人而生活。这是明明白白的。人天生要求幸福，所以这是合理的。想通过自私自利的办法去满足这种要求，也就是说为自己追求财富、荣誉、享受或者爱情，客观条件倒可能不允许你去满足这些欲望。由此可见，不合理的是这些欲望，而不是要求幸福这件事本身。有哪些欲望可以不问外界条件而能得到满足的呢？有哪些？只有爱，只有自我牺牲！"他觉得这是新的真理，如今发现了，感到十分快乐兴奋。他跳起来，迫不及待地找寻着，他可以为谁牺牲自己，可以为谁做些好事，可以把谁作为爱的对象。"一个人既然自己不需要什么，"他不断地想，"又为什么不为别人而活着呢？"他拿起枪，想赶快回家去把这一切琢磨个透，并且找个做好事的机会，于是就走出密林。他来到林间空地上，回头一看：太阳已看不见，树梢上空也阴凉了。他觉得这地方十分陌生，一点儿不像村庄的郊野。骤然间一切都变了，天气变了，树林的样子也变了：天空中乌云密布，树梢上狂风怒号，周围只见一片芦苇和干枯折断的树木。他呼唤正在追逐野兽的狗，但这声音连他自己听来也有点儿凄凉。他忽然觉得十分恐怖。他胆怯起来。他的头脑里浮起了高加索山匪和人家讲给他听的各种谋杀案的景象，他提心吊胆，似乎每株灌木后面都会有一个车臣人窜出来，逼得他挺身自卫并且死去，要不然就要成为胆小鬼。他想起了上帝和来生，他好久没想到这些了。而周围仍旧是一片昏暗、阴森和荒凉的景象。"一个人值得为自己而活着吗？"他想，"人随时都会死的，没有做什么好事就死去，那就谁也不会知道你了。"他朝着他认为村庄所在的方向走去。他不再想到打猎，他感到筋疲力尽，同时提心吊胆地仔细察看着一草一木，准备随时送命。他兜来兜去走了好一阵，遇到一条沟，沟里流着从捷列克河来的冰凉多沙的水。为了不再迷路，他决定沿着沟走。他走着，连自己也不知道这沟将把他引到哪里。忽然，芦苇在他背后飒飒地响起来。他吓了一跳，抓住枪。他为自己害臊：原来是他那只过分兴奋的狗重重地喘着气，跳到冰凉的沟里去喝水。

他也喝了点儿水，跟着狗走，他认为狗会把他领回村子里去。

虽然有狗做伴，他却觉得周围的一切越发荒凉了。树林变黑，在折断的老树梢上风呼啸得越来越猛。有些巨大的鸟在树梢的鸟窝旁盘旋，发出尖厉的叫声。草木渐渐稀少，遇见最多的是簌簌作响的芦苇和布满兽迹的精光沙地。在风的呼啸声中又夹杂着一种凄凉单调的吼声。他心里越来越感到沉重。他摸摸后面的野鸡，发现少了一只，野鸡的身子没有了，落掉了，只剩下流血的脖子和头还夹在腰带里。他觉得空前未有的恐怖。他便祷告上帝，他只怕一件事：没有做什么好事就死去，因此他极希望活下去，活下去好完成自我牺牲的业绩。

二十一

他的心里仿佛射进一道阳光，顿时变得明亮了。他听见有人讲俄国话，听见捷列克河湍急而匀调的奔流，而在他前面几步之外就是一片黄浊的流动河面，河岸和浅滩上的褐色湿沙，遥远的草原，突出在水面之上的瞭望台，一匹备了鞍、系住腿在荆棘丛中吃草的马和群山。刹那间，鲜红的夕阳从乌云后面露出来，把它的余晖欢乐地洒在河面上和芦苇上，洒在瞭望台和一群哥萨克身上。在这些哥萨克中间，鲁卡沙强壮的体格不禁吸引了奥列宁的注意。

奥列宁又无缘无故地觉得自己十分幸福。他来到捷列克河畔的下普罗托茨克哨所，河对岸是个归顺的鞑靼村。他跟哥萨克们打了招呼，但一时找不到为谁做好事的机会，就走进屋子里去。可是屋子里也没有这样的机会。哥萨克们对他很冷淡。他走进泥屋里，点着一支烟。哥萨克们对奥列宁似理非理，第一因为他吸烟，第二因为那天晚上他们有一件有趣的事。几个敌对的车臣人带了一个探子从山上下来，想赎回被打死的亲人的尸体。大家都在等哥萨克头领从村里赶来。死者的兄弟，个儿很高，身材端正，留着一撮剪短染红的胡子，虽然身上的契尔克斯服和皮帽已经破旧，但神气却庄严得像个国王。他的相貌很像被打死的山匪。他对谁也不瞧一眼，也不看一看死者，只是蹲在树荫下，抽着烟斗，啐着唾沫，偶尔喉音很重地吩咐着什么，他的同伴在旁边恭恭敬敬地听着。显然，他是个骑士，在各种场合看见过俄罗斯人，因此此刻没有什么东西能引起他的惊奇和注意。奥列宁则要走近去瞧瞧尸体，那个做兄弟的就镇定而轻蔑地扬起眉毛瞪了他一眼，怒气冲冲地说了些什么。那探子连忙用契尔克斯服遮住死者的脸。车臣骑士脸上那副威严的神气使奥列宁吃了一惊。他想跟他谈谈，问问他是从哪一个村庄来的，可是车臣人白了他一眼，轻蔑地啐了口唾沫，就转过身去。奥列宁看到山匪不理他，觉得很奇怪，他还以为他的冷淡只是由于愚蠢和不懂俄语。奥列宁就招呼他的同伴。那同伴，又是探子，又是翻译，衣服穿得跟他一样破烂，但头发是黑色的，而不是红褐色的，牙齿十分洁白，闪着一双光亮的黑眼睛，时起时坐，十分好动。探子高兴地跟他谈起话来，并且问他要一支烟。

"他们有五弟兄，"探子用似通非通的俄语说，"被俄罗斯人杀死的，这是第三个，现在只剩下两个了。他是个骑士，确实是个骑士，"探子指指那个车臣人说，"当阿赫梅德汗（那个被打死的山匪）被人打死的时候，他正坐在对岸芦苇丛里，他什么都看见了：他们怎样把他放到小船里，怎样把他抬到岸上。他一直坐到夜里，他想打死那老头儿,可是别人不让他开枪。"

鲁卡沙走到这两个谈话的人旁边,坐下来。

"是哪一个村庄的?"他问。

"喏,就在那边的山里,"探子指指捷列克河对岸雾蒙蒙的浅蓝色峡谷,回答说,"你知道苏犹克苏吗? 再过去十里地就是。"

"你认识苏犹克苏的吉烈汗吗?"鲁卡沙问,显然以认识他为荣。"他是我的老朋友。"

"他是我的邻居,"探子回答。

"好样的!"鲁卡沙显然很感兴趣,就用鞑靼话跟翻译交谈起来。

不多一会儿,百人长和村长带了两名哥萨克侍从骑马跑来。百人长是新任命的哥萨克军官,他跟哥萨克们问了好,可是没有人按军队规矩向他呼喊"祝大人健康",只有少数几个人向他鞠躬还礼。有几个人站起来立正,鲁卡沙也是其中的一个。班长报告前哨太平无事。奥列宁觉得这一切都很滑稽,仿佛哥萨克都是扮成军人在演戏。不过,这种例行公事很快就结束,代之以普通的关系。百人长是一个伶俐的哥萨克,他老练地用鞑靼话跟那翻译交谈起来。他们写了一张纸,交给探子,从他那里拿到钱,走到尸体跟前。

"你们这里哪一个是鲁卡沙·加夫里洛夫?"百人长问。鲁卡沙脱下帽子,走过去。

"我已把你的功绩报告团长了。结果怎样还不知道,我建议给你一个十字勋章,可你当班长还嫌太早。你识字吗?"

"我不识。"

"真是个好样的!"百人长说,继续摆出长官的派头。"戴上帽子。他是加夫里洛夫家的吧? 是不是那个叫'巨人'家的人?"

哥萨克:一八五二年高加索的一个故事 | 137

"是他的侄儿。"班长回答。

"我知道,知道。那么,去帮帮他们的忙。"他对哥萨克们说。

鲁卡沙脸上喜气洋洋,显得比平时更加英俊。他离开班长,戴上帽子,又在奥列宁旁边坐下。

等尸体搬上小船之后,车臣人的兄弟走到河边。哥萨克们不由自主地给他让了路。他用强健的腿抵住河岸,跳进小船。这时奥列宁注意到,他第一次对所有的哥萨克匆匆地扫了一眼,又急急地向他的同伴问了些什么。同伴回答他,又指指鲁卡沙。车臣人瞅了他一眼,又慢慢转过身去望着对岸。从他的目光中流露出来的,不是憎恨,而是冷冰冰的蔑视。他又说了些什么。

"他说什么?"奥列宁问活泼的翻译。

"你们的人杀死我们的人,我们的人杀死你们的人。就是这么一回事。"探子说,笑得露出雪白的牙齿,显然是在撒谎。接着他也跳上小船。

死者的兄弟一动不动地坐在船上,凝视着对岸。他怀着强烈的仇恨和轻蔑,河这边的任何东西都引不起他的好奇心。探子站在船尾上,忽左忽右地划着桨。他一面利落地划船,一面不断地说话。小船斜渡过河面,变得越来越小,人声轻得几乎听不见,最后眼看他们划到了对岸。岸上系着他们的马匹。他们把尸体抬上岸,尽管那匹马躲来躲去,他们还是把它驮在马背上,自己也上了马,沿着大路,经过鞑靼村,慢吞吞地走去。村子里有一群人出来看他们。河这边的哥萨克都兴高采烈,十分得意。到处是一片笑闹声。百人长和村长一起到泥屋里吃喝去了。鲁卡沙脸上喜气洋洋,竭力想做出一副庄重的样子,可是做不像。他坐在奥列宁旁边,双肘支在膝上,

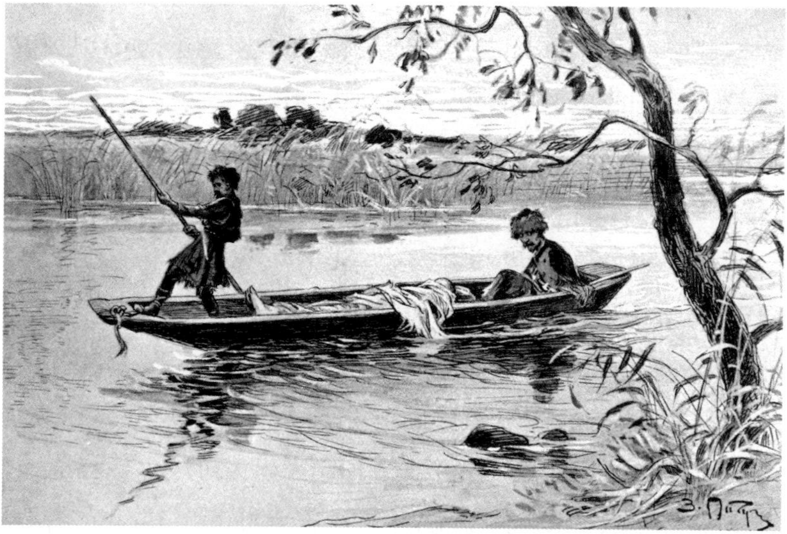

削着一根木棒。

"您干吗要抽烟呢?"他假装好奇地问,"难道有好处吗?"

他显然是因为看到奥列宁一人夹在哥萨克中间有点儿尴尬,才说这话的。

"没什么,习惯了,"奥列宁回答。"怎么样?"

"哼!要是我们中间有人抽烟,那就倒霉了!看,离这儿不远就是山,"鲁卡沙指指峡谷说,"可是您走不到……您一个人怎么能回家呢?天黑了。您愿意的话,我可以送您去,可您得去请求班长同意。"

"真是个好样的,"奥列宁瞧着他那容光焕发的脸,想。他记起玛丽雅娜,记起他听见他们在门外亲吻,他为鲁卡沙感到惋惜,惋惜他缺乏教养。"这是多么荒唐糊涂哇!"他想,"一个人杀了另一个人,觉得快乐幸福,仿佛做了一件最漂亮的事。难道他不明白,这完全没有理由高兴?难道他不明白,幸福不在于杀人而在于牺牲自己?"

"啊,老弟,今后当心别落到他手里,"在目送小船离去的哥萨克中间,有一个对鲁卡沙说。"你没听见他问起你吗?"

鲁卡沙抬起头来。

"那个干儿子吗?"鲁卡沙说,意思是指那个车臣人。

"那个干儿子是起不来了,可是得当心那个红头发的兄弟。"

"他能平平安安回去,还得感谢上帝呢!"鲁卡沙笑着说。

"你高兴什么呀?"奥列宁对鲁卡沙说,"要是你的兄弟被人杀死了,你也高兴吗?"

这哥萨克含笑瞧着奥列宁。看样子他已明白奥列宁要对他说的话,但他认为这些意见根本不值得考虑。

"可不是？这有什么了不起！我们的人不也常常被他们杀害吗？"

二十二

百人长同村长骑马走了。奥列宁为了让鲁卡沙高兴，并且免得独自走黑暗的树林子回去，就替鲁卡沙向班长请假，班长答应了。奥列宁以为鲁卡沙要去看玛丽雅娜，而他也乐于有这样一个漂亮健谈的哥萨克做伴。他心中很自然地把鲁卡沙和玛丽雅娜联结起来，他想到他们，觉得很高兴。"他爱玛丽雅娜，"奥列宁想，"而我本来也可以爱她。"当他们一起穿过黑暗的树林走回家去的时候，他心中产生了一种新奇而强烈的柔情。鲁卡沙心里也很高兴。在这两个截然不同的青年之间产生了一种类似爱的感情。每次当他们相对而视的时候，他们都想笑出声来。

"你走哪一道门哪？"奥列宁问。

"中门。我送你到泥塘那边。过了泥塘就不用怕什么了。"

奥列宁笑了。

"难道我会害怕吗？回去吧，谢谢你。我一个人走好了。"

"没关系！我有什么事啊？您怎么会不害怕呢？就是我们也害怕的。"鲁卡沙也笑着说，照顾着奥列宁的自尊心。

"那你到我那边坐坐。咱们谈谈，再喝点儿什么，你到天亮走好了。"

"难道我找不到过夜的地方吗？"鲁卡沙又笑了，"可是班长要我回去。"

"我昨天听见你唱歌，还看见你……"

"人人都……"鲁卡沙说着摇摇头。

"你要成亲了，是吗？"奥列宁问。

"我妈要我成亲。可我还没有马呢！"

"你还没有编入正规军吗？"

"哪里谈得到！还在准备呢。我没有马，又没有地方去弄一匹来，因此成不了亲。"

"一匹马值多少钱哪？"

"前几天河对岸有人做买卖，有人出六十卢布，他们还是不肯卖，马倒是一匹诺盖马。"

"你愿意给我当勤务兵吗？我来给你想办法，我可以送你一匹马，"奥列宁忽然说，"真的，我有两匹马，我用不着两匹。"

"怎么用不着？"鲁卡沙笑着说，"您何必送人呢？上帝保佑，我们自己会想办法的。"

"真的！是不是你不愿意当勤务兵啊？"奥列宁说，因为想出给鲁卡沙送马的主意而高兴。不过，不知怎的他觉得有点儿不好意思。他想说些什么，可是不知道说什么好。

鲁卡沙首先打破了沉默。

"那么，您在俄罗斯自己有房子吗？"他问。

奥列宁忍不住不讲，他不是有一座房子，而是有几座房子。

"房子好吗？比我们的大吗？"鲁卡沙好心好意地问。

"大多了，大十倍，有三层楼。"奥列宁讲道。

"那么马也同我们这儿的一样吗？"

"我有一百匹马，每匹值三四百卢布，只是跟你们的马不一样。值三百银币！都是赛跑马，你知道……可我还是喜欢这儿的马。"

"那您干吗要到这儿来啊？是自愿来的，还是被派来的？"鲁卡沙问，仿佛一直在嘲笑他。"看，您就是在那边迷路的，"他指指他们经过的小路，"您该向右拐弯才对。"

"我是自愿来的，"奥列宁回答，"我要看看你们这个地方，参加这儿的行军。"

"我真想今天就参加行军呢！"鲁卡沙说，"您听，豺狼在嚎了。"他谛听着，又说。

"那么，你杀了人不害怕吗？"奥列宁问。

"那有什么可害怕的？我真想参加行军呢！"鲁卡沙重复说，"我真想啊，我真想啊……"

"说不定我们会一起去的。我们这一连过节前就要出发，你们的百人团也要去的。"

"您何必到这儿来呢！家里有房子，有马，还有农奴。换了我就成天玩儿了。那么您有什么官衔吗？"

"我是士官生，但就要提升了。"

"哦，您这样的生活要不是吹牛，换了我就永远不会离开家。是的，我哪儿也不会去的。您在我们这儿过得好吗？"

"嗯，很好。"奥列宁说。

当他们这样谈着话走近村子的时候，天色已经完全黑了。黑漆漆的树林还包围着他们。风高高地在树梢上呼啸。忽然，豺狼在他们附近嚎叫，发出笑声和呜呜的哭泣声；前面，已经听得见村子里

哥萨克：一八五二年高加索的一个故事 | 143

女人的说话声和狗的吠声,可以清楚地看见房子的轮廓和明亮的灯光,还闻到那种烧干粪的特殊烟味儿。奥列宁深深地感觉到——特别是在今天晚上——他的房子、他的家、他的全部幸福都在这个村子里,他从来不曾,也永远不会在别的什么地方过得像在这村子里这样幸福。今天晚上他是那样热爱一切人,特别是热爱鲁卡沙!奥列宁一回到家里,就亲自从棚里牵出那匹他在格罗兹纳亚买的马(不是他自己常骑的那一匹,而是另一匹虽不年轻但也不坏的马),送给鲁卡沙。这可使鲁卡沙大为惊奇。

"您干什么要送我啊?"鲁卡沙说,"我还没有为您效过什么劳呢。"

"老实说,这在我是算不了什么的,"奥列宁回答,"牵去吧!你将来也可以送我点儿什么的……我们还要一起行军呢。"

鲁卡沙手足无措了。

"哦,这算什么?难道一匹马不值什么钱吗?"他说,眼睛没看那马。

"牵去吧,牵去吧!你要是不肯,我就要生气了。凡纽沙,把灰马牵给他。"

鲁卡沙拉住缰绳。

"那么谢谢您了!哦,真是做梦也没想到……"

奥列宁高兴得像个十二岁的孩子。

"把它拴在这儿吧!这是匹好马,我在格罗兹纳亚买的,跑得可快了。凡纽沙,给我们拿点儿契希尔来。我们到屋子里去吧。"

酒拿来了,鲁卡沙坐下,端起酒碗。

"以后有机会我一定报答您,"他喝干酒,说,"你叫什么名字?"

"德米特里·安德烈伊奇。"

"哦，德米特里·安德烈伊奇，上帝保佑你。让我们做朋友吧！有机会请到我们家去玩。我们虽然不是有钱人，还是能招待朋友的。我还要告诉我妈，你要是需要点儿什么：奶油也好，葡萄也好，尽管说好了。你要是到哨兵线上来，我可以陪你打猎、渡河，你要上哪儿，就上哪儿。哦，前几天我打到一只好大的野猪，把肉都分给哥萨克们了，可惜不知道，不然给你也送点儿来。"

"好的，谢谢你。可是你别让这马拉车，它从没拉过车呢。"

"怎么能让马去拉车呢！哦，我还有一件事要告诉你，"鲁卡沙低下头，说，"是这样的，我有一个朋友叫吉烈汗，他叫我到山脚下的大路上去打埋伏。我们一起去吧！我不会出卖你的，我可以给你当穆里德[①]。"

"去，改天我们一起去。"

鲁卡沙似乎完全放心了，他明白奥列宁对他的态度。他的镇定和单纯使奥列宁感到惊奇，甚至使他有点儿反感。他们谈了好半天。当鲁卡沙跟奥列宁握别出来，已经夜深了。鲁卡沙虽然没醉（他从来没有醉过），却也喝了不少。

奥列宁在窗口瞧着，看他要做些什么。鲁卡沙低低地垂下头，慢慢地走着。然后，他把马拉到栅栏门外，忽然脑袋一晃，像只猫似的霍地跳上马背，拉起缰绳，大喝一声，沿着街道疾驰而去。奥列宁以为鲁卡沙一定会去找玛丽雅娜，让她分享他的快乐，可是鲁卡沙并没有这样做。虽然如此，奥列宁还是感到有生以来第一次这

---

① 穆里德——伊斯兰教伊玛目门徒，这里有侍从的意思。

哥萨克：一八五二年高加索的一个故事 | 145

样高兴。他快乐得像个孩子，忍不住不把这事告诉凡纽沙，不仅告诉他送给鲁卡沙一匹马，而且说明为什么送他，还把他那一整套关于幸福的新理论讲给他听。凡纽沙并不赞成这理论，并且说钱没有了，因此这一切都是胡闹。

鲁卡沙赶回家，跳下马，把马交给他母亲，叫她牵到哥萨克马群里去一起放牧，他自己当夜就得回哨兵线。他的哑姐姐把马拉去拴好，做做手势表示，她一看见那个送马的人，准要跪倒在他的脚下。老太婆听了儿子说的话只是摇头，她心里断定这马是鲁卡沙偷来的，因此嘱咐哑姑娘不等天亮就把马牵到马群里去。

鲁卡沙独自走回哨兵线，心里一直琢磨着奥列宁的行为。照他看来这马虽然并不出色，但至少也值四十卢布，因此，这礼物还是使他很高兴。但为什么要送他这样的礼物，他却无法理解，因此一点儿也不感激。相反，他心里多少有点儿猜疑，那士官生会不会别有用意啊？他有什么用意，鲁卡沙可琢磨不透，但假定纯粹是出于好心，那么，一个素不相识的人送给他一匹价值四十卢布的马，似乎是不可能的。要是他当时喝醉了，那还可以理解：他想摆阔。但士官生当时是清醒的，因此准是要收买他去干什么坏事。"哼，胡思乱想！"鲁卡沙想。"马已经到了我手里，往后瞧着办吧。我又不是傻瓜。谁叫谁上当，让我们等着瞧吧！"他想，觉得对奥列宁必须保持警惕，因此对他产生了不友好的感情。他没有告诉人家他是怎样弄到马的。对有些人他说是买的，对有些人又闪烁其词。不过，村里人不久还是知道了真相。鲁卡沙的母亲、玛丽雅娜、伊里亚·华西里耶维奇和另外一些哥萨克得知奥列宁无缘无故送了礼物，心里都充满怀疑，对士官生提防起来。不过，提防归提防，这种行为还是使他们对奥列宁的"老实"和富裕产生很大的敬意。

"你听说了吗，那个住在伊里亚·华西里耶维奇家的士官生送给鲁卡沙一匹值五十卢布的马？"一个人说，"真阔气！"

"听说了，"另一个意味深长地回答，"准是他替他出了什么力气。他有些什么花样，咱们等着瞧吧。这机灵鬼真走运。"

"那些士官生都挺狡猾，狡猾得要命！"第三个说，"他们不是放火烧房子，就是捣什么鬼。"

二十三

奥列宁的生活过得很单调，很平淡。他跟上级和同事很少往来。在高加索，一个有钱的士官生往往特别受到照顾。既没有给他分派工作，也没有叫他受训。他因参加远征而被保举提升军官，在没提升之前他就无所事事。军官们认为他是贵族，因此对他另眼相看。打牌，在歌手伴唱下饮酒作乐，这些军官们的玩意儿，他在部队里都经历过，对他似乎不再有什么吸引力；他避免同村里的军官们交际，也不同他们过同样的生活。驻在哥萨克村子里的军官，早就有了一种固定的生活方式。在要塞里，不论士官生或者军官，总是喝喝黑啤酒，打打牌，谈论谈论出征将士的奖赏；同样，在哥萨克村子里，他们总是跟房东一起喝喝契希尔，请姑娘们吃糖果和蜜糖，追求追求被看上的哥萨克女人，有时也在那里结婚成家。奥列宁的生活总是与众不同，他总是本能地厌恶平凡的道路。在这里，他也不遵循高加索军官陈腐的生活方式。

天一亮,他自然而然醒过来。喝过茶,在门口欣赏一会儿山色、晨景和玛丽雅娜,就穿上破旧的牛皮短裤、浸湿的生皮凉鞋,佩上短剑,拿起枪和一只装有点心和纸烟的小袋子,唤了猎狗,早晨五点多钟跑到村外的树林里去。直到晚上将近七点钟,他才又饥又累地回来,腰里挂着五六只野鸡,有时还有别的野味,袋子里的点心和纸烟却没有动过。要是他头脑里的思想也像他袋子里的纸烟一样,那就可以看出,在这十四个钟头里他没有动过什么脑筋。他回到家里心情舒畅,十分快活。他说不出他在这段时间里在想些什么。他头脑里出现的,既不是思索,也不是回忆,也不是幻想,而是三者混合的片段。他定神问自己,他在想些什么?他忽而把自己想象成一个哥萨克,跟哥萨克老婆一起在果园里干活;忽而把自己当作一个高加索山匪;忽而又把自己幻想成一只逃跑的野猪。同时他又一直在倾听、窥察和守候野鸡、野猪或者鹿。

到了晚上,耶罗施卡大叔照例来他家闲谈。凡纽沙照例拿来一大瓶契希尔,他们总是轻声地边谈边喝,然后又高高兴兴地分手去睡觉。到了第二天,又是打猎,又是有益健康的疲劳,又是一边喝酒一边谈天,又是快乐逍遥。有时候,逢到节日或者假日,他成天待在家里。于是,欣赏玛丽雅娜就成为他的主要活动,他常常不自觉地从窗口或者门口贪婪地注视着她的一举一动。他瞧着玛丽雅娜,并且喜欢她(他自以为如此),就像他喜欢山峦和天空的美一样,但并不想跟她有任何来往。他认为,他跟她不可能形成她跟鲁卡沙那样的关系,更不可能产生一个有钱的军官跟一个哥萨克姑娘那样的关系。他认为,要是他也做出他同事们做出的那种事,他就会失去遐想的全部乐趣，而掉进痛苦、绝望和悔恨的深渊。再说，在对待这个女人的关系上，他已经做了一番自我牺牲，并且领略到很大的乐趣；但主要的是，他不知怎的有点儿怕玛丽雅娜，不敢在她面前说出半句调情的话。

夏季里，有一天奥列宁没出去打猎，坐在家里。不料来了一个莫斯科的熟人，那是他在社交场中结识的一个青年。

"啊，老朋友，亲爱的，知道您在这儿，我真高兴！"他用莫斯科式的法语开了话头，接着又在俄语中夹了许多法国字说下去，"他们说：'奥列宁。'哪一个奥列宁啊？我真是高兴……瞧，命运又让我们碰头了。嗯，您怎么样？好吗？干什么来的？"

于是别列茨基公爵讲了他的经历：他怎样暂时加入这个团，总司令怎样请他当副官，他怎样打算在这次行军之后去就任，虽然对此毫无兴趣。

"到这个偏僻的穷地方来服务，至少得有个名堂……弄个十字勋章……一官半职……然后调到近卫军去。这些都是必要的，即使不为我个人，也得为亲戚朋友们着想啊。公爵待我很好，他是个正派人，"别列茨基滔滔不绝地说，"因为参加出征，他们替我呈请安娜勋章。现在我要待在这儿作战。这儿好极了。多可爱的女人！哦，您过得怎么样？我们的队长（斯塔尔采夫，您认识他吗？），这个善良愚蠢的家伙……他告诉我，您在这儿生活过得简直像蛮子，跟谁也不来往。我明白，您不愿意跟这儿的军官交朋友。我很高兴，今后我们又可以常常见面了。我住在这儿的哥萨克班长家里。那边有个出色的姑娘，乌斯金卡！我老实对您说吧，迷人极了！"

他又用俄语夹法语滔滔不绝地说着话，而奥列宁却觉得他早已跟说这种语言的社会一刀两断了。大家都认为别列茨基是个忠厚可爱的小伙子。也许他确实是这样的，但奥列宁却极其讨厌他，虽然他的相貌长得俊美而和善。他身上恰巧又散发出奥列宁所极度嫌恶的臭味。奥列宁最恼恨的是，他不能（说什么也不能）断然拒绝这个从旧世界来的人，仿佛旧世界对他具有一种不容抗拒的力量。他生别列茨基的气，也生自己的气，但也不由自主地在谈话中夹用法语，并且对总司令和莫斯科的熟人发生兴趣。又因为在哥萨克村子里只有他们两人讲法国话，他有点儿蔑视别的军官同事和哥萨克，而对别列茨基表示友好，答应去拜访他，并且请别列茨基常来玩。事实上，奥列宁一次也没去看过别列茨基。凡纽沙倒很称赞别列茨基，说他是个真正的老爷。

别列茨基很快就在村子里过着一般有钱的高加索军官的生活。奥列宁眼见他在一个月里就成了村中的老居民：他把老人们灌醉，他举办晚会，也参加姑娘们的晚会，吹嘘他爱情上的胜利，甚至于使姑娘们和婆娘们都莫名其妙地叫起他爷爷来，而哥萨克男人们呢，很能了解一个贪杯好色的男子，都跟他搞熟了，甚至喜欢他超过喜欢奥列宁，因为奥列宁在他们看来是一个谜。

二十四

早晨五点钟，凡纽沙在屋前台阶上生茶炊，用一只旧靴筒代替风箱鼓风。奥列宁已骑马到捷列克河边去洗澡（不久以前他想出了一种新的消遣方法：到捷列克河里给马洗澡）。女房东在屋子①里忙碌，屋上的烟囱冒着黑色的浓烟；她的女儿在棚子里挤牛奶。"就是不肯安静，死鬼！"传来了她的急躁的声音，接着就是匀调的挤奶声。附近街上响起一阵急促的马蹄声，奥列宁不用鞍子骑在一匹湿漉漉的漂亮的深灰色马上，向门口驰来。玛丽雅娜包着红头巾的美丽的头从棚子里露了露又消失了。奥列宁身穿红绸衬衫和雪白的契尔克斯服，束着腰带，腰带上佩着一把短剑，头上戴着一顶高帽子。他风度翩翩地骑在潮湿的肥壮的马背上，一只手拉住背后的枪，俯下身去开门。他的头发还是湿漉漉的，脸上焕发着青春和健康的光彩。他自以为很英俊漂亮，像个骑士，其实并不像。在一个地道的高加索人看来，他不过是个普通军人罢了。看到姑娘探出头来，他越发神气地弯下腰，推开栅栏门，拉紧缰绳，把鞭子一扬，冲到院子里。"茶好了吗，凡纽沙？"他眼睛不看棚子的门，兴致勃勃地大声问。他高兴地感觉到，胯下的骏马怎样收缩臀部，绷紧缰绳，抖动每块肌肉，在院子里干燥的泥地上敲着蹄子，准备霍地一下窜过篱笆。"好了！"凡纽沙回答。奥列宁以为玛丽雅娜仍会探出美丽的头从棚子里瞧着，但他没有回头看她。奥列宁跳下马，他的枪在台阶上碰撞了一下。他笨拙地转过身子，怯生生地回头瞧了瞧棚子，却一个人也没看见，只听见匀调的挤奶声。

他走进屋子，过了一会儿又拿着烟斗和一本书来到门口，在早晨的阳光还没照到的一边坐下来喝茶。这天上午他哪儿也不想去，只想写几封拖延已久的信，但不知怎的舍不得离开这地方，不愿回

---

① 屋子——前文所说的"牛奶房"。

到屋子里去，仿佛屋子是一座监狱。女房东生好炉子；姑娘把牲口放了出去，回来之后就动手把畜粪收拾拢来堆在篱笆旁边。奥列宁看着书，可是书里的话一点儿也没看进去。他的眼睛不时离开书本，瞧着在他面前来去忙碌的强壮的年轻女人。不论她走到屋前朝露未干的阴影里，或者来到欢乐的朝阳照耀下的院子中央，使她那裹着绚烂衣衫的苗条身姿显得格外鲜艳夺目，并且投下黑色的影子——她的一举一动，他都怕错过。他高兴地看到，她轻盈地弯下身子，她那件粉红色衬衫（身上唯一的衣服）裹在胸脯和线条优美的腿上；当她挺直身子的时候，她那起伏的胸脯在绷紧的衬衫下显出清楚的轮廓；她那套着旧的红色高跟皮鞋的纤足站在地上一点儿也不变形；她那从卷起的袖子里露出来的强壮手臂肌肉绷紧地使劲挥动着铲子；还有她那双深邃乌黑的眼睛时而向他投去一瞥。她那细长的双眉虽然紧锁着，眼睛里却流露出快乐的光芒和自我欣赏的神气。

"喂，奥列宁，您起来有好一会儿了吗？"别列茨基身穿高加索军官制服，走进院子里，招呼奥列宁说。

"哦，别列茨基！"奥列宁一边答应，一边伸出手去。"您怎么这样早哇？"

"有什么办法！把我赶出来了。今天晚上我家里开舞会。玛丽雅娜，你要到乌斯金卡家来的吧？"他问姑娘说。

奥列宁觉得很奇怪，别列茨基怎么能这样随便跟这个女人说话。玛丽雅娜却像没听见似的，低下头，拿起铲子往肩上一搭，雄赳赳地迈着男人般的步子走进屋里去。

"害臊了，小妞儿，害臊了。"别列茨基在她后面说，"见到您害臊了。"说着笑嘻嘻地跑上台阶。

"什么，您那儿开舞会？谁把您赶出来了？"

"在乌斯金卡家里，在我房东家里开个舞会，请您也来参加。所谓舞会，就是馅儿饼加上一群姑娘。"

"那我们去干些什么呢？"

别列茨基调皮地笑了笑，挤挤眼，朝玛丽雅娜进去的屋子扬扬头。

奥列宁耸耸肩，脸红起来。

"您这人真怪！"他说。

"嗯，别装模作样了，您老实招来吧！"

奥列宁皱起眉头，别列茨基看见奥列宁这副神气，讨好地笑了笑。

"嗨，得了吧，"他说，"住在同一座房子里……又是个这样迷人的少女，出色的姑娘，十足的美人……"

"美极啦！我从没见过这样的女人。"奥列宁说。

"哦，那又怎样呢？"别列茨基问，完全弄不懂奥列宁的意思。

"说来也许奇怪，"奥列宁回答，"但我又何必不说实话呢？自从我来到此地以后，女人在我仿佛是不存在的。而且说实话，我倒觉得挺不错！请问，我们跟这些女人有什么相通之处呢？至于耶罗施卡，那就不同了，我跟他有一个共同的嗜好——打猎。"

"原来如此！相通之处吗？那我跟艾美丽雅·伊凡诺夫娜之间有什么相通之处呢？也是这么一回事。您说她们不干净吗——那可是另一回事了。上什么山，唱什么歌嘛！[①]"

"艾美丽雅·伊凡诺夫娜我不认识，我也决不会跟那种女人来往的，"奥列宁回答，"那种女人不值得尊重，这种女人我可是尊重的。"

---

① 原文用的是法国成语："打仗就得像打仗！"

哥萨克：一八五二年高加索的一个故事 | 153

"那您尽管尊重好了！谁又来拦着您？"

奥列宁不理他。他显然想把开了头的话说完。那是他的心里话。

"我知道我是个例外，"他显然有点儿不好意思，"但我的生活已经安排定了，我不仅没有任何必要改变我的生活方式，而且我也不能像您那样过日子，更不要说过得这么快活了。再说，我所追求的跟您不一样，我在她们身上看到的东西，也跟您不一样。"

别列茨基疑惑不解地扬起眉毛。

"不论怎么说，您今天晚上一定得来，玛丽雅娜也要来的，让我给你们介绍一下。您一定来吧！嗯，您要是觉得无聊，可以先走。您来吗？"

"我可以来，可是不瞒您说，我怕真的会迷上她。"

"哦，哦，哦！"别列茨基嚷起来，"您来就是了，我会照顾您的。您来吗？一言为定啊？"

"我可以来，可是老实说，我不知道我们将做些什么，我们将扮演什么角色。"

"我求求您。您来吗？"

"嗯，也许来。"奥列宁说。

"算了吧，哪儿也找不着更迷人的女人了，您却过着修士般的生活！这是何苦哇？干吗要糟蹋您的生活，不利用利用现成的条件呢？我们的连要调到伏兹德维任斯克去，您听说了吗？"

"不会吧。我听人家说，调到那边去的是八连。"奥列宁说。

"不，我接到副官来信。他说公爵将亲自参加作战。我很高兴，我又可以同他见面了。我已经厌倦这个地方。"

"据说不久就要发动袭击了。"

"我没听说过；我只听说克里诺维钦因为参加袭击得了一枚安娜勋章。可他原来指望升做中尉呢，"别列茨基笑着说，"结果落空了。他到司令部去了……"

天色黑下来，奥列宁考虑着要不要去参加晚会。邀请使他烦恼。他想去，可是一想到那边的情景，就觉得有点儿古怪、荒诞，甚至恐惧。他知道那边不会有哥萨克男子，也不会有上了年纪的女人，只有一些姑娘。会有些什么事？他该采取什么态度？该说些什么？他们将说些什么？在他和那些粗野的哥萨克姑娘之间该维持一种什么样的关系？别列茨基告诉他那种别扭、无耻而又严重的关系……想到他将在那边跟玛丽雅娜在一间屋子里，也许还得跟她谈话，他觉得别扭。但当他想到她那副端庄的神态时，他又觉得这是不可能的。而别列茨基谈起来，这一切都是那么简单。"难道别列茨基真的也会那样对待玛丽雅娜吗？这倒挺有意思，"他想，"不，还是别去的好。这一切全是那么卑鄙、下流，主要是毫无意思。"那边究竟会怎么样呢？这问题又使他烦恼。但诺言似乎在约束他。于是他不待打定主意就出了门，一直来到别列茨基家，走进屋子里去。

别列茨基住的房子同奥列宁住的一样。房子架空盖在柱子上，离地面有一米多高，有两个房间。奥列宁沿着陡直的台阶走进第一个房间，里面有羽绒垫子、毯子、被头和枕头，都照哥萨克的款式雅致地一件件沿正墙摆着。边墙上挂着铜盆和武器，长凳底下摆着西瓜和南瓜。在第二个房间里，有一个大炉灶、一张桌子、几只长凳和几个旧教圣像。别列茨基就住在这里，他的行军床和旅行箱也放在里面，墙上挂着壁毯，毯子上挂着武器，桌子上摆着他的化妆用品和几张照片。一件绸晨衣扔在长凳上。别列茨基穿着内衣，修饰得干干净净、漂漂亮亮，躺在床上看《三个火枪手》。

别列茨基霍地跳起来。

"您瞧，我安排得怎么样？好吗？哦，您来了，好极了。她们干得可起劲呢。您知道馅饼是什么做的吗？是用面粉加猪肉和葡萄干做的。但那还不是主要的。您瞧瞧，那边多热闹！"

真的，从窗口望出去，他们看见房东屋子里一片忙碌的景象。姑娘们跑出跑进，一会儿拿这个，一会儿拿那个。

"快好了吗？"别列茨基大声问她们。

"马上就好！难道你饿了吗，爷爷？"接着屋子里传出一阵响亮的哄笑声。

乌斯金卡，身体胖鼓鼓，面色红彤彤，模样怪可爱的，卷起袖子，跑进别列茨基的屋子来拿盘子。

"唷，走开！别让我把盘子砸了！"她尖声尖气地对别列茨基叫道，"你还是来帮帮忙吧，"她笑着对奥列宁嚷道，"再给姑娘们准备些糖果。"

"玛丽雅娜来了吗？"别列茨基问道。

"那还用说！她还带面团来了。"

"我说嘛，"别列茨基说，"要是把这个乌斯金卡收拾干净，打扮一下，她会比我们所有的美人都漂亮的。您见过那个叫包尔晓娃的哥萨克女人吗？她嫁了一个上校。她的风度可迷人哪！真不知从哪儿找来的……"

"我没见过包尔晓娃，但依我看，没有比她们这种装束更好看的了。"

"啊，什么样的生活我都能适应！"别列茨基快乐地舒了一口气，说，"让我去看看她们弄得怎么样了。"

他披上晨衣跑出去,嘴里嚷道:"您想法子弄点儿糖果来!"

奥列宁派勤务兵去买饼和蜜糖,可是他忽然觉得给钱是不体面的,仿佛他在收买什么人,因此,勤务兵问他"买多少薄荷饼,多少蜜糖饼"时,他没有给他确切的回答。

"随便好了。"

"把这些钱都买光吗?"上了年纪的勤务兵郑重地问。"薄荷饼贵一些,要十六戈比一个。"

"都买光,都买光。"奥列宁说着在窗口坐下。他自己也觉得奇怪,为什么他的心怦怦地跳得那么厉害,仿佛他在干一件重大而不好的事。

他听见别列茨基一进去,姑娘们的屋子里就发出一片尖声的喧嚷,过了一会儿,又看见他在叽里呱啦的喧闹和嘻嘻哈哈的哄笑中跑出来,奔下台阶。

"把我赶出来了。"他说。

过了一会儿,乌斯金卡走进来,宣布一切都已准备好,郑重其事地邀请客人过去。

他们走进屋子里,果然一切都准备好了。乌斯金卡在整理靠墙的羽绒垫子。桌子上铺着一块小得不相称的台布,上面放着一瓶契希尔和一条干鱼。屋子里有面团和葡萄的味儿。有五六个姑娘,身上穿着漂亮的短袄,头上不包头巾,挤在炉子后面的角落里,叽叽喳喳地低语着,嘻嘻哈哈地笑着。

"我恳求大家向我的守护神祷告。"乌斯金卡一边说,一边请客人入席。

在这群个个都很漂亮的姑娘中间,奥列宁仔细打量着玛丽雅娜。

他感到痛苦和懊恼的是，他竟在这样庸俗尴尬的场合中遇到她。他觉得自己愚蠢而笨拙，决定照别列茨基的样子行动。别列茨基有点儿郑重其事而又洒脱大方地走到桌子旁，为乌斯金卡的健康干了一杯，并且请别人也干一杯。乌斯金卡声明，姑娘们不喝酒。

"加一点儿蜜糖就可以喝了。"有一个姑娘说。

勤务兵刚从铺子里买了蜜糖和点心回来，就被叫到屋子里。他又像嫉妒又像轻蔑地斜眼瞟了瞟喝酒胡闹（照他看来）的老爷们，小心翼翼地把灰纸包里的蜜糖和饼交给他们，正要详细交代价钱和找头，就被别列茨基打发走了。

别列茨基把蜜糖掺进酒里，阔气地将三斤饼都撒在桌上，把姑娘们从角落里硬拉到桌子旁边坐下，又把饼分给她们。奥列宁无意中发现，玛丽雅娜的一只晒黑而小巧的手抓住两只圆圆的薄荷饼和一块棕色的蜜糖，不知道怎么办才好。谈话拘谨而沉闷，虽然乌斯金卡和别列茨基很随便，并且希望大伙都玩得高兴。奥列宁犹豫不决，考虑着说些什么。他觉得他引起了人家的好奇心，也许还招人讥笑，并且使大家都拘束起来。他脸红了，他觉得玛丽雅娜特别尴尬。"她们大概是在等我们给她们钱吧，"他想，"我们怎么给呢？最好赶快给了钱就走！"

二十五

"你怎么连自己家的房客都不认识啊？"别列茨基对玛丽雅娜说。

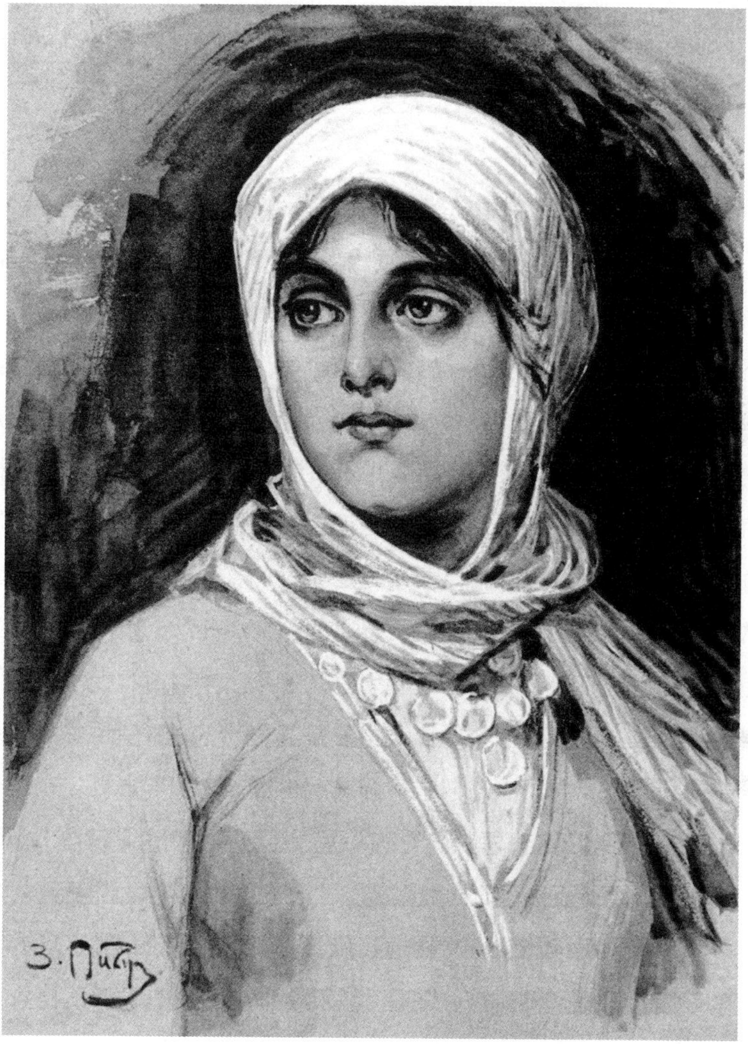

"他从来不到我们那儿去，叫人家怎么认识他呢？"玛丽雅娜对奥列宁瞅了一眼，回答说。

奥列宁惊慌失措，脸唰地红了，不知所云地说道："我怕你母亲。我第一次上你们家去，她就把我大骂了一顿。"

玛丽雅娜咯咯地笑起来。

"把你吓坏了？"她说着又对他瞅了一眼，就转过身去。

奥列宁看到这位美人的整个脸蛋还是第一次，以前他看到的时候，她总是把头巾包到眼睛上。她是村子里的第一号美人，确实名不虚传。乌斯金卡是个可爱的姑娘，矮矮胖胖的，脸色红润，生着一双快乐的栗色眼睛，红嘴唇上经常挂着微笑，老是有说有笑的。玛丽雅娜呢，正好相反，一点儿也不可爱，但是十分美丽。她的相貌也许使人觉得过分男性化，甚至近于粗犷，但幸亏她生得高大匀称，胸部丰满，肩膀宽阔，尤其是她那双乌溜溜的秀眼，上面覆着浓密的黑眉毛，流露出又端庄又温柔的神情，此外，她的嘴和微笑也很妩媚。她难得微笑，但笑起来总是十分迷人。她身上洋溢着一种处女的健美。姑娘们个个都长得非常健美，但姑娘们也罢，别列茨基也罢，以及买了点心回来的勤务兵也罢，全都不由自主地注视着玛丽雅娜；谁要是跟姑娘们说话，也总是玛丽雅娜说。她仿佛是她们中间一位矜持而快乐的女皇。

别列茨基竭力想维持晚会的热闹气氛，不断谈天说地，硬要姑娘们敬酒，跟她们开玩笑，老是用法语对奥列宁说些关于玛丽雅娜美丽的粗话，把她称为"您的"，您的，并且劝奥列宁也像他一样行动。奥列宁越来越受不了。他想找个借口溜掉，而别列茨基这时又宣布，今天是乌斯金卡的命名日，她应该向大家敬酒，和大家接吻。

乌斯金卡表示同意，但是有一个条件，他们得在盘子里放些钱，就像举行婚礼那样。"活见鬼，叫我来参加这样讨厌的宴会！"奥列宁心里说，站起来想走。

"您到哪儿去？"

"我去拿点儿烟来。"他说着想溜，可是别列茨基抓住他的手。

"我有钱。"他用法语对他说。

"走不掉了，只得给些钱，"奥列宁想，对自己的窘态毕露感到懊恼，"难道我就不能像别列茨基那样行动吗？我本不应该来，但既然来了，就不能扫他们的兴。我得像哥萨克那样喝酒。"他拿起酒碗（能盛八杯的大木碗），倒满了契希尔，一饮而尽。他喝的时候，姑娘们都用怀疑和恐惧的目光瞧着他。她们觉得这样喝法很古怪，很不雅观。乌斯金卡又给他们每人各敬了一杯酒，并且吻了他们两人。

"来吧，姑娘们，我们大家来玩玩。"她一边说，一边把他们放在盘子里的四个银卢布弄得叮当响。

奥列宁不再觉得窘。他兴致勃勃地谈起话来。

"啊，玛丽雅娜，现在轮到你敬酒和接吻了。"别列茨基捉住她的手，说。

"你就等着我来吻你吧！"她一边说，一边开玩笑地对他挥动拳头。

"爷爷不出钱也可以吻的。"另一个姑娘应声说。

"这才是一个聪明的姑娘！"别列茨基说，吻了吻躲躲闪闪的姑娘。"不行，你得敬酒，"他寸步不让地对玛丽雅娜说，"给你的房客敬一杯。"

于是他抓住她的手，把她拉到凳子边，跟奥列宁并排坐下。

"多漂亮的美人哪！"他一边说，一边把她的头转过去，欣赏她

哥萨克：一八五二年高加索的一个故事 | 161

的侧面。

玛丽雅娜并不抗拒，只矜持地微笑着，转动一双秀眼，瞟着奥列宁。

"真是个漂亮的姑娘。"别列茨基又说了一遍。

"我是个多么漂亮的美人哪！"玛丽雅娜的神气似乎也在这样说。奥列宁情不自禁地搂住玛丽雅娜，想吻她。她忽然挣脱，撞倒别列茨基，打翻桌上的东西，跳到炉子旁边。爆发了一阵喧闹和哄笑。别列茨基低声对姑娘们说了一句话，她们一下子全都跑到穿堂里，把房门锁上。

"为什么你吻了别列茨基却不愿吻我？"奥列宁问。

"不为什么，我不愿意，就是这样。"她噘噘嘴，扬扬眉毛回答。"他是爷爷。"她笑着补了一句。她走到门边，打起门来。"为什么锁门，你们这些鬼东西？"

"没关系，让他们待在外边，我们留在这儿好了。"奥列宁一边说，一边挨近她。

她皱起眉头，严厉地用一只手把他推开。她在奥列宁面前又显得那么端庄美丽。他蓦地清醒过来，对自己的行为感到羞耻。他走到门边，动手拉门。

"别列茨基，开门！你们搞什么鬼啊？"

玛丽雅娜又爽朗地咯咯笑起来。

"喑，你是怕我吗？"她说。

"是啊，因为你像你母亲一样脾气大。"

"你跟耶罗施卡多混混吧，姑娘们会因此爱上你的！"她又露出微笑，近近地逼视着他的眼睛。

奥列宁不知道说什么好。

"要是我去看看你们呢？"他出其不意地说。

"那就不同了。"玛丽雅娜摇摇头，说。

这时候，别列茨基推开门，玛丽雅娜往奥列宁那边跳去，她的腰部在他的腿上撞了一下。

"我以前想到的一切，什么爱情啦，自我牺牲啦，鲁卡沙啦，全没有意思。最重要的是幸福。谁幸福，谁就做得对。"奥列宁的头脑里闪过这样的念头。接着他忘乎所以地用力抱住美人儿玛丽雅娜，吻了吻她的额角和面颊。玛丽雅娜并不动气，只是响亮地呵呵大笑，向姑娘们跑去。

晚会就这样结束。乌斯金卡的老母亲下工回来，把姑娘们大骂一顿，并把她们全赶跑了。

二十六

"是的，"奥列宁回家时一路上想着，"我只要稍微放松自己一点儿，就会疯狂地爱上这个哥萨克女人。"他上床睡觉时也在想这件事，但他想这一切都会过去，他又会恢复到原来的生活轨道上来。

可是，原来的生活一去不复返了。他跟玛丽雅娜的关系发生了变化。以前把他们隔开的那道墙倒塌了。现在奥列宁遇到玛丽雅娜，每次都向她问好。

房东来收房租，得知奥列宁的富裕和慷慨，就请他到他们家里

哥萨克：一八五二年高加索的一个故事 | 163

去坐坐。老太婆亲切地招待他；从开晚会那天起，奥列宁黄昏头常常到房东那里去，在那边一直坐到深夜。表面上他在村子里跟原先一样生活，可是内心里一切都变了。白天，他在树林里消磨时光，等到七八点钟天一黑，就去看房东一家人，有时单独去，有时跟耶罗施卡大叔一起去。房东家的人跟他已经搞熟，他不去，他们就觉得奇怪。他付酒钱很客气，人又十分斯文。通常总是凡纽沙给他送茶来，他坐在靠近炉子的角落里，老太婆毫不拘束地干她的活儿，他们就一边喝茶或者喝契希尔，一边谈天。他们谈哥萨克的事，谈左邻右舍，也谈俄罗斯。关于俄罗斯的事，一般总是奥列宁讲，他们问。有时候他带来一本书，径自读着。玛丽雅娜好像一只野山羊，蜷起腿坐在炕上或者黑暗的角落里。她并不参加谈话，但奥列宁看得见她的眼睛和脸蛋，听得到她的一举一动，听得到她在嗑葵花子，感觉到她在全神贯注地听他说话；当他读书的时候，也感觉到她在旁边。有时候，他觉得她在凝视他，而当他们的目光相遇时，他不由得停下话头瞧瞧她。于是她立刻转过脸去，他也就假装专心跟老太婆谈话，其实却始终在倾听她的呼吸，留意她的一举一动，并且等待她的目光。当着旁人的面，她待他多半快乐而温和，可是剩下他们两人的时候，她就显得羞怯而粗野了。有时，他到他们家里去，玛丽雅娜上街还没回家，过一会儿忽然听见她那稳健的脚步声，接着就看见她的蓝色花布衬衫在门口一闪。她走到屋子中央，看见了他，眼睛里露出一丝亲切的微笑，他立刻感到又惊又喜。

他并不追求什么，对她也不存什么幻想，但她的在场对他来说却一天比一天更加必要了。

奥列宁过惯了哥萨克乡村的生活，因而往事便显得十分陌生，而对未来,特别是对他所生活的这个世界以外的未来,他也丝毫不感兴趣。收到家里亲友来信,他大为生气,因为他们把他看作一个迷失的人,并且因此感到伤心,而他住在这哥萨克村子里,却把那些过着另一种生活的人看成迷失的人。他脱离以前那种生活,在哥萨克村子里过着远离尘嚣的日子,他相信对自己的行为永远不会后悔。在行军时,在要塞里,他觉得快乐;但只有在这里,在耶罗施卡大叔的庇护下,在树林里,在他借住的村外小屋里,特别是在想到玛丽雅娜和鲁卡沙的时候,他才领悟到过去生活的全部虚妄。这种虚妄从前就使他愤慨,如今在他的心目中更变得无法形容的卑鄙和可笑。在这里,他觉得一天比一天自由自在,越来越像个人。高加索跟他以前所想象的截然不同。他的种种幻想,他所听到读到的关于高加索的种种描写,在这里可一点儿也找不到。"这里根本没有什么毡斗篷、悬崖、阿玛拉特老爷、英雄或者恶棍。"他想,"人们像大自然一样生活:死亡,诞生,结合,又是诞生,斗争,吃,喝,欢乐,又是死亡,除了大自然赋予太阳、青草、野兽和树木的那些条件之外,就没有别的条件了。他们没有别的规律……"因此,拿这些人跟他自己相比,他就觉得他们美丽、强壮、自由,看到他们,就自惭形秽,感到忧郁。他常常认真地考虑抛弃一切,登记入籍,做个哥萨克,买一所小房子和一群牲口,娶个哥萨克女人(但不娶玛丽雅娜,他把她让给鲁卡沙),跟耶罗施卡大叔一起生活,跟他一块儿打猎捕鱼,同哥萨克们一起参加战斗。"我为什么不这样做呢? 我在等待什么呢?"他问他自己。于是他激励自己,责备自己:"难道我没有勇气做我自认为正当合理的事吗? 做一个普通的哥萨克,接近大自然,不损害任何人,而且做些有益于人的事,难道这些愿望比我过去的梦想(譬如,当个国务大臣或者团长)更愚蠢吗？"但似乎有一个声音在对他说，他得等待，别忙着做决定。一种模模糊糊的意识在阻止他：他不能完全像耶罗施卡和鲁卡沙一样生活，因为他的幸福观跟他们不同——幸福在于自我牺牲这观念在阻止他。他送马给鲁卡沙这件事始终使他快乐。他经常找机会为别人做自我牺牲，可是找不到这样的机会。有时候他忘记了这新发现的幸福的秘诀，认为自己可以跟耶罗施卡大叔同样生活，但接着又忽然醒悟过来，立刻抱住有意识的自我牺牲的观念，并且从这个观念出发，平静而自尊地观看一切人，观看别人的幸福。

二十七

在葡萄收获以前，鲁卡沙骑马来看奥列宁。他显得更英俊了。

"喂，你怎么样，快结婚了吗？"奥列宁高兴地迎接他，问道。

鲁卡沙没有直接回答。

"瞧，我过河去把您那匹马换了一匹！是匹好马！洛夫养马场的卡巴尔达马。[①] 我是个行家。"

他们观赏新马，骑着它在院子里兜圈子。这确实是匹少见的好马：一匹背宽身长的枣红骟马，生着一身光泽发亮的毛，一条粗大蓬松的尾巴以及纯种马的细软的鬃毛和顶毛。它养得那么肥壮，真像鲁卡沙说的，可以在它背上睡觉。蹄子、眼睛、牙齿，全都生得形态

[①] 洛夫养马场是高加索最好的马场之一；卡巴尔达是一种纯种马。——列夫·托尔斯泰注

优美，轮廓分明，只有真正的纯种马才有这样的特色。奥列宁见了不禁赞赏起来。他在高加索还没有见过这样的骏马。

"跑起来多神气！"鲁卡沙拍拍它的脖子说，"步子多漂亮！而且有灵性！总是跟着主人跑。"

"你换到这匹马，贴了好多钱吗？"奥列宁问。

"我没有算过，"鲁卡沙笑嘻嘻地回答，"从一个朋友那儿弄来的。"

"出色，真是匹漂亮的好马！给你多少钱你肯出让啊？"奥列宁问。

"有人出过我一百五十卢布，可是我愿意送给您，"鲁卡沙兴致勃勃地说，"只要您说一声，我就给。让我解下鞍子，你牵去好了。你随便给我一匹带去当差就行了。"

"不，说什么也不要。"

"那么我这儿给您带来了一件礼物，"鲁卡沙说着把挂在腰带上的两把短剑解下一把来，"我过河弄来的。"

"哦，谢谢你。"

"葡萄，我妈答应亲自给您送来。"

"不用了，以后咱们还有往来的。好吧，你送我这把刀，我就不给你钱了。"

"怎么还说钱——朋友嘛！我那次过河去，吉烈汗把我带到他家里，说，随便挑哪一把都行。我就拿了这把刀。这是我们的规矩。"

他们走进屋子，喝了些酒。

"你要在这儿待一阵吗？"奥列宁问。

"不，我是来告别的。这回哨兵线那边派我到捷列克河对岸的一个骑兵连去。今儿晚上就走，跟我的伙伴纳扎尔卡一起去。"

"那么婚礼几时举行啊？"

"我不久就回来,订了婚,还要去当差。"鲁卡沙不太高兴地回答。

"这算什么啊,也不跟未婚妻见见面?"

"就是这样!何必看她呢?您要是出去行军,只要到我们连里问大个儿鲁卡沙就行了。那边野猪多极了!我打死了两只,下次给您送来。"

"那么再见了!基督保佑你。"

鲁卡沙骑上马,不去看玛丽雅娜,而兜了个圈子来到街上,纳扎尔卡已在那边等他。

"怎么样?去一下吗?"纳扎尔卡朝雅姆卡住的方向挤挤眼,问。

"行!"鲁卡沙说,"喏,把马牵到她家去,要是我好久没回来,你就给它喂些干草。明天早晨我一定得到连队去报到。"

"那士官生没再送你什么东西吗?"

"没有!幸亏我送他一把刀,要不然他会问我要这匹马的!"鲁卡沙一边说,一边下马,把它交给纳扎尔卡。

他经过奥列宁的窗下,溜进院子,来到房东屋子的窗口。天色已经完全黑了。玛丽雅娜只穿一件衬衫,正在梳头发,准备睡觉。

"是我。"哥萨克小伙子低声说。

玛丽雅娜的脸严肃而沉静,可是她一听见有人叫她的名字,立刻喜形于色。她拉起窗子,又惊又喜地探出身去。

"什么?你要什么?"她说。

"开开吧,"鲁卡沙说,"让我进来一下。我可等得实在不耐烦了!受不了啦!"

他从窗口抱住她的头,吻了吻。

"说真的,你开开吧。"

"别胡说八道了！我说不行就是不行。你要去好久吗？"

他没回答，只是吻她。她不再问了。

"你瞧，隔着窗子连好好抱抱你都不行。"鲁卡沙说。

"我的玛丽雅娜！"传来老太婆的声音，"你这是在跟谁说话呀？"

鲁卡沙拉掉帽子，免得从帽子上被人认出来，接着在窗外蹲下身子。

"快走。"玛丽雅娜低声说。

"鲁卡沙来了，"她回答母亲道，"他找爸爸。"

"哦，那么叫他进来吧！"

"走了，他说他没工夫。"

鲁卡沙真的弯着身子，快步从窗下经过院子往雅姆卡家跑去，只有奥列宁一人看见他。他跟纳扎尔卡喝了两大碗契希尔，一同骑马离开村庄。这是一个温暖、黑暗而宁静的夜晚。他们默默地骑着马，只传出嘚嘚的马蹄声。鲁卡沙唱起那首关于哥萨克明加尔的歌，但没唱完第一节就停下，他对纳扎尔卡说："咳，她不肯放我进去呢！"

"噢！"纳扎尔卡应声说。"我知道她不肯放的。雅姆卡告诉我，那士官生近来常常到他们屋子里去。耶罗施卡大叔吹牛说，他因为帮士官生把玛丽雅娜弄到手，士官生送了他一支枪。"

"他撒谎，这老鬼！"鲁卡沙生气地说，"她可不是那样的姑娘。要是他真敢胡闹，我就打断这老鬼的腰。"于是他又唱起他心爱的歌来：

> 从伊兹玛伊洛夫的村庄里，
> 从老爷心爱的花园里，
> 逃走了一只雄鹰。

哥萨克：一八五二年高加索的一个故事 | 169

年轻的猎人当即跨上马，赶去找寻，
他对眼睛明亮的雄鹰招手呼唤，
雄鹰却这样回答猎人：
"你再也不能用金笼子把我束缚，
也别想用你的右手把我紧握，
如今我要飞往蔚蓝的海洋，
去攫取一只雪白的天鹅，
好把鲜美的'鹅'肉吃个称心。"

二十八

房东家里正在举行订婚宴。鲁卡沙回到村里，但没去看奥列宁。奥列宁虽然受到邀请，却也没有去道喜。他来到村子里以后，从没这样悲伤过。傍晚，他看见鲁卡沙打扮得漂漂亮亮，跟他母亲一起来到房东家。使他烦恼的是，鲁卡沙为什么对他这样冷淡？奥列宁关在自己屋子里，开始写日记：

"近来我反复想了很多，人也变了很多，我甚至想起识字课本上的格言：要幸福就得爱，忘我地爱，爱一切人，爱一切东西，就得向四面八方张开爱的网，谁落到网里，就把谁抓住。我就这样抓住了凡纽沙、耶罗施卡大叔、鲁卡沙、玛丽雅娜。"

奥列宁刚写完这句话，耶罗施卡大叔就走进屋里来。

耶罗施卡情绪极好。几天前的一个黄昏，奥列宁去看他，看见他正在院子里用小刀解剖一只野猪,脸上喜气洋洋的,非常得意。几只猎狗躺在他旁边(他心爱的梁姆也在那里),轻轻地摇着尾巴,看他干活。孩子们都从篱笆缝里满怀敬意地瞧着他,不再像平时那样跟他捣蛋。邻居女人们一向待他不太客气,此刻都向他招呼问好,大献殷勤:一个送他一罐子契希尔,一个送他奶油,一个送他面粉。第二天早晨,耶罗施卡坐在他的贮藏室里,身上溅满血,一磅磅地分着野猪肉——有人给他钱,有人送他酒。他脸上那副神气似乎在说:"上帝赐福,让我打死一只野猪,这下子人家就用得着我大叔了。"结果,他自然喝起酒来,待在村子里一连喝了四天。除此以外,他在订婚宴上又喝了些酒。

耶罗施卡大叔从房东家里走到奥列宁屋子里,满脸通红,胡子凌乱,酒意十足,身上穿着一件崭新的金银镶边的大红短褂,手里拿着一把巴拉莱卡①——这琴他是从对岸弄来的。他早就答应弹琴给奥列宁听,这时正好兴致勃勃。看见奥列宁在写字,他有点儿扫兴。

"写吧,写吧,老弟。"他低声说,仿佛觉得在奥列宁和纸张中间有个精灵,他怕把它吓跑,就轻轻地在地板上坐下。耶罗施卡大叔一喝醉,就喜欢坐在地板上。奥列宁回头看了他一眼,吩咐凡纽沙拿酒来,又继续写他的日记。耶罗施卡一个人喝酒觉得无聊,他很想谈谈话。

"我在房东家喝了定亲酒。没意思,那些猪猡!我才不喜欢呢!还不如来看看你。"

"你这把巴拉莱卡是从哪儿弄来的?"奥列宁问了一声,又继续写下去。

---

① 巴拉莱卡——俄罗斯民间乐器,琴身三角形,张三根弦,因此又称三角琴或三弦琴。

哥萨克:一八五二年高加索的一个故事 | 171

"我过河去了一次，老弟，弄到一把巴拉莱卡，"他仍旧那样低声说，"我是个好手，鞑靼的、哥萨克的、老爷先生的、士兵的，什么曲子都能弹。"

奥列宁又向他瞧瞧，嗨地笑了一声，还是写下去。

他这一笑却壮了老头儿的胆。

"哦，算了吧，我的老弟！算了吧！"他忽然坚决地说，"哦，人家欺负了你，呸，去他们的！哦，你老是写呀写的，写个没完！有什么意思呢？"

于是他用粗手指在地板上敲敲，拉长他的胖脸，做出轻蔑的神气，滑稽地模仿着奥列宁的样子。

"尽写些谎话有什么意思？还不如玩玩，做个聪明人！"

在他的头脑里，写字无非是造谣诬蔑罢了。

奥列宁哈哈大笑，耶罗施卡也哈哈大笑。他从地板上一跃而起，开始显示他弹巴拉莱卡和唱鞑靼山歌的本领。

"写它干吗，好朋友！还不如听我给你唱一曲。等到你两腿一伸，就再也听不到山歌了。来玩玩吧！"

他先是唱了一支自己编的歌，边唱边舞：

啊，嘀，嘀，嘀，嘀，嘀，哩，
在哪儿看到他这个人呢？
在集市上啊，在棚子里啊，
他呀，他在那儿卖针哪。

接着他又唱了一支歌，那是他从前的朋友司务长教他的：

礼拜一我掉进情网，
礼拜二整天苦痛烦恼，
礼拜三向她表白爱情，
礼拜四待她给我回音，
礼拜五终于来了声明，
叫我不必再痴心妄想。
到了复活节前的礼拜六，
我打算结束自己的性命；
可是啊，为了让灵魂得救，
礼拜天我改变了决定。

接着他又唱道：

啊，嘀，嘀，嘀，嘀，嘀，哩，
在哪儿看到他这个人呢？

然后又挤挤眼，耸耸肩，踏着拍子唱道：

让我吻你抱抱你，
用大红缎带系住你，
我要叫你小乖乖，
唷，我的小乖乖，
你可是真心把我爱？

他玩儿得来了劲，兴奋地边弹边唱，忽然身子一转，独自在屋子里跳起舞来。

像《嘀，嘀，哩》那样的老爷先生的歌，他是专门为奥列宁唱的，但又喝了三四杯契希尔之后，他回想起过去的时光，应当唱起真正的哥萨克歌谣和鞑靼歌谣来。他唱着一支心爱的歌，唱到中途忽然声音哆嗦起来，他停下来，但仍旧叮叮咚咚地弹着巴拉莱卡。

"哦，我的朋友啊！"他说。

奥列宁听到他的声音有点儿古怪，回过头去。老头儿在哭。他的眼睛里泪水汪汪，有一滴正循着面颊往下淌。

"哦，我的时光啊，你一去不回了！"他呜咽着说，顿了一顿。"喝吧，你干吗不喝呀！"他突然声若洪钟地嚷道，也不擦掉眼泪。

有一首达格斯坦山民的歌谣特别使他感动。这歌的歌词很少，它的魅力全在于结尾悲怆的叠句："哎哟！完啦！什么都完啦！"耶罗施卡把歌词翻译出来："一个小伙子把一群牲口从村里赶到山上，俄罗斯人一来，放火烧了村庄，把男人杀个精光，把女人全部俘虏。小伙子下山来，看到村庄变成一片空地，他的母亲没有了，兄弟没有了，房子也没有了，只剩下一棵孤树。小伙子坐在树下哭了。'我也跟你一样只剩下自己孤零零一个人！'于是小伙子唱道：'哎哟！完啦！什么都完啦！'"老头儿把这个如泣如诉、使人断肠的叠句反复唱了几遍。

唱完最后一遍叠句，耶罗施卡忽然摘下墙上挂着的双筒猎枪，匆匆跑到院子里，一下子朝天放了两枪。接着又更加悲伤地唱了一遍："哎哟！完啦！什么都完啦！"这才住了声。

奥列宁紧跟着他奔到台阶上，默默地仰望子弹掠过的黑暗的星空。房东的屋子里有灯光和人声。姑娘们聚集在门口和窗口,在正屋与小屋之间跑来跑去。有几个哥萨克男人从屋子里奔出来,忍不住放声呼喊,应和着耶罗施卡大叔歌尾的叠句和枪声。

"你为什么不去吃订婚酒啊?"奥列宁问。

"谁管他们的事,谁管他们的事!"老头儿说,显然在那边受了什么气。"我才不喜欢呢,我才不喜欢呢!嗨,那些人!我们到屋里去!他们搞他们的,我们玩我们的。"

奥列宁回到屋子里。

"鲁卡沙怎么样,高兴吗?他会不会来看我啊?"他问。

"鲁卡沙又有什么!他们哄他,说我在替你拉拢那姑娘,"老头儿低声说,"姑娘算得了什么?只要我们要她,她就是我们的,多花几个钱,就可以归我们了!我一定给你弄到手,真的。"

"那不行,大叔,她要是不爱我,出钱也没用。这事还是别提了。"

"咱俩都是没人喜欢的光杆子!"耶罗施卡大叔忽然说,又哭起来。

奥列宁听着老头儿的谈话,喝得比平时更多。"这下子我的鲁卡沙可幸福了。"他想,同时又觉得悲伤。那天晚上,老头儿醉得横在地上,弄得凡纽沙只好请士兵帮助,啐着唾沫把他抬出去。他对老头儿的恶劣行为生气极了,以致连一句法国话也不高兴说。

二十九

八月。一连几天,天上没有一丝云彩,太阳烤得人无法忍受。

清早起就吹着暖烘烘的风，把沙丘和大路上的热沙卷起来，撒在芦苇、树木和村庄的上空。青草和树叶上落满了灰尘，道路和盐沼地都豁露出来，干得发硬。捷列克河里的水位早已下降，沟渠也都干涸了。近村池塘里，泥土堆成的塘岸被牲口踩塌了，男女孩子的戏水声和叫喊声整天响个不停。草原上的沙丘和芦苇已经干透，白天牲口呜呜叫着闯进田里。野兽都迁到远方的芦苇丛里和捷列克河对岸的山中去了。蚊蚋像乌云似的麇集在低地和村庄的上空。雪山笼罩着一片灰蒙蒙的云雾。空气稀薄，充满臭味。据说山匪已渡过河水低落的捷列克河，到河的这一边来抢劫行人。每天黄昏，太阳都在一片炽热的红光中落下。这是一年中最忙碌的时节。村民们全聚集在西瓜田和葡萄园里。果园里草木葱茏，浓荫蔽日。在宽大的半透明的叶子中间，到处露着一串串黑黝黝沉甸甸的葡萄。满载黑葡萄的大车在通向果园的灰尘飞扬的大路上吱吱嘎嘎地移动着。在这条被车轮压坏、铺满灰沙的路上，狼藉着一串串葡萄。男女孩子们，身上的衣衫都沾满葡萄汁，手里拿着葡萄，嘴里吃着葡萄，跟着他们的母亲跑来跑去。路上不断遇到衣衫褴褛的雇工，他们强壮的肩上扛着一筐筐葡萄。姑娘们把头巾一直包到眼睛上，赶着葡萄堆积如山的牛车。士兵们遇到这些大车，往往向哥萨克姑娘讨葡萄，姑娘就爬到车上，捧起一大把葡萄，扔在士兵的衣兜里。有几户人家已在榨葡萄了。空气中弥漫着葡萄渣的香味。可以看到，他们的披屋下安着一个个血红的槽，诺盖工人卷起裤脚，腿上都染满了葡萄汁。猪咕唧咕唧地大吃葡萄渣，在葡萄渣里打滚。小屋的平坦屋顶上，晒满一串串黑琥珀似的葡萄。鸦鹊群集在屋顶上，飞来飞去啄着葡萄籽。

人们快乐地收获着一年辛勤劳动的果实，今年的果实又特别丰硕甜美。

在绿荫蔽天的果园里，在一片葡萄的海洋中，四面八方但听得女人们的欢笑、歌唱、嬉戏和说话，还看见她们鲜艳夺目的衣衫。

正午，玛丽雅娜坐在她家果园的一棵桃树荫里，从卸了牲口的大车底下拿出一家的午餐来。她的对面，在一件摊开的马衣上坐着她的父亲少尉。他从学校里回来，正拿着一个瓦罐倒水洗手。她的弟弟刚从池塘那边跑来，用袖子擦擦脸，迫不及待地瞧瞧姐姐和妈妈，气喘吁吁地等着吃午饭。她的老母亲卷起袖子，露出被太阳晒得黑黑的强壮手臂，把葡萄、干鱼、奶油和面包摆在一张又矮又小的鞑靼圆桌上。少尉擦干手，脱下帽子，画了十字，坐到桌子旁边。男孩子抓住水壶，贪婪地喝起水来。母亲和女儿盘起腿，也在桌子旁边坐下。即使在树荫下也热得难受。果园上空弥漫着一股臭味。强劲的热风穿过树枝，并没有带来凉意，只是把果园里梨树、桃树和桑树的树梢一个样儿向一边吹弯。少尉又祷告了一番，从背后拿出一壶用葡萄叶盖着的契希尔，从壶嘴里喝了一点儿，把壶递给老太婆。少尉只穿一件衬衫，敞着领口，露出肌肉累累的毛茸茸胸膛。他那狡猾的瘦脸喜气洋洋。在他的姿态和谈吐中，一点儿也看不出平时的诡谲。他兴致勃勃，怡然自得。

"我们到晚上收得完敞棚后面那一块地吗？"他擦擦润湿的胡子，问。

"收得完，"老太婆回答，"只要天气不捣蛋就行。杰姆全家还没收好一半呢。"她又说，"只有乌斯金卡一个人在干活，可把她累坏了。"

"他们家就别提了！"老头儿傲然说。

"喏，喝一点儿，玛丽雅娜宝贝！"老太婆把壶递给女儿，说。"你瞧，上帝保佑，我们可有钱办喜事了。"老太婆又说。

"提那个还早呢！"少尉微微皱起眉头说。

姑娘垂下头。

"为什么不该提呢？"老太婆说，"事情办停当，日子也近了。"

"别忙着打主意，"少尉又说，"现在得先把葡萄收好。"

"你看到鲁卡沙那匹新马吗？"老太婆问，"德米特里·安德烈伊奇送他的那一匹不在了，他换了一匹。"

"不，没看到。可我今天跟那房客的农奴谈过话，"少尉道，"他说，他的东家又收到一千卢布。"

"一句话，真有钱。"老太婆肯定地说。

一家人都高高兴兴，心满意足。

活儿干得很顺利。葡萄比他们预期的更多更好。

玛丽雅娜吃完饭，给牛喂了点儿青草，把短袄卷起来当枕头，就在大车底下压倒的多汁的青草上躺下来。她头上包着红绸头巾，身上穿着褪色的浅蓝印花布衬衫，可她还是觉得热得受不了。她的脸晒得热辣辣的，两只脚不知道搁到哪儿去才好，眼睛蒙上一层瞌睡和疲倦的迷雾，嘴巴不由自主地张开来，胸脯一起一伏，吃力地喘着气。

忙碌的季节已经延续了两个星期，连续不断的繁重劳动占据了这年轻姑娘的全部生活。她每天天蒙蒙亮就起身，用冷水洗脸，包上头巾，赤着脚奔去照料牲口。接着她匆匆套上鞋，穿上短袄，带了一包面包，套好牛，就到果园里去待上一整天。她在那边割葡萄，搬筐子，中午只休息一个钟头，直到黄昏才一手牵牛，一手用长树枝赶着它们，高高兴兴、毫无倦容地回到村子里。她在暮色苍茫中照料好牲口，抓起一把葵花子放在宽大的衣袖里，就到街上跟姑娘们谈天说笑去了。但天一黑，她就回到家里，跟父母兄弟在昏暗的小屋里吃晚饭，然后才来到正房里，无忧无虑，心情舒畅，坐到炕上，睡眼惺忪地听着那房客的谈话。等他一走，她就爬到床上，倒头睡觉，一觉睡到天亮。第二天又是同样的生活。自从订婚那天起她就没有见过鲁卡沙，平平静静地等待着结婚的日子。也跟那房客已相处惯了，现在他注视着她，她反而觉得高兴。

三十

虽然天气热得人走投无路，蚊蚋麇集在大车的凉快阴影里，小弟弟又在旁边翻来覆去地撞她，玛丽雅娜却用帕子盖住头脸，准备睡觉。她的邻居乌斯金卡忽然跑来，钻到车子下面，在她旁边躺下。

"嗯，睡吧，姑娘们！睡吧！"乌斯金卡一边在车下睡得更舒服些，一边说。"等一下，"她跳起来，"这样不行。"

她一骨碌爬起来，折了一些绿色的枝条，挂在大车两边的轮子上，又把她的短袄覆在上面。

"你让开！"她又钻到车下，对玛丽雅娜的弟弟嚷道，"哥萨克男人怎么可以跟姑娘们待在一起？走开！"

等到车下只剩她们两人时，乌斯金卡忽然抱住玛丽雅娜，身子紧贴着她，吻起玛丽雅娜的面颊和脖子来。

"亲人儿！好哥哥！"她一边叫唤，一边发出一阵清脆的笑声。

"瞧你从爷爷那儿学来了这一套,"玛丽雅娜挣扎着说,"哎,放手!"

她们两人都哈哈大笑,引得母亲对她们吆喝了一声,要她们安静。

"你嫉妒是吗?"乌斯金卡低声说。

"别胡说!让我睡觉。哎,你来干什么?"

乌斯金卡却不肯罢休:"我有一件事要告诉你,你听好!"

玛丽雅娜用臂肘支起身子,把滑下的头巾拉拉好。

"说吧,你要说什么?"

"我知道一点儿你那个房客的事。"

"没什么值得知道的。"玛丽雅娜回答。

"哼,你这姑娘真刁!"乌斯金卡用肘部撞撞她,笑着说,"什么事也不肯告诉人家。他上你们家来吗?"

"来的。那又有什么!"玛丽雅娜说,脸唰地红了。

"我可是个老实的姑娘,我有话对谁都讲。我为什么要隐瞒呢?"乌斯金卡说,她那快乐红润的脸蛋现出沉思的神气。"难道我在害什么人吗?我爱他,就是这么回事!"

"你是指'爷爷'吗?"

"是啊。"

"不怕罪过吗?"玛丽雅娜责备道。

"哦,玛丽雅娜!做姑娘的时候不玩玩,到几时玩啊?等我嫁了男人,生了孩子,就得愁吃愁穿了。拿你来说,等嫁给鲁卡沙,心里就不那么快活了,又得生孩子,又得干活。"

"那也不见得,有些人出嫁后日子也过得挺好。还不是一样!"玛丽雅娜平静地回答。

"你就告诉我一个人吧,你跟鲁卡沙有过什么吗?"

"有过什么啊? 他们来说过亲。爹爹把这事搁了一年,如今讲定了,到秋天就把我嫁过去。"

"那他对你说了些什么啊?"

玛丽雅娜嫣然一笑。

"还不是那些话。他说他爱我。他老是要我跟他一起到果园里去。"

"瞧你们热成个什么样子! 你大概没去吧? 他如今变得多神气啊! 第一号的骑士。他尽在队里玩儿。那天我们的基尔卡回来说,他换到了一匹顶呱呱的好马! 他怕一直在惦着你吧。那他还说了些什么呀?"乌斯金卡问玛丽雅娜。

"你这人什么都想知道!"玛丽雅娜笑起来,"有一天夜里他骑马来到我窗口,喝醉了,要我放他进去。"

"那你没让他进去吗?"

"嗨,我会让他进去! 我的话说出算数,就像石头一样硬。"玛丽雅娜认真地说。

"真是个出色的小伙子! 只要他要,哪个姑娘会拒绝他啊!"

"那就让他去找别人好了。"玛丽雅娜傲然回答。

"你不疼他吗?"

"疼是疼,傻事我可不干。那不像话。"

乌斯金卡突然把头倒在朋友的胸膛上,双手把她抱住,咯咯咯地笑得浑身哆嗦。

"你这傻丫头!"她上气不接下气地说,"自己不要快活。"说着又呵起玛丽雅娜的痒来。

"唷,放手!"玛丽雅娜一边笑,一边嚷道,"你把拉茹特卡压坏了。"

"瞧这两个鬼丫头，好开心，还不累呢！"车子里又传来老太婆睡意惺忪的声音。

"你不要快活，"乌斯金卡又低声说，支起身来，"可是说实话，你真快活！人家多爱你啊！你这人脾气这么耿直，可人家还是爱你的。哎，我要是你啊，准会把你家那个房客搞昏头！那次在我们家里，我注意到了，他那双眼睛啊，简直要把你一口吞下去。就说我那个爷爷吧，他什么东西没给过我啊！听说，你家那一个是俄罗斯人中顶顶有钱的。他那个勤务兵说，他们家里还有农奴呢。"

玛丽雅娜支起身来，想了一想，微微一笑。

"你知道他有一次对我说了什么话？就是那个房客，"她嘴里嚼着一茎草，说，"他说，我真情愿做哥萨克鲁卡沙，或者做你的弟弟拉茹特卡。你看他说这话是什么意思？"

"他这只是随便说说的，"乌斯金卡回答，"我的那一个什么话没说过啊！简直像着了魔似的！"

玛丽雅娜的头又倒在卷拢的短袄上，一手搭住乌斯金卡的肩膀，闭上眼睛。

"他今天想到果园里来干活呢，是爹爹请他来的。"她说着，沉默了一会儿就睡着了。

三十一

太阳已从荫蔽大车的梨树后面露出来，它的光芒斜射过乌斯金卡所插的枝条，热辣辣地晒着睡在车下姑娘们的脸。玛丽雅娜醒过来，她理理头上的头巾，向四下里张望了一下，看见那房客正挎着枪站在梨树后面跟她父亲谈话。她推推乌斯金卡，默默地含笑指给她看。

"我昨天出去，一只也没有找到。"奥列宁不安地向周围望望说，因为被枝条遮住，没有看见玛丽雅娜。

"哦，您该一直往那儿走，像罗盘指的那样直，那儿有个叫作'荒地'的荒废的果园，里面准可以找到野兔子。"少尉说，顿时改变了腔调。

"忙碌的时节打野兔，好轻松啊！您还是来帮帮我们的忙，跟姑娘们一起干活吧！"老太婆兴致勃勃地说。"喂，姑娘们，起来吧！"她喊道。

玛丽雅娜和乌斯金卡在车下低声交谈，勉强忍住笑。

自从大家知道奥列宁送了一匹价值五十卢布的马给鲁卡沙以后，房东一家对他的态度就和气多了，尤其是少尉，看到他跟女儿接近，十分高兴。

"可我不会干活。"奥列宁说，竭力不从枝叶缝里往大车底下瞧，虽然已发现玛丽雅娜的蓝衬衫和红头巾。

"你来吧，我请你吃桃子干。"老太婆说。

"这是古时候哥萨克待客的礼节，老太婆就懂得这些个蠢规矩，"少尉一边解释，一边又像在纠正老太婆的话，"在俄罗斯别说什么桃子干，就是有菠萝酱和糖菠萝吃也够痛快的了。"

"你说在那荒废的果园里有野兔吗？"奥列宁问，"我去一下。"接着往那绿色的枝叶缝里匆匆瞥了一眼，掀了掀帽子，就在一排排绿油油的葡萄藤里消失了。

哥萨克：一八五二年高加索的一个故事 | 183

奥列宁回到房东家果园里的时候，太阳已落到果园的篱笆后面，只有一些零落的光芒穿过半透明的叶子闪烁发亮。风停了，沁人心脾的清凉在园里扩散开来。奥列宁仿佛凭着一种本能，老远就在葡萄藤中认出了玛丽雅娜的蓝衬衫。他一路上摘着葡萄向她走去。他的狗也兴致勃勃，不时用流口涎的嘴去咬低垂的葡萄。玛丽雅娜脸涨得通红，卷起袖子，头巾拉到颏下，正敏捷地割下一串串沉甸甸的葡萄，把它们放在筐子里。她没有放掉手里的葡萄藤，只停下来亲切地向他微微一笑，接着又干她的活。奥列宁走近来，把枪往肩上一背，腾出双手。"你家里的人在哪儿啊？上帝保佑！只你一个人吗？"他想这样说，可是一句话也没有说出口，只默默地举起帽子。跟玛丽雅娜单独在一起，他有点儿局促不安，但又像是故意要折磨自己似的，走到她跟前。

"你这样拿枪会把女人打死的！"玛丽雅娜说。

"不，我不开枪。"

两个人沉默了一会儿。

"你还是来帮帮忙吧！"

他拿出刀子，默默地动手割葡萄。他从叶子底下拉出一串沉甸甸的约有三磅重的葡萄（上面的葡萄生得太密，都压扁了）给玛丽雅娜看。

"全割下来吗？这不太青吗？"

"你拿来。"

他们的手碰在一起。奥列宁拉住她的一只手，她笑眯眯地瞧着他。

"听说，你快出嫁了，是吗？"他问。

她没回答，却严肃地向他瞅了一眼，转过脸去。

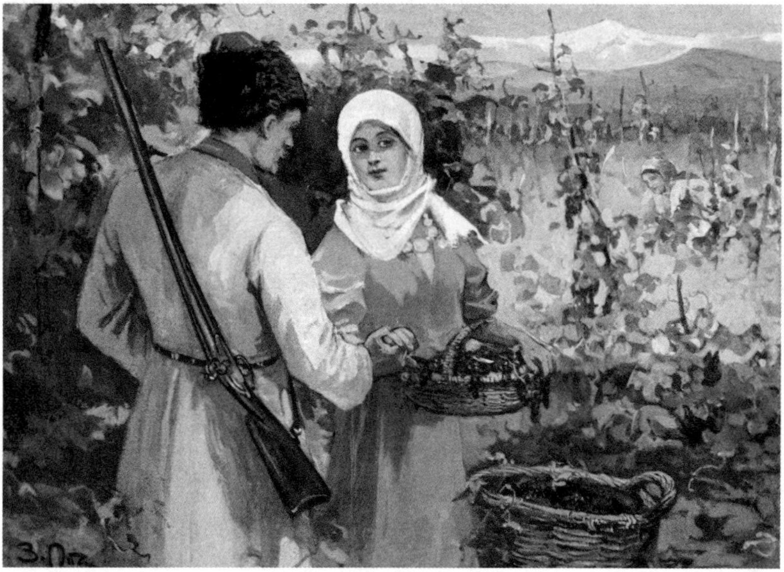

"怎么样，你爱鲁卡沙吗？"

"这关你什么事？"

"我羡慕他。"

"说得倒像！"

"是的，你真是个美人儿！"

他忽然害臊起来：这话实在太庸俗。他唰地涨红了脸，张皇失措地抓住她的双手。

"不管我生得怎么样，都不关你的事！你开什么玩笑！"玛丽雅娜回答，可是她的眼神表示，她深信他并不是在开玩笑。

"开玩笑？你真不知道我是多么……"

这话听来更加庸俗，跟他的感情更加不协调，可他还是说下去："我不知道该为你做些什么才好……"

"走开，讨厌鬼！"

但是她的脸、她的闪闪发亮的眼睛、她的丰满的胸脯、她的线条优美的腿，却表示出完全不同的意思。他认为她明白他说的一切是多么庸俗，可是她并不计较；他认为她早就知道他想对她说而又不敢说的一切，可是她要听听他怎样说法。"她怎么会不明白呢？"他想，"我说的无非是她的真实情形罢了。可是她不愿领会我的意思，不肯回答我的话。"

"喂！"忽然从葡萄藤后面不远处传来乌斯金卡尖细的声音和清脆的笑声。"来吧，德米特里·安德烈伊奇，来帮帮我忙啊！我只有一个人哪！"她从叶子中间探出天真烂漫的圆圆脸蛋，对奥列宁喊道。

奥列宁什么也没回答，站着一动不动。

玛丽雅娜继续割葡萄,眼睛却不断地瞅着房客。他刚要说些什么,可是又住了口,耸耸肩膀,背起枪,快步走出果园。

三十二

他两次停住脚步,谛听玛丽雅娜和乌斯金卡的响亮笑声。她们两人已凑在一起,嚷着些什么。奥列宁整个黄昏都在树林里打猎,但一无所获。直到暮色苍茫,才空着双手回来。他经过院子,发现房东家小屋的门开着,门里露出蓝色的衬衫。他特别响亮地喊了一声凡纽沙,好让人家知道他回来了,接着就在台阶上的老地方坐下。房东一家已从果园回来;他们从小屋走到正屋,却没有请他进去坐。玛丽雅娜两次走到门口。有一次在薄暗中,他发觉她回头瞅了他一眼。他的眼睛紧盯住她的一举一动,可是他不敢接近她。等到她又进入屋子里,他才走下台阶,在院子里散起步来。但玛丽雅娜没再出来。奥列宁通夜不眠待在院子里,细听着房东屋子里的每一个声音。从黄昏起他听见他们谈话,吃晚饭,拖出垫子睡觉,听见玛丽雅娜不知什么缘故笑起来,后来一切又都安静了。少尉跟老太婆在喁喁低语,还有一个人在重重地呼吸。奥列宁走进自己屋里。凡纽沙和衣睡着了。奥列宁很羡慕他,又回到院子里散步,心里一直期待着什么,可是没有一个人出来,没有一个人走动,只听见三个人均匀的呼吸声。他分辨得出玛丽雅娜的呼吸声,一直听着,同时听着自己的心跳。村子里万籁俱寂,一钩残月迟迟地升起,在院子里喘息的牲口时而躺下，时而慢慢地站起，可以看得更清楚了。奥列宁怒气冲冲地问自己："我在等什么呀？"可是他无法摆脱这恼人的夜色。忽然他听见房东屋子里分明有脚步声和地板的吱嘎声。他奔到门口，可是除了均匀的呼吸声以外，又什么也听不见，只有院子里的母水牛，长叹一声，转动身子，先是用前面的双膝，然后用四条腿直立起来，挥动尾巴，在干燥的泥地上从容地撒下些什么，接着又在朦胧的月光中躺下……他问自己："我该怎么办？"他拿定主意去睡觉，可是又听到了一些声音。于是，在他的幻觉中，玛丽雅娜在这雾蒙蒙的月夜里出现，他又奔到窗口，又听见脚步声。直到天快亮的时候，他走到她的窗前，推了推板窗，又跑到门口，这回他真的听见了玛丽雅娜的叹气声和脚步声。他抓住门闩，敲了敲门。赤脚小心翼翼地走在地板上的声音，渐渐接近门口。门闩轻轻地移动着，门吱地响了一声，屋子里冒出一股牛至草和南瓜的气味，玛丽雅娜的整个身体在门口出现。他只在月光下看见她一刹那。她碰上门，嘴里咕噜了一句什么，悄悄地跑回去了。奥列宁轻轻地敲敲门，可是没有人理他。他奔到窗口，侧耳细听。忽然一个男人的尖细声音把他吓了一跳。

"干得好！"一个头戴白羊皮帽的矮个子哥萨克一边说，一边穿过院子向奥列宁走来。"我看见了，干得好！"

奥列宁认出是纳扎尔卡，他一言不发，不知道做什么说什么才好。

"干得好！我要到村公所去报告，我要告诉她父亲。瞧，好一个少尉的女儿！一个男人她还嫌少！"

"你要拿我怎么样，你要干什么？"奥列宁急急地说。

"没什么，我只要去报告村公所。"

纳扎尔卡说得很响，显然是故意的。

"瞧，好一个机灵的士官生！"

奥列宁浑身哆嗦，脸色发白。

"你来，你来！"他使劲抓住他的手臂，把他拉向他的屋子，"其实什么事也没有，她不放我进去，我也没存什么……她是规规矩矩的……"

"这个，会弄清楚的……"纳扎尔卡说。

"可我还是要给你一些……你等一下！"

纳扎尔卡住了口。奥列宁跑到屋里，拿出十卢布递给这个哥萨克。

"其实什么事也没有。但到底是我的不是，喏，给你！只要看在上帝分上，别让人知道。其实什么事也没有……"

"祝您好运气！"纳扎尔卡笑着说，走了出去。

那天晚上，纳扎尔卡是受鲁卡沙之托，到村子里来找个地方，寄存一匹偷来的马的。他回家的路上，正好听见脚步声。第二天早晨，他回到队里，就对他的一个伙伴吹牛，说他怎样巧妙地弄到了十卢布。而奥列宁第二天早晨遇到房东夫妇，他们都不知道昨夜的事。他没跟玛丽雅娜说话，她只是瞧着他笑笑。第二天他又彻夜不眠，徒然在院子里踱来踱去。下一天，他故意借打猎消磨时间；晚上，为了避免胡思乱想，又去找别列茨基。他怕不能自制，就立誓不再到房东屋里去。那天晚上，奥列宁被司务长唤醒了。连队立刻要出发去袭击。奥列宁很高兴有这样的机会，并且希望不再回到村里来。

袭击持续了四天。长官是奥列宁的亲戚，他想看到奥列宁，并要他留在司令部里。奥列宁拒绝了。离开那个哥萨克村子，他无法生活，因此要求回去。由于参加袭击，他获得了一枚军人十字勋章，那是他以前十分想望的。可如今他对这勋章毫无兴趣，而对于提升为军官一事更不感兴趣。事实上提升的命令也还没有下来。他平安无事地同凡纽沙一起来到哨兵线，比他的队伍早到几小时。整个黄昏奥列宁又坐在台阶上，尽瞧着玛丽雅娜。他又通夜在院子里踱来踱去，既没有目的，也没有思想。

三十三

　　第二天早晨，奥列宁醒得很晚。房东一家已不在了。他不去打猎，一会儿拿起一本书，一会儿走到台阶上，一会儿又走进屋子往床上一躺。凡纽沙以为他病了。傍晚，奥列宁振作精神爬起来，拿起笔，一直写到深夜。他写了一封信，但没有发出去，因为反正谁也不会懂得他要说的话，而且除了他自己，谁也不需要懂得。下面就是他所写的信：

　　人们从俄罗斯写信来慰问我。他们总是担心，怕我待在这穷乡僻壤会毁了自己。他们是这样议论我的："他会变得粗野，他会处处落伍，他会嗜酒成癖，说不定还会娶个哥萨克女人做老婆。"怪不得叶尔莫洛夫将军说："一个人在高加索当上十年差，不是成为酒鬼，就会娶个荡妇做老婆。"多么可怕啊！不错，我有可能做贝伯爵小姐的丈夫，当官廷高级侍从官或者贵族长，我有这样的福分，却偏要毁了自己的前途，这说得过去吗？可是我觉得你们这些人是多么可憎而又可怜！你们不懂得什么叫幸福，什么叫生活！一个人必须在淳朴的大自然美景中体验一下生活，观赏观赏我天天看到的景象：那些永远无法攀登的雪山，那个保持着原始美的端庄女人（造物主创造的第一个女人一定具有这种原始美），他才会明白，是谁在毁灭自己，是谁在过着真实的生活（或者虚伪的生活）——是你们还是我。你们真不知道，你们那种醉生梦死的生活在我看来是多么可鄙而又可怜！我一想象到在我面前的，不是我的小屋、我的树林、我的爱情，而是那些客厅，那些搽香油的头发里装着假发的女人，那些装腔作势卖弄风骚的嘴唇，那些包在衣衫里的虚弱丑陋的四肢，那种言不由衷的所谓客厅闲谈——一想到这些，我就觉得极其嫌恶。我就会联想到那些愚蠢的脸，那些有钱的待嫁姑娘。（她们脸上的神气似乎在说："不要紧，你可以同我接近，虽然我是个有钱的小姐。"）那种一再的谦让座位，那种拉皮条的无耻勾当，那种无休止的飞短流长和装模作样，那种烦琐的礼节——跟谁应该握手，跟谁只能点头，跟谁必须交谈，以及那种世代相传的精神上的空虚（而这一切大家又都深信是天经地义，无法避免的）。你们得设法理解并相信这样一个道理：只要领悟什么是真和美，那么，你们所说和所想的一切，你们替我和替你们自己谋求幸福的全部愿望就会化为乌有。幸福——这就是跟自然相处，欣赏自然美景，跟自然谈心。"哦，上帝保佑，说不定他还会娶个普通的哥萨克女人做老婆，从此完全脱离上流社会呢！"我想

哥萨克：一八五二年高加索的一个故事 | 191

象他们会怀着衷心的惋惜这样谈论我。可是我只有一个愿望：像你们所理解的那样完全"迷失方向"；我希望娶一个普通的哥萨克女人，而我之所以不敢这样做，只因为这是幸福的顶点，我不配享受。

自从我第一次见到玛丽雅娜这个哥萨克女人以来，已有三个月了。我所离开的那个世界的观点和偏见，分明还留在我的头脑里。我当初不信我会爱上这个哥萨克女人。我欣赏她的美，就像欣赏山岭和天空的美一样，我情不自禁地欣赏她，因为她像它们一样动人。接着我觉得，欣赏她的美，已成为我生活中不可或缺的事了。于是我问自己：我是不是爱上她了？可是我在自己心里丝毫也找不到我想象中的爱情。我这种感情，既不是孤独的忧郁和结婚的欲望，也不是柏拉图式的精神恋爱，更不是我所经历过的肉体之爱。我只要能看到她，听到她的声音，知道她在旁边，这样即使说不上幸福，我也觉得心里很平静。自从那次晚会我遇到她接触到她之后，我感到在我同这女人之间有了一种虽未承认却已无法割断的关系，而这种关系是抗拒不了的。可我还是做了抗拒；我问自己："难道我真能爱上一个永远不会理解我精神生活需要的女人吗？难道可以只为了美而爱上一个女人，爱上一个雕像般的女人吗？"其实我已爱上她了，虽然我还不相信自己的感情。

从那次晚会上我第一次跟她说话之后，我们的关系就变了。以前，她对我来说是一个生疏而绮丽的大自然的造物；那天晚上以后，她对我来说成为一个人了。我开始同她见面，跟她谈话，有时去帮她的父亲干活，在他们家里坐上一个黄昏。在这种密切的交往中，她在我的心目中始终是那么纯洁、矜持和端庄。她对一切总是报以同样的镇静、骄傲和愉快的淡漠。有时她也和蔼可亲，但通常她的一顾一盼、一言一行都显露出一种不是轻蔑而是富有压力和魅力的淡漠。每天我都嘴上挂着微笑，竭力装得若无其事，心里却苦恼地怀着热情和欲望跟她说笑。她看出我在掩饰真情，却天真而快乐地直瞧着我。这情况使我受不了。我希望在她面前不说假话，我希望告诉她我所想到和感到的一切。那次在果园里，我的情绪特别激动。当时我向她吐露爱情的那些话，现在想想都害臊。想起来所以害臊，是因为我不该对她说那些话，因为她比我所说的那些话，比我所想表达的那种感情，不知要高尚多少倍。我变得沉默起来，从那天起，我的处境就变得十分难堪了。我不愿保持原来那种轻薄的态度而自贬身份，但我又觉得我跟她的关系还没有达到直率单纯的程度。我无可奈何地问自己："我该怎么办？"在胡思乱想中，我忽而把她想象成我的情妇，忽而把她想象成我的妻子，但接着又嫌恶地把这些念头抛掉。把她当作一个放荡的女人，这是卑鄙的，这无异于谋杀。把她看成一个贵妇人，做德米特里·安德烈耶维奇·奥列宁的夫人，就像一个本地的哥萨克女人嫁给一个俄罗斯军官那样，那就更恶劣了。哦，要是我能变成哥萨克，像鲁卡沙那样偷盗马群，狂饮契希尔，唱唱小调，杀杀人，喝醉酒爬进她的窗子里过夜，根本不考虑我是什么人，我活着是为了什么——那情况就不同了，那我们就能互相了解，我也就会幸福了。我试着投入那种生活，却越发深切地感到自己的软弱和做作。我不能忘记自己，不能忘记我那复杂、混乱、丑恶的过去的生活。而我的前途看来更加渺茫。天天出现在我眼前的，就是那远处的雪山和这个端庄幸福的女人。但这人世间唯一可能的幸福不是属于我的，这个女人不是属于我的！就我的处境来说，最可怕也是最甜蜜的是，我觉得我了解她，而她却永远不会了解我。她不了解我，并非因为她不如我，正好相反，她是应该不了解我的。她是幸福的；她像大自然一样稳重、安详、自在。但我这个精神堕落、心灵懦弱的人，却希望她了解我的丑恶和我的痛苦。我通夜不眠，漫无目的地在她的窗下徘徊，自己也弄不懂我这是在干什么，十八日我们连出去袭击。我离开村庄过了三天。我还是感到忧郁。在部队里唱歌、打牌、喝酒、谈论奖赏，对这些事我比平时更加嫌恶了。今天我回到家里，看到她，看到我的屋子和耶罗施卡大叔，从台阶上望见雪山，心里就有一种新的强烈的快感，我恍然大悟：我真正爱上这个女人了。这是我有生以来第一次，也是唯一的一次。我明白我身上的变化。我不怕因为产生这种感情而降低身份，不以自己的爱情害臊，我以此自豪。我爱上了她，这不是我的过错。这是违反我的本意的。我用自我牺牲来摆脱爱情，我妄想从哥萨克鲁卡沙和玛丽雅娜的爱情中取得快乐，结果反而激起我的爱情和妒忌。这不是我以前经历过的那种所谓崇高的理想的爱情；也不是那种自我陶醉：欣赏自己的爱情，觉得感情的源泉就在自己身上，一切都可以由自己做主。这种感情我也体验过了。这更不是贪图享乐的愿望，而是另一种东西。也许我是通过她而爱大自然，我爱的是大自然一切美的化身；但这不是出于我的本意，而是一种自然的力量通过我在爱她，上帝创造的整个世界、整个大自然把这种爱注进我的心灵，并且吩咐说："爱她！"我爱她，不是用理性，也不是用想象，而是用我的整个身心。因为爱她，我才觉得自己是上帝创造的整个幸福世界的不可分割的一部分。我以前提到孤独的生活所引起的新信念，可是谁也不会知道，这些信念在我心里形成是多么不容易，而一旦领悟之后，又是多么高兴，因为我在生活中看到了一条崭新的道路。在我的心里再没有比这些信念更宝贵的东西了……可是……自从产生了爱情，这些信念就不再存在，而我也并不因此感到惋惜。我甚至于很难理解，我以前怎么会珍重这样一种片面、冷酷、理性的情绪。美一出现，就把艰苦卓绝的内心活动的全部成果化为乌有了。但我对这样的损失并不感到惋惜！自我牺牲纯粹是胡说八道，谎言谬论。这只是狂妄自大，逃避应得的厄运，摆脱对别人幸福的嫉妒。为别人而生活，做好事！为了什么？既然我的灵魂里只有自爱自怜的感情，只有一个愿望——爱她，跟她一起生活，过她所过的那种日子。如今我不再希望别人幸福，不再希望鲁卡沙幸福了。如今我不再爱别人了。要是以前，我会对自己说，这是恶劣的。要是以前，我会拿一连串问题折磨自己：她怎么办呢？我怎么办呢？鲁卡沙怎么办呢？如今我可不管这些了。我不再凭自己的意志生活，因为有一种比我强大的力量在引导我。虽然我很苦恼，但以前我是死的，如今却有了生命。我决定今天去找他们，把所有的话都告诉她。

三十四

奥列宁写完信到房东屋里去，时间已很晚了。老太婆坐在炉子后面的长凳上缫丝。玛丽雅娜没包头巾，坐在蜡烛旁边做针线。她一看见奥列宁，便霍地站起来，拿起头巾走到炉子旁边。

"哦，玛丽雅娜宝贝，来跟我们一块儿坐坐吧！"母亲说。

"不，我光着头呢。"她说着跳到炉炕上。

奥列宁只看见她的一个膝盖和一条下垂的线条优美的腿。他请老太婆喝茶。老太婆叫玛丽雅娜取来奶酪请他吃。但玛丽雅娜把盘子往桌上一搁，又跳到炉炕上，奥列宁只觉得她那双眼睛在瞧着他。奥列宁跟房东太太谈着家常。乌丽特卡奶奶兴致勃勃，殷勤得出奇。她取出蜜饯葡萄、葡萄饼、家酿美酒，并且以那种靠体力劳动生活的人所特有的淳朴、粗鲁而自豪的殷勤招待奥列宁。本来奥列宁对老太婆的粗鲁感到惊奇，如今却常常被她对待女儿的淳朴的柔情所感动。

"是啊，先生，我们不用抱怨上帝！感谢上帝，我们什么都有了，契希尔已榨好藏好，卖掉了三四桶，剩下的也够我们喝的了。你可别忙着走。我们要请你喝杯喜酒，大家热闹一番。"

"婚礼几时举行啊？"奥列宁问，感到全身的血一下子冲到脸上，心也急促而痛苦地跳起来。

他听见炉炕上窸窣作响，还有嗑瓜子的声音。

"婚礼吗，就在下个礼拜举行。我们什么都准备好了。"老太婆简单而平静地回答，仿佛世界上根本就没有奥列宁这个人。

"我替玛丽雅娜什么都准备好了。我们要体体面面把她嫁出去。就是一件事伤脑筋：我们那个鲁卡沙呀，近来不知怎的很贪玩，野得要命！尽胡闹！前天有个哥萨克从队里回来，说他居然上诺盖去了。"

"可别落在他们手里啊！"奥列宁说。

"我也这么说：你呀，鲁卡沙，别胡闹了！哦，当然，年纪轻，总免不了贪玩儿。可是干什么都得有个时候。嗯，你抢呀偷的，还打死了山匪，算你了不起！可如今你该安安分分过日子了。要不然你会惹出麻烦来的。"

"是的，我在队伍里见到过他两次，他整天就在那里玩。还卖掉了一匹马。"奥列宁说，回头向炉炕上瞧了一眼。

一双乌黑的大眼睛对他射出严厉而敌意的光芒。他为自己的话感到惭愧。

"那有什么关系！他又不害什么人，"玛丽雅娜忽然说，"他花的是他自己的钱。"她垂下双腿，从炉炕上跳下来，砰的一声关上门，出去了。

奥列宁的眼睛一直盯着她，直到她走出屋子，然后一直望着门，等待着，一点儿没听懂乌丽特卡奶奶在对他说些什么。过了几分钟，来了几个客人：一个老头儿（他是乌丽特卡奶奶的兄弟），耶罗施卡大叔，跟着他们进来的还有玛丽雅娜和乌斯金卡。

"你们好！"乌斯金卡尖声尖气地说。"你还在休假吗？"她转身问奥列宁。

"是的，在休假。"他回答，不知怎的感到害臊和局促不安。

他想走，可是走不掉。不说话，他觉得也不行。老头儿使他摆脱了这种尴尬局面：他要酒喝，他们就喝起酒来。接着奥列宁跟耶罗施卡干杯。然后跟另外那个哥萨克干杯。然后又跟耶罗施卡干杯。奥列宁酒喝得越多，心里就越沉重。两个老头子却兴致很好。两个姑娘坐在炉炕上，眼睛瞧着他们，窃窃私语着。他们一直喝到深晚。奥列宁一言不发，酒却喝得比谁都多。哥萨克们大声吵闹。老太婆要赶他们出去，不再给他们契希尔喝。姑娘们都嘲笑耶罗施卡大叔，直到十点钟光景，大家才走出门来。老头儿们自动提出到奥列宁屋子里去喝个通宵。乌斯金卡跑回家去了。耶罗施卡把那个哥萨克领到凡纽沙那儿。老太婆收拾牲口棚子去了。玛丽雅娜独自留在屋里。奥列宁感到精神饱满仿佛刚睡醒似的。每个人的行踪他都看在眼里，他让老头儿们先走，自己又回到屋里：玛丽雅娜正准备睡觉。他走到她跟前，想对她说些什么，可是他的声音突然中断了。她盘起腿坐到床角落里，躲开他，同时默默地用恐惧的目光瞧着他。她显然怕他。奥列宁感到这一点。他觉得自己又可怜又可耻，同时又扬扬自得，因为他至少使她产生了这种畏惧的感觉。

"玛丽雅娜！"他说道，"难道你真的永远不可怜我吗？我说不出我是多么爱你啊！"

她躲得更远些。

"瞧你醉成什么样子了。你什么也得不到的！"

"不，我没有醉。你别嫁给鲁卡沙。我要娶你。"他说这话时，心里想,"我这是在说什么呀? 到明天我还会这样说吗? 会说的,一定会说的,现在我要再说一遍,"他在心里这样回答自己,"你肯嫁给我吗?"

她严肃地瞧瞧他,似乎不再恐惧了。

"玛丽雅娜! 我快要疯了。我克制不住我的感情。你叫我怎么办,我就怎么办。"疯狂的情话不由自主地从嘴里吐出来。

"嗨,别胡说八道了。"她突然抓住他伸出来的手,打断他的话。但她并不甩开他的手,却用她那坚硬强壮的手指紧紧地把它捏住。"难道大人先生会娶哥萨克姑娘吗? 你走吧!"

"可是你肯不肯啊? 我一直……"

"那我们拿鲁卡沙怎么办呢?"她笑着说。

他抽出被她握住的手,紧紧地抱住她那年轻的身体。但她像一只小鹿似的跳起来,赤脚奔到门外。奥列宁清醒过来,对自己的行为大吃一惊。他又觉得跟她比起来自己说不出有多卑鄙。但他对自己说过的话一点儿也不后悔,就走回家去。他一眼不瞧那两个在他屋子里喝酒的老头子,倒头就睡。他睡得很熟,那是好久以来没有过的酣睡。

三十五

第二天是节日。黄昏时分,村民们个个穿着在夕阳下闪闪发亮的节日服装,来到街上。今年葡萄酒榨得比往年多。辛勤的劳动结束了。再过一个月哥萨克们就要出征,好多人家在准备婚礼。

村公所前面和两家铺子（一家出售糖果和瓜子，一家出售头巾和印花布）附近的广场上，聚集的人最多。老头儿们穿着没有边饰的庄重的灰色和黑色短褂，有的坐在村公所前的土台上，有的站在旁边。他们心平气和地谈着话，谈到收获，谈到年轻人，谈到公共事业，也谈到久远的往事，同时高傲冷漠地瞧着年轻的一代。娘儿们和姑娘们经过他们面前，都停住脚步，低下头。哥萨克小伙子们恭敬地放慢步子，摘下皮帽，拿在手里，在头上举了一会儿。老头儿们住了口，有的神情严厉，有的态度和蔼，瞧着过路的人，也都慢慢地脱下帽子，再重新戴上。

哥萨克女人们还没有开始跳轮舞。她们穿着鲜艳的短袄，白色的头巾直包到眼睛上边。她们三五成堆地坐在夕阳照不到的空地上和屋前的土台上，叽叽喳喳地大声谈笑。男女孩子们在打棒球，他们把球打到晴朗的高空中，尖声叫嚷着在广场上跑来跑去。在广场的另一角，姑娘们已在跳轮舞，她们用尖细的嗓子怯生生地边舞边唱。司书、免役的小伙子和回来休假的哥萨克青年，穿着雪白的和大红镶金边的契尔克斯服，容光焕发，三三两两地手挽着手，在成群的娘儿们和姑娘们中间穿梭往来，跟她们戏谑调情。一个开铺子的亚美尼亚人身穿镶金边的上等蓝呢契尔克斯服，站在敞开的铺子门口（从门口望得见一沓沓折好的五光十色的头巾），摆出一副东方商人的傲慢神气，煞有介事地守候着顾客。有两个赤脚的红胡子车臣人从捷列克河对岸赶来看热闹，他们蹲在朋友家的门口，神态自若地抽着短小的烟斗，吐着唾沫，打量着村人，同时用喉音急促地交谈着。偶尔有一个身穿旧外套的值勤士兵从衣衫绚丽的人群中急急走过。有些地方已可以听到喝得醉醺醺的哥萨克的歌声。村里的房子都上了锁，门前的台阶前夜就洗得干干净净。连老婆子们都从屋里出来了。脚踩在干燥的街上，到处都是瑟瑟响的西瓜子壳和南瓜子壳。天气温暖无风，天空蔚蓝澄澈。屋顶后面耸立着白雪皑皑的山岭，看来似乎很近。在夕阳的照耀下染上一层玫瑰红的色彩。从河对岸间或传来遥远的炮轰声。但村庄上空却荡漾着一片欢乐的节日声音。

奥列宁一早晨都在院子里徘徊，希望见到玛丽雅娜。玛丽雅娜却打扮得漂漂亮亮到教堂做礼拜去了；礼拜完毕又和姑娘们坐在土台上嗑瓜子，几次三番跟同伴们跑回家去，每次都亲切而愉快地瞧瞧房客。当着旁人的面，奥列宁也不敢跟她随便说笑。他很想把昨天的话说完，并且得到她的明确答复。他希望再能有个昨天晚上那样的机会，可是机会不来，而他觉得再也忍受不了这种命运未定的局面。她又走到街上，过了一会儿，他也身不由己地跟着她走去。她穿着一件闪闪发亮的蓝缎短袄，坐在街角。他从她旁边走过，听见姑娘们在他背后哈哈大笑，心里不禁感到隐隐作痛。

别列茨基借住的房子面临广场。奥列宁经过的时候，听见别列茨基的喊声："进来坐坐！"他就进去了。

他们交谈了几句，在窗口坐下。不多一会儿，耶罗施卡穿了件崭新的短袄也走了进来，坐在他们旁边的地板上。

"瞧，那一群都是贵族。"别列茨基用烟卷指指街角一群衣衫绚丽的姑娘，笑嘻嘻地说。"瞧，我的那一个也在那边，穿红衣服的。她穿的是件新衣服。轮舞怎么还不开始啊？"别列茨基探身窗外，大声问。"等到天一黑我们也去。再叫她们到乌斯金卡家里去玩，我们来给她们安排一个舞会。"

"我也要上乌斯金卡家去，"奥列宁断然说，"玛丽雅娜会去吗？"

"她会去的，您去吧！"别列茨基说，一点儿也不觉得惊奇。"真是太美啦！"他指着花花绿绿的姑娘们说。

"是啊，真美！"奥列宁随声附和，竭力表现出无所谓的样子。"碰到这样的节日，我总是觉得奇怪，"他接着说，"为什么人人都忽然变得兴高采烈了？就拿今天十五号来说吧，到处是一派节日的景象。眼神也罢，面容也罢，声调也罢，动作也罢，服装也罢，空气也罢，太阳也罢，什么都洋溢着节日的欢乐。可是在我们家乡，过节已经不像过节了。"

"嗯，"别列茨基不爱听这样的议论，随口答应着。"你怎么不喝酒啊，老头儿？"他对耶罗施卡说。

耶罗施卡向奥列宁挤挤眼，指指别列茨基说：

"哦，他真骄傲，你那个朋友！"

别列茨基举起杯子。

"阿拉庇尔德！"他说着一饮而尽（阿拉庇尔德意为"上帝保佑"，是高加索人喝酒时常用的祝词）。

"萨乌布尔（祝你健康），"耶罗施卡含笑说，干了一杯酒。"哼，你说过节，"他站起身来，眼睛望着窗外，对奥列宁说，"这算得上什么过节！可惜你没见过从前是怎么玩儿的！娘儿们出来，总是穿着镶金边的萨拉芳①。胸前还要挂两串金币。头上戴着金帛包头。她们从你旁边走过，只听得呼呼的响声。娘儿们个个都像公主。有时候，她们出来一大群，唱起歌来哩哩啦啦的可热闹了，她们常常玩个通宵。哥萨克们呢，把酒整桶整桶的滚到院子里，大家坐下来，一直喝到天亮。有时候，大家手拉手到村子里去'扫荡'。不论碰到

---

① 萨拉芳——俄罗斯妇女穿的无袖长衣。

谁，就把他拉在一起，一家家这样扫过去。有时候一连玩上三天三夜。我还记得，有几次我爹回来，喝得浑身又红又肿，帽子也没有了，什么东西都丢了，一回家就倒下。妈妈可知道该怎么办：她给他吃新鲜鱼子和契希尔醒酒，自己又跑到村子里去给他把帽子找回来。他就这样睡上两天两夜！瞧，从前的人就是这样的！可是现在呢？"

"哦，那么穿萨拉芳的姑娘怎么样？她们光自己玩儿吗？"别列茨基问。

"哼，自己玩儿！有时候，哥萨克们赶来，或者骑着马跑来，他们说：'让我们去冲破她们的轮舞！'于是他们就奔过去，姑娘们就拿棍子对付他们。有一次过谢肉节，有个小伙子骑马冲过去。她们就动起手来，打他，打他的马。可他要是能冲破她们的圈子，就可以把他心爱的姑娘抓住带走。那宝贝，那心肝，就也心甘情愿跟他要好了。从前的姑娘就是这样的！全都像公主！"

三十六

就在这时候，有两个人从横街骑马来到广场上。其中一个是纳扎尔卡，另一个是鲁卡沙。鲁卡沙稍稍偏着身子骑在他那匹肥壮的枣红卡巴尔达马上，那马晃动着漂亮的脑袋和光亮的鬃毛，在坚硬的路上轻快地踏着步子。步枪端正地套着枪衣，背后插着手枪，斗篷卷在鞍子后面，这一切说明鲁卡沙不是从附近平静的地方来的。他那种洒脱的偏坐马上的姿势，拿鞭子轻打马腹的漫不经心的动作，特别是他那双半张半闭地傲然顾盼的乌黑发亮的眼睛,都流露出青春的力量和自信。他的眼睛左顾右盼,似乎在说:"你们可见过像我这样的小伙子?"这匹配着镶银马具的骏马,这些武器,这个漂亮的哥萨克小伙子,吸引了广场上每个人的注意。纳扎尔卡,又矮又瘦,穿戴得也远不如鲁卡沙。当他们经过老头儿们面前时,鲁卡沙勒住马,把他头上那顶鬈毛白羊皮帽掀了一下,露出剪得短短的黑发。

"怎么样,你抢到许多诺盖马了?"一个瘦小的老头儿不高兴地皱着眉头问。

"你这样问,老爷爷,大概数过了吧?"鲁卡沙一边回答,一边转过身去。

"你不该把我的孩子也带去啊!"老头儿更加不高兴地说。

"哼,活见鬼,什么都知道了!"鲁卡沙自言自语,脸上现出烦躁的神气;但他望了望转角处那许多哥萨克姑娘,就拨转马头向她们跑去。

"你们好哇,姑娘们!"他忽然勒住马,用洪亮有力的声音喊道,"我不在,你们都老了,小妖精。"他说着笑起来。

"你好,鲁卡沙,你好,小伙子!"响起了一片快乐的声音。"你带来好多钱吧?给姑娘们买些糖果来!你回来要待一阵吗?好久没见到你了。"

"我跟纳扎尔卡赶回来玩儿个通宵。"鲁卡沙回答,扬鞭向姑娘们冲去。

"嗨,玛丽雅娜可把你忘记得干干净净了。"乌斯金卡尖声说,用臂肘撞撞玛丽雅娜,咯咯地笑起来。

玛丽雅娜避开马,仰起头,用她那双又大又亮的眼睛安详地瞅了瞅鲁卡沙。

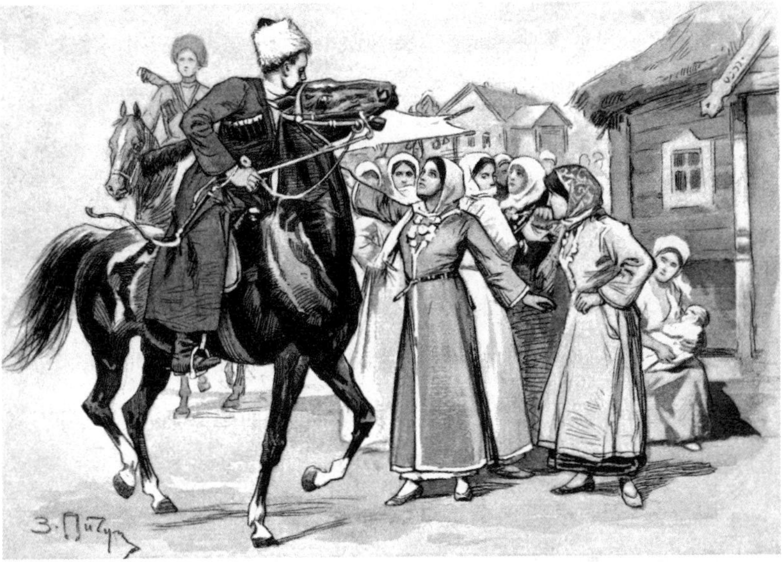

"这么久没回来了！干什么骑马往人家身上乱冲啊？"她冷冷地说着转过身去。

鲁卡沙原来兴高采烈，脸上洋溢着勇敢和快乐的神情。玛丽雅娜的冷淡回答显然使他吃了一惊。他一下子皱起眉头。

"你踩在马镫上，我带你上山去，好姑娘！"他忽然大声说道，仿佛想驱散不快的念头，同时在姑娘们中间兜来兜去。他俯身对玛丽雅娜说。"我要吻你，嘿，我要把你吻个够！"

玛丽雅娜的眼光跟他的相遇，她唰地一下脸红起来，后退了一步。

"得了吧！把人家的脚都踩坏了。"她说，低下头，瞧瞧她那穿着浅蓝花袜子的漂亮的脚和那双细银镶边的大红新鞋。

鲁卡沙转身跟乌斯金卡说话，玛丽雅娜就在一个抱婴孩的哥萨克女人旁边坐下来。婴孩向她伸出胖胖的小手，抓住她那串挂在蓝色短袄上的项链。玛丽雅娜弯下身去逗那婴孩，同时瞟了一眼鲁卡沙。鲁卡沙正翻起契尔克斯服，从黑短褂口袋里摸出一包糖果和瓜子。

"哪，我请大家客。"他说着把纸包递给乌斯金卡，笑嘻嘻地对玛丽雅娜瞧了一眼。

玛丽雅娜的脸上又出现羞怯的神情。她那双美丽的眼睛仿佛蒙上了一层雾。她把头巾拉到嘴巴下面，忽然把头凑到婴孩嫩白的小脸上，重重地吻起来。婴孩用小手按住她那高高的胸部，张开没有牙齿的小嘴哭起来。

"你要把孩子闷死了！"做母亲的一边说，一边从她手里抱回孩子，解开短袄喂奶，"你还是去跟小伙子聊聊吧！"

"让我去把马安顿好，再跟纳扎尔卡到这儿来，我们要玩它个通宵。"鲁卡沙拿鞭子往马身上一挥，说着就从姑娘们身旁跑开去。

他跟纳扎尔卡一起拐到横街，向两所并排的房子驰去。

"我们到了，老弟！你快一点儿来啊！"鲁卡沙大声对同伴说，在邻居家的院子旁边下了马，小心翼翼地把马牵进自己家的栅门里。"你好，斯吉普卡！"他招呼他的哑姐姐说。她也打扮得漂漂亮亮，从街上走来接马。他做做手势叫她给马喂些草料，但不要解鞍。

哑姑娘咿咿呀呀地叫着，指着那马咂咂嘴，又吻吻马的鼻子，表示她喜欢这匹马，这匹马很好。

"你好哇，妈妈！你怎么还不到街上去啊？"鲁卡沙按住枪走上台阶，大声喊道。

老母亲给他开了门。

"哦，真是没想到，真是没料到，"老太婆说，"基尔卡还说你不来了。"

"你拿点儿契希尔来，妈妈。纳扎尔卡要上我们家来，我们要好好过一次节了。"

"我这就去拿，鲁卡沙，就去拿，"老太婆答应着，"我们的那些娘儿们全出去玩儿了。我们的哑姑娘大概也出去了。"

她拿起钥匙，匆匆往小屋走去。

纳扎尔卡安顿好马，解下枪，就来到鲁卡沙家里。

三十七

"祝你健康。"鲁卡沙一边说，一边从母亲手里接过一满杯契希尔，小心翼翼地拿近垂下的脑袋。

"你瞧，事情坏了，"纳扎尔卡说，"布尔拉克老爹问我：'你偷了好多马吗？'显然给他知道了。"

"鬼东西！"鲁卡沙简单地回答。"可这有什么关系？"他抖了抖脑袋，又说，"反正马已经过了河。你找去得了。"

"总有点儿不妙。"

"有什么不妙的！明天给他送点儿契希尔去，这样就没事了。现在我们来玩玩。喝吧！"鲁卡沙喊道，那腔调跟耶罗施卡大叔一模一样。"我们到街上去玩玩，找姑娘们去。你去弄点儿蜜糖来，还是让我叫哑姑娘去买吧。我们要一直玩儿到天亮。"

纳扎尔卡微笑了。

"怎么样，我们要在这儿待好久吗？"他问。

"让我们玩一会儿吧！快去买些伏特加来！喏，拿钱去！"

纳扎尔卡顺从地往雅姆卡家跑去。

耶罗施卡大叔和叶尔古肖夫好像两只猛禽，闻到什么地方有酒喝，尽管已经喝得醉醺醺，也一前一后紧跟着扑进屋子里。

"给我们再拿半桶来！"鲁卡沙对母亲嚷道，算是回答他们的招呼。

"哎，你倒说说，精灵鬼，在哪儿偷的啊？"耶罗施卡大叔大声说。"好样的！我喜欢你！"

"哼，我喜欢你！"鲁卡沙笑着回答，"替士官生给姑娘们送糖果。好哇，你这个老家伙！"

"造谣，那是造谣！嗨，马尔卡！"老头儿哈哈大笑，"你不知道那魔鬼怎样再三要求我啊！他说你到那儿去，帮帮我的忙。还送了我一支枪。哼，去他妈的！我本想帮他一下，可是我可怜你。那你说说,上哪儿去了?"老头儿说起鞑靼话来。

鲁卡沙干脆地回答他。

叶尔古肖夫不大懂鞑靼话,只偶尔插句把俄罗斯话。

"我说他偷了马,我确实知道。"他应和说。

"我们是跟吉烈一起去的。"鲁卡沙讲道(他不说吉烈汗而说吉烈,这在哥萨克们看来是很大胆的)。"过了河他就一直吹牛,说整个草原他都熟悉,能带我们走条直路,可是我们骑马跑去,夜黑得很,我们的吉烈迷了路,我们兜来兜去,可是兜不出来。他找不到村庄,我们就完蛋了。我们显然走得偏右些。几乎找到半夜。后来,谢天谢地,总算听到了狗叫。"

"笨蛋!"耶罗施卡大叔说,"夜里有时我们也会在草原上迷路的。鬼才认得清楚!这样我就骑马跑到小冈上,像狼一样嗥起来,喏,就是这样(他把手按在嘴上,就像群狼同声嗥叫似的叫起来)!狗听见了就会答应。哦,讲下去。后来怎么样,找着了?"

"很快就把马弄到手了。纳扎尔卡差点儿被诺盖娘们抓住,呸!"

"是啊,差点儿被抓住。"纳扎尔卡从外面回来,委屈地说。

"我们又继续赶路,可是吉烈又迷路了,差点儿把我们领到流沙里去。我们还以为在朝捷列克河跑呢,其实越跑越远。"

"那你该看看天上的星星。"耶罗施卡大叔说。

"我也这样说。"叶尔古肖夫插了一句。

"可是周围黑漆漆的,有什么办法呢?我试呀试的,什么办法都试过!后来我另外拉了一匹母马,戴上笼头骑上,让我的那一匹自由行动,我想它会给我们领路。你想结果怎么样?它打了几个响鼻,鼻子在地面上闻闻……它一个劲儿向前跑,把我们一直带到村子里。"

谢天谢地,这时天已经大亮,我们慌忙把马带到树林里藏好。后来纳吉姆过河来,把马群带走了。"

叶尔古肖夫摇摇头。

"我说嘛,真机灵!卖了好多钱吧?"

"全在这儿了。"鲁卡沙拍拍口袋,说。

这时老太婆走进屋里来,鲁卡沙没来得及把话说完。

"喝吧!"他大声说。

"有一次我跟基尔奇克也很晚出去……"耶罗施卡开了话头。

"哦,你这事我们听够了!"鲁卡沙说,"我走了。"他喝干碗里的酒,束紧腰带,上街去了……

三十八

鲁卡沙来到街上,天色已经黑了。秋夜凉爽而没有风。一轮金黄的满月从广场一边黑魆魆的白杨树后面冉冉升起。家家小屋的烟囱都升起袅袅炊烟,跟迷雾连成一片,飘荡在村庄上空。有几家的窗子里亮着灯光。空气里弥漫着干粪、葡萄渣和迷雾的味儿。语声、笑声、歌声、嗑瓜子声,像白天一样混成一片,但比白天更加清晰。在篱笆旁边和房子附近的黑暗中,闪动着一簇簇白乎乎的头巾和皮帽子。

在广场上,在门户敞开灯光耀眼的铺子前面,出现了一群穿白衣服和黑衣服的哥萨克男女青年,但听得歌声嘹亮,笑语不绝。姑娘们手拉着手,在尘土飞扬的广场上轻快地转着圈子。一个瘦削难看的姑娘领头唱道：

> 从树林里，从那幽暗的树林里，哎哟哟！
> 从花园里，从那苍翠的花园里，哎哟哟！
> 来了两个顶呱呱的小伙子，
> 两个小伙子啊，都还没成亲哪！
> 他们走呀走的，忽然停住脚步啦，
> 他们停住脚步啦，开口就把对方大骂。
> 嘿！这时来了一位漂亮的姑娘，
> 姑娘向他们吐露衷肠：
> "我愿意跟随你们中间的一位。"
> 她就这样跟上了一个小伙子，
> 一个皮肤白里透红的小伙子。
> 他呀，他拉住姑娘右手，
> 他呀，他带着姑娘奔走。
> 他到处向伙伴们夸耀：
> "嗨，朋友，瞧我这爱人长得多俏！"

老太婆们站在旁边听唱歌。男女孩子们在黑暗中乱跑，互相追逐。哥萨克男人们站在周围，碰碰从身边经过的姑娘，间或冲破她们的轮舞，走到圈子里去。别列茨基和奥列宁身穿契尔克斯服，头戴羊皮帽，站在门口黑暗的一边谈话。他们的语言跟哥萨克不一样，声音也不响，但是听得见。他们发觉人家在注意他们。身着大红短袄的胖胖的乌斯金卡跟身穿新衬衫和短袄的端庄的玛丽雅娜并排夹在圈子里跳轮舞。奥列宁跟别列茨基在商量，怎样把玛丽雅娜和乌斯金卡从圈子里拉走。别列茨基还以为奥列宁只是逢场作戏，其实奥列宁是在等候命运的判决。无论如何今天他要单独跟玛丽雅娜见一次面，把心里话向她和盘托出，并且问问她能不能做他的妻子，肯不肯做他的妻子。尽管这问题他早就得到了否定的答复，但他还是希望能有个机会尽情地向她倾吐自己的感情，并且获得她的了解。

"您干吗不早告诉我啊？"别列茨基说，"我可以通过乌斯金卡给您想办法。您这人真怪！"

"有什么办法呢？ 改天有机会让我把情况都告诉您。现在请您看在上帝的分上想个办法，让她到乌斯金卡家来一次。"

"好的。这个好办 …… 哎，玛丽雅娜，你愿意跟个白白嫩嫩的小伙子而不跟鲁卡沙吗？"别列茨基对玛丽雅娜说话以表示礼貌，但不等她回答就走到乌斯金卡跟前，请她把玛丽雅娜带到她家里去。他的话没有说完，领唱的姑娘又唱起另一支歌来。于是姑娘们又手拉手，转着圈子唱道：

> 小伙子在街头闲荡，
> 他经过花园，走遍村庄。
> 第一次走过我身边，
> 他举起右手招招；
> 第二次走过我身边，
> 他挥挥漂亮绒帽；
> 第三次走过我身边，
> 他站住了，鞠躬问好。

"哦，可爱的姑娘，
我要问你一声：
你干吗不到花园里玩玩？
可是瞧不起我这个痴心汉？"
"哦，我的好姑娘，你尽管放心：
到头来我准会叫你满意称心。
我要请人说媒，
我要向你求婚；
等到我们结婚的时光，
你将为我而眼泪汪汪。"
我知道该怎样对他回答，
可是不敢把真情吐露，
我不敢把真情吐露，
却走到花园里溜达。

花园里绿油油一片好风光，
见了小伙子我低下头，意乱心慌。
"哦，姑娘，我向你鞠躬弯腰，
诚心诚意送上手帕一条。
请用你那双雪白的小手，
把这小小的礼品收下。
请用你那双雪白的小手，
把我这颗心留下。
哦，我可实在没有主张，

该拿什么东西送我心爱的姑娘,

我要送你一条大花披巾,

再在你脸上亲吻五下。"

鲁卡沙跟纳扎尔卡冲破轮舞圈子,在姑娘们中间荡来荡去。鲁卡沙尖着声音帮腔,挥动手臂走在圈子中央。

"喂,你们哪一个出来啊!"他喊道。

姑娘们推推玛丽雅娜;她不肯去。在一片歌声中还夹杂着清脆的笑声、打击声、接吻声和低语声。

鲁卡沙走过奥列宁身边时,亲切地向他点点头。

"德米特里·安德烈伊奇!你也来看热闹吗?"他说。

"是啊。"奥列宁干巴巴地回答。

别列茨基凑近乌斯金卡耳朵,对她说了些什么。她想回答,可是没来得及,直到圈子再转过来时才说:"好的,我们会来的。"

"玛丽雅娜也来吗?"

奥列宁俯身对玛丽雅娜说:"你来吗?请你一定来,就是待一分钟也好。我有话要跟你说。"

"姑娘们来,我也来。"

"你肯回答我的要求吗?"他又俯身问她。"你今天很高兴。"

她已经从他身边走开,他跟上去。

"你肯回答吗?"

"回答什么呀?"

"我前天问你的事,"奥列宁凑近她的耳朵说,"你肯嫁给我吗?"

玛丽雅娜想了想。

"我会回答的,"她说,"今天就回答。"

黑暗中,她的眼睛快乐而亲切地对这青年人闪了闪。

他一直跟着她。有机会接近她,在他真是一大乐事。

鲁卡沙却继续唱着歌,忽然使劲抓住她的手臂,把她从姑娘们手里拉到圈子中央。奥列宁只来得及说了一句:"到乌斯金卡家来吧!"就回到他的同伴那儿。歌唱完了。鲁卡沙擦擦嘴唇,玛丽雅娜也擦擦嘴唇,他们接了一个吻。"不行,得来上五个。"鲁卡沙说。说话、欢笑、奔走,代替了优美的舞蹈和优美的歌。鲁卡沙看样子已喝得酩酊大醉,他把糖果分给姑娘们。

"我请大家客!"他显出一副滑稽的得意扬扬的神气,说。"可是谁要跟士兵勾勾搭搭,就滚出去!"他忽然恶狠狠地向奥列宁瞪了一眼,补了一句。

姑娘们从他手里抢着糖果,嘻嘻哈哈地互相争夺着。别列茨基和奥列宁走到一边。

鲁卡沙仿佛因自己的慷慨而害臊,他脱下皮帽,拿衣袖擦擦前额,走到玛丽雅娜和乌斯金卡跟前。

"'哦,可爱的姑娘,可是瞧不起我这个痴心汉?'"他重复了一下刚才唱过的歌词,"'可是瞧不起我这个痴心汉?'"转身对玛丽雅娜又生气地说了一遍,"等到我们结婚的时光,你将为我而眼泪汪汪。'"他一面补充说,一面伸开两臂把乌斯金卡和玛丽雅娜搂在一起。

乌斯金卡挣脱身子,挥动手臂,在他背上使劲打了一下,打得自己的手都痛了。

"你们还要再跳一次吗?"他问。

"姑娘们要跳就跳吧,"乌斯金卡回答,"我可要回家了,玛丽雅娜也要到我们家里去。"

鲁卡沙仍旧搂着玛丽雅娜,把她从人群中拉到黑暗的屋角里。

"别去,玛丽雅娜,"他说,"让我们最后一次玩儿个痛快。你回家去,我就来。"

"叫我到家里去干什么呀？过节就该玩玩。我要到乌斯金卡家去。"玛丽雅娜说。

"反正我要把你娶到手的。"

"好啦,"玛丽雅娜说,"到那个时候瞧吧。"

"你到底去不去？"鲁卡沙严厉地问,把她抱紧,在她脸颊上吻了吻。

"哎,放手！你纠缠什么呀？"玛丽雅娜说着从他手里挣脱出来,走掉了。

"哎,姑娘啊！不会有好收场的,"鲁卡沙站住,摇摇头,责备说,"'你将为我而眼泪汪汪。'"接着转过身去,向姑娘们嚷道,"来,玩下去吧！"

他的话似乎使玛丽雅娜吃了一惊,并使她大为生气。她站住。

"什么叫不会有好收场啊？"

"就是这样。"

"就是什么呀？"

"就是你跟那个当兵的房客勾勾搭搭,因此不再爱我了。"

"我高兴爱就爱,不高兴爱就不爱。你又不是我爸,又不是我妈。你要干什么呀？我高兴爱谁就爱谁。"

"好,好！"鲁卡沙说,"你记住！"他向铺子那边走去。"姑娘们！"他嚷道,"大家站着干什么？再来跳一回轮舞吧！纳扎尔卡！

快去拿些契希尔来。"

"怎么样,她们来吗?"奥列宁问别列茨基。

"马上就来,"别列茨基回答,"我们走吧,得先去准备一下舞会呢。"

三十九

奥列宁跟在玛丽雅娜和乌斯金卡后面走出别列茨基的房子时已经夜深了。姑娘的白头巾在黑暗的街上晃动。金色的月亮向草原缓缓下沉。一片银雾笼罩着村庄。村子里万籁俱寂,没有一点儿灯火,只听得这两个渐渐远去的女人的脚步声。奥列宁的心跳得很厉害。他那热辣辣的脸接触到潮湿的空气,觉得很舒服。他望望天空,回头瞧瞧刚离开的房子:里面的烛火已经熄灭。他又注视那两个渐渐远去的姑娘的背影。白色的头巾已消失在雾里。他害怕孤独;他是那样的幸福!他跳下台阶,向姑娘们跑去。

"哼,你这个人!会被人家瞧见的!"乌斯金卡说。

"不要紧!"

奥列宁追上玛丽雅娜,把她抱住。玛丽雅娜没有挣扎。

"还没吻够吗?"乌斯金卡说,"结了婚再吻吧,现在得等一下。"

"再见,玛丽雅娜,明天我去找你父亲,我自己去跟他谈。你不用说了。"

"我有什么可说的!"玛丽雅娜回答。

两个姑娘跑掉了。奥列宁独自走着,回想着刚才的一切。他跟她一块儿在炉炕旁边的角落里度过了整个黄昏。乌斯金卡始终跟别的姑娘和别列茨基一起玩着,没离开过房子一步。奥列宁尽跟玛丽雅娜低声谈话。

"你肯嫁给我吗?"他问她说。

"你骗人,你不会要我的。"她快乐而平静地回答。

"那你爱不爱我啊? 看在上帝分上你说吧!"

"为什么不爱你呢,你又没少一只眼睛!"玛丽雅娜回答,笑着用她那粗糙的手捏住他的手,"你的手真白,真软,简直像奶酪。"她说。

"我不是开玩笑。你说,你肯吗?"

"要是我爹答应,怎么会不肯呢?"

"你得记住,你要是骗我,我会发疯的。明天我就对你妈和你爹说,我要来求婚。"

玛丽雅娜忽然哈哈大笑起来。

"你笑什么?"

"就是觉得好笑。"

"对! 我要买一座花园,买一座房子,我要登记做个哥萨克……"

"你可得当心,将来不许再爱上别的女人! 这种事我是不肯马马虎虎的。"

奥列宁津津有味地回想着这些话。这些回忆一会儿使他痛苦,一会儿又使他快乐得透不过气来。他感到痛苦,因为她跟他说话像平时一样冷静,对这种新的局面似乎完全无动于衷。她似乎并不信任他,也没考虑到前途。他觉得她只是暂时爱他,她根本没考虑到将来要跟他结合在一起。他觉得快乐，因为他认为她说的都是真心话，她答应归他所有。"是的，"他自言自语，"只有当她完全属于我的时候，我们彼此才能了解。这样的爱情不是言语所能表达的；它需要生活，需要一辈子的生活。明天得把一切说个明白。我再不能这样生活下去了，明天我要把一切告诉她父亲，告诉别列茨基，告诉全村人……"

鲁卡沙在节日里一连两夜没睡觉，又喝了那么多的酒，以致生平第一遭醉得倒下来，并且在雅姆卡家里睡了一夜。

四十

第二天，奥列宁醒得比平日早。他一醒来就想起他该做的事，同时快乐地回想到她的亲吻，她那粗糙的手怎样紧捏住他的手以及她的话："你的手真白！"他一骨碌爬起来，想立刻就去找房东求婚。太阳还没有升起，奥列宁觉得街上非常喧闹：步行的人，骑马的人，说话声不绝于耳。他披上契尔克斯服，奔到门口。房东一家还没有起身。有五个哥萨克骑马经过，大声谈着话。鲁卡沙骑着他那匹卡巴尔达马一路领先。哥萨克们一边说，一边嚷，简直听不清他们在谈些什么。

"到上游的哨所去！"一个嚷道。

"快备好鞍，赶上来！"另一个说。

"走那边的门近些。"

"胡说,"鲁卡沙嚷道,"得走中门。"

"对,打那儿走近些。"一个满身灰尘的哥萨克骑着一匹汗淋淋的马,说。

鲁卡沙的脸因为昨天的狂饮又红又肿;他的皮帽推在脑后。他威风凛凛地大声叫嚷,俨然像个长官。

"什么事?你们上哪儿去?"奥列宁问,好容易才引起哥萨克们的注意。

"我们捉山匪去,他们埋伏在流沙里。我们现在就去,可是人数还不够。"

哥萨克们继续嚷着沿大街跑去,一路上招集愿意去的人。奥列宁想到他不去不好,而且认为很快就可以回来。他穿好衣服,装上枪弹,跨上凡纽沙胡乱备上鞍的马,在村庄出口处追上了哥萨克们。哥萨克们下了马,站成一圈,把带来的一小桶契希尔倒在木碗里,一个个轮着喝酒,祷告上帝保佑他们出征成功。有个打扮得像花花公子的年轻少尉正巧在村庄里,就当了九名哥萨克的指挥官。这些哥萨克都是普通士兵,尽管那少尉装出一副长官的派头,他们却只服从鲁卡沙。他们也根本不把奥列宁放在眼里。等大家都骑上马出发,奥列宁骑马跑到少尉跟前,向他打听是怎么一回事。那个平时一向很和气的少尉,这时却对他摆起架子来。奥列宁好容易才从他身上打听到真相。奉命搜索山匪的巡逻队在离村七八俄里的流沙地碰上几个山匪,那几个山匪埋伏在一个坑里向巡逻队开枪,并且扬言决不投降。带领两名哥萨克兵出去巡逻的班长留在那里守候,同时派了一名哥萨克兵回村来求援。

太阳刚刚升起。离村三俄里多的地方是一片大草原,举目望去,但见一片单调、凄凉、干燥的平原,上面布满牛马的蹄印,一簇簇的枯草,洼地里长着的低矮芦苇,难得有人走过的稀少的小径,以及远远出现在地平线上的诺盖牧民的帐篷。这一带缺少树荫,景象荒凉,使人触目惊心。草原上的日出和日落总是红艳艳的。碰到刮风的日子,风能把整座沙丘搬走。而在宁静无风的时候,譬如这天早晨,草原上那种一片死寂的景象也足以使人吃惊。这天早晨,太阳虽然已经升起,草原上却还是那样静谧,那样阴郁;周围的景象似乎特别荒凉,特别柔和。空气纹丝不动,只听得马的蹄声和打呼噜声,但连这些声音也很微弱,一下子就消失了。

哥萨克们骑马的时候多半默默无言。哥萨克们手里的武器从来不铿锵作响。武器碰撞发响,这在哥萨克是极其丢脸的事。有两个哥萨克从村里赶来,同他们谈了两三句话。鲁卡沙骑的马一会儿颠踬,一会儿在草丛里绊跤,使着性子。哥萨克们认为这是不祥的兆头。他们回头望了望,连忙又转过身去,故意不理这个在这种时刻具有特殊意义的情况。鲁卡沙拉了拉缰绳,紧皱着眉头,咬咬牙,把鞭子往头上一扬。这匹卡巴尔达骏马忽然碎步狂奔起来,不知道哪一只脚先落地才好,仿佛想插翅飞腾,可是鲁卡沙在它那肥壮的胁上抽了一鞭子,又抽了一鞭子,再抽了一鞭子,于是这马就龇龇牙,翘起尾巴,打着呼噜,用后腿蹬了几下,把那群哥萨克落下好几步。

"嚯,可真是匹好牲口!"少尉说。

他说牲口而不说马,表示特别赞美。

"真是马中之狮啊!"一个上了年纪的哥萨克附和说。

哥萨克们默默地骑马前进,忽而奔驰,忽而遛蹄,也只有这种改变驰行的方式,暂时打破寂静和他们庄严的行进。

他们在草原上骑马走了八俄里光景，只遇到一辆载着一座诺盖式帐篷的大车，在离他们一俄里外的地方缓缓行进。这是一个诺盖人带着一家老小从一处牧地搬到另一处去。他们还遇到两个衣衫褴褛、颧骨很高的诺盖女人背着筐子在草原上捡畜粪。少尉略懂几句库梅克话①，就向她们打听情况，可是她们听不懂他的话，互相对看了一下，有点儿害怕。

鲁卡沙赶到她们跟前，勒住马，利落地向她们问好致意。那两个诺盖女人显然很高兴，就毫无顾忌地同他交谈起来，仿佛见到了亲兄弟。

"啊咦，啊咦，山匪咕普！"她们双手指着哥萨克们去的方向诉苦道。奥列宁明白，她们是说："山匪多得很！"

奥列宁从没见过这一类战斗，他只从耶罗施卡大叔的嘴里听到过一些，因此不愿落在哥萨克们后面，而很想亲眼看一下。他不胜赞赏地留意着哥萨克们的一举一动，倾听他们的谈吐，细心观察着。他虽然身佩马刀，带着实弹的枪支，可是发觉哥萨克们都不理他，就决定不参加战斗，再说他认为他在分队里已经显示过勇气，而主要是他自己觉得十分幸福。

忽然远处传来一声枪响。

少尉紧张起来，立刻命令哥萨克们散开，并且从一边推进。但哥萨克们显然不理他的命令，他们只听鲁卡沙的话，眼睛只望着他一个人。鲁卡沙脸色镇定，神态庄严。他策马奔驰，眯细眼睛眺望前方，把别的马都抛在后头。

---

① 库梅克话——高加索达格斯坦的一种语言。

"瞧，有个骑马的人。"他勒住马等别人赶上来，说道。

奥列宁睁大眼睛看去，可是什么也没看见。哥萨克们立刻看出有两个骑马的人，就镇定地向他们直奔过去。

"那是山匪吗？"奥列宁问。

哥萨克们根本没有理他，他们认为他问得没有道理。山匪要是骑着马过河来，那可真是傻瓜了。

"瞧，那是罗吉卡在向我们招手呢，错不了，"鲁卡沙指着那两个骑马的人说，此刻他们已可以看得清清楚楚了。"瞧，他向我们跑来了。"

果然，过了几分钟就证实，那两个骑马的是哥萨克巡逻队。接着，班长来到鲁卡沙跟前。

四十一

"离这儿远吗？"鲁卡沙简单地问。

就在这当儿，三十步外传来一阵干巴巴的短促枪声。班长微微一笑。

"我们的古尔卡在向他们开枪了。"他朝那枪声扬扬头，说。

他们又走了几步，看见古尔卡坐在一个沙丘后面装子弹。古尔卡因为无聊，正跟埋伏在另一个沙丘后面的山匪对射。有一颗子弹从那边嘘溜溜地飞来。少尉脸色苍白，手足无措。鲁卡沙跳下马，把缰绳扔给一个哥萨克兵，向古尔卡走去。奥列宁也下了马，弯下身子，跟在他后面。他们刚走近古尔卡，就有两颗子弹从他们头上掠过。鲁卡沙笑着回头望望奥列宁，稍稍弯下身子。

"他们会把你打死的，安德烈伊奇，"他说，"最好还是走开点儿，这可不是你待的地方。"

但奥列宁存心要看看山匪。

从沙丘后面看去，他看见两百步外的地方露着几顶帽子和几支步枪。忽然从那儿冒出一团硝烟，随即又有一颗子弹呼啸而过。山匪埋伏在山脚下的沼泽地里。奥列宁觉得他们据守的地方很特别。其实这块地方跟草原上别的地方并没有什么不同，但因为那里有山匪待着，仿佛就有点儿异样。他甚至认为这正是山匪藏身的好地方。鲁卡沙回到马旁，奥列宁还是跟住他。

"得想法子弄一车干草来，"鲁卡沙说，"不然会被他们打死的。瞧，沙丘后面不是停着一辆诺盖人的草车吗！"

少尉听从他的话，班长也表示同意。干草车拉来了，哥萨克们躲到车后，动手拿干草掩护身体。奥列宁骑马跑上一个沙丘，从那儿可以望见周围的一切。干草车向前移动，哥萨克们紧挤在车子后面。哥萨克们向前推进；车臣人（总共九个）膝盖连着膝盖坐成一排，没有开枪。

周围一片寂静。忽然从车臣人那边传来凄凉的歌声，有点儿像耶罗施卡大叔唱的："哎哟！完啦！什么都完啦！"车臣人知道他们无法脱身，就用皮带把他们的膝盖缚在一起，免得到时候逃跑，并且准备好枪支，唱起临死前的哀歌。

哥萨克们推着干草车越来越近，奥列宁时刻都在等待着开枪，可是打破寂静的只有山匪的凄凉歌声。歌声忽然停住，传出一阵短促的枪声，一颗子弹啪的一下打在车子横木上，还听到车臣人的咒骂声和尖叫声。枪声一下紧接着一下，子弹一颗紧跟着一颗打在草

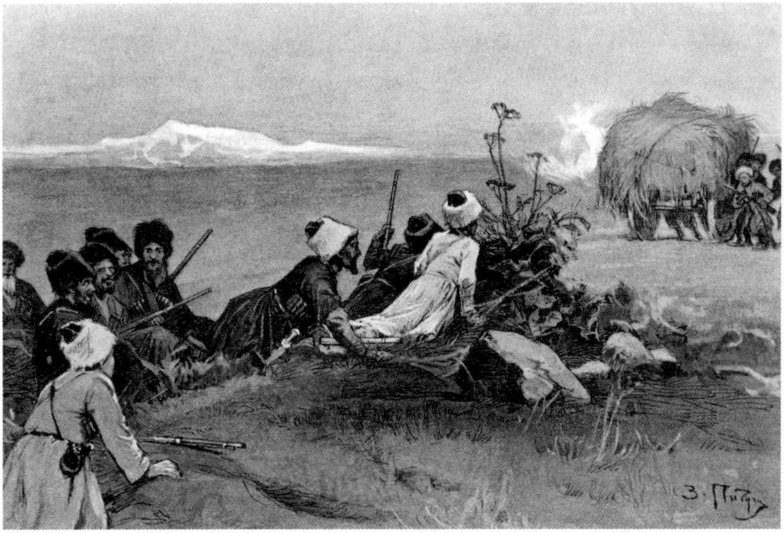

车上。哥萨克们并不开枪,他们离车臣人至多五步。

又过了一会儿,哥萨克们一阵呐喊从车子两边窜出来。鲁卡沙领头。奥列宁只听得几下枪声、呐喊和呻吟。他仿佛看到了烟和血。他丢下马,不假思索地向哥萨克们跑去。他恐怖得眼睛发黑,什么也看不清楚,只明白一切都完了。鲁卡沙脸色白得像头巾,抓住一个受伤的车臣人的两臂,嚷道:"别打死他!我要捉活的!"原来就是那个兄弟被鲁卡沙打死、曾来领取尸体的红头发车臣人。鲁卡沙把他的手臂扭到背后。车臣人忽然挣脱身子,开了一枪。鲁卡沙应声倒下。血从他的肚子里流出来。他跳起来,但又倒下,嘴里用俄语和鞑靼语骂着。他身上和身下的血越流越多。哥萨克们赶到他跟前,动手替他松开腰带。其中一个,就是纳扎尔卡,在动手救护他之前,手忙脚乱,好一阵才把刀插进鞘里。他的刀刃上沾满了血。

那些红头发的车臣人蓄着剪短的小胡子,血肉模糊地横在地上。只有那个向鲁卡沙开枪的熟识的车臣人,虽然遍体鳞伤,但还活着。他好像一只中了枪弹的鹞子,浑身是血(他的右眼还在流血),脸色苍白,皱着眉头,咬牙切齿地圆睁着一双眼睛环顾四周,他手里拿着一把匕首蹲在地上,还准备自卫。少尉仿佛随便经过似的走到他身边,眼明手快地举起手枪往他耳朵里开了一枪。车臣人挣扎了一下,随即倒下。

哥萨克们气喘吁吁地搬动尸体,把武器解下来。这些死去的红头发车臣山匪,每个人脸上都有一种特别的表情。哥萨克们把鲁卡沙抬到大车上,他依旧用俄语和鞑靼语骂个不停。

"胡说八道,我要亲手掐死你!你逃不出我的手心!畜生!"鲁卡沙挣扎着嚷道。不多一会儿,他由于虚脱而住了口。

奥列宁骑马回家。晚上，人家告诉他，鲁卡沙已处于弥留状态，但河对岸来的一个鞑靼人还在用草药给他医治。

山匪的尸体被搬到村公所里。女人孩子都聚拢来观看。

奥列宁在薄暮中回到家里。刚才的种种景象使他的心情好久平静不下来，可是一到黑夜降临，昨天的事又涌上心头。他往窗外望望，玛丽雅娜正从屋子里出来，到棚子里去照料牲口。她的母亲到葡萄园去了。她的父亲在村公所里。奥列宁不等她料理完毕，就去找她。她在房子里，背对他站着。奥列宁以为她怕羞。

"玛丽雅娜！"他说，"哎，玛丽雅娜！我可以进来吗？"

她忽然转过身。她的眼睛里隐约地含着眼泪，脸容悲哀，却凄艳动人。她庄重地向他瞧瞧，一言不发。

奥列宁又说："玛丽雅娜！我是来……"

"走开。"她说。她的神色没有改变，但泪水从她的眼睛里涌出来。

"你哭什么呀？你怎么啦？"

"什么？"她语气生硬地重复了一下。"哥萨克被人家打死了，就是这样！"

"鲁卡沙吗？"奥列宁说。

"走开，你要干什么！"

"玛丽雅娜！"奥列宁一边说，一边走近她。

"你再也别想从我身上得到什么了！"

"玛丽雅娜，别这样说！"奥列宁恳求道。

"走开，你这人真讨厌！"姑娘嚷道，跺跺脚，气势汹汹地向他逼近。她的神气那样充满嫌恶、轻蔑和愤恨，以致奥列宁立刻明白，他什么也不用指望了。他过去认为这女人无法接近，这一层如今完全得到了证实。

奥列宁不再说什么,从屋子里跑了出去。

四十二

他回到家里,一动不动地在床上躺了两个钟头,然后去找连长,请求把他调到团部去。他不向任何人告别,只叫凡纽沙去跟房东结账,就收拾行李准备到团部驻扎的要塞去。只有耶罗施卡大叔一人来给他送行。他们一杯又一杯地喝着酒。也像奥列宁离开莫斯科时一样,一辆三驾驿车停在大门口等他。但奥列宁已不像上次那样苦苦思索,并且对自己说,他在这里的全部思想和行为都不是那么回事。他不再指望过一种新的生活了。他比以前更爱玛丽雅娜,但他知道她是永远不会爱他的。

"嗯,再见了,老弟!"耶罗施卡大叔说。"你要是出去打仗,可得聪明一点儿,得听我老头儿的话。碰到进攻或者什么的,要是对方开枪,你千万别往人多的地方跑(我是一头老狼,什么场面都见过了)。你们这些家伙一害怕,总是往人堆里挤。你们以为人多热闹些,其实这样最危险:人家总是向人多的地方瞄准。我总是避开人群,自己单独行动,因此从来没负过伤。我这辈子什么世面没见过啊?"

"那你背上怎么有一颗子弹留着呢?"正在屋子里收拾行李的凡纽沙问道。

"这是哥萨克捣的鬼。"耶罗施卡回答。

"哥萨克？"奥列宁问。

"就是这么一回事！那次我们喝酒，有个叫凡卡·西特金的哥萨克，酒喝多了，拔出手枪就朝我这里打了一枪。"

"那你痛不痛啊？"奥列宁问。"凡纽沙，快好了吗？"他又问凡纽沙。

"哎！忙什么！让我讲完……他向我开了一枪，子弹没有打穿骨头，就留下了。我对他说：老弟，你差点儿要了我的命。你干的什么好事？我决不放过你。你得赔我一桶酒。"

"那你痛不痛啊？"奥列宁又问，根本没有心思听他讲话。

"让我把这事讲完。他只好弄了一桶酒来。我们又喝起来。可是血流个不止。整个屋子里都流满了血。布尔拉克老爹说：'这小子没命了。再罚你弄一瓶甜酒来，不然我们叫你吃官司。'于是酒又来了，大家又拼命大喝……"

"那你当时痛不痛啊？"奥列宁又问。

"痛什么！你别打断我，我不喜欢人家插嘴。让我把话讲完。我们喝着喝着，一直喝到天亮，我喝得烂醉，就在炉炕上睡着了。早晨醒来，身子怎么也伸不直了。"

"那你一定很痛吧？"奥列宁又问，他想这下子总可以问出一个结果来了。

"我又没对你说过痛！痛是不痛，可身子就是伸不直，也不能走路。"

"后来伤养好了吗？"奥列宁说，脸上没有一点儿笑意：他心里实在沉重得很。

"养好了，可是子弹就这样留在里面。喏，你来摸摸！"他说着撩起衬衫，露出强壮的背。在脊梁骨旁边摸得出有一颗子弹。

"你瞧，就这样滑来滑去的，"他说，拿子弹像玩具似的玩弄着，"喏，它滑到下面去了。"

"那么，你说鲁卡沙还活得成吗？"奥列宁问。

"只有天知道！又没有大夫。请是去请了。"

"到哪儿去请啊，到格罗兹纳亚吗？"奥列宁问。

"不，老弟，假如我是沙皇的话，早就把你们那些俄罗斯大夫统统绞死了。他们就知道开刀。他们就这样毁了我们的哥萨克巴克拉歇夫，把他的一条腿割掉了。他们简直是笨蛋。如今巴克拉歇夫还有什么用？不，老弟，只有山里才有真正的大夫。我的朋友基尔奇克上次在战斗中负了伤，就在胸口这个地方，你们的那些大夫个个都摇头，可是萨伊勃从山里赶来，把他治好了。山里的大夫会用草药，老弟。"

"嘿，别尽说废话了，"奥列宁说道，"让我到司令部去请个医官来吧！"

"哼，废话！"老头儿学着他的腔调说，"笨蛋！笨蛋！废话！请一个医官来！要是你们的人医得好病，哥萨克和车臣人早就到你们那里去治病了！事实上，你们的军官倒常常上山去请大夫的。你们就知道骗人，样样都是骗人的。"

奥列宁不再回答。他完全同意，他原来生活过的世界，也就是他现在回去的那个世界，样样都是骗人的。

"鲁卡沙到底怎么样了？你去看过他吗？"他问。

"他像死人一样躺着。滴水不进，只喝一点儿伏特加。嗯，能喝伏特加，就不要紧。这小伙子真叫人心疼。是个顶呱呱的小伙子，像我一样勇敢。我有一次也这样差点儿死掉，那些老太婆都放声痛哭，我的头脑就像火烧一样。他们把我抬到圣像底下，我就直挺挺地躺在那儿，在我头上的火炉上有一群这样小的鼓手在拼命擂鼓。我对他们大喝一声，他们却擂得更凶了（老头儿笑起来）。娘儿们把神父请来，准备给我送终。他们说：'他跟外教人来往，玩女人，杀人害命，不守斋戒，弹巴拉莱卡。'他们说：'你忏悔吧！'我就忏悔起来。我说我有罪。不管那神父说什么，我总是回答我有罪。他问到巴拉莱卡。我还是回答我有罪。他问我：'你把那个鬼玩意儿放在哪儿啊？你指给我看，好把它毁掉。'可是我回答说我没有这东西。其实我把它藏在小屋的一个网里，我知道他们找不着的。他们就这样把我丢下了。我休养了好多时候。后来我又弹起巴拉莱卡来……哦，我说什么来着？"他继续说，"听我的话，你得避开人群，要不然你会白白送命的。说实话，我疼你。你爱喝一杯，我就是喜欢你。你们那些人总是喜欢往土墩上跑。从前我们这儿有个人，是从俄罗斯来的，他老是喜欢骑马上土墩，怪里怪气地把土墩叫作小山。他一看见土墩，就冲上去。有一次也这么骑马冲上去，冲到上面，高兴极了。不料有个车臣人向他开了一枪，就把他打死了。哦，车臣人用枪架打枪打得可准了！打得比我还准。可我不喜欢这样糊里糊涂被人家打死。有时候我瞧瞧你们那些兵，感到很奇怪。他们真是太笨了！这些可怜虫全部都挤在一处，衣服上还缝上红领子'这样人家怎么会打不中呢！一个被打死了，倒下来，把他拖开，另外一个又上去。真是太傻了！"老头儿摇摇头重复说，"为什么不分开来一个一个走呢？以后你得这样走才对。这样他们就没法子向你瞄准。你一定得这么走。"

"哦，谢谢你！再见了，大叔！上帝保佑你，我们还会见面的。"奥列宁一边说，一边站起来向门口走去。

老头儿坐在地板上，没有站起来。

"难道就这样分手吗？傻瓜！傻瓜！"他说道。"唉，人都变成什么样了！做朋友，做朋友，做了整整一年，说声再见，就走了。要知道，我是多么爱你，多么疼你啊！你这人真苦恼，老是孤零零的，老是孤零零的。谁也不爱你！有时候我睡不着觉，就想到你，我可真替你难过。就像歌里唱的那样：

> 生活在外乡异地，
> 可不好过啊，亲爱的兄弟！

你就是这样。"

"那么，再见了。"奥列宁又说了一遍。

老头儿站起来，向他伸出手去；奥列宁握了握，转身想走。

"把脸转过来，把脸转过来。"

老头儿伸出他那双强壮的手捧住奥列宁的头，用湿滋滋的胡子和嘴唇在他脸上吻了三次，哭起来。

"我真疼你，再见了！"

奥列宁坐上马车。

"哦，你就这样走了吗？送点儿什么留个纪念吧，老弟！送我一支枪吧！你要两支干什么？"老头儿一边说，一边感情冲动地呜咽着。

奥列宁拿出一支枪，送给他。

"您送老头子这么多东西干什么！"凡纽沙嘀咕道。"他永远不会知足的！老要饭的。都是些不规矩的人。"他一边说，一边裹紧外套，在前座上坐下来。

"闭嘴，猪猡！"老头儿笑着嚷道，"瞧，多小气！"

玛丽雅娜从棚子里走出来，冷冷地对马车瞧了一眼，点点头，走进屋里去了。

"这姑娘！"凡纽沙挤挤眼，用法语说道，接着傻里傻气地哈哈大笑起来。

"走吧！"奥列宁怒气冲冲地喝道。

"再见，老弟！再见了！我不会忘记你的！"耶罗施卡喊道。

奥列宁回头望了一下。耶罗施卡大叔正在跟玛丽雅娜说话，显然是在谈他自己的事；不论老头儿，还是玛丽雅娜，谁也没有瞧着他。

一八六二年

高加索俘虏：往事

一

高加索有位军官,出身贵族,名叫齐林。

一天,他收到家里老母来信。她在信里写道:"我老了,很想在死以前再看爱儿一眼。你来给我送终,把我落葬,然后平平安安回部队去。我还给你找了个媳妇:人又聪明,又漂亮,又有财产。你要是喜欢,可以娶她,从此留在家里。"

齐林考虑起来:"老太太身体的确很差,说不定真的要见不着她了。我得回去一下;姑娘要是长得俊,结婚也可以。"

他向团长请了假,跟同僚们告了别,请下属喝了四桶伏特加,动身回家。

当时高加索在打仗,大路上不论白天黑夜都不能通行。俄罗斯人只要一离开要塞,不管骑马还是步行,鞑靼人就会把他打死,或者劫到山里。因此上面规定,要塞之间一星期两次由士兵护送,头尾都是士兵,老百姓夹在中间。

事情发生在夏天。那天天一亮车队在要塞外集合,护送兵也来了,大家上路。齐林骑马,他的行李车夹在车队中间。

他们要走二十五俄里路。车队走得很慢,一会儿士兵停下来歇脚,一会儿谁的车轮掉了或者马站住不走,大伙儿只得停下来等。

太阳已过中天,车队才走了一半路。路上尘土飞扬,烈日炙人,酷暑难当,无处可以藏身。一片精光的原野,路上没有一棵树,也没有一丛灌木。

齐林独自骑马走在前头,他停下来等着车队。他听见后面的号角声,知道车队又休息了。齐林想:"不用士兵护送,我一个人走怎么样?我的马很好,遇上鞑靼人,我可以跑掉。走不走?"

他站在那里考虑着。一个叫科斯狄林的军官背着枪骑马跑上来说:"齐林,我们自己走吧。我累坏了,真想吃点儿东西。天气又热,我身上的衬衫都快拧得出水来了。"

科斯狄林是个胖子,脸色通红,满头大汗。

齐林想了想说:"你的枪装上子弹了吗?"

"装上了。"

"那好,咱们走吧。只是说定了,千万别走散。"

他们骑马沿大路走去。这一带是草原,视野很开阔。他们一面说话,一面向两边张望。

一走完草原,就有一条大路穿过两山之间的峡谷。齐林说:"得跑到山上看看,万一有人从山后冲出来,你也看不见。"

科斯狄林却说:"看什么?往前走就是了。"

齐林没有听他的话。

"不,"他说,"你在下面等一下,我去看看就来。"

他纵马由左边上山。齐林骑的是一匹猎马(是他花一百卢布从马场买来的一匹小马,亲自调教长大的),那马仿佛插了翅膀,飞也似的把他带上峭壁。刚登上山头一看,在他前面约五十俄丈[①]的地方站着一群

[①] 1俄丈合2.134米。

骑马的鞑靼人，大约有三十个。他一看见他们转身就走。鞑靼人也看见了他，纵马向他跑来，一面跑，一面从枪套里拿出枪。齐林全速向峭壁下驰去，对科斯狄林叫道："把枪拿出来！"同时心里对马说，"宝贝，挺住，别绊脚，你一绊，我就完了。只要拿到枪，他们就抓不住我了。"

科斯狄林一看见鞑靼人，也不等齐林，就拼命向要塞跑去。他的鞭子忽左忽右地抽着马，在滚滚的尘土中只看见马尾巴在不断摆动。

齐林一看，事情不妙。枪被带走了，单凭一把刀是对付不了的。他想勒转马，回到士兵那儿逃命，却看见有六个人从边上向他冲来。他的马很好，但他们的马更好，而且是向他横冲过来的。他想减速掉头往回跑，可是马在往前飞奔，他勒不住，竟向他们直冲过去。他看见一个红胡子鞑靼人骑一匹灰马正在逼近他。那鞑靼人尖声叫嚷，龇牙咧嘴，手里端着枪。

"哼！"齐林想，"我可知道你们这些恶鬼。要是把我活捉，你们就会把我投入牢里用鞭子抽打。我不能让你们活捉。"

齐林个儿虽不高，胆量可不小。他拔出马刀，纵马直奔红胡子，心里想："我不是用马撞，就是用刀砍。"

齐林跑到离他还有一马距离的地方，有人从背后向他开枪，子弹打中了马。马扑通一声栽倒在地上，把齐林的一条腿压住。

齐林想爬起来，可是有两个臭烘烘的鞑靼人坐到他身上，把他的胳膊扭到背后。他拼命挣扎，甩掉身上的鞑靼人，可是又有三个鞑靼人跳下马来，用枪托敲打他的脑袋。他眼睛发黑，身子摇晃起来。鞑靼人把他抓住，从鞍上解下备用的马肚带，把他的双手反绑，打了一个鞑靼式的结，把他拖到马鞍旁。他的帽子被打落，靴子被剥下，全身被搜遍，钱和表都被拿走，身上的衣服全被撕破。齐林回头看看他的马。

高加索俘虏：往事 | 239

这可怜的畜生仍侧身躺着,只有四脚还在空中乱踢,触不到地面;头部有一个洞,洞里不断涌出黑血,周围一俄尺①的尘土都被血浸透了。

一个鞑靼人走到马跟前,动手解鞍子。马一直在挣扎,鞑靼人拔出匕首把它的喉管割断。喉咙里发出嘶声,它抽搐一下就断了气。

几个鞑靼人解下马鞍、挽具。红胡子骑上马,另外几个鞑靼人把齐林抬到他的马背上,用皮带把齐林和红胡子拦腰捆在一起,免得他从马上滑下,然后把他驮往山里。

齐林坐在鞑靼人后面,身子左右摇摆,脸撞着鞑靼人臭烘烘的脊背。他只看见前面鞑靼人强壮的脊背、筋脉毕露的脖子和帽子底下剃得发青的后脑勺。齐林的脑袋被打破,眼睛上的血凝住了。他在马上既不能变换姿势,也不能把血擦去。他的双手被绑得太紧,锁骨疼得受不了。

他们翻山越岭,走了很久,又涉过一条小河,走上大路,进入谷地。

齐林很想看清他们走的路,但眼睛被血糊住,身子也不能转动。

天黑下来了。他们又过了一条小河,开始攀登石山。已能闻到炊烟的味道,群犬叫个不停。

他们来到一个山村。鞑靼人都下了马,鞑靼孩子聚拢来把齐林团团围住。他们高兴地尖叫,向他投掷石子。

鞑靼人赶开孩子,把齐林从马上解下,叫唤工人。来了一个诺盖人,他颧骨很高,只穿一件衬衫。那衬衫已很破烂,露出整个胸膛。鞑靼人向他吩咐了一番。那工人拿来一副足枷:两块装有铁环的栎木,其中一个铁环上有锁孔和挂锁。

---

① 1俄尺合0.71米。

他们给齐林解开双手，戴上足枷，把他带到一间板棚。他们把他往板棚里一推，锁上门。齐林倒在马粪上。他歇了歇，在黑暗中摸到软一点儿的地方躺下来。

二

齐林几乎通宵没有合眼。昼长夜短，他从墙缝里看见天已蒙蒙亮。齐林爬起来，把墙缝挖得大些，往外张望。

他从墙缝里看见有一条路通到山下，右边有一座鞑靼式平顶石屋，屋旁有两棵树。一条黑狗躺在门槛上，一只母山羊带着几只小尾巴一翘一翘的小山羊在屋外走来走去。他看见一个年轻的鞑靼女人从山下走来。她身着花衬衫，没系腰带，穿着长裤和靴子，头上垫着一件长衣，顶着一只洋铁大水罐。她弯着腰走路，脊背微微抖动，手里拉着一个只穿衬衫的光头孩子。鞑靼女人顶着水罐走进屋里。昨天那个红胡子从屋里出来，身穿绸大褂，腰带上插着一把银匕首，赤脚套着一双软鞋，头上一顶黑羔皮高帽推在脑后。他走到屋外，伸了个懒腰，抹了抹红胡子。他站了一会儿，对工人吩咐了几句话，走了。

后来有两个孩子骑马去饮水。马嘴和鼻子都是湿漉漉的。又有几个光头孩子跑出来，他们都只穿一件衬衫，没有穿裤子。他们聚在一起，走到板棚前，拿树枝往墙缝里捅。齐林对他们大喝一声，孩子们吓得尖声直叫，飞跑开去，只看见他们的光膝盖一亮一亮。

齐林渴得要命，很想喝水。他正希望有人来查看，忽然听见板棚的门锁响。红胡子走进来,同来的还有一个身材略小、脸色黝黑的鞑靼人。这个鞑靼人眼睛乌黑,脸色红润,留山羊胡子,剃平顶头。他乐呵呵的,脸上一直挂着笑容。这个黑脸鞑靼人衣着更讲究,蓝色绸大褂上绣有金银线,腰里插着银柄大匕首,脚穿红色山羊皮软鞋,鞋上也绣有金银线,软鞋外面套着一双厚皮鞋;头上戴着一顶高高的白色羔皮帽。

　　红胡子走进来,嘴里说着什么,仿佛在骂人,然后站住,用臂肘支着门框,转动匕首,像狼一样斜睨着齐林。黑脸很活跃,仿佛全身都是弹簧,不断来回踱步。他走到齐林跟前蹲下,露出牙齿,拍拍齐林的肩膀,急急地叽里咕噜说着他们的话。他挤挤眼睛,弹着舌头,不断地说:"乌国佬,好!乌国佬,好!"

　　齐林一点儿也不懂,就说:"渴,给我点儿水喝!"

　　黑脸笑了。

　　"乌国佬好。"他说个不停。

　　齐林用嘴唇和手示意他要水喝。

　　黑脸明白了,笑起来,望望门外,喊道:"季娜!"

　　一个十三四岁的瘦女孩跑进来,她的相貌很像黑脸,看样子是他的女儿。她长着一双乌黑的眼睛,脸蛋漂亮。她穿一件宽袖蓝色长衬衣,不束腰带。衬衣的下摆、胸部和衣袖上都有红色绲边。她穿着长裤,脚穿软鞋,外套一双高跟皮鞋;脖子上挂着一串银币,都是半卢布的。她没有包头巾,留着一条乌黑的辫子,辫子上扎着缎带,缎带上吊着金属片和一个银卢布。

　　父亲吩咐她去做件什么事。她跑出去,回来提着一个小洋铁罐。她给了他水,蹲在地上,两个膝盖竖得比肩膀还高。她蹲在那里,睁大眼睛看齐林喝水,仿佛看着一头野兽。

齐林喝了水,把水罐还给她。她就像一只野山羊那样跳开去,逗得她爹都笑起来。他又差她到什么地方去。她拿起水罐跑掉,接着用一块圆板端来淡面包,又蹲下来,弯下腰,目不转睛地瞧着齐林。

鞑靼人都走了,板棚又锁上。

过了一会儿,那个诺盖人走过来对齐林说:"哎达,老板,哎达!"他也不懂俄语。齐林猜想是叫他到什么地方去。

齐林戴着足枷迈不开步子,走路一瘸一拐。他好不容易跟着诺盖人走出板棚。他看见这里是个鞑靼人的村子,有十来户人家,还有一座带小塔楼的鞑靼教堂。一座房子旁边停着三匹备鞍的马,由几个孩子拉着。那个黑脸鞑靼人从房子里跑出来,招招手要齐林过去。他脸上挂着笑容,嘴里说着鞑靼话,走进屋去。齐林跟着他走进去。正房很好,墙壁都用泥抹得溜光。前面靠墙摆着花花绿绿的垫子,两旁挂着贵重的壁毯,壁毯上挂着步枪、手枪和马刀,都镶着银饰。一边墙脚有一个齐地面的小灶。地是泥地,像打谷场一样干净,前房全部铺毡毯,毡毯上再铺地毯,地毯上摆着羽绒垫子。鞑靼人——黑脸、红胡子和三个客人都只穿软鞋坐在地毯上。他们背后摆着羽绒靠垫,他们前面的圆板上放着黍饼,杯子里盛着化开的牛油,酒罐里盛着叫布扎的鞑靼啤酒。他们用手抓着吃,两手都沾满了油。

黑脸霍地跳起来,吩咐齐林在旁边光地上坐下,自己又回到地毯上,招待客人吃饼喝酒。诺盖人让齐林坐好,自己脱下套鞋放在门口别的套鞋旁,然后坐在靠近主人的毡毯上。他瞧着他们吃喝,不断擦口水。

鞑靼人都吃了饼。这时有个鞑靼女人走来,她身穿像女孩一样的衬衫,下身穿着长裤,头上包着头巾。她拿走牛油和饼,端来一个精美的洗手盆和一只尖嘴水罐。鞑靼人一个个洗手,然后双手合十跪下来，向四方吹口气，念起祷词来。他们用鞑靼话交谈。然后，一个鞑靼客人向齐林转过身，用俄语对他说："你被卡济·穆哈默德俘虏了，"他说着，指指红胡子，"卡济·穆哈默德把你让给阿卜杜尔·穆拉特，"他指指黑脸，"阿卜杜尔·穆拉特现在是你的主人。"

齐林不作声。阿卜杜尔·穆拉特开口了，他指着齐林笑着说："乌国兵，乌国佬好。"

翻译说："他命令你写封信回家，叫家里寄钱来赎。钱一到，他就放你。"

齐林想了想，说："他要很多赎金吗？"

鞑靼人商量了一下，翻译说："三千卢布。"

"不行，"齐林说，"这么多钱我拿不出。"

阿卜杜尔站起来，挥动双手，对齐林说个不停，仿佛他能听懂似的。

翻译说："那么你给多少？"

齐林想了想，说："五百卢布。"

鞑靼人听了这话都嚷嚷起来。阿卜杜尔对红胡子大声吆喝，叽里呱啦，口沫四溅。红胡子只眯缝着眼睛，一个劲儿弹舌头。大家都静下来，翻译说："主人嫌五百卢布赎金太少。为了你他自己就付了两百卢布。卡济·穆哈默德欠了他的钱。他拿你来抵债。三千卢布，少一个钱也不行。你不写信，就让你蹲土牢，吃鞭子。"

"哼！"齐林想，"同他们打交道越害怕就越倒霉。"他站起来说："哼，你对这狗东西说，他要是威胁我，我一个钱也不给，信也不写。我不怕，我不怕你们这些狗东西！"

翻译把话转告他们，大家又嚷开了。

他们叽里呱啦地议论了一番。黑脸站起来,走到齐林跟前。

"乌国佬,"他说,"好汉,乌国佬,好汉!"

他说着笑起来,对翻译说了一句话。翻译就说:"你给一千卢布吧。"

齐林坚持说:"五百卢布,再多不给。你们要是把我打死,那就什么也拿不到。"

鞑靼人商量了一下,把诺盖人派到什么地方去,然后一会儿瞧瞧齐林,一会儿望望门口。诺盖人回来了。一个衣衫褴褛的胖子赤着脚,跟着他走进来,也戴着足枷。

齐林认出是科斯狄林,大吃一惊。原来他也被俘了。鞑靼人让他们并肩坐下,他们就向对方讲述自己的情况。鞑靼人都望着他们,不作声。齐林讲了他的遭遇。科斯狄林说他的马站住不肯走,枪又没打响,这个阿卜杜尔追上他,就把他俘虏了。

阿卜杜尔跳起来,指指科斯狄林,嘴里说着什么。

翻译说,他们两人现在都归同一个主人,谁先付赎金,谁先出去。

"你看,"鞑靼人说,"你老是发脾气,你的同伴可老实了。他写信回家,叫家里寄五千卢布来。我们会给他好吃好喝,不会亏待他。"

齐林说:"我的同伴愿意怎样就怎样,那是他的事。他也许有钱,可是我没有钱。我怎么说就怎么办。你们要杀就杀,那对你们没有好处,超过五百卢布,我不写信。"

鞑靼人都不作声。阿卜杜尔忽然站起来,拿来一只小箱子,取出笔、纸和墨水交给齐林,拍拍他的肩膀说:"写吧。"他同意五百卢布。

"等一下,"齐林对翻译说,"你对他说,叫他给我们吃得好些,穿得好些,让我们待在一起,这样热闹些。再把足枷去掉。"

他望着主人笑,主人也笑了。主人听完后说:"我给你们最好的衣着：契尔克斯长袍和靴子，穿了简直可以结婚了。还让你们吃得像王爷一样好。你们要是愿意在一起，可以让你们住板棚。但足枷不能去掉，你们会逃走的。到夜里可以给你们取下。"他跑过来，拍拍齐林的肩膀，"你的好，我的好！"

齐林写了信，但胡乱写了个地址，让信寄不到。他心里想："我一定要逃走。"

齐林和科斯狄林被带到板棚里，有人给他们送来玉米秸、一罐水、面包、两件旧契尔克斯长袍、士兵穿的破靴子。显然都是从士兵尸体上剥下来的。夜里给他们去掉足枷，把他们锁在板棚里。

三

齐林跟同伴就这样过了整整一个月。主人总是笑着说："你的，伊凡，好。我的，阿卜杜尔，好。"可是给他们吃得很差：只有黍子饼，有时简直只有生面团。

科斯狄林又往家里写了一封信，一直等家里寄钱来，心里很烦闷。他整天坐在板棚里，计算着什么时候信可以到，或者睡大觉。齐林知道他的信送不到，也不再写。

"母亲到哪儿去为我弄那么多钱。她还是靠我寄钱去过活的呢。要她凑五百卢布，她准会倾家荡产。上帝保佑，我要自己逃出去。"齐林想。

他暗中观察，打听，考虑怎样逃走。他吹着口哨，在山村里走来走去。有时坐下来做做手工：捏泥娃娃，编柳条筐。齐林手很巧，什么活都能做。

一天，他捏了一个泥娃娃，有鼻子，有胳膊，有腿，再穿上一件鞑靼式衬衫。他把泥娃娃放在屋顶上。

鞑靼女人去打水。主人的女儿季娜看见泥娃娃，把她们叫来。她们放下水罐，都看着泥娃娃笑。齐林取下泥娃娃送给她们。她们只是笑，却不敢要。齐林留下泥娃娃，走进板棚，看她们怎么样。

季娜跑过去，回头望了望，一把抓住泥娃娃就跑。

第二天，他看见季娜一早就抱着泥娃娃走到门外。她已用红布片把泥娃娃打扮起来，还像摇孩子那样摇着它，嘴里唱着催眠曲。一个老婆子走出来骂她，夺过泥娃娃把它摔个粉碎，又派季娜去干活。

齐林又捏了一个泥娃娃，比原来的更好看，送给季娜。有一天，季娜拿来一个水罐，放在地上，坐下来望着他，笑嘻嘻地指指水罐。

"她高兴什么呀？"齐林想。他拿起水罐来喝。他以为是水，原来是牛奶。他喝了牛奶。

"好！"他说。

季娜可高兴了！

"好，伊凡，好！"她跳起来，拍拍手，夺过水罐跑掉了。

从此她每天偷偷给他送牛奶来。有时鞑靼人用羊奶做奶酪饼，再把饼晾在屋顶上，她就偷几个送给他。有一天，主人宰羊，她拿了一块羊肉藏在衣袖里给他送来。她扔下羊肉就跑。

有一天，雷雨交加，倾盆大雨下了整整一小时。条条溪水都变得浑浊了，可以涉水过河的浅滩都涨到三俄码宽，石头也被冲倒。到处溪水奔流，山中雷声隆隆。雷雨过后，山村里水流成河。齐林问主人要了一把小刀，削了一根小轴、几块木片，装上一个轮子，轮子两边各安一个娃娃。

女孩们给他拿来布片。他把一个娃娃打扮成男的，一个打扮成女的。他做好娃娃，把轮子放到溪水里。轮子一转动，两个娃娃就一上一下跳动起来。

全村男女老少都聚拢来，大家弹着舌头啧啧称奇："了不起，乌国佬！了不起，伊凡！"

阿卜杜尔有一座俄罗斯钟，坏了。他把齐林叫来，做做手势，弹弹舌头。齐林说："让我来修。"

他接过钟，用小刀拆开，把零件一样样摆开，然后又装好，交还给主人。钟走了。

主人很高兴，把自己的一件破短袄送给他。齐林无可奈何只得收了。至少夜里可以盖盖。

齐林从此出了名，大家把他看成能工巧匠。远近村庄都有人来找他，请他修枪栓，修手枪，也有人请他修钟表。主人给他送来各种工具，有镊子、钻子、锉刀。

一天，有个鞑靼人病了，派人来找齐林，对他说："你去给他治治吧。"

齐林根本不会治病。他走去看了看，心里想："说不定他自己会好的。"他走到板棚里，拿了点儿水和沙，拌和一下。他当着鞑靼人的面念念有词，给病人喝下去。算他走运，那人的病果真好了。齐林渐渐听得懂他们的话。有些鞑靼人同他熟了，有事就叫他："伊凡，伊凡！"但有些鞑靼人还是把他当野兽看。

红胡子不喜欢齐林。一看见他，就皱起眉头转身走开，或者破口大骂。他们那里还有一个老头子是山里来的，他不住在这里。只有在他来清真寺做礼拜时,齐林才看见他。他身材矮小,帽子上缠着一条白手巾,上下胡子剪得短短的,白得像羽绒。他满脸皱纹,但面色红得像砖头。他长着鹰钩鼻,一双灰眼睛露着凶光。他的牙齿都掉了,只剩下两颗虎牙。他来时缠着头巾,挂着拐杖,眼睛像狼一样四面顾盼。他看见齐林,鼻子里就发出嗤嗤声,立即扭过头去。

一天,齐林走到山脚,想看看这老头子住在什么地方。他沿着小路下山,看见一片园子,围着石墙,墙里种着樱桃、杏子,还有一所平顶小屋。他走近去,看见一排干草编的蜂房,蜜蜂嘤嘤嗡嗡飞进飞出。老头子跪在蜂房旁边忙碌。齐林爬高一点儿看,把足枷弄出响声来。老头子回头一看,大叫一声,从腰里拔出手枪,就朝齐林打去。齐林慌忙闪到石头后面。

老头子走来向主人控诉。主人把齐林叫去,笑着问:"你去老头子那里干什么?"

"我没有恶意,"他说,"我只想看看他怎么过日子。"

主人把这话转告老头子。老头子大为生气,叽里咕噜发着牢骚,露出两颗虎牙,对齐林摆摆手。

齐林没有完全听懂他的话,只明白老头子叫主人把俄国佬都打死,不要把他们留在村里。老头子说完便走了。

齐林问主人这老头子是谁,主人说:"他可是个大人物!他本是第一号骑士,杀死过许多俄国人,原来很有钱。他有过三个妻子,八个儿子,都住在同一个村子里。俄国人来了,把村子洗劫一空,杀掉了他的七个儿子。剩下的一个儿子投降了俄国人。老头子自己也投奔了俄国人。他在俄国人那里待了三个月,找到儿子,亲手把他杀了,然后逃走。从此他不再打仗,还去麦加朝圣。他缠上了头巾,因为凡是去过麦加

高加索俘虏:往事 | 249

的人就叫哈吉，并且要缠上头巾。他不喜欢你们俄国人，叫我把你杀死，但我不能，因为我是花钱把你买来的，再说我也喜欢你这个伊凡。我不但不杀你，要不是我说过让你赎回去，我真不愿放你走呢。"他笑着，又用俄语说："你的，伊凡，好；我的，阿卜杜尔，好！"

四

齐林就这样过了一个月。白天他在山村里游荡，或者做做手工。一到晚上，山村静下来，他就在板棚里挖洞。在石头上挖洞很困难，他用锉刀锉石头，在墙脚下挖了一个洞，人正好能钻出去。他想："只要知道方向就行了，可鞑靼人谁也不肯告诉你的。"

终于有了一个机会。那天，主人出门去了，齐林吃过饭，出了村往山那边走去，想从那里看看地形。主人走时嘱咐孩子看住齐林，绝对不能大意。孩子看见齐林出门，一边跑，一边喊："别走！我爹不许你出去。我要喊人了！"

齐林便说服他。

齐林说："我不走远，我只到那边山上看看。我要去找一种草药给你们治病。你同我一起去，我戴着足枷又不会逃走。明天我给你做一副弓箭，好吗？"

齐林说服孩子一起走。那座山看上去不远，但戴着足枷走路很困难。他走啊走啊，好容易走到山上。他坐下来观察地形。南边翻过山是一片谷地，那里放牧着马群，低处还有一个山村。再过去是另一座山,更加陡峭;那座山后面还有一座山。两山之间有一片青翠的树林,再过去又是山,越远越高,在最高处,积雪的群山白得像糖,其中一座像一顶帽子矗立在群山之上。东方,西方,都是同样的山,峡谷里疏疏落落的山村炊烟袅袅。他想:"嗯,这一带都是他们的地方。"他朝俄罗斯人那边望望:下面是一条小溪和他居住的山村,周围都是花园。农妇们坐在溪边洗衣服,望过去一个个小得像布娃娃。山村后面还有一座稍矮的山,再过去还有两座山,山上树木茂盛,两山之间有一片发青的平地,平地远处烟雾弥漫。齐林努力回忆,他住在要塞时太阳从哪里升起,又在哪里落下。他断定,我们的要塞就在这个谷地里。他应该穿过这两座山逃走。

太阳开始下沉。雪山由白变红;黑魆魆的群山越来越黑;洼地里升起雾气,要塞所在的谷地被夕阳照得一片火红。齐林定睛凝望,看见谷地里竖着一根柱子般的东西,像是烟囱里冒出来的炊烟。他想,这准是俄罗斯人的要塞。

黄昏降临,传来毛拉的叫喊声。牲口回村,牛群哞哞叫着。孩子一直催齐林回去,可是齐林不想走。

回村后,齐林想:"好了,现在我知道地形,可以跑了。"当晚他就想跑。夜很黑,正好逢到下弦月。不巧得很,鞑靼人傍晚就回村里来。他们平时回来,赶着牲口,有说有笑,总是很快活。今天他们没有赶回牲口,却在马鞍上驮着一个被打死的鞑靼人。原来是红胡子的兄弟。鞑靼人个个怒气冲冲,走来埋葬死人。齐林走出去看。他们用麻布裹住尸体,不用棺材,拿法国梧桐枝叶盖着抬到村外,放在草地上。毛拉来了,老人们聚在一起,拿手巾缠在帽子上,脱掉鞋,脚跟朝上跪在死人面前。

前面是毛拉，后面一排是三个缠头巾的老人，再后面是别的鞑靼人。大家跪着，低头不语。他们沉默了好久。毛拉抬起头来说："真主！"他只叫了一声，接着又低下头，沉默了好久；他们坐在那里一动不动。毛拉又抬起头来："真主！"大家都跟着叫："真主！"接着又静默下来。死人躺在草地上一动不动，他们也像死人一样跪着。谁也一动不动。只听得法国梧桐上的叶子被风吹得飒飒作响。接着毛拉念了祷文，大家起立，把死人举起，抬到塘边。塘挖得非同寻常，一直挖到地底下，像个地窖。他们夹住死人的胳肢窝，抓住他的小腿，把他的身子弯起来轻轻放下，使他保持坐的姿势，再把他的双手叠放在肚子上。

诺盖人拖来一些青芦苇，众人把它盖在塘上，立即撒上土，把塘填平，并在死者头部竖了一块碑石。然后他们把泥土踩实，又并排跪在墓前。大家静默了好半天。

"真主！真主！真主！"大家叹息着站起来。

红胡子分钱给老人，然后站起来，拿起鞭子在自己额上敲了三下，这才回家。

第二天早晨，齐林看见红胡子牵着一匹母马到村外去，后面跟着三个鞑靼人。他们走到村外，红胡子脱去短袄，卷起衣袖，露出两条粗壮的手臂，拔出匕首，在磨刀石上磨了磨。三个鞑靼人扳起马头，红胡子走过去割断马的喉管，把马放倒，开了膛，取出内脏，再用粗壮的手剥下马皮。来了几个鞑靼婆娘和姑娘，动手洗肠子和内脏。然后把马切成几块搬回家。村里人都聚集到红胡子家里吃丧酒。

一连三天，他们吃马肉，喝布扎，祭奠死者。鞑靼人全待在家里。第四天，齐林看见他们准备去什么地方赴宴。有十来个人穿戴得整整齐齐，骑马走了，红胡子也走了，只剩下阿卜杜尔一人留在家里。

一钩新月刚刚升上来,夜还很黑。

"对了,"齐林想,"今天得跑了。"他把他的想法对科斯狄林说了,可是科斯狄林不敢。

"怎么跑啊? 我们连路都不认得。"

"我认得路。"

"再说,一夜也走不到。"

"走不到,我们就在树林里过夜。我带了些饼来。难道你就这样坐着干等? 他们寄钱来还好,万一他们凑不足这笔钱呢? 现在鞑靼人都变得很凶,因为俄罗斯人杀了他们的人。他们一商量,会把我们杀死的。"

科斯狄林思索再三,说:"那好,我们走吧!"

五

齐林钻到洞里,把洞挖得更宽些,好让科斯狄林也能爬出去。他们坐在那里等山村安静下来。

山村里人声刚刚沉寂,齐林就从墙脚下爬出去。他低声唤着科斯狄林:"爬出来!"

科斯狄林爬出去,一只脚在石头上绊了一下,发出了响声。主人家有一条看门的花狗,十分凶恶,名叫乌里亚申。齐林常常喂东西给它吃。乌里亚申一听见声音,叫着冲过来,后面还跟着几条狗。齐林轻轻唤了一声,扔给它一小块饼。乌里亚申认出是他,摇摇尾巴,不再吠叫。

主人听见了，就从屋里吆喝道："叫什么！叫什么！乌里亚申！"

齐林搔搔乌里亚申的耳朵。狗不再作声，摇摇尾巴，在他腿上蹭着。

他们在墙角坐了一会儿。一切又沉寂下来，只听见一头绵羊在栏里咩咩地叫，溪水在低处石头上汩汩地奔流。天黑了，星星在高空中闪烁，山上升起一弯红红的新月，尖角向上。谷地里迷雾像牛奶一样白。

齐林站起来对同伴说："喂，老兄，走吧！"

他们动身了。刚走了几步，就听见毛拉在屋顶上大声祈祷："真主！俾斯米拉！伊尔拉赫曼！"这是召唤人们去清真寺礼拜。他们又在墙脚下躲起来，等人们走过去。接着又安静下来。

"走吧，上帝保佑！"他们画了十字走了。他们经过一家农户，走到峭壁下的小溪边，涉过小溪，来到谷地。低处浓雾弥漫，但头上星光明亮。齐林根据星星的位置判断前进的方向。雾气清凉，行路轻快，只是靴子破烂，穿着很不舒服。齐林脱下靴子，把它扔了，光着脚走路。他从一块石头跳到另一块石头，不时抬头望望星星。科斯狄林落后了。

"慢一点儿，"他说，"你走吧，我这双靴子真该死，老是挤脚。"

"你把它脱掉，要好走些。"

科斯狄林也光着脚走，但更糟，两只脚都被石子磨破，他一直落后。齐林对他说："脚磨破，命可以保住，要是被他们赶上，命就没有了，那就更糟。"

科斯狄林不再说什么，只气喘吁吁地走着。他们在谷地走了好久。他们听见右边有狗叫。齐林站住,向周围环顾了一下,双手摸索着往山上爬。

"啊呀!"他说,"我们走错了,走到右边来了。这是另一个山村,我从山上看见过的,得回头往左边进山。那里应该有一片树林。"

科斯狄林说:"等一下再走,让我喘口气,我的两只脚都流血了。"

"啊,老兄,会好的。你跳的时候脚步要轻一点儿。瞧,像这样跳!"

齐林转过身从左边进山,向树林那边跑去。科斯狄林一直落在后面,大声叫嚷。齐林嘘他,叫他别出声,自己不停地走着。

他们上了山。果然有一片树林。他们走进树林,身上最后一件衣服都被荆棘钩破了。他们找到了林中小路,继续前进。

"站住!"路上传来一阵蹄声。他们停下来倾听,有点儿像马蹄声,接着又静止了。他们一走动,蹄声又起。他们一站住,蹄声又消失了。齐林爬过去往路上光亮的地方看看,看见那里有一样东西。马不像马,身上有样古怪的东西,人又不像人。只听得它打了个响鼻。"这是什么怪物!"齐林轻轻吹了一声口哨,它就离开大路跑进树林,树林里立刻发出一阵树枝折断的飒飒声,仿佛暴风雨来临。

科斯狄林吓得趴在地上。齐林笑着说:"这是鹿。你听见它的犄角撞断树枝的声音了吗?我们怕它,它也怕我们。"

他们继续赶路。大熊星已落下,天快亮了。走这个方向对不对,他们不知道。齐林想,那天他们就是从这条路把他带来的,现在离自己人的地方大约还有十俄里,但没有可靠的标志,夜又黑得什么也看不清。他们来到一片林间空地。科斯狄林坐下来说:"随你怎么说吧,我可实在走不动,两只脚不听使唤了。"

高加索俘虏:往事 | 255

齐林竭力劝他。

"不行,"科斯狄林说,"我走不动,没法走了。"

齐林大为生气,唾了一口,把科斯狄林大骂一顿。

"那我就只好一个人走了,再见!"

科斯狄林勉强站起来,往前走。他们走了四俄里光景。树林里迷雾更浓,前方什么也看不见,只有星星隐约可见。

忽然前面传来马蹄声。听得见蹄铁在石头上的撞击声。齐林伏倒地上,耳朵贴着地面听。

"不错,有人骑马到这儿来了。"

他们连忙离开大路,躲到灌木丛里。齐林又爬到大路旁观察,他看见一个鞑靼人骑马赶着一头牛走来,嘴里哼着山歌。鞑靼人骑马走过去了。齐林回到科斯狄林那里。"好了,上帝保佑,快起来,我们走。"

科斯狄林一站起来又倒下去了。

"不行,真的,不行。我没有力气了。"

这个身体笨重的胖子满头大汗。他受树林里寒气的侵袭,双腿像剥去一层皮一样,全身瘫软。齐林使劲把他抱起来。科斯狄林大声呻吟:"喔唷,疼死我了!"

齐林被吓呆了。

"你叫什么呀?鞑靼人就在附近,他会听见的。"齐林说,接着暗自想:"他确实很虚弱,叫我拿他怎么办呢?总不能把朋友丢下吧。"

"喂,"他说,"起来,靠到我背上。你不能走,我来背你。"

齐林背起科斯狄林,两手抓住他的大腿,朝大路走去。

"只是看在基督的分上你别卡我的脖子。你抓住我的肩膀。"齐林说。

齐林感到沉重，脚上出血，累得筋疲力尽。他不时弯下腰把科斯狄林耸高些，勉强背着他沿大路走去。

鞑靼人显然听见科斯狄林的叫声。齐林听见后面有人骑马赶来，用他们的话叫喊着。齐林奔进灌木丛。鞑靼人取下枪，打了一枪，没有打中，用他们的话尖声叫喊着，沿大路走掉。

"唉，"齐林说，"我们完了，老兄！这狗东西马上就会召集鞑靼人来追赶。要是逃不出三俄里，我们就完了。"心里却想到科斯狄林："活见鬼，真不该带这胖子走。要是我一个人，早就逃掉了。"

科斯狄林却说："你一个人走吧，何必让我连累你呢。"

"不，我不走，不能把朋友丢下。"

他又背起科斯狄林蹒跚着走去。这样又走了一俄里光景。树林，尽是树林，看不到头。迷雾渐渐消散，乌云飘来，看不见星星。齐林真的筋疲力尽了。

路旁有一道泉水，水底卵石清晰可见。齐林站住，放下科斯狄林。

"让我歇会儿，喝点儿水，"他说，"我们来吃点儿饼。应该不远了。"

他刚弯下身子喝水，就听见后面响着马蹄声。他们又逃到右边灌木丛，在峭壁下卧倒。

传来鞑靼人的说话声。鞑靼人已来到他们刚离开大路的地方，停下来商议了一阵，然后放狗来找寻。接着灌木丛里发出飒飒声，一条陌生的狗出现在他们面前，站在那儿大声吠叫。

几个陌生的鞑靼人钻进来，把他们抓住，捆绑起来，驮在马背上。

他们走了三俄里光景，看见他们的主人阿卜杜尔和另外两个鞑靼人迎面走来。阿卜杜尔同鞑靼人谈了几句，把他们抬到自己的马

高加索俘虏：往事 | 257

背上带回山村。

阿卜杜尔板着脸，一句话也没跟他们说。

黎明时分，他们被带回山村，扔在街上。孩子们聚拢来，向他们扔石子，用鞭子抽他们，尖声叫嚷。

鞑靼人围成一圈，山下那个老头子也来了。他们交谈着。齐林听见他们在议论怎样处理他们。有人说，得把他们送到深山野林，可是老头子说："得把他们杀掉。"阿卜杜尔争辩说："是我出钱把他们买来的，我要收回他们的赎金。"可是老头子说："他们一个钱也不会给的，只会带来麻烦。养着俄国佬也是罪过，把他们杀掉不就完了。"

大家散开后主人走到齐林跟前，对他说："要是你们的赎金再过两个星期还不送来，我就把你们打死。要是你再想逃走，我就把你像狗一样宰了。快写信，好好写一封信回去！"

纸拿来了，他们又写了信。鞑靼人又给他们戴上足枷，押到清真寺后面。那里有一个五俄码深的坑，他们被送到坑里去。

六

他们的处境十分悲惨。足枷没有去掉，也不给他们放风。鞑靼人对他们像对狗一样，给他们吃一些生面团，再加一罐水。坑里又臭，又闷，又潮。科斯狄林病倒了，浑身浮肿，酸痛。他不是呻吟，就是昏睡。齐林看到情况那么糟，也泄了气，不知道怎样才能脱身。

他动手挖地道，但土没有地方丢。主人发现了，威胁要他的命。

有一次他蹲在坑里，想到自由生活，十分烦闷。突然，有一个饼落到他的膝盖上，接着又是一个，还撒下一些甜樱桃。他抬头一看，原来是季娜。季娜朝他看看，笑起来，跑了。齐林想："能不能叫季娜帮帮我们呢？"

他在坑里清理出一块地方，挖了点儿土，动手捏娃娃。他做了人、马、狗，想："等季娜一来，我就扔给她。"

第二天季娜没来。齐林听见一阵马蹄声，有人骑马跑过。鞑靼人聚集在清真寺旁大声争吵，提到了俄罗斯人。还听见那个老头子的声音。齐林听不清楚，但猜想是俄罗斯人来了，鞑靼人害怕他们进山村，不知道怎样处理俘虏。

鞑靼人谈了一会儿走了。齐林忽然听见上面沙沙响。他看见季娜蹲在地上，双膝竖得比头还高，她俯下身来，钱币项链在坑上荡来荡去。她的眼睛像星星一样闪闪发亮。她从衣袖里掏出两个干酪饼，扔给齐林。齐林接住饼说："你怎么好久没来了？我可给你做了些玩意儿了。喂，接住！"他把玩具一件件扔给她，可是她不断摇头，看也不看。

"我不要，"她说。她默默地待了一会儿说："伊凡！他们要杀你。"她说着用手在脖子上比画了一下。

"谁要杀我？"

"我爹，老头子命令他。可是我可怜你。"

齐林说："既然你可怜我，那就给我拿一根长杆来。"

她摇摇头，表示"不行"。他合拢手掌求她："季娜，请你帮帮忙！好季娜，你就拿根杆子来吧！"

"不行，"她说，"他们都在家里，会看见的。"说完就走了。

晚上齐林坐在坑里想："怎么办？"他不断往上看。天上星光灿烂，月亮还没有升上来。毛拉召唤大家去夜祷，周围已经沉寂。齐林有点儿迷迷糊糊，心里想："那姑娘害怕了。"

突然有泥块落到他的头上。他往上一看，一根长杆在坑边戳着。杆子伸下来，齐林高兴极了，一把抓住杆子，把它拉下来。杆子很结实，他以前在主人家屋顶上看见过。

他往天空瞧瞧：星星高高地在天上闪烁，季娜的眼睛像猫眼一样在黑暗的坑顶发亮。她把头探到坑边，低声唤道："伊凡，伊凡！"同时两手不断在脸旁摇摇，表示："轻一点儿，不要作声。"

"什么？"齐林问。

"大家都走了，家里只有两个人。"

齐林说："喂，科斯狄林，走吧，让我们最后再试一次，我托你上去。"

科斯狄林连听也不愿听。

"不，"他说，"看来我跑不了啦。我连翻身的力气都没有，还能去哪儿？"

"那么，别了，请你原谅。"他同科斯狄林吻别。

齐林叫季娜握紧杆子，自己抓住杆子往上爬。他两次跌下去，都是因为足枷碍事。科斯狄林托住他，他好容易爬到顶上。季娜用一双小手使劲抓住他的衬衫往上拉，边拉边哭。

齐林拿起杆子说："季娜，把它拿回去，不然被他们发现，你会挨揍的。"

季娜拿走杆子，齐林就下山了。他爬到峭壁下，拿起一块尖石砸足枷上的锁。锁很牢，怎么也砸不开，再说自己砸也很不方便。齐林听见有人从山上下来，蹦蹦跳跳很轻快。他想："一定又是季娜。"季娜跑来，拿起石头说："让我来。"

她蹲下来，动手砸锁。但她的手臂细得像树枝，一点儿力气也没有。她扔掉石头哭起来。齐林又接着砸锁。季娜蹲在旁边，扶住他的肩膀。齐林回头一看，看见左边山后有一片红光，月亮正在渐渐升起。他想："趁月亮还没有升上来就穿过谷地，走进树林。"他站起来，丢掉石块。虽然戴着足枷，但他必须走。

"别了，"他说，"好季娜。我一辈子都会记住你的。"

季娜抱住他，双手在他身上摸索，找个地方把饼塞在他身上。他接过饼。

"谢谢你，"他说，"聪明的姑娘。我走后谁给你做娃娃呢？"说着摸摸她的头。

季娜双手捂住脸大哭起来，接着像小山羊一样跳上山去。黑暗中只听见她背后辫子上的银币在叮当作响。

齐林画了十字，一手握住足枷上的锁，免得它发出响声，一瘸一拐地沿着大路走去，望望月亮升起处的光晕。路他是认得的，他得走八俄里路。但愿在月亮完全升起之前走到那片树林。他涉过小溪，山后月色已经发白。他走过谷地，边走边望：月亮还看不见。但月亮的光晕已很亮了，谷地一边也越来越亮，越来越亮。阴影往山下移动，离他越来越近。

齐林一直走在阴影里。他匆匆走着，月亮却爬得更快；右边的树梢已被月光照亮。他走近树林，月亮从山后爬出来，照耀得大地如同白昼。树上每一张叶子都看得清楚。山里宁静光亮，仿佛一切都死绝了。只听得山下溪水在汩汩奔流。

他走进树林，没有遇见一个人。他在树林里找了一个较暗的地方,坐下来休息。

他休息了一会儿,吃了一个饼,找到一块石头,再砸足枷。两只手都皮破血流,还是没有把锁砸掉。他站起来继续前进。又走了一俄里光景,身上一点儿力气也没有,两脚都磨破了。他又走了十来步,便停下来。他想:"没办法,只要有一点儿力气还是得走。一坐下,就再也起不来了。要塞是走不到了,天一亮我就在树林里躺下,挨过白天,到夜里再走。"

齐林走了一个通宵,只遇见两个骑马的鞑靼人。他老远听见他们,就躲到树后。

月亮渐渐暗淡,地上出现露水,天快亮了,但齐林还没走到树林尽头。他想:"我再走三十步就拐进树丛中休息。"他走了三十步,看见树林已到了尽头。他走出树林,天已大亮,原野和要塞看得一清二楚。左边,靠近山麓,篝火时明时灭,烟雾腾腾,旁边围坐着一群人。

他仔细一看,前面步枪闪亮,是一群哥萨克兵。

齐林乐了,拼着最后的力气向山下走去,心里想:"上帝保佑,在这片精光的田野上可不能被骑马的鞑靼人看见。尽管要塞已不远,但也逃不掉。"

他刚这样想着,一看,左边山岗上站着三个鞑靼人,离他只有一百俄丈。鞑靼人也看见了他,向他开枪。他心里一怔,挥动双手,竭尽全力喊道:"弟兄们! 救命! 弟兄们!"

本方的人听见了,几个骑马的哥萨克冲出来。他们向他跑来,想截断鞑靼人的去路。

离哥萨克还远,离鞑靼人却很近。齐林竭尽全力,一手提起足枷,向哥萨克狂奔。他忘乎所以，画着十字，大声叫嚷："弟兄们！弟兄们！弟兄们！"

哥萨克大约有十五个人。

鞑靼人害怕了，中途停下来。这时齐林已跑近哥萨克。

哥萨克把他团团围住，问他是谁，是干什么的，从哪里来。齐林高兴极了，一边哭，一边喊："弟兄们！弟兄们！"

哥萨克兵都跑出来把齐林团团围住。有人给他面包，有人给他粥，有人给他伏特加，有人拿大衣披在他身上，有人替他砸足枷。

军官们认出是齐林，把他领到要塞。士兵都很高兴，同伴都来看他。

齐林把他的经历从头讲了一遍，然后说："嘻，我回家结婚就是这么一回事！看来这不是我的命。"

于是齐林留在高加索继续服役。科斯狄林花了五千卢布，一个月之后才被赎出来。他回到家里已虚弱不堪了。

一八七二年

哈吉穆拉特

我穿过田野回家。那正是仲夏时节。草地已经割过，黑麦刚开镰收割。

这是个繁花似锦、五彩缤纷的季节：有红、白、粉红三种颜色的芬芳扑鼻的毛茸茸的三叶草花；有肆无忌惮地到处乱生的雏菊；有浓香刺鼻的白花黄蕊的"爱不爱"花①；有吐出阵阵蜜香的黄色山芥花；有亭亭玉立、样子像郁金香的紫吊钟和白吊钟；有爬藤的豌豆花；有黄色、红色、粉红和紫色的整齐的山萝卜花；有略带粉红茸毛、清香爽人的车前草；有在朝阳下呈碧蓝色而到傍晚变成浅蓝带红的矢车菊；还有带杏仁味的娇弱易凋的菟丝子花。

我采了一大束野花回家，忽然发现沟里有一朵红得可爱的盛开的牛蒡花——在我们那里叫"鞑靼人"。割草的人遇到这种花，总是避开它，要是无意中割断了，就把它从草堆里剔除，免得刺手。但我却想把这朵牛蒡花摘下来，插在花束中间。我跳到沟里，把一只钻到花蕊里泰然睡觉的山马蜂赶走，动手折花。可是很不好办；且不说花梗周围都是刺，把我裹手的手绢刺破，它还那么韧，使我不得不一层一层扯断纤维，同它搏斗了五分钟才把它折断。最后，我

---

① "爱不爱"花——一种甘菊花。俄国少女常拿它来算爱情的命运，方法是把一片片花瓣扯下来，扯一片，说一声"爱"，再扯一片，说一声"不爱"，到一朵花扯完时看最后一瓣说的是什么。

把这朵花折下来,但花梗已被揉烂,花也不像原来那样鲜艳了。再说,这朵花太粗犷,夹在娇嫩的野花中间显得很不调和。我后悔把一朵好花白白糟蹋了,它原来长得可美啦。最后我把它扔了。"不过,它的生命力是多么强啊,"我回忆刚才折花所费的劲,想着,"它曾多么顽强地保卫自己的生命,并且付出了多大的代价!"

  回家的路得穿过刚翻耕过的黑土休闲地。我沿着尘土飞扬的黑土路爬坡走去。这片土地是地主家的,面积很大,因而道路两边和前面斜坡上除了犁过而还没耙平的休闲地外,什么也看不见。地犁得很好,整个田野上没有一棵植物,没有一根小草,只见一片乌黑。"唉,人类真是一种破坏成性的残酷动物,为了维持自己的生命不惜消灭各种动物和植物。"我一面想,一面在这片精光的黑色田野上搜寻有生命的东西。在我的前面,在路的右边,有一棵灌木。我走近去,才认出这棵灌木又是"鞑靼人",也就是我刚才采下而又抛弃的那种花。

  这棵"鞑靼人"有三个枝杈。其中一枝已断,残枝像砍断的胳膊那样突出着。另外两枝各开着一朵花。这两朵花原是红的,如今已变成黑色。一枝花梗断了,断枝上耷拉着一朵沾着泥巴的花;另一枝花梗虽也沾了黑泥,但仍向上挺立着。看样子,这棵"鞑靼人"被车轮轧过,后来又挺立起来,因此有点儿歪斜,但毕竟挺立起来了。好像从它身上撕下一块肉,取出一个内脏,砍掉一条胳膊,挖去一只眼睛,但它还是站起来了,不肯向消灭它周围兄弟的人屈服。

  "多么顽强啊!"我想,"人类战胜了一切,消灭了亿万棵草木,但这一棵始终没有屈服。"

我不由得想起了一个古老的高加索故事,其中一部分是我亲眼看见的,一部分是从目击者那里听来的,一部分是我想象出来的。现在我就根据回忆和想象编成下面这个故事。

一

这事发生在一八五一年年底。

十一月里一个寒冷的黄昏,哈吉穆拉特骑马走进没有归化的车臣人山村马赫凯特。村子里弥漫着好闻的牛粪的烟味。

清真寺宣礼楼的歌声刚沉静下来,在含有牛粪烟味的清新的山区空气中,可以听见散放在山村一排排泥屋间的牛羊的叫声,男人争吵的粗哑声音,以及泉水边妇女和儿童的笑语声。

哈吉穆拉特是沙米里[①]手下战功卓著的副帅。每次出行他总是打着自己的旗号,由几十名骑术高明的穆里德[②]前呼后拥。这一次,他戴着风帽和斗篷,斗篷底下竖着一支步枪。他随身只带一名穆里德,尽量避人耳目,他那双灵活的黑眼睛仔细察看着一路上遇到的居民。

哈吉穆拉特来到山村中央,不走通向广场的大街,而向左拐进一条小巷子。他走到山坡巷子第二座泥屋旁,向四下里张望了一下,这才站住。屋檐下不见一个人影,但在平屋顶上新近用黏土泥过的

[①] 沙米里(1791—1871)——高加索信奉伊斯兰教的少数民族的首领,曾发动"圣战"反对信奉东正教的俄国,得到土耳其等国的支持。
[②] 穆里德——阿拉伯文的音译,意为"希望者""寻道者",伊斯兰教苏非派教团的修道者。

哈吉穆拉特 | 269

烟囱后面却躺着一个人，他身上盖着一件光板皮袄。哈吉穆拉特用鞭子柄戳戳睡着的人，得地弹了一下舌头。从光板皮袄下钻出来一个老人，头戴睡帽，身穿油光光的破棉袄。老人的眼睛没有睫毛，红肿湿润。他不住地眨眼，想把眼睛睁开。哈吉穆拉特照例说了一句"谢梁，阿列孔"[①]，就拉开风帽，把脸露出来。

"谢梁，阿列孔。"老头子一认出哈吉穆拉特，就张开没有牙齿的嘴含笑说。他把两脚伸进烟囱旁边那双木跟便鞋里，用两条干瘦的腿站起来，他穿好鞋，不慌不忙地把手伸到皱巴巴的光板皮袄里，脸朝外顺着靠在屋顶上的梯子爬下来。老头子一边穿衣服，一边下梯子。他那细脖子上的黑皮肤打皱，脑袋不断地摇晃，没有牙齿的嘴念念有词。他下到地上，殷勤地接过哈吉穆拉特的马缰和右边的马镫。可是哈吉穆拉特身边矫捷的穆里德迅速跳下马来，推开老头子，把马牵过来。

哈吉穆拉特下了马，微瘸着腿走到屋檐下。一个十五六岁的男孩从门里跑出来，他那双像乌梅子一样黑的亮晶晶的眼睛惊奇地打量着来客。

"快到清真寺去把你爹叫来。"老头子吩咐他说，接着抢先跑到哈吉穆拉特前头，替他打开咯咯响的土屋门。哈吉穆拉特一进去，就有一个穿黄衬衫、红棉袄和蓝裤子的中年瘦女人拿着坐垫从里屋走出来。

"欢迎光临！"她说着，弯下腰把坐垫放在外屋墙边让客人坐。

"祝你的孩子个个身体健康！"哈吉穆拉特回答，同时把斗篷、

[①] 谢梁，阿列孔 —— 突厥语"你好"的音译。

步枪和马刀取下来交给老头子。

老头子小心翼翼地把枪和刀挂在主人的武器旁边。武器两旁的两个大铜盆在雪白的墙上闪闪发亮。

哈吉穆拉特拉好挂在背后的手枪,走到女人送来的坐垫跟前,理了理契尔克斯外套的衣襟,坐下来。老头子在他对面跪着坐在自己的光脚后跟上,闭上眼睛,手心向上举起双手。哈吉穆拉特也这样做。然后他们俩一起念祷文,用双手抹抹脸,抹到胡子尖又合起掌来。

"聂哈巴尔?"哈吉穆拉特问老头子,意思是,"有什么消息?"

"哈巴尔约克(没有消息)。"老头子那双没有生气的红肿眼睛没看着哈吉穆拉特的脸,而瞧着他的胸膛。"我住在养蜂场,今天刚回来瞧瞧儿子。我儿子可能知道些什么的。"

哈吉穆拉特懂得老头子不愿讲他所知道而哈吉穆拉特急需知道的事,就微微点了点头,不再问什么。

"什么好消息也没有,"老头子说,"只有一个消息,就是兔子都在开会,商量怎样把老鹰撵走。老鹰呢,还是今天抓这个,明天抓那个。上礼拜俄罗斯狗在米契茨基村放火烧掉干草,真想把他们的脸都撕破。"老头子用沙哑的声音恶狠狠地说。

哈吉穆拉特的穆里德走进来,轻轻地在泥地上迈着强健的腿,也像哈吉穆拉特那样取下斗篷、步枪和马刀,把它们挂到哈吉穆拉特挂武器的钉子上。身上只留下短剑和手枪。

"他是谁?"老头子指指来客,问哈吉穆拉特。

"我的穆里德。他叫艾达尔。"哈吉穆拉特说。

"噢,好的。"老头子说,指指哈吉穆拉特身边的毡毯让他坐下。

哈吉穆拉特 | 271

艾达尔坐下来，盘起腿，用他那双好看的羊眼睛默默注视着说话的老头子。老头子讲到他们的勇士上礼拜捉到两个俄国兵：一个被当场打死，另一个被送到维金诺村沙米里那儿。哈吉穆拉特心不在焉地听着，不时望望门，细听外面的动静。屋檐下传来脚步声，门吱嘎一声，主人走了进来。

主人名叫萨多，四十岁光景，留着山羊胡子，长鼻梁，眼睛也像那个男孩子一样乌黑，但没有那样亮。孩子跟着父亲跑进屋子，在门口坐下。主人在门口脱下木鞋，把皮板磨光的旧皮帽推到黑发蓬乱的后脑勺上，立刻就在哈吉穆拉特对面跪着坐下来。

萨多也像老头子一样闭上眼睛，手心向上举起双手，念了祷文，又用双手抹抹脸，这才开始说话。他说沙米里下令逮捕哈吉穆拉特，不论活捉或者打死，一律有赏，沙米里的差人昨天才出发。老百姓不敢违抗沙米里，因此要哈吉穆拉特多加小心。

"在我家里，"萨多说，"只要我活一天，就一天没有人敢碰我的朋友。可是在野外怎么样？那就得当心了。"

哈吉穆拉特用心听着，赞同地点点头。等萨多说完，他就说："好。现在得派人送封信给俄国人。我的穆里德可以去，但要有个向导。"

"我派我弟弟巴塔去，"萨多说，"你去叫巴塔来。"他对儿子说。

男孩子像弹簧一样霍地跳起来，敏捷地迈开两腿，摆动双手，跑出屋子。大约过了十分钟，他带着一个皮肤黝黑、青筋毕露的短腿车臣人回来，车臣人身穿一件袖口破了的黄色旧契尔克斯外套，脚蹬一双靴筒宽大的黑靴。哈吉穆拉特同他打了个招呼，开门见山地问："你能把我的穆里德带到俄国人那里去吗？"

"能，"巴塔立即高兴地说，"什么都能。除了我，没有一个车臣人能过去。换了别人，嘴里满口答应，结果却什么也办不到。可我能办到。"

"好，"哈吉穆拉特说，"完成这差事你可以得到三卢布。"他伸出三个手指说。

巴塔点点头表示明白，又添加说，钱他并不稀罕，但他尊敬哈吉穆拉特，愿为他效劳。山里人全知道哈吉穆拉特怎样狠狠地打击过俄国猪……

"很好，"哈吉穆拉特说，"绳是长的好，话是短的好。"

"好，那我就不多说了。"巴塔说。

"在阿尔贡河转弯的地方，峭壁对面的树林里有一块空地，那里放着两堆干草。你知道吗？"

"知道。"

"我有三名骑兵在那儿等我。"哈吉穆拉特说。

"阿耶①！"巴塔点点头说。

"你去问问汗马戈玛。汗马戈玛知道该怎么办，该说什么。把他带到俄国长官伏隆卓夫公爵那里去。你能行吗？"

"能行。"

"把他带去，再带回来，行吗？"

"行。"

"你把他带去，再回到树林里。我在那里等你。"

"遵命。"巴塔说着站起来，两手贴住胸口，出去了。

---

① 阿耶——突厥语"是"的音译。

"还得派个人到盖希村去。"巴塔走后,哈吉穆拉特对主人说。"盖希村有这么一件事——"他握住外套上的子弹囊正要说话,忽然看见两个女人走进来,就放下手,停住话头。

一个是萨多的妻子,就是那个放坐垫的中年瘦女人。另一个是身穿肥大红色灯笼裤和绿色短棉袄、整个胸前都缀满银币的半大女孩。她那瘦脊背上拖着一条又粗又硬的乌黑小辫,辫梢上系着一个银卢布。在她那年轻而竭力装得严肃的脸上,一双眼睛像她父亲和哥哥一样,黑得像乌梅子,闪闪发亮。她没看一眼客人,但知道有客人在。

萨多的妻子端来一张矮矮的小圆桌,上面放着茶、饺子、油煎饼、干酪、玉米饼(一种很薄的馍馍)和蜂蜜。女孩端来铜盆、水壶和手巾。

女人们穿着红色平底软鞋在屋子里走动,把端来的东西放在客人们面前。这当儿萨多和哈吉穆拉特都没有作声。艾达尔用他那双羊眼睛望着盘坐的腿,身子一动不动,好像一座雕像。直到女人们走了,她们轻轻的脚步声完全听不见时,艾达尔才舒了口气,而哈吉穆拉特则从子弹囊里取出一颗子弹,又从子弹底下拿出一个纸卷儿。

"把这交给我的孩子。"哈吉穆拉特指指卷起来的字条说。

"回信送到哪里?"萨多问。

"交给你,你再送给我。"

"遵命。"萨多说,把字条塞到外套子弹囊里。然后拿起水壶,把铜盆推到哈吉穆拉特面前。哈吉穆拉特把袖子卷到臂肘上,露出肌肉发达的白手臂,两手伸到萨多从壶里倒出来的冰凉清澈的水流下。哈吉穆拉特用一块干净的粗手巾擦干手,挪动身子吃东西。艾达尔也这样做。客人们吃东西的时候,萨多坐在他们对面,再三感谢哈吉穆拉特的光临。坐在门口的男孩用乌黑发亮的眼睛盯住哈吉穆拉特，脸上现出笑容，似乎表示赞同父亲的话。

哈吉穆拉特虽然将近两天没吃东西，此刻却只吃了一点儿馍馍和干酪，又从短剑下取出一把小刀，挖了点儿蜜，抹在馍馍上。

"我们的蜜不错。今年的蜜超过往年：又多又好。"老头子说，看到哈吉穆拉特吃他的蜜，显然很高兴。

"谢谢。"哈吉穆拉特说，从饭桌旁走开。

艾达尔还想吃，但也只好像他的穆尔西德①那样离开饭桌，拿起铜盆和水壶递给哈吉穆拉特。

萨多懂得，他接待哈吉穆拉特是冒着生命危险的，因为自从沙米里同哈吉穆拉特决裂后，就通告全体车臣居民，凡收留哈吉穆拉特的将处极刑。他懂得，山村居民随时都会知道哈吉穆拉特住在他家里，会要他把哈吉穆拉特交出去。但这事不仅没有使萨多担心，反而使他高兴。萨多认为保护这位朋友是义不容辞的，即使要他献出生命也在所不惜。他为自己的行为感到高兴和自豪。

"你住在我家里，只要我的脑袋还在肩上，就没有人敢动你一根毫毛。"他一再对哈吉穆拉特说。

哈吉穆拉特仔细瞧瞧他那双炯炯有神的眼睛，明白他说的是实话，就严肃地说："祝你幸福，长寿！"

萨多默默地把一只手按在胸口上，对这种祝愿表示感激。

萨多关上板窗，点着壁炉里的干树枝，走出客房时心情特别兴奋。他走进泥屋里家眷住的屋子。女人们还没有睡，正谈论着在客

---

① 穆尔西德——阿拉伯语"引路人"的音译，指伊斯兰教的宗教导师。

房里过夜的危险客人。

二

那天晚上,在离哈吉穆拉特住宿的山村十五俄里的伏兹德维任斯克要塞里,有三个士兵和一名军士从要塞出发,到哈赫基林斯克门去。士兵们身穿短皮大衣,头戴毛皮高帽,肩上挎着卷拢的军大衣,脚蹬高过膝盖的大皮靴,完全是一副当年高加索士兵的装束。士兵们扛着枪,先顺着大路走了五百来步,然后离开大路,踏着飒飒响的枯叶,向右走了二十步光景,在一棵黑暗中看得出树干折断的法国梧桐旁站住。潜伏哨通常都设在这个地方。

士兵们在树林里走着的时候,明亮的星星仿佛在树梢上奔跑,此刻停住了,逗留在光秃的树枝中间闪闪发光。

"谢天谢地,这儿倒干燥。"军士潘诺夫说着,从肩上摘下上了刺刀的步枪,铿锵响着把它靠在树干上。三个士兵也照他的样办。

"本来带着的,怎么没有了!"潘诺夫生气地嘀咕着,"不是忘了带来,就是在路上丢了。"

"你找什么呀?"一个士兵声音洪亮地问。

"找烟斗,鬼知道丢到哪儿去了!"

"烟管在吗?"洪亮的声音又问。

"烟管,这不是。"

"就在地上抽行吗?"

"那怎么行！"

"好办，我们一下子就能弄好。"

潜伏哨是禁止抽烟的，但这个潜伏哨简直不像潜伏哨，倒像个前沿岗哨，他们的任务是防止山民像以前那样，悄悄把大炮推到这儿来，向要塞射击。潘诺夫认为不必禁烟，就答应那个快乐的士兵的建议。快乐的士兵从口袋里掏出一把小刀，动手挖地。他挖了一个小坑，把它弄得很平整，把烟管插在坑里，再把烟草放进去，压实。这样烟管就搞好了。划着一根火柴，刹那间照亮了趴在地上的士兵颧骨突出的脸庞。烟管吱吱地响起来，潘诺夫闻到了马合烟的香味。

"弄好了吗？"他站起来问。

"当然弄好了。"

"嗨，阿福杰耶夫这家伙真精灵！淘气鬼！让我来试试。"

阿福杰耶夫退到一旁，给潘诺夫让出地方，同时从嘴里吐出一团烟。

士兵们过好烟瘾，聊了起来。

"听说连长又动用了公款。看来又输钱了。"一个士兵懒洋洋地说。

"他会还的。"潘诺夫说。

"当然，他是个好军官。"阿福杰耶夫附和说。

"哼，好军官，好军官，"那个开头谈话的人不以为然地说，"照我看，咱们的连该同他谈一谈，要是拿过，就该说出来，拿过多少，几时归还。"

"连里决定该怎么办就怎么办吧。"潘诺夫推开烟管说。

"不错，部队是个大集体。"阿福杰耶夫肯定说。

"你瞧，燕麦得买，皮靴开春前得补，处处需要花钱，可他竟自己拿去花了……"满腹牢骚的士兵说。

"我说，随便连里决定好了，"潘诺夫又说了一遍，"他借了还，还了借，也不止一次了。"

当时在高加索，每个连都自己选人管理财务。每个连按每人六个半卢布的数目向国库领取款子，一切都自给自足：种白菜，割草，买自备马车，并拥有可以夸耀的精壮好马。连部的钱放在箱子里，钥匙由连长掌管，因此常发生连长从箱子里挪用公款的事。现在就发生了这样的情况，士兵们谈的也是这件事。神情忧郁的士兵尼基丁要连长公布账目，而潘诺夫和阿福杰耶夫则认为没有必要。

尼基丁接着潘诺夫抽了烟。他把军大衣铺在地上，坐下来，身子靠着树干。士兵们不再说话。只听得风高高地在树梢上空吹拂。突然，在这不断的轻微风声中传来豺狼的嚎叫、哭泣和狞笑声。

"你听，那些可恶的畜生在嚎叫。"阿福杰耶夫说。

"它们这是在笑你呀，笑你的脸长歪了。"第四个士兵用尖细的乌克兰腔说。

接着又万籁俱寂，只有风吹动树枝，时而把星星遮住，时而让它们豁露出来。

"你说，安东内奇，"快乐的阿福杰耶夫忽然问潘诺夫，"你有没有感到过烦闷？"

"烦闷什么？"潘诺夫不乐意地回答。

"我有时闷得要命，闷得连自己都不知道该怎么办才好。"

"咳，瞧你这人！"潘诺夫说。

"我有时闷得慌，就把钱喝个精光。我心里那个闷哪，那个闷哪，简直受不了。我就想，让我喝个痛快吧。"

"可有时越喝越闷哪。"

"这种情况是有的。但有什么办法呢？"

"你到底为什么事那么闷哪？"

"我吗？我想家呀！"

"你家里日子过得富裕吗？"

"富裕算不上，但日子还过得去。过得挺不错。"

于是阿福杰耶夫又跟潘诺夫讲那讲过好多遍的故事。

"老实说，我是自愿替哥哥当兵的，"阿福杰耶夫道，"他一家有五口人！我呢，结婚没多久。妈妈求我代替哥哥。我想，我没问题！他们将来会记住我的好处的。我就去见东家。我们东家倒是个好人，他说：'好小子！去吧。'这样我就替哥哥来当兵了。"

"噢，这是好事啊。"潘诺夫说。

"不瞒你说，安东内奇，如今可闷得慌。想到我为什么要替哥哥来当兵，心里就格外烦恼。人家说，他在那里享福，你在这里受罪。我越想心里越窝囊。真是罪过，真的。"

阿福杰耶夫沉默了一会儿。

"咱们再抽一管烟怎么样？"阿福杰耶夫问。

"行，你来弄！"

不过士兵们没抽成烟。阿福杰耶夫刚站起来，弄好烟管，就听出风声中有人在走路。潘诺夫拿起枪，踢踢尼基丁。尼基丁站起来，从地上捡起军大衣。还有一个士兵邦达连科也站了起来。

"弟兄们，我做了这样一个梦……"

阿福杰耶夫对邦达连科嘘了一声，于是士兵们都屏息细听。有

哈吉穆拉特 | 279

几个人没穿靴子的轻柔脚步声越来越近了。黑暗中，越来越清楚地听得树叶和枯枝被踩得嚓嚓发响。接着就听见车臣人喉音很重的说话声。士兵们不但听到说话声，而且从树木缝里看见两个黑影。一个矮一点儿，一个高一点儿。当黑影走到士兵们跟前时，潘诺夫手握步枪，同两个伙伴突然蹿到大路上。

"什么人？"他喝道。

"车臣老百姓。"那个矮一点儿的人说。这人就是巴塔。"没有带枪，没有带刀，"他一面说，一面做着手势，"要见见公爵。"

高个子默默地站在伙伴旁边。他也没有带武器。

"是密探，他要见团长。"潘诺夫对伙伴解释说。

"有要事见伏隆卓夫公爵，十万火急。"巴塔说。

"行，行，我们带你去。"潘诺夫说。"怎么样，你同邦达连科领他们去吧？"他对阿福杰耶夫说，"交给值班的，就回来。可得留点儿神，在后面押着他们走。这些秃鬼可机灵了。"

"这玩意儿是干什么的？"阿福杰耶夫端着刺刀做了一个刺杀的姿势，"这么一下，管叫他回老家去。"

"把他捅死了，他还有什么用，"邦达连科说，"喂，开步走！"

等两个士兵和密探的脚步声听不见，潘诺夫便和尼基丁回到原来的地方。

"他们晚上出来搞什么鬼！"尼基丁说。

"总是有事啰，"潘诺夫说，"天凉了。"他说着，打开军大衣穿上，靠着树坐下。

过了两小时，阿福杰耶夫和邦达连科回来了。

"怎么样，交掉了吗？"潘诺夫问。

"交掉了。团长他们还没有睡呢。我们就一直带到他那里。哦,那两个秃头倒挺不错,"阿福杰耶夫说,"真的,我同他们谈得可好了。"

"我就知道,你要同他谈话。"尼基丁不高兴地说。

"说真的,同俄国人一模一样。一个成了家。我问他:'玛鲁施卡,巴尔?'① 他说:'巴尔。'我问他:'巴仑楚克,巴尔?'② 我问他多不多,他说有一双。我们就这样谈得挺对劲。这两个家伙蛮不错。"

"是啊,是不错,"尼基丁说,"你要是单独遇到他,他就会把你的五脏六腑都挖出来。"

"看来天快亮了。"潘诺夫说。

"是啊,星星暗淡了。"阿福杰耶夫坐下来说。

士兵们又都安静下来。

三

兵营和士兵宿舍的窗子早就黑了,但要塞里那座最好的房子仍灯光通明。这座房子住着库林斯基团团长,总司令的儿子,宫廷侍从武官谢苗·伏隆卓夫公爵。伏隆卓夫同他的夫人,彼得堡著名美人玛丽雅住在一起,他们过着这高加索小要塞里从没见过的奢华生活。伏隆卓夫,特别是他的夫人,还认为他们在这里过的是俭朴的生活,十分清苦;而当地居民看到这种异常奢华的生活,都大为惊讶。

---

① 玛鲁施卡,巴尔? —— 突厥语"妻子有没有?"的音译。
② 巴仑楚克,巴尔? —— 突厥语"孩子有没有?"的音译。

这会儿正好是午夜十二点钟。整个大客厅铺满地毯，挂着厚窗帘，主人和客人正围着一张绿呢牌桌打牌，桌上点着四支蜡烛。打牌人中有一个长脸膛、浅色头发的上校，佩着绣有宫廷侍从武官缩写花体字母和带穗子的肩章，他就是主人伏隆卓夫。他的搭档是一个彼得堡大学毕业生，他面容忧郁，头发蓬乱，最近受伏隆卓夫公爵夫人聘请，来担任她前夫小儿子的家庭教师。他们的对手是两个军官：一个是宽脸、面色红润、从近卫军调来的连长波尔多拉茨基；另一个是相貌好看、表情冷峻、身板笔挺的团副官。公爵夫人玛丽雅是个大眼睛、黑眉毛、身材高大的美人。她坐在波尔多拉茨基旁边，看他的牌。她的裙子触着他的两腿。她说的话，她的眼神、微笑，她的一举一动，她身上的香水，这一切都使他心醉神迷。他只感觉到她在身边，别的什么也不知道。因此他接二连三地打错牌，越来越使他的搭档生气。

"咳，怎么可以这样打！你又把王牌糟蹋了！"副官看到波尔多拉茨基打出一张王牌，涨红脸说。

波尔多拉茨基如梦初醒，莫名其妙地睁大一双距离很宽的善良的黑眼睛望着生气的副官。

"您就原谅他吧！"玛丽雅含笑说，"您瞧，我不是对您说过了吗？"她接着对波尔多拉茨基说。

"可您说的根本不是那么一回事。"波尔多拉茨基笑着说。

"难道不是吗？"她说着，也微微一笑。她回报的一笑使波尔多拉茨基心花怒放，情绪激动。他的脸涨得通红，抓起牌来要洗。

"不该你洗。"副官恶狠狠地说，用他那戴宝石戒指的白净的手急急地发牌，仿佛想尽快把牌甩掉。

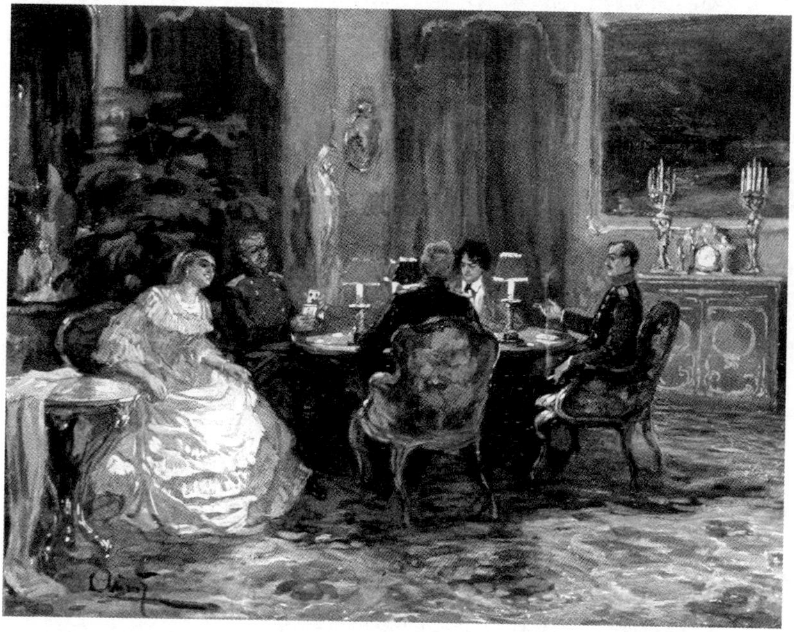

这时，公爵的侍从走进客厅，报告说值日官有请。

"诸位请原谅，"伏隆卓夫带着英语腔说，"玛丽雅，你来替我打吧。"

"你们同意吗？"公爵夫人问，敏捷地站起来，挺直她那高大的身子，把丝绸衣服弄得窸窣作响，脸上洋溢着幸福女人光彩焕发的笑容。

"我一向好说话。"副官说，看到对面坐着一点儿不会打牌的公爵夫人，心里很高兴。波尔多拉茨基只是微微一笑，把两手一摊。

公爵回到客厅的时候，一局快打完了。他走进来，心情特别愉快。

"你们知道我有个什么建议吗？"

"什么建议？"

"让我们来喝一杯香槟。"

"这事我随时都可以奉陪。"波尔多拉茨基说。

"好啊，这事挺有意思。"副官说。

"华西里！拿酒来！"公爵说。

"叫你有什么事？"玛丽雅问。

"值日官来了，还有一个人同来。"

"谁？什么事？"玛丽雅连忙问。

"我不能告诉你们。"伏隆卓夫耸耸肩膀说。

"不能告诉我们，"玛丽雅跟着说，"以后我们会知道的。"

香槟送来了。每个客人喝了一杯，牌局结束，算清账，大家纷纷告辞。

"明天轮到你们的连队伐木吗？"公爵问波尔多拉茨基。

"是我的连队。什么事？"

"那么我们明天见。"公爵含笑说。

"那太好了。"波尔多拉茨基说,并没有十分听懂伏隆卓夫对他说的话,一心只惦记着他马上可以握握玛丽雅又白又大的手。

玛丽雅照例不仅紧紧地握了握而且使劲抖了抖波尔多拉茨基的手。她再次提起他打错牌——用红方块开牌,并向他微微一笑。波尔多拉茨基觉得这是一种令人心醉的意味深长的微笑。

波尔多拉茨基走回家去,心情特别兴奋。这种兴奋的心情,只有习惯于上流社会社交活动而又在军队里过了几个月独身生活的人,一旦遇到从前接触过的女人,特别是像伏隆卓夫公爵夫人那样迷人的女人,才能理解。

他走到他跟一位同事合住的宿舍,推推门,可是门闩上了。他敲了敲,还是没有人开。他大发雷霆,用脚和马刀敲门。门里传来了脚步声。波尔多拉茨基的农奴华维洛打开门闩。

"干吗把门闩上?蠢货!"

"不闩怎么行呢,阿列克赛·弗拉基米尔……"

"又喝醉了!我叫你知道怎么行……"

波尔多拉茨基要揍华维洛,但又住手了。

"咳,去你的吧。把蜡烛点上。"

"我这就点。"

华维洛确实喝了点儿酒,是在司务长命名日的筵席上喝的。他回到家里,拿自己的身世同司务长伊凡·玛凯伊奇的身世作了比较。伊凡·玛凯伊奇收入可观,结过婚,希望明年退伍。华维洛从小被提上来,就是说侍候老爷们,如今已是四十开外的人了,可是还没有结婚,跟着荒唐的老爷在部队里混日子。老爷人挺不错,很少打骂,可这是种什么生活啊!"老爷答应从高加索回去后就给我自由。可我得了自由能往哪儿去呢。日子过得简直像畜生！"华维洛想。他困得要命，生怕有人进来偷东西，就把门闩上睡觉。

波尔多拉茨基走进房间，房间里还睡着他的同事吉洪诺夫。

"怎么样，输了？"吉洪诺夫醒来了，说。

"没有输，赢了十七卢布，还喝了一瓶克里歌牌香槟酒。"

"玛丽雅也看到了？"

"玛丽雅也看到了。"波尔多拉茨基重复说。

"都快起床了，"吉洪诺夫说，"六点钟得出发。"

"华维洛，"波尔多拉茨基嚷道，"注意啦，明天早晨五点钟叫醒我。"

"您要打人的，怎么敢叫醒您哪。"

"我要你叫就叫。听见吗？"

"是，老爷。"

华维洛拿起靴子和衣服出去了。

波尔多拉茨基上床睡觉，他含笑点着一支烟，把蜡烛吹灭。在黑暗中他看见玛丽雅笑盈盈的脸。

伏隆卓夫夫妇也没有很快入睡。客人们走后，玛丽雅走到丈夫跟前，声色俱厉地说："哼，你老实对我说，是怎么一回事？"

"哦，亲爱的……"

"什么亲爱的不亲爱的！当然又是密探，对不对？"

"是的，可我还是不能告诉你。"

"不能吗？好，那让我来告诉你！"

"你？"

"是哈吉穆拉特，对不对？"公爵夫人说，她听说同哈吉穆拉特谈判已有几天了。她猜想来找她丈夫的是哈吉穆拉特本人。

伏隆卓夫不能否认这件事，但使妻子失望的是，刚才来的不是哈吉穆拉特本人，而是哈吉穆拉特的密探。密探来通报，哈吉穆拉特明天将到指定伐木的地方来投诚。

小伏隆卓夫夫妇在要塞中长期过着单调的生活，这消息当然使他们高兴。他们谈论着，要是他父亲知道这消息，会多么高兴。夫妇俩一直谈到两点多钟才睡觉。

四

哈吉穆拉特为了摆脱沙米里派来追击他的穆里德，一连三夜没睡觉。这会儿，萨多向他道过晚安走后，他就立刻睡着了。他没有脱衣服，一手支着头，臂肘陷进主人为他准备的红色羽绒枕头里。离他不远的墙边睡着艾达尔。艾达尔仰卧着，宽宽地伸开年轻强壮的四肢，他那穿着白色契尔克斯外套、佩黑色子弹囊的发达胸脯看起来比斜靠在枕头上剃得发青的脑袋还高。他那生着一片茸毛的嘴唇像孩子般噘起，忽而张开，忽而闭拢。他也像哈吉穆拉特一样和衣而睡，腰里插着手枪和短剑。壁炉里的树枝已烧光，炉壁上还亮着一盏夜明灯。

午夜时分，客房的门吱地响了一声，哈吉穆拉特霍地爬起来，一手抓住手枪。萨多轻轻地踩着泥地走进来。

"什么事?"哈吉穆拉特精神饱满地问,仿佛根本没有睡觉。

"你得考虑一下,"萨多蹲在哈吉穆拉特面前,说,"有个女人从屋顶上看见你来了,告诉了丈夫,现在弄得全村都知道了。刚才有个女街坊来找我老婆,说老头子们聚集在清真寺旁,想把你拦住。"

"那我们得走了。"哈吉穆拉特说。

"马都准备好了。"萨多说,急急地走出屋子。

"艾达尔。"哈吉穆拉特低声唤道。艾达尔听见自己的名字,主要是听见他的穆尔西德的声音,伸开强壮的两腿,一跃而起,把皮帽扶扶正。哈吉穆拉特带上武器,披上斗篷。艾达尔也照着做。两人默默地从屋子里走到廊檐下。黑眼睛的男孩牵出马来,坚硬的街道上一响起嘚嘚的马蹄声,隔壁屋里就有人探出头来。另外有个人穿着木底鞋,向山上清真寺跑去。

天上没有月亮,漆黑的夜空中闪烁着几颗星星。可以看见一排排泥屋顶的轮廓,以及耸立在高岗上、比其他建筑物庞大的带塔楼的清真寺。从清真寺那里传来喧闹的人声。

哈吉穆拉特迅速地带上枪,一只脚伸进狭小的马镫,悄没声儿地翻身骑上马,坐在高高的马鞍上。

"真主保佑你!"他对主人说,右脚习惯地找寻另一个马镫,又用鞭子轻轻触了一下牵马的孩子,要他让开。那孩子让到一旁,马仿佛自己知道该怎么办,健步跑出小巷,来到街上。艾达尔骑马跟在后面。萨多穿着皮袍,迅速地摆动两手,跟着他们在狭窄的街上忽左忽右地跑着。村口出现一个移动的影子,穿过大路,接着又是一个。

"站住!骑马的是谁?站住!"有个人喊道。接着就有几个人拦住去路。

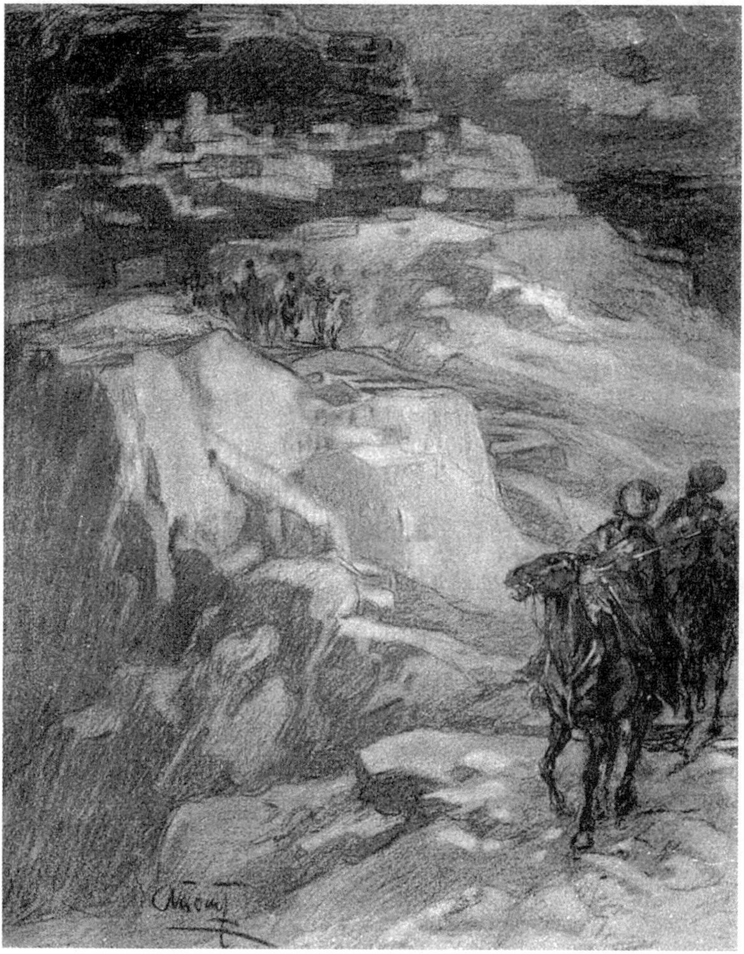

哈吉穆拉特不仅没有停下，而且从腰里拔出手枪，加快速度，向拦路的人们直冲过去。路上的人群散开来。哈吉穆拉特头也不回，飞快地沿着大路跑下坡。艾达尔跟在他后面奔驰。他们后面响起两声枪声，两颗子弹从空中呼啸而过，却没有伤着哈吉穆拉特，也没有伤着艾达尔。哈吉穆拉特继续用这样的速度奔驰。他跑了三百来步，勒住微喘的马，倾听有什么动静。前面，一股湍急的流水哗哗地向坡下奔腾。后面村子里，公鸡的啼声此起彼落。除了这些声音，还听见哈吉穆拉特身后越来越近的马蹄声和人声。哈吉穆拉特催动马匹，仍旧不快不慢地行进着。

后面的人很快地追上了哈吉穆拉特。总共有二十名左右骑马的人，都是山村的居民。他们想拦住哈吉穆拉特，至少做做要拦阻他的样子，以便在沙米里面前撇清自己。当他们逼近到彼此在黑暗中看得见的时候，哈吉穆拉特就勒住马，放下缰绳，左手熟练地解开枪套，右手拉出步枪。艾达尔也照他的样子做。

"干什么？"哈吉穆拉特喝道，"想捉拿我吗？那就来吧！"他说着举起枪，山民们站住了。

哈吉穆拉特手里握着枪，向洼地走去。骑马的人不敢接近，远远地跟在他后面。哈吉穆拉特走到洼地另一边，追击他的人向他呼喊，让他听到他们的话。哈吉穆拉特放了一枪作为回答，继续纵马前进。等他再勒住马停下来，已听不见后面的追击声和鸡啼声，只有树林里汩汩的流水声和猫头鹰的啼叫声听得更清楚了。一片黑压压的树林近在眼前。那就是他的穆里德等着他的地方。哈吉穆拉特走近树林，勒住马，深深地吸了一口气，吹了声口哨，停了停，侧耳倾听。过了一会儿，树林里也传出同样的口哨。哈吉穆拉特离开大路，向树林里驰去。他走了百来步，通过树枝的隙缝看到一堆篝火、坐在火旁的人影，以及一匹半截身子被火光照亮的拴住腿的马。

篝火旁坐着的人群中有一个连忙站起来，向哈吉穆拉特走去，接过缰绳和马镫。这是哈吉穆拉特的奶兄弟阿瓦尔人[①]哈涅菲。他掌管着哈吉穆拉特的产业。

"把火灭了。"哈吉穆拉特说，跳下马。人们把篝火撒开，踩灭燃烧的树枝。

"巴塔来过吗？"哈吉穆拉特问，往铺在地上的斗篷走去。

"来过。早就跟汗马戈玛走了。"

"他们走的是哪条路？"

"这一条。"哈涅菲回答，指着同哈吉穆拉特来的路相反的方向。

"好。"哈吉穆拉特说，摘下步枪，装上子弹。"得留神，有人在追我。"他对那个踩灭火的人说。

这是个车臣人，叫甘泽洛。甘泽洛走到斗篷旁，拿起上面带套子的枪，默默地走到哈吉穆拉特刚才下马的树林边上。艾达尔下了马，把哈吉穆拉特的马也牵在手里，高高地拉紧两匹马的头，把它们拴在树上。然后像甘泽洛那样扛起枪，走到树林旷地的另一边。篝火熄灭了，树林不像原来那样黑，天上的星星已暗淡无光。

哈吉穆拉特望望星星，看见北斗星已升到中天，估计早已过了半夜，是行宵礼[②]的时候了。他问哈涅菲要了水壶（总是放在褡裢里随身带着），披了斗篷，向水边走去。

[①] 阿瓦尔人——达格斯坦的一个少数民族。

[②] 按伊斯兰教规定，每日礼拜五次，分别在晨、晌、晡、昏、宵五个时间举行，称作晨礼、晌礼、晡礼、昏礼、宵礼。

哈吉穆拉特脱去鞋袜,盥洗完毕,赤脚走到斗篷上,然后跪坐在腿肚上,用手指塞住耳朵,闭上眼睛,面朝东念了规定的祷文。

祷告完毕,他回到原地,那里放着一副褡裢。他在斗篷上坐下,两臂支着膝盖,垂下头,沉思起来。

哈吉穆拉特一贯相信自己的好运。他不论想做什么事,总是充满信心。事实上他也总能成功。在他那充满狂风暴雨的战斗生涯中,情况往往是这样,难得有例外。因此他相信这一次也是如此。他想象着怎样带领伏隆卓夫拨给他的军队去打沙米里,把他活捉,向他报仇雪恨;俄罗斯沙皇将怎样赏赐他,他不仅又可以统治阿瓦利亚[①],而且将统治他所征服的车臣。他带着这样的幻想渐渐睡去。

他梦见他带着他的勇士,唱着歌,喊着"哈吉穆拉特来了"向沙米里冲去,活捉他和他的妻妾,还听见他的妻妾放声痛哭。他醒来了。原来《拉·伊里亚哈》的歌声、"哈吉穆拉特来了"的喊声,以及沙米里妻妾的哭声都是豺狼的嚎叫和悲泣。哈吉穆拉特抬起头来,穿过树林望望渐渐发白的东方,向坐得离他较远的一个穆里德打听汗马戈玛的消息。哈吉穆拉特听说汗马戈玛还没有回来,立刻又打起盹来。

汗马戈玛同巴塔一起出使归来,他们快乐的声音把哈吉穆拉特吵醒了。汗马戈玛立刻在哈吉穆拉特身边坐下,向他汇报俄国兵怎样遇见他们,领他们去见公爵殿下,他怎样同公爵本人谈话,公爵表示很高兴,答应早晨在米契克河畔沙林斯克俄国人伐木的地方同他们见面。巴塔不时打断同伴的话,补充些细节。

哈吉穆拉特详详细细询问,伏隆卓夫对哈吉穆拉特投诚俄国人究竟说了些什么。汗马戈玛和巴塔异口同声地说,公爵将把哈吉穆

---

① 阿瓦利亚——十四世纪达格斯坦的一个汗国。

拉特奉为上宾，热情款待。哈吉穆拉特还问清了道路。哈吉穆拉特听汗马戈玛说，他熟悉道路，能把他一直领到那地方。哈吉穆拉特就拿出钱来，给了答应过巴塔的三卢布。他还吩咐手下人从褡裢里拿出他的镶金武器和带缠头巾的皮帽，叫穆里德们擦干净，好让他体体面面地去见俄国人。等他们擦亮武器，收拾好马鞍、马具和马匹，星星已经熄灭，天光大亮，黎明前的微风吹拂着。

五

大清早，天还没有亮，波尔多拉茨基就率领两连人，带着斧头，走了十俄里路，来到恰赫基林斯克门外，拉开散兵线，天一亮就动手伐木。八时以前，篝火里的湿树枝烧得发出毕毕剥剥和咝咝的响声，冒出的芬芳烟气同迷雾混合在一起，冉冉上升。伐木的士兵原先五步之外就互相看不见，只能听见彼此的说话声，这会儿连篝火和塞满树木的林间道路都看得清了。太阳一会儿像个明亮的圆球出现在雾中，一会儿又隐没不见了。在离开道路稍远的林间旷地上，有几个人坐在军鼓上，其中有波尔多拉茨基、吉洪诺夫连长、两个三连的军官，以及因决斗而被贬谪的近卫重骑兵军官，波尔多拉茨基在贵胄军官学校的同学傅烈泽男爵。军鼓周围满地都是包冷菜的纸、烟蒂和空酒瓶。军官们喝着伏特加和黑啤酒，吃着点心。鼓手正在开第八瓶酒。波尔多拉茨基虽然没有睡够，情绪却特别好，显得很快乐。每当他同士兵和伙伴面临可能发生的危险时，总是这样的。

几位军官正在热烈地谈论着最新消息:斯列普卓夫将军[1]的阵亡。听到这个噩耗,谁也没有注意生命的重要时刻——生命的终结和回归自然,而只看到一个剽悍的军官手持马刀向山民冲击砍杀的英勇气概。

尽管人人——特别是参加过战斗的军官——知道,当时高加索战争中根本没有发生过常常为人所想象和描写的拼大刀的肉搏战(即使有,也只有用马刀砍和刺刀捅逃兵罢了)。这种向壁虚构的肉搏战被军官们信以为真,并使他们心安理得地感到自豪和快乐。他们怀着这样的心情,有的英姿勃勃,有的态度谦逊,但都坐在鼓上抽烟,喝酒,谈笑,根本没顾到随时可能降临到他们头上的死神,就像降临斯列普卓夫头上那样。果然,正当他们谈得起劲的时候,道路左边响起了步枪动人心魄的尖叫声,一颗子弹从雾蒙蒙的空中呼啸而过,啪的一声打在树干上。士兵们就用几个重浊的步枪声来回答敌人的射击。

"嗨!"波尔多拉茨基欢天喜地地嚷道。"这是他们在向散兵线开枪!喂,柯斯嘉老弟,"他对傅烈泽说,"你的运气来了。快回连里去,我们安排安排,好好干他一家伙!打个漂亮仗。"

被贬谪的男爵一跃而起,拔脚往那烟雾弥漫的地方跑去。他的连就在那里。士兵给波尔多拉茨基牵来一匹卡巴尔丁种枣红马。他骑上马,整好队伍,领着他们朝开枪的散兵线冲去。散兵线就在一道光秃秃的山沟前面的树林边上。风吹着树林,不仅看得见山沟,而且看得见山沟的那一边。

波尔多拉茨基接近散兵线的时候,太阳已经从迷雾里豁露出来。在山沟那一边,在大约二百米外的另一座小树林边上,有几个骑马

---

[1] 斯列普卓夫(1815—1851)——哥萨克团团长,在同沙米里作战时阵亡。

的人。这是追击哈吉穆拉特的车臣人。他们想看看他怎样跑到俄国人那边去。其中一个向散兵线开枪。散兵线里有几个士兵向他还击。车臣人往后退,射击停止了。但这时波尔多拉茨基带着一连人开过来,他命令开枪。口令一发出,整条散兵线就响起惊心动魄的密集的枪声,同时升起了一片随风飘散的轻烟。士兵们对这种游戏很感兴趣,匆匆装上子弹,一枪一枪地射击起来。车臣人显然发觉挑衅,便策马前进,连续对俄国兵开了几枪。其中有一枪打伤了一名俄国兵,那就是担任暗哨的阿福杰耶夫。同伴们向他走去。他仰卧在地上,两手按着腹部的伤口,有节奏地翻滚着身子。

"他刚要上子弹,我听见啪的一声,"同他结成对子的士兵说,"我一看,他把枪扔了。"

阿福杰耶夫也是波尔多拉茨基连里的士兵。波尔多拉茨基看见一群士兵聚在一起,骑马跑到他们跟前。

"怎么,老弟,挂彩了?"他问,"伤在哪里?"

阿福杰耶夫没有回答。

"他刚要上子弹,大人,"同阿福杰耶夫结成对子的士兵说,"我听见啪的一声,一看,他把枪扔了。"

"啧,啧!"波尔多拉茨基弹了两下舌头,"怎么样,阿福杰耶夫,疼不疼?"

"不疼,可是不能走路。给我一点儿酒喝,大人!"

在高加索,士兵们喝的其实不是伏特加,而是酒精。潘诺夫严厉地皱紧眉头,递给阿福杰耶夫一壶盖酒精。阿福杰耶夫喝了一口,随即把壶盖推开了。

"我喝不下,"他说,"你自己喝吧。"

哈吉穆拉特 | 295

潘诺夫把酒精喝光。阿福杰耶夫试着站起来，但又趴了下去。伙伴们铺开军大衣，把阿福杰耶夫放在上面。

"大人，上校来了。"上士对波尔多拉茨基说。

"好吧，你来照顾他。"波尔多拉茨基说，挥了挥鞭子，飞快地向伏隆卓夫驰去。

伏隆卓夫骑着他那匹英国纯种枣红马，后面跟着团副官、一名哥萨克兵和一个车臣翻译。

"你们这里出了什么事？"他问波尔多拉茨基。

"刚才来了一股匪徒，向散兵线袭击。"波尔多拉茨基回答。

"哼！都是你惹出来的。"

"不是我惹出来的，公爵，"波尔多拉茨基笑着回答说，"是他们自己窜过来的。"

"听说有个士兵负伤了，是吗？"

"是啊，很可惜。是个好兵。"

"伤得重吗？"

"看样子很重，伤了肚子。"

"你知道我到哪儿去吗？"伏隆卓夫问。

"不知道。"

"真的猜不着吗？"

"猜不着。"

"哈吉穆拉特出来了，他马上就要跟我们见面。"

"不可能！"

"昨天他的密探来过，"伏隆卓夫勉强忍住得意的微笑，说，"现在他大概在沙林斯克林中草地上等我；你把散兵线拉到那里，然后到我这里来。"

"是。"波尔多拉茨基把手举到皮帽边上敬了个礼,说,接着就回到自己的连队。他亲自带领散兵线往右走,同时命令上士把一部分人带到左边去。伤员由四个士兵抬到要塞里。

波尔多拉茨基刚要回伏隆卓夫那儿去,忽然看见后面有几个人骑马追上来。波尔多拉茨基站住等他们。

为首的那人相貌堂堂,骑一匹白鬃骏马,身穿白色契尔克斯外套,头戴连头巾的皮高帽,带着镶金武器。他就是哈吉穆拉特。他骑马来到波尔多拉茨基面前,对他说了几句鞑靼话。波尔多拉茨基扬起双眉,摊开两手表示不懂,微微一笑。哈吉穆拉特也报以微笑。他的笑容天真无邪,使波尔多拉茨基感到惊讶。波尔多拉茨基怎么也没有料到,这个令人胆战心惊的山民原来是这么个模样。他原以为哈吉穆拉特一定是个阴沉冷峻的异族人,但此刻出现在他面前的却是个笑眯眯和蔼可亲的人,好像是个老朋友,而不是陌生人。他身上只有一个特点,就是那双距离很宽的眼睛镇定沉着而又富有洞察力地打量着人家的眼睛。

哈吉穆拉特的随从有四个。其中有昨晚去见伏隆卓夫的汗马戈玛。汗马戈玛脸膛又红又圆,眼睛凹陷,乌黑发亮,浑身洋溢着生气。还有一个,五短身材,毛发浓密,两道眉毛连在一起。这是掌管哈吉穆拉特全部财产的道利达[①]人哈涅菲。他牵着一匹名种马,马身上驮着胀鼓鼓的褡裢。其他两个随从尤其引人注目:一个是年轻的美男子,腰身细得像女人,肩膀却宽得出奇,亚麻色胡子刚刚长出来,一双眼睛像山羊,他就是艾达尔。另一个是独眼龙,没有眉毛,也

[①] 道利达 —— 克里木的古称。

没有睫毛,深褐色的大胡子剪得整整齐齐,脸上横过鼻梁有一道伤疤,他就是车臣人甘泽洛。

波尔多拉茨基把出现在大路上的伏隆卓夫指给哈吉穆拉特看。哈吉穆拉特向他驰去,跑到他跟前,把右手按在胸口上,说了几句鞑靼话,停下来,车臣翻译道:"他说'我现在归顺俄罗斯沙皇陛下',他说'我愿为他效劳',他说'我早有这个愿望,只是沙米里不答应'。"

伏隆卓夫听完翻译的话,向哈吉穆拉特伸出一只戴麂皮手套的手。哈吉穆拉特瞧了瞧这只手,迟疑了一下,接着就紧紧地把它握住,又说了些什么,忽而望望翻译,忽而望望伏隆卓夫。

"他说,他哪儿也不去,就愿意到你这儿来,因为你是总督的儿子。他非常尊敬你。"翻译说。

伏隆卓夫点点头表示感谢。哈吉穆拉特指着自己的随从,又说了些什么。

"他说,这些人是他的穆里德,他们像他一样愿为俄国人效劳。"

伏隆卓夫对他们扫视了一遍,也向他们点点头。

眼睛凹陷、眼珠乌黑的快乐的汗马戈玛也点点头,一定也对伏隆卓夫说了些可笑的话,因为那个毛发浓密的阿瓦尔人露出洁白的牙齿微微笑着。头发深褐色的甘泽洛只对伏隆卓夫闪了闪他那只发红的独眼,又凝视着他那匹马的耳朵。

当伏隆卓夫和哈吉穆拉特在随从的簇拥下返回要塞的时候,从散兵线上下来的士兵们聚成一堆,纷纷议论着。

"他杀了多少人,魔鬼,如今还待他这么好。"一个士兵说。

"那个当然。他是沙米里手下的第一号大将。如今可……"

"谁都知道是名好骑手。"

"可是那个红头发，红头发，斜着眼睛看人，就像头野兽。"

"咳，准是条走狗。"

大家都特别注意红头发。

在离大路较近的地方，伐木的士兵纷纷跑出来看热闹。一个军官向他们吆喝，却被伏隆卓夫制止了。

"让他们看看他们的老朋友。你知道他是谁吗？"伏隆卓夫带着英语腔慢慢地问旁边的一个士兵。

"不知道，大人。"

"哈吉穆拉特，听说过吗？"

"怎么没听说过，大人，我们打过他好多次了。"

"是啊，我们吃过他不少亏。"

"是，大人。"一个士兵回答，他为能同长官说话感到很荣幸。

哈吉穆拉特知道大家在说他，眼睛里闪耀着快乐的微笑。伏隆卓夫满心欢喜地回到了要塞。

六

伏隆卓夫很得意，因为不是别人，而是他诱降了实力仅次于沙米里的俄罗斯敌人。只有一件事令人不快：伏兹德维任斯克地区司令是梅勒－扎科密尔斯基，按正规手续，这事得通过他。伏隆卓夫却没向他汇报，自己直接处理，这样就可能引起麻烦。想到这一点，伏隆卓夫有点儿扫兴。

到家后，伏隆卓夫把哈吉穆拉特的穆里德们交给副官去招待，自己把哈吉穆拉特领到私邸。

伏隆卓夫公爵夫人服饰华丽，满面春风，同她那个漂亮的鬈发的六岁儿子在客厅里接待哈吉穆拉特。哈吉穆拉特双手按住胸口，神情庄重地通过翻译说，他认为他是公爵的朋友，因为公爵邀请他到家里来，对他来说朋友的一家人也像朋友本人一样尊贵。哈吉穆拉特的仪表和风度都使公爵夫人喜欢。当公爵夫人把她那又大又白的手伸给他的时候，他的脸唰地红了。这使她更加喜欢他。她请他坐下，问他喝不喝咖啡，并吩咐仆人端咖啡来。哈吉穆拉特谢绝了仆人端来的咖啡。他略懂俄语，但不会说。当他没听懂的时候，他就微微一笑。公爵夫人也跟波尔多拉茨基一样，很喜欢他的微笑。她那个满头鬈发、眼睛灵活的儿子——妈妈叫他布尔卡——一直盯住哈吉穆拉特，因为他听人说过他是一个了不起的军人。

伏隆卓夫把哈吉穆拉特留在家里请夫人招待，自己到办公室给上司写报告，陈述哈吉穆拉特来降的经过。伏隆卓夫写完给格罗兹尼左翼长官柯兹洛夫斯基将军的报告，又给父亲写了一封信，写完赶快回家，唯恐夫人生气，因为他把一个可怕的陌生人留给她招待，而且要不亢不卑。不过他的忧虑是多余的。哈吉穆拉特坐在安乐椅里，把伏隆卓夫的儿子布尔卡抱在膝上。他侧着头，留神听着翻译转达满面春风的伏隆卓夫夫人的话。公爵夫人对他说，他要是把朋友夸奖的东西都送人，那他很快就会变成亚当[①]了……

哈吉穆拉特看见公爵进来，就把布尔卡从膝上放下，布尔卡因

[①] 亚当——《圣经》中人类的始祖，这里指一无所有的人。

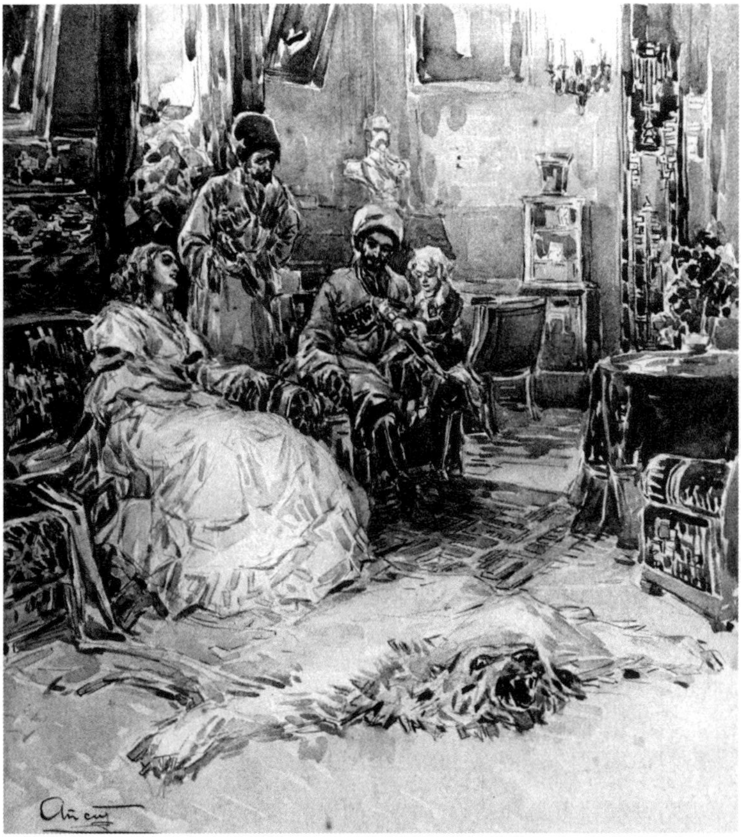

此很不高兴。哈吉穆拉特站起来,脸上的神态由活泼戏谑变得严肃庄重。他等伏隆卓夫坐下后才坐下。接着继续谈话。他回答公爵夫人的话说,按照他们的规矩,凡是朋友喜欢的东西,都应该送给朋友。

"你的儿子是我的朋友。"他用俄语说,同时抚摸着又爬到他膝上的布尔卡的鬈发。

"你带来的这个绿林好汉真好玩,"公爵夫人用法语对丈夫说,"布尔卡喜欢他的短剑,他就把短剑送给他。"

布尔卡拿出短剑给继父看。

"这是件贵重的东西。"公爵夫人说。

"得找个机会给他回礼。"伏隆卓夫说。

哈吉穆拉特垂下眼睛,坐着,摸摸孩子的鬈发,说:"是个骑手,是个骑手。"

"是把好剑,漂亮!"伏隆卓夫把镶花的纯钢短剑抽出半截,说,"谢谢您!"

"你问问他,我能帮他什么忙。"伏隆卓夫对翻译说。

翻译把话转达了。哈吉穆拉特立刻回答说,他什么也不需要,但他要求把他带到一个清静的地方,好让他祷告。伏隆卓夫叫来侍仆,吩咐他满足哈吉穆拉特的要求。

当哈吉穆拉特单独留在拨给他的房间时,他的神情顿时变了:那种时而殷勤时而庄重的愉快表情已经云消雾散,脸上现出忧心忡忡的神色。

伏隆卓夫对他的招待远远出乎他的意料。但招待越好,哈吉穆拉特对伏隆卓夫和军官们越不信任。他担心人家会把他逮捕,钉上脚镣手铐,充军到西伯利亚,或者干脆把他杀掉,因此怀有戒心。

他问走到他屋里来的艾达尔，穆里德们被安置在哪里，马拴在什么地方，他们的武器有没有被没收。

艾达尔报告说，马都在公爵的马厩里，人被请到板棚里去，武器仍带在他们身上，翻译还招待他们吃喝。

哈吉穆拉特疑虑地摇摇头，脱掉上衣做祷告。等祷告完毕，他吩咐取来银柄短剑，穿好衣服，系上腰带，盘腿坐在榻上，等待着处置。

四点多钟，他被叫到公爵屋里吃饭。

吃饭时，哈吉穆拉特什么也没吃，只吃了一点儿抓饭，那是他从公爵夫人刚拿过的地方拿一点儿来放在自己盘子里的。

"他怕我们毒死他，"公爵夫人对丈夫说，"我什么地方拿，他也什么地方拿。"接着她又通过翻译问哈吉穆拉特，他今天什么时候还要做祷告。哈吉穆拉特举起五个手指，又指指太阳。

"那么快到了。"

伏隆卓夫掏出报时怀表，按了按按钮。表报了四点一刻。哈吉穆拉特听到这响声，显出惊讶的样子。他要求再按响一次，并看看表。

"这不是个机会吗？把表送给他吧。"公爵夫人对丈夫说。

伏隆卓夫立刻把表送给哈吉穆拉特。哈吉穆拉特一只手按在胸口上表示感谢，把表收下。他几次按下按钮，听着响声，赞赏地摇摇头。

饭后，仆人报告公爵，梅勒－扎科密尔斯基的副官来见。

副官向公爵传达，将军得知哈吉穆拉特投诚，很不高兴，因为没有及时向他报告。他要求立刻把哈吉穆拉特送到他那里。伏隆卓夫说，他会执行将军的命令。他又通过翻译把将军的要求传达给哈吉穆拉特，并请他一起到梅勒那儿去。

公爵夫人弄清副官的来意,知道她丈夫和将军之间可能闹别扭。她不管丈夫的再三劝阻,打算陪丈夫和哈吉穆拉特一起去见将军。

"你最好不要去。这是我的事,跟你不相干。"

"你总不能阻止我去拜访将军夫人吧。"

"你可以改日再去。"

"我想今天去。"

伏隆卓夫无可奈何,只得同意。于是三人一起出发。

他们一进去,梅勒板着脸,彬彬有礼地把伏隆卓夫夫人送到妻子那里,又吩咐副官把哈吉穆拉特带到客厅,没有他的命令不能让他离开。

"请。"他推开书房门,对伏隆卓夫说,让公爵走在前头。

他走进书房,在公爵面前站住,也没有让他坐下,说:"我是这里的军事长官,不论同敌人做什么谈判都要通过我。哈吉穆拉特来投诚,你为什么不向我报告?"

"因为有个密探来找我,说哈吉穆拉特愿意向我投降。"伏隆卓夫回答,激动得脸色发白。他预料盛怒的将军会有粗暴的举动,自己也受到将军怒气的影响。

"我问你,为什么不向我报告?"

"我打算向您男爵报告,可是……"

"我不是您的男爵,我是您的上司。"

于是男爵长期来蕴藏着的怒火一下子爆发了。他把早就郁积在心头的怨气尽情发泄出来。

"我为皇上效忠了二十七年,可不是为了让那些初出茅庐的人利用裙带关系在我面前管他们不该管的事。"

"阁下！我请您不要说这种不公正的话。"伏隆卓夫打断他的话说。

"我说的是实话，我不让……"将军更加激动地说。

这当儿，伏隆卓夫夫人衣衫窸窣响着走进来，跟在她后面的是个儿不高、服饰朴素的将军夫人。

"哦，别说啦，男爵。西蒙并不想让您不愉快。"伏隆卓夫夫人说。

"公爵夫人，我说的不是这事……"

"得了，我们最好还是别谈这事。常言道：尖锐的争论也比婉转的吵嘴强。我是说……"她笑起来。

怒气冲天的将军被美人销魂的微笑征服了。他的小胡子下掠过一丝笑意。

"我承认我做得有点儿不对，"伏隆卓夫说，"不过……"

"嗯，我的性子也急了点儿。"梅勒说着，主动同公爵握了握手。

他们讲和了，决定暂时把哈吉穆拉特留在梅勒这里，以后再把他送到左翼长官那里去。

哈吉穆拉特坐在隔壁屋里，虽听不懂他们的话，但懂得他需要懂得的事：他们是在为他的事争论，他脱离沙米里对俄国人来说是件大事，因此只要不把他充军或者杀掉，他可以向他们提许多要求。此外，他还看出，梅勒－扎科密尔斯基虽然是长官，却没有他的部下伏隆卓夫那么大的势力，重要的是伏隆卓夫，而不是梅勒－扎科密尔斯基。因此，当梅勒－扎科密尔斯基把哈吉穆拉特叫来，对他进行盘问的时候，哈吉穆拉特态度傲慢而庄重，声称他下山来是要为白人沙皇效忠，一切情况他只向总督即梯弗利斯的总司令老伏隆卓夫公爵报告。

哈吉穆拉特| 305

七

负伤的阿福杰耶夫被送往要塞门外用木板搭成的临时医院，安放在普通病房的一张空床上。病房里有四个病人：一个是发高烧、在床上辗转呻吟的伤寒病人；另一个患疟疾，脸色苍白，眼圈发青，不断打哈欠，等待着发病；还有两个是三星期前袭击时受的伤：一个伤在手上，此刻站在病房里；另一个伤在肩膀，此刻坐在床上。除了伤寒病人外，大家都围在阿福杰耶夫周围，向抬他来的人打听情况。

"有时候，子弹像豌豆一般撒过来，倒没有事，这次总共才放了五枪……"一个抬担架的人说。

"人各有命！"

"哎哟。"阿福杰耶夫被放到床上时，忍着痛，大声叫道。等他被放到床上后，他皱着眉头，不再呻吟，只是两脚不停地抖动。他两手按着伤口，眼睛一动不动地盯着前方。

医生来了，吩咐把伤员的身子翻过来，看子弹有没有从背后穿出。

"这是什么？"医生指指背上和臀部十字形伤痕问。

"这是老疤，大人。"阿福杰耶夫哼哼着说。

其实这是他喝酒花掉公款受体罚的伤痕。

阿福杰耶夫又被翻过身来。医生用探针在他肚子里掏了好一阵，掏到了子弹，但是取不出来。医生在伤口上涂上膏药，包扎好，便走了。在掏伤口和扎绷带的时候，阿福杰耶夫咬紧牙关闭上眼睛躺着。等医生走后，他睁开眼睛，惊奇地向四下里扫了一眼。他的眼光投向别的伤员和医士，但他仿佛没有看见他们，而看到一种使他十分惊讶的东西。

阿福杰耶夫的伙伴潘诺夫和谢廖根来了。阿福杰耶夫仍旧那么躺着，眼睛惊讶地瞪着前方。他好久没认出自己的伙伴，尽管眼睛直望着他们。

"彼得，你有什么话要对家里说吗？"潘诺夫问。

阿福杰耶夫没有回答，虽然直瞪着潘诺夫的脸。

"我说，你有什么事要对家里说吗？"潘诺夫又问，碰碰他那冰凉的大手。

阿福杰耶夫似乎醒了。

"啊，安东内奇来了！"

"是啊，我来了。你要给家里捎个信吗？谢廖根愿意帮你写。"

"谢廖根，"阿福杰耶夫费力地把眼光移到谢廖根身上，"你写吗？你就这么写吧：'你的儿子彼得要死了。'我很羡慕哥哥。我现在对你讲。我现在很高兴。让他活下来。上帝保佑，我很高兴。你就这么写吧。"

他说完这几句话，眼睛盯住潘诺夫，沉默了好一阵。

"喂，烟斗找到了吗？"他忽然问。

潘诺夫摇摇头，没有回答。

"烟斗，烟斗，找到了没有？"阿福杰耶夫反复问。

"找到了，在口袋里。"

"噢。现在把蜡烛给我，我要死了。"阿福杰耶夫说。

这时波尔多拉茨基走来看自己的弟兄。

哈吉穆拉特 | 307

"怎么样，老弟，不舒服吗？"他说。

阿福杰耶夫闭上眼睛，摇摇头。他那颧骨凸出的脸苍白而严峻。他什么也没有回答，只向潘诺夫重复说了一遍："给我蜡烛。我要死了。"

人家把蜡烛递到他手里，他的手指已不能弯曲，别人就把蜡烛插在他的手指缝里，帮他扶着。波尔多拉茨基走了。他走后五分钟，医士把耳朵贴在阿福杰耶夫的心口，接着说，他死了。

关于阿福杰耶夫的死讯，在寄往梯弗利斯的战报中是这么写的："十一月二十三日库林斯克团两个连从要塞出发砍伐树林树木。中午大股山民袭击伐木士兵。散兵线后撤。这时二连用刺刀冲杀并击溃山民。是役轻伤二人，阵亡一人。山民伤亡近百人。"

八

彼得·阿福杰耶夫在医院里去世那一天，他的老父亲、嫂嫂（他是代哥哥当兵的）和侄女在寒冷的打谷场上打燕麦。前一天下过一场大雪，早晨天冷得厉害。鸡啼三遍，老头子就醒了。通过结着冰花的玻璃窗看见明亮的月光。他下了炕，穿上鞋和皮大衣，戴上皮帽，到谷仓里去。老头子在那里干了两小时活，才回到屋里，叫醒儿子和娘儿们。当娘儿们和姑娘来到谷仓的时候，打谷场已打扫得干干净净，松软的白雪地上插着一柄木锨，旁边倒竖着一把扫帚，燕麦束分列两行，麦穗对麦穗，像一根绳子似的笔直摆在干净的打谷场上。每个人都拿起一把连枷开始打麦，有节奏地发出三个响声。老头子用一把沉甸甸的连枷使劲打麦,把禾秆打碎,姑娘均匀地打着禾头,儿媳妇翻着麦束。

月亮落下去了,天色蒙蒙发亮。当大儿子阿基姆穿着短大衣,戴着皮帽,来到干活的人们跟前时,他们已经打完一行了。

"你干吗偷懒?"父亲停下来,拄着连枷,大声斥责道。

"要收拾马呀。"

"要收拾马,"父亲嘲弄地说,"你老娘会收拾的。拿把连枷去。吃得好肥呀,酒鬼!"

"又不是喝你的酒!"儿子嘟囔着。

"什么?"老头子皱起眉头,停了一下,威吓说。

儿子默默地拿起一把连枷,这样就有四把连枷在一起拍打,"啪嗒,啪嗒,啪嗒……啪嗒",在三下拍打之后,接着就是老头子那把重连枷的拍打声。

"你瞧,他的脖子肥得简直像大老爷。可我瘦得连裤子都系不住了。"老头子说,停了一下,但为了不失去节奏,他把连枷打了个空转。

禾束打完了,娘儿们把麦秆耙走。

"彼得真傻,替你去打仗。你去打仗,倒可以打掉你那股懒劲儿,在家里,他一个抵得上五个你这样的人。"

"得了,爸爸。"儿媳妇扔掉捆麦禾的绳子说。

"哼,白白养活了你们六口,能干活的一个都没有。彼得以前干活,一个顶两个,可不像……"

一个老太婆穿着用毛带子紧紧捆住的新树皮鞋,飒飒地踩着院子里积雪上的小径走来。男人们把没有扬过的麦子耙成一堆,娘儿们和姑娘正在打扫。

"总管来过了，要大家去给老爷运砖头，"老太婆说，"我做饭去了。你们去一下吧。"

"好的。你去把花马套上，拉回去，"老头子对阿基姆说，"当心点儿，别像上次那样给我惹麻烦。要记住彼得的好处。"

"他在家的时候，你照样骂他，"阿基姆顶了一句，"他不在，你就在我身上出气。"

"那是你自己招的，"母亲也生气地说，"本来就不该让彼得替你去。"

"哼，算了吧！"儿子说。

"也只好算了。面粉都被你喝酒喝光了，还说算了呢。"

"跑掉的都是大鱼，人一走就值钱了。"儿媳妇说。大家把连枷放下，回家去。

父子不和由来已久，还是从彼得当兵时开始的。老头子觉得他是拿鹞鹰去换布谷鸟。不错，当时老头子认为没有孩子的应当去替有家小的当兵。阿基姆有四个孩子，彼得一个也没有，但彼得干活像他爹：灵活、麻利、有劲、勤劳，主要是勤快。他一直不停地干活。他走在路上，要是看见人家在干活，总是像他老子一样，立刻上去帮忙：或是割上两垄麦，或是帮助装车，或是伐木，或是打柴。老头子疼他，但无可奈何。当兵等于送死。儿子当兵等于女儿出嫁，泼出去的水再也收不回来，想念也没有用，徒然使人伤心。老头子只偶尔刺刺长子，像今天这样想起小儿子来。做母亲的常常惦着小儿子，她要老头子寄点儿钱给彼得有一年多了。可是老头子总是不吭声。

阿福杰耶夫家有钱，老头子手里藏了点儿钱，但他说什么也不肯动用积蓄。这会儿,老太婆听见他提到小儿子,就决定再次央求他,等燕麦卖掉后寄点儿钱给儿子,哪怕一个卢布也好。等大儿子和儿媳妇到老爷地里去服劳役,只剩下老两口时,老太婆就劝丈夫从卖燕麦的钱里寄一个卢布给彼得。他们讲定后,就从扬过的燕麦中装了十二石①,用木针密密缝住麻袋口,装上三辆雪橇。老太婆交给老头子一封信。这封信是诵经士照她的口述写的。老头子答应进城后在信封里放一个卢布,按彼得的通讯处寄去。

老头子穿上新皮袄和长袍,脚上包了干净的白羊毛包脚布,拿了信,把它放在钱包里,祷告过上帝,坐上前面那辆雪橇到城里去。后面一辆雪橇上坐着小孙子。到了城里,老头子叫客店老板给他读了读信,他用心听着,不断地点头。

母亲写给彼得的信,首先是向他祝福,其次是一家人向彼得问好,接着告诉他教父的死讯,还有阿克西尼雅(彼得的妻子)"不愿跟我们一起过,自己出去谋生。听说,她日子过得很好,很本分"。然后提到自己寄给他的一个卢布。最后,这个苦命老太婆含着眼泪叫诵经士逐字逐句地写上:

"还有,我的好孩子,我的心肝宝贝小彼得,我想念你,想念得眼泪都流干了。我的百看不厌的小太阳,你把我做娘的撇给谁啦……"说到这里老太婆号啕大哭起来,说道:"就这样行啦。"

信里尽管这么写着,可是彼得命里注定得不到妻子离家出走的消息,收不到那一卢布,也看不到母亲最后的几句话。这封信连钱一起退了回来,并且附来一个通知,说彼得"为了保卫沙皇、祖国和

---

① 石——指俄石,1俄石合209.91升。

东正教"阵亡了。部队司书就是这样写的。

老太婆接到这个通知后,放声痛哭,一直哭到干活的时候。第一个礼拜天,她上教堂,把圣饼"分给好人,以悼念神的奴仆彼得"。

彼得的妻子阿克西尼雅得知"只一起过了一年的心爱的丈夫"死了,也大哭一场。她可怜丈夫,也可怜自己被毁的一生。她边哭边诉"彼得的淡褐色鬈发,他对她的爱情,和她跟孤儿凡卡的苦命"。接着她又伤心地谴责"彼得怜悯他的哥哥,却不怜悯她这个到处流浪的苦命女人"。

其实阿克西尼雅听到彼得的死讯从心里感到高兴。她跟地主的一个管家同居又怀孕了,如今谁也不能骂她,管家可以正式娶她——他向她求爱时说过这样的话。

九

米哈伊尔·伏隆卓夫是俄国大使的儿子,在英国受的教育,在当时俄国高级官员中,他是一个少有的具备西欧教养的人,功名心极重,对下属和蔼可亲,对上司八面玲珑,像个宫廷官员。他的生活离不开权力,也离不开对皇上的忠诚。他拥有各种高级官衔和勋章,自认为是个干练的军人,甚至在克拉斯诺城下打败拿破仑的就是他。一八五一年他已年过古稀,但仍精神矍铄,步履矫健,主要是头脑灵活,思路清楚,因此能保持权力,不断扩大声誉。他出身豪富,自己名下和夫人勃拉尼茨卡雅伯爵小姐名下都拥有大量产业,而且身为总督又有巨额年俸。他把大部分家产用来建筑克里木南岸的宫殿和花园。

一八五一年十二月七日傍晚,有辆特快三驾马车来到梯弗利斯伏隆卓夫官邸门口。车上下来一个风尘仆仆的军官。他从科兹洛夫斯基将军那儿带来哈吉穆拉特投诚俄国的消息。他活动活动两腿,不经守卫通报就直接跑进总督府宽敞的前厅。这时正好下午六点钟,伏隆卓夫刚要入席,仆人报告来了个信使。伏隆卓夫立刻接见他,因此吃饭迟到了几分钟。三十来个客人,有的坐在公爵夫人旁边,有的三三两两站在窗前。伏隆卓夫一走进客厅,客人就纷纷起立,转过脸来对着他。伏隆卓夫穿着日常穿的不戴肩章的黑军服,只佩了肩章带,脖子上挂一枚白十字勋章。他那刮得光光的狐狸脸露出愉快的微笑。他眯细眼睛扫视客厅里的客人。

伏隆卓夫步履轻捷地走进客厅,因为迟到向女士们道歉,又跟男客们打招呼,然后走到格鲁吉亚王妃玛娜娜·奥尔别略尼——一个高大的四十五岁东方美人——跟前,向她伸出一只手,陪她入席。伏隆卓夫公爵夫人主动把手递给一个红头发、留鬃毛般小胡子的将军。格鲁吉亚王爷则把手伸给公爵夫人的女友舒阿晓尔伯爵夫人。安德烈夫斯基医生、副官和其他人,有的伴着贵夫人,有的单身,都跟着那三对人走去。身穿长袍、长袜和皮鞋的男仆挪动椅子让主人和客人在餐桌旁坐下。领班男仆神情庄重,从银钵里分送着热气腾腾的汤。

伏隆卓夫坐在长桌中央。对面坐着伏隆卓夫公爵夫人和将军。他的右边是他的女伴——美人奥尔别略尼,左边是身材苗条、头发乌黑、双颊绯红的格鲁吉亚郡主,她打扮得光艳照人,脸上一直挂着微笑。

"太妙了,亲爱的朋友,"公爵夫人问信使带来什么消息,伏隆卓

哈吉穆拉特 | 313

夫这样回答,"西蒙这下子可交好运了。"

于是他就大声讲了一个惊人的消息:沙米里手下威名远扬、骁勇善战的哈吉穆拉特投诚俄国,一两天内将来到梯弗利斯。其实这事对他不是什么新闻,因为早就在谈判了。

全体座上客,包括坐在长桌尽头低声谈笑的青年、副官和下级官吏,都肃然静听。

"将军,您有没有遇见过这位哈吉穆拉特?"等公爵停下的时候,公爵夫人问身旁红头发、硬胡子的将军。

"遇见过不止一次,公爵夫人。"

接着将军就讲到一八四三年山民攻占格尔格别里村后,哈吉穆拉特怎样袭击巴谢克将军的部队,并且当着他们的面几乎把佐洛土兴上校打死。

伏隆卓夫笑眯眯地听着将军的话,看到他谈兴很浓,显然很得意。突然,伏隆卓夫的脸色变得冷漠而颓丧。

将军讲得津津有味,还讲到他跟哈吉穆拉特的另一次相遇。

"就是他,"将军说,"大人,您还记得吧?就是他伏击了去解围的运送干粮部队。"

"在什么地方?"伏隆卓夫眯细眼睛,反问。

原来这位勇敢的将军所说的"解围"是指不幸的达尔果远征[①]。那次远征,要不是新增援的部队去解了围,真的会全军覆没,指挥官伏隆卓夫公爵的性命也就难保。大家都知道,伏隆卓夫所指挥的达尔果远征,伤亡惨重,丢了好几门大炮,是个耻辱。因此,要是

---

① 达尔果远征——指一八四五年伏隆卓夫领导的战斗,以摧毁沙米里在北达格斯坦的达尔果要塞为目的,结果要塞被占领,但俄国损失达三万余人。

有人当着伏隆卓夫的面谈到这次远征,那就只能根据伏隆卓夫给沙皇的奏章来谈,说这次远征是俄国军队的光辉战绩。要是用"解围"这样的字眼,那就根本谈不到光辉战绩,而是毁灭无数生灵的大错。在场的人都懂得这一点,但有的装作没有注意将军这话的含义,有的担心会发生什么事,有的含笑相互递着眼色。

只有留小胡子的红头发将军一人没有察觉大家的神色,讲得兴致勃勃,若无其事地回答说:"在解围的路上,大人。"

将军一谈到这个心爱的话题,就讲起"这个哈吉穆拉特怎样巧妙地把俄国军队切成两段,要不是被我们解围——他仿佛特别喜欢'解围'这两个字——就会全军覆没,因为……"

将军没来得及把话说完,因为玛娜娜·奥尔别略尼看出情况不妙,连忙把他的话打断,问他梯弗利斯的住处是不是舒适。将军感到有点儿奇怪,就扫视了一下在座的人,看到自己的副官一直盯住他的目光,这才恍然大悟。他没有答复公爵夫人的话,只皱起眉头,默默地吃起盘子里的精美食物来,但他既没有咀嚼,也没有注意食物的形状和滋味,就囫囵吞到肚子里。

大家都觉得有点儿尴尬,但这种尴尬的局面被格鲁吉亚王爷巧妙地打破了。这位王爷人很愚蠢,却是个高明的马屁精和宫廷宠臣,此刻坐在伏隆卓夫公爵夫人旁边。他装得若无其事,大声讲着哈吉穆拉特劫走麦赫图林汗国①阿赫梅特汗遗孀的事:

"他夜里闯进村庄,抓了他要抓的人,然后带着他的人马跑了。"

"为什么他一定要这个女人呢?"公爵夫人问。

---

① 麦赫图林汗国——在达格斯坦山地。

"哈吉穆拉特同她丈夫有仇，到处追踪他，但直到阿赫梅特汗去世都没有遇见他，所以就向寡妇复仇。"

公爵夫人把这段话用法语译给她那个坐在格鲁吉亚王爷旁边的老友舒阿晓尔伯爵夫人听。

"太可怕了！"伯爵夫人闭上眼睛，摇摇头说。

"哦，不是的，"伏隆卓夫笑着说，"我听说他像骑士那样彬彬有礼地对待那个女俘，后来又把她放了。"

"是的，人家用钱把她赎出去了。"

"不错，但他的行为毕竟很高尚。"

公爵这句话给后来讲哈吉穆拉特的事定了调子。廷臣们看出，越是夸大哈吉穆拉特的作用，伏隆卓夫公爵就越得意。

"这人真是一身是胆。可是个了不起的人物。"

"可不是，一八四九年那年，他在大白天闯进铁米尔汗舒拉城，把店铺洗劫一空。"

一个坐在末座的亚美尼亚客人当时正好在铁米尔汗舒拉城，就把哈吉穆拉特这段军功详细讲了一遍。

总之，吃饭时自始至终就是讲哈吉穆拉特的故事。大家争先恐后地赞扬他的勇敢、聪明和慷慨。有人讲到他曾下令杀死二十六个俘虏，但这事也得到了辩护：

"那有什么办法！打仗总归是打仗。"

"确实是个人才！"

"他要是生在欧洲，说不定又是一个拿破仑。"愚蠢而擅长拍马的格鲁吉亚王爷说。

他知道，一提起拿破仑，伏隆卓夫公爵就高兴，因为他挂上白十字勋章，全是因为战胜了拿破仑。

"是啊，即使成不了拿破仑，到底也是个剽悍的骑兵将军。"伏隆卓夫说。

"不是拿破仑，也是缪拉特①。"

"他的名字就叫哈吉穆拉特嘛。"

"哈吉穆拉特一走，沙米里也就完蛋了。"有人说。

"他们觉得现在（所谓'现在'指的就是伏隆卓夫在的时候）他们支持不住了。"另一个人说。

"这都亏了您哪。"玛娜娜·奥尔别略尼说。

伏隆卓夫公爵竭力缓和四面八方向他涌来的阿谀奉承的浪潮，但这毕竟使他高兴。他心情愉快地搀着他的女伴离开饭桌往客厅走去。

饭后喝咖啡的时候，公爵对每个人都很亲切。他走到留小胡子的红头发将军跟前，竭力让他看到，他并没有发觉将军的窘态。

公爵跟所有的客人周旋一番后，坐下来打牌。他只会打老式牌——龙勃勒。陪公爵一起打牌的有格鲁吉亚王爷，亚美尼亚将军（他是跟公爵的侍仆学会打龙勃勒的），再有就是权势显赫的安德烈夫斯基医生。

伏隆卓夫把印有亚历山大一世肖像的金鼻烟壶放在一边，打开一盒光滑的精美纸牌，正想发牌，这时意大利侍仆乔凡尼用银托盘托着一封信进来。

"又来了一个信使，大人。"

---

① 缪拉特（1767—1815）——法国元帅，拿破仑的妹夫。

伏隆卓夫丢下牌，道歉了一声，拆开信来读。

信是儿子写的。他详细叙述哈吉穆拉特投诚的经过和他同梅勒-扎科密尔斯基的冲突。

公爵夫人走过来，问儿子信里讲了些什么。

"还是那一套。他同要塞司令闹意见。那是西蒙不对。不过，收场好，事情也就好了①。"他说着把信递给夫人，接着转过身来请等着打牌的客人们拿牌。

打完一圈牌，伏隆卓夫按照他心情特别愉快时的习惯，打开鼻烟壶，用他那白净而老得发皱的手捏了一撮法国鼻烟塞到鼻子里。

十

第二天，哈吉穆拉特来到伏隆卓夫公爵的官邸，这时客厅里已挤满了人。在座的有：昨天来过的留硬胡子的将军——他今天全副武装，挂满勋章，前来辞行；一个因侵占公粮可能吃官司的团长；一个受安德烈夫斯基医生庇护的亚美尼亚富商——他享有酒类专卖权，现在正在为续订合同奔走；一个身穿孝服的阵亡军官的未亡人——她不是来请领抚恤金，就是要求让孩子公费读书；一个身穿讲究的格鲁吉亚民族服装的破产格鲁吉亚王爷——他在为自己张罗一块废弃的教堂领地；一个手拿一大卷征服高加索新方案的监督；一

---

① 原文是英语。

个只为向家人夸耀他到过公爵官邸而特地跑来的汗。

大家都在等候接见。一个淡黄头发的英俊青年副官把来访者一个个领到公爵办公室里。

当哈吉穆拉特瘸着腿快步走进客厅的时候,一双双眼睛都转过来看着他。他听见每个角落里都有人低声提到他的名字。

哈吉穆拉特穿着白色契尔克斯外套,里面穿深咖啡棉袄,领子上有精细的银丝绣花。他打着黑裹腿,脚上穿着一双像手套一样裹紧的黑色平底鞋。他的光头上戴着高皮帽,缠着头巾——就是为了这块头巾他曾被阿赫梅特汗告密而被克留盖瑙[①]将军逮捕,也是为了这块头巾他投奔了沙米里。哈吉穆拉特在客厅的镶木地板上快步走着,由于一条腿比另一条腿短些,走起路来有点儿瘸,他那瘦长的身子也有点儿摇摆。他那两只距离很宽的眼睛自若地瞧着前方,仿佛谁也没有看见。

相貌英俊的副官打了个招呼,请哈吉穆拉特坐下,自己去向公爵通报。不过哈吉穆拉特没有坐下,一只手按住短剑,伸出一条腿,仍旧站在那里,轻蔑地环顾着在场的人。

翻译官塔拉哈诺夫公爵走到哈吉穆拉特跟前,同他说话。哈吉穆拉特不大乐意地简单回答了两句。这时来控告监督的库梅克王爷从办公室里出来。副官就招呼哈吉穆拉特,把他带到办公室门口,让他进去。

伏隆卓夫站在桌旁接待哈吉穆拉特。总司令那张苍老白净的脸已不像昨天那样笑容可掬,而是严厉而庄重。

[①] 克留盖瑙(1791—1851)——驻高加索的俄国将军,曾参加达尔果远征。

哈吉穆拉特走进里面有一张大办公桌和挂着绿色软百叶的高大窗子的大办公室，把他那双黝黑的不大的手放在白色契尔克斯外套衣襟交叉的地方，垂下眼睛，从容不迫地用他那口熟练的库梅克方言清晰而恭敬地说："我诚心归顺伟大的沙皇和阁下。我起誓愿为沙皇效劳，直至流尽最后一滴血。我希望在反对我的仇人也是你们的仇人沙米里的战争中效劳。"

伏隆卓夫听完翻译官的话，看了看哈吉穆拉特。哈吉穆拉特也瞧了一眼伏隆卓夫。

两人的视线一接触，彼此就说出了许多无法用语言表达的话，同翻译官所翻译的话截然不同。他们不用言语，却相互表达了真实的思想。伏隆卓夫的眼睛说，他对哈吉穆拉特的话一句也不信，他知道哈吉穆拉特是全俄罗斯的敌人，今后还是敌人，他现在来投降是出于无奈。哈吉穆拉特也懂得这一层，但还是表示了自己的忠心。哈吉穆拉特的眼睛则在说：这个老头子应该想的不是战争而是自己的死亡，别看他活到这把年纪，人可是狡猾得很，对他得留点儿神。伏隆卓夫也懂得这一层，但还是对哈吉穆拉特说了些为打胜仗非说不可的话。

"你告诉他，"伏隆卓夫对翻译官说（他对年轻的翻译官说话总是不客气地用"你"），"我们的皇上又仁慈又强大，经过我的请求，我想皇上会宽恕他，接受他的效忠的。你翻译给他听了吗？"他盯着哈吉穆拉特，问。"在没有获得皇上恩典之前由我负责招待，使他在我们这里可以过得愉快。"

哈吉穆拉特再次两手按在胸前，兴奋地说着什么。

翻译官转达说，哈吉穆拉特一八三九年统治阿瓦利亚的时候，他曾效忠俄国人，要不是他的仇敌阿赫梅特汗想陷害他，在克留盖瑙将军面前诬陷他，他是绝不会叛变的。

"我知道，我知道。"伏隆卓夫说（就算他知道，也早已忘记了），"这事我知道。"他说着坐下来，同时给哈吉穆拉特指指靠壁放着的软榻。但哈吉穆拉特没有坐下，只耸耸强壮的肩膀，表示在这样的大人物面前他不敢坐。

"阿赫梅特汗也好，沙米里也好，他们都是我的敌人，"他转身又对翻译官说，"告诉公爵，阿赫梅特汗死了，我没法向他复仇，但沙米里还活着，我不向他复仇，死不瞑目。"他皱紧眉头，咬紧牙关说。

"是的，是的，"伏隆卓夫若无其事地说，"那么，他要怎样向沙米里复仇呢？"他对翻译官说，"告诉他，他可以坐下。"

哈吉穆拉特还是谢绝坐下。问他为什么来投诚，他回答说，要帮助俄国人消灭沙米里。

"很好，很好，"伏隆卓夫说，"那么他想怎么办呢？坐吧，坐吧……"

哈吉穆拉特坐下来说，要是给他军队，派他到列兹庚一线去，他保证能把达格斯坦全体居民发动起来，沙米里就守不住了。

"这很好，这事行，"伏隆卓夫说，"让我想一想。"

翻译官把伏隆卓夫的话翻译给哈吉穆拉特听。哈吉穆拉特沉思起来。

"你告诉总督，"他又说，"我的家眷还在我的敌人手里。我的家眷不下山，我的手脚被捆着，我就无法出力。我要是出面打他，他就会杀害我的妻子，杀害我的母亲，杀害我的孩子。只要公爵能拿俘虏去同他们交换，救出我的家眷，那么不是我死，就是他亡。"

"很好，很好，"伏隆卓夫说，"让我们考虑考虑。现在让他到参谋长那儿去一下，详细讲讲他的处境、打算和愿望。"

哈吉穆拉特跟伏隆卓夫的第一次会见就这样结束了。

当天晚上，在装潢得具有东方风味的新剧院里正在上演意大利歌剧。伏隆卓夫坐在包厢里，池座里出现了缠头巾瘸腿的哈吉穆拉特，很引人注目。他在伏隆卓夫副官洛利斯－梅里科夫的陪同下走进来，在第一排坐下。哈吉穆拉特带着东方穆斯林特有的庄重神态，不仅没有露出惊讶的神色，而且显得十分冷淡。看完第一幕，他就站起来，若无其事地向观众扫了一眼，走出去，引起全场的注意。

第二天星期一，伏隆卓夫家照例举行晚会。宽敞的大厅灯火辉煌，隐蔽在冬花园里的乐队正在奏乐。袒胸露臂的青年妇女和中年妇女在军装笔挺的男人怀抱里旋舞着。食品柜上，酒瓶和食物堆积如山，身穿红色燕尾服、长袜和皮鞋的仆人倒着香槟，给太太们分送糖果。总督夫人虽已上了年纪，也半裸着身子，满面春风地在客人们中间周旋，通过翻译官对哈吉穆拉特说几句亲切的话，而哈吉穆拉特仍像昨天在戏院里那样冷冷地环顾着来宾。在女主人之后，又有几个袒胸露臂的女人走近哈吉穆拉特，恬不知耻地站在他面前，并且提出同一个问题：他是不是喜欢他所看到的景象。伏隆卓夫佩着金肩章和穗带，颈上挂着白十字勋章和绶带，也走到他面前，问了同样的话，显然相信哈吉穆拉特不可能不喜欢他所看到的景象。哈吉穆拉特也像回答所有的人那样回答伏隆卓夫：他们那里没有这样的风气，但没说这种景象好不好。

哈吉穆拉特在舞会上也很想跟伏隆卓夫谈谈赎取家眷的事，但伏隆卓夫装作没有听见，走开了。洛利斯－梅里科夫事后对哈吉穆拉特说，这种场合不宜谈公事。

钟打了十一下，哈吉穆拉特对了对小伏隆卓夫公爵送给他的那只表。他问洛利斯－梅里科夫可不可以走。洛利斯－梅里科夫说可以走，但最好再留一会儿。虽然如此，哈吉穆拉特并没有留下，坐上供他使用的敞篷马车，到指定让他下榻的地方去了。

十一

哈吉穆拉特来到梯弗利斯的第五天，总督的副官洛利斯－梅里科夫奉总司令命令来找他。

"我这颗脑袋和这双手都乐意为总督效劳，"哈吉穆拉特低下头，双手按在胸前，现出他常有的外交家表情说，"你吩咐好了。"他亲切地瞧着洛利斯－梅里科夫的眼睛说。

洛利斯－梅里科夫在桌旁安乐椅上坐下。哈吉穆拉特在他对面的矮榻上落座，两手支着膝盖，侧耳倾听洛利斯－梅里科夫对他说的话。洛利斯－梅里科夫操一口流利的鞑靼话，说公爵虽然知道哈吉穆拉特以前的事，但想从他本人嘴里听听他的全部身世。

"你讲给我听，"洛利斯－梅里科夫说，"我记下来，然后译成俄语，再由公爵奏闻皇上。"

哈吉穆拉特沉默了一会儿（他不仅从不打断人家的话，而且总是看对方还有什么话要说），然后抬起头来，把皮帽往后一抖，用孩子般天真的神态微微一笑——这种微笑迷惑过小伏隆卓夫夫人。

"这行。"他说，想到皇上要了解他的身世，显然很得意。

"你（鞑靼话里没有'您'字）从头讲给我听，不用急。"洛利斯-梅里科夫说着，从口袋里掏出笔记本。

"这行，只是要讲的东西很多，很多。有许多事可讲。"哈吉穆拉特说。

"一天讲不完，改天再讲。"洛利斯-梅里科夫说。

"从头讲起吗？"

"对，从头讲起：在哪里出生，在哪里住过。"

哈吉穆拉特垂下头，一动不动地坐了好一阵，然后拿起榻旁一根小棍，从鞘里抽出一把锋利得像剃刀的镶金象牙柄小钢刀。他一面削棍子一面讲：

"写吧：我出生在采里梅斯，这是一个小村庄，照我们山里人的说法，就像驴头一样大。"他开始说，"离我们村庄不远，大约两个射程的地方是洪泽赫，汗们就住在那里。我家跟他们家关系很密切。我妈妈奶过老阿布农察尔汗，因此我跟汗他们的关系也很密切。汗弟兄三个：一个是我哥哥奥斯曼的奶兄弟阿布农察尔汗，一个是我的奶兄弟乌马汗，还有最小的一个叫布拉奇汗，就是被沙米里从悬崖上扔下去的那一个。那是后来的事。我十五岁那年，村里来了些穆里德。他们用木刀砍着石头，嘴里嚷着：'穆斯林们，快来参加圣战！'车臣人都投奔穆里德，阿瓦尔人也纷纷投奔他们。我当时住在宫里。我是汗的兄弟，要做什么就做什么，慢慢变得富裕起来。我有马匹，有武器，有金钱。日子过得无忧无虑，自由自在。这样的日子一直过到加集穆拉① 被害，干泽特② 继承他的位子。干泽特派使者对汗们说，他们要是

---

① 加集穆拉（1785—1832）——车臣区和达格斯坦区首任教长，沙米里的老师。
② 干泽特（1789—1834）——加集穆拉的继承人。

不参加圣战,他就要把洪泽赫夷为平地。这事得好好考虑一下。汗都怕俄国人,怕参加圣战,可敦①就派我和她的次子乌马汗到梯弗利斯去求俄国长官帮助对付干泽特。当时俄国长官是罗森男爵。他没有接见我,也没有接见乌马汗。他叫人传话说会帮助我们的,可是到头来什么事也没有做。只有他们的军官常到我们那儿,跟乌马汗一起打牌。他们把他灌醉,又把他带到坏地方去。他赌得倾家荡产。他这人身体强壮得像头公牛,勇敢得像头狮子,可是意志薄弱得像水。要不是我把他带走,他准会把最后几匹马和武器都输掉的。从梯弗利斯回来,我的想法改变了。我劝说可敦和年轻的汗参加圣战。"

"想法为什么改变了?"洛利斯-梅里科夫问,"是不是不喜欢俄罗斯人了?"

哈吉穆拉特沉默了一下。

"是的,不喜欢,"他闭上眼睛,断然说,"还有一件事促使我参加圣战。"

"什么事呀?"

"在采里梅斯城下,我和汗跟三个穆里德发生冲突:两个穆里德逃走了,第三个被我用手枪打死。我走到他跟前,想取下他的武器。他还没有死。他对我瞧了瞧,说:'你把我打死了,我不在乎。可你是个穆斯林,年富力强,你应该参加圣战。这是真主的旨意。'"

"那么你参加了吗?"

"没有参加,但开始考虑。"哈吉穆拉特说,继续讲他的往事,"干泽特逼近洪泽赫的时候,我们派了几个老头儿去见他,表示我们同

---

① 可敦——汗的妻子的称呼。

意参加圣战，但要他派一个有学问的人来说明，该怎么办。干泽特把老头儿们的胡子刮光，鼻子穿通，在鼻子下挂了几个烧饼，把他们打发回来。老头儿们回来说，干泽特准备让一位谢赫①来教我们进行圣战，但要可敦把幼子送到他那里当人质。可敦相信了，就把布拉奇汗送到他那里。干泽特款待布拉奇汗，又派人来叫两个哥哥也到他那里去。他叫人传话说，他愿意效忠汗们，就像他父亲当年效忠汗们的父亲那样。可敦也像一切当家的妇道人家那样，又懦弱，又愚蠢，又鲁莽。再派两个儿子去她有点儿顾虑，结果只派了乌马汗一个去。我就跟乌马汗一起去。穆里德在一里开外的地方迎接我们，围着我们唱歌，鸣枪，表演马术。我们到的时候，干泽特从帐篷里出来，走到乌马汗的马镫前，像迎接汗那样迎接他。他说：'我以前不曾对你们家做过什么坏事，如今也不想做。只要你们不来害我，不来妨碍我带领人马进行圣战就行了。我同我的所有军队将为你们效劳，就像我父亲为你们的父亲效劳那样。让我住在你们家里，我将给你们当参谋，但不会干涉你们的事。'乌马汗口才很差，他不知道说什么好，没有吭声。我就说，如果是这样，那就让干泽特到洪泽赫去。可敦和汗将恭恭敬敬地接待他。可是没有让我把话说完。这是我第一次同沙米里发生冲突。他当时就在伊玛目②旁边。他对我说：'人家不是问你，是问汗。'我住了口，干泽特就把乌马汗领到帐篷里。后来干泽特把我也叫了去，吩咐我带着他的使者到洪泽赫。我去了。他的使者就劝可敦让长子也到干泽特那里去。我看出其中有诈，就叫可敦不要再放儿子去。可是女人头脑里的智慧就像鸡蛋里的毛发

---

① 谢赫——伊斯兰教社团负责人、学者或教师的尊称。
② 伊玛目——伊斯兰教的清真寺教长，或政教首领。

那样少。可敦不信其中有诈,吩咐儿子动身。长子阿布农察尔却不愿去。于是可敦就说:'看样子,你害怕了。'她像一只蜜蜂,知道什么地方能蜇疼他。阿布农察尔冒火了,不再跟她说什么,就吩咐备马。我同他一起去。干泽特接待我们,比接待乌马汗更热情。他亲自骑马到两个射程外的山下迎接。他后面跟着扬旗的骑兵,唱着《真主之外无真主》,鸣枪,表演马术。我们来到营地,干泽特就把汗领到帐篷里。我和马匹留在外面。我在山脚下,只听得干泽特的帐篷里响起了枪声。我向帐篷跑去。乌马汗已经趴在血泊里,阿布农察尔正在同穆里德格斗。他的半边脸被劈掉,耷拉着。他一只手按住脸,另一只手用短剑砍杀走近他的每一个人。我亲眼看见他砍死干泽特的弟弟,正向另一个人砍去,可是这当儿穆里德向他开枪,他就倒下了。"

哈吉穆拉特停住了。他那张黝黑的脸涨得紫红,眼睛充血。

"我感到害怕,就跑掉了。"

"真的吗?"洛利斯-梅里科夫说,"我还以为你从来没有害怕过呢。"

"这以后就没有害怕过。从那时起,我常常想到这场耻辱。一想起来,就什么也不怕了。"

十二

"就讲到这里吧,该祷告了。"哈吉穆拉特说,从契尔克斯外套的胸袋里掏出伏隆卓夫送的自鸣表,小心翼翼地按下按钮,侧着头,忍住孩子般天真的微笑倾听着。表报了十二点一刻。

"朋友伏隆卓夫的礼物，"他微笑着说，"他是个好人。"

"是啊，是个好人，"洛利斯-梅里科夫说，"表也挺好。那么你去祷告吧，我等一会儿。"

"雅克西[①]，好的。"哈吉穆拉特说着，往卧室走去。

剩下洛利斯-梅里科夫一个人。他把哈吉穆拉特讲的要点都记在笔记本上，然后点着一支烟，在屋里来回踱步。洛利斯-梅里科夫走到卧室对面的门口，听见里面有人用鞑靼话起劲地谈论着什么事。他猜想是哈吉穆拉特的穆里德们，就走了进来。

屋里有一股山民特有的酸涩毛皮味儿。在靠近窗口的地上铺着一件斗篷，红头发的独眼龙甘泽洛身穿一件油腻的破短袄，坐在斗篷上编马笼头。他用他那沙哑的嗓子谈得很起劲，但洛利斯-梅里科夫一进去，他就立刻住了嘴，也没理他，继续干他手里的活儿。他的对面站着乐天的汗马戈玛。汗马戈玛露出雪白的牙齿，闪动没有睫毛的黑眼睛，老是重复着一句话。美男子艾达尔袖筒卷得高高的，露出强壮的胳膊，正在擦挂在钉子上的马鞍肚带。哈吉穆拉特的主要助手和总管哈涅菲不在屋子里。他在厨房里做饭。

"你们在争论什么呀？"洛利斯-梅里科夫同汗马戈玛打了个招呼，问。

"他老是夸奖沙米里，"汗马戈玛一面同洛利斯握手，一面说，"他说沙米里是个大人物。又有学问，又神圣，又会马术。"

"他既然离开他了，怎么还夸奖他呢？"

"离是离开了，但还是夸奖他。"汗马戈玛露出牙齿，闪亮眼睛，说。

[①] 雅克西——突厥语"好的"的音译。

"那么，你也认为他神圣吗？"洛利斯－梅里科夫问。

"他要是不神圣，老百姓也不会听他了。"甘泽洛连忙说。

"神圣的不是沙米里，而是孟苏尔，"汗马戈玛说，"孟苏尔是个真正的圣人。他当伊玛目的时候，老百姓是另一个样子。他巡视村庄，老百姓都出来迎接他，吻他契尔克斯外套的衣襟，向他忏悔罪孽，发誓不做坏事。老人们说，那时人们都过得很圣洁：不抽烟，不喝酒，不漏祈祷，做了什么对不起人的事就彼此宽恕，连血仇都宽恕。那时人们拾到财物，就挂在杆子上，竖在路边招领。那时连真主也赐福给老百姓，可不像现在这样。"汗马戈玛说。

"现在山里人也不喝酒不抽烟哪。"甘泽洛说。

"你的沙米里是个'拉莫佬'。"汗马戈玛说，向洛利斯－梅里科夫挤挤眼。

"拉莫佬"是对山民的贬称。

"山民是拉莫佬。但山里也住着山鹰。"甘泽洛回答。

"好小子！驳得妙。"汗马戈玛露出牙齿说，很欣赏对方的巧妙回答。

他看见洛利斯－梅里科夫手里的银烟盒，向他要了一支烟。洛利斯－梅里科夫说，他们是不准抽烟的。他就用一只眼睛眨了眨，向哈吉穆拉特的卧室摆摆头说，只要不让他看见，可以抽一支。他马上就抽起来，但烟不往肚里吸，而是笨拙地噘着鲜红的嘴唇往外吐。

"这样不好。"甘泽洛严厉地说着走出屋子。汗马戈玛对他也眨眨眼，一边抽烟，一边问洛利斯－梅里科夫哪里能买到绸短褂和白皮帽。

"怎么，你有那么多钱吗？"

哈吉穆拉特 | 329

"有，有的是钱。"汗马戈玛眨眨眼睛，回答。

"你问问他，哪儿来的钱。"艾达尔把他漂亮的笑脸转过来对着洛利斯，说。

"赢来的。"汗马戈玛赶快说。他讲起昨天他在梯弗利斯逛大街，遇见一堆人，有俄国勤务兵和亚美尼亚人，正在赌硬币的正反面。赌注很大：三个金币和许多银币。汗马戈玛立刻懂得他们的赌法，就哐啷哐啷地弄响口袋里的铜币，走进圈子，说他把所有的钱都押上。

"怎么都押上？难道你有那么多钱？"洛利斯-梅里科夫问。

"我一共只有十二戈比。"汗马戈玛露出牙齿说。

"你要是输了呢？"

"还有这个。"

汗马戈玛指指手枪。

"怎么，把手枪也输给人家？"

"为什么要输给人家？我会逃跑的，要是有人阻拦，我就打死他。这不就完了。"

"那么，你要是赢了呢？"

"对啦，我把所有的钱都收起来，撒腿就跑。"

洛利斯-梅里科夫很了解汗马戈玛和艾达尔。汗马戈玛是个乐天派，贪杯若命，精力过剩，不知道往哪里发泄才好。他头脑简单，一味寻欢作乐，常常拿自己的生命和别人的生命打赌，由于赌博，他今天可以投奔俄罗斯人，也由于赌博，他明天可以倒向沙米里。艾达尔这个人也是好理解的。他对他的穆尔西德忠心耿耿，为人镇定沉着，坚强刚毅，洛利斯-梅里科夫觉得只有红头发甘泽洛难以理解。洛利斯-梅里科夫看出，这个人不仅忠于沙米里，而且对所有的俄罗斯人都怀着无法克制的反感、蔑视、厌恶和憎恨。所以洛利斯－梅里科夫无法理解他为什么投奔俄罗斯人。洛利斯－梅里科夫心中不免起了疑虑，几个高级官员也有同样的疑虑，他们怀疑哈吉穆拉特的投诚和他跟沙米里对立是一场骗局，他来是要窥探俄罗斯人的虚实，然后跑回山里，进而攻打俄罗斯的薄弱环节。而甘泽洛的为人就肯定了这种猜测。"他们那些人，包括哈吉穆拉特在内，都善于隐藏自己的意图，"洛利斯－梅里科夫想，"但他隐藏不住他的仇恨。"

洛利斯－梅里科夫想同甘泽洛聊聊。他问他在这里是不是感到烦闷。甘泽洛没有放下手里的活，用独眼斜睨着洛利斯－梅里科夫，声音嘶哑地断断续续说："不，不烦闷。"

他回答别的问题也是这样。

洛利斯－梅里科夫在卫兵室的时候，哈吉穆拉特的第四个穆里德阿瓦尔人哈涅菲走了进来。哈涅菲脸上和脖子上都毛发蓬松，高高隆起的胸膛上厚厚地长着青苔般的茸毛。这是一个头脑简单、身体强壮的干活家伙，整天忙忙碌碌，像艾达尔一样对主人赤胆忠心。

他走进卫兵室取大米，洛利斯－梅里科夫留住他，问他从哪里来，跟随哈吉穆拉特是不是好久了。

"五年，"哈涅菲回答洛利斯－梅里科夫说，"我和他是同村。我父亲杀死了他的舅舅，他们就想杀我，"他说，从两道连在一起的粗眉毛下镇定地瞅着洛利斯－梅里科夫，"我就请他认我作兄弟。"

"认作兄弟，什么意思？"

"我两个月不剃头，不剪指甲，走到他们那里。他们带我到他的母亲巴基玛特那里。巴基玛特给我奶吃，我就成了他的奶兄弟。"

隔壁屋里传来哈吉穆拉特的声音。艾达尔立刻听出主人在召唤。他擦干净手，大踏步往客厅走去。

"他叫你去。"艾达尔回来说。

洛利斯－梅里科夫又给了乐天的汗马戈玛一支烟，往客厅走去。

十三

洛利斯－梅里科夫走进客厅的时候，哈吉穆拉特高兴地迎着他走来。

"怎么样，讲下去吗？"他在榻上坐下，说。

"当然，讲下去，"洛利斯－梅里科夫说。"我刚才到你的卫兵那里去，同他们谈了谈。他们中间有一个快乐的小伙子。"洛利斯－梅里科夫补充说。

"是的，那是汗马戈玛，是个快活人。"哈吉穆拉特说。

"我倒喜欢年轻漂亮的那一个。"

"哦，那是艾达尔，年纪轻，像铁一样结实。"

他们沉默了一会儿。

"那么讲下去吗？"

"好的，好的。"

"我刚才讲了，几个汗是怎样被杀害的。是的，他们被杀害了，干泽特就进入洪泽赫，在汗的宫殿里登上了宝座，"哈吉穆拉特讲道，"可敦还留在那里。干泽特把她召来。可敦就责骂他。干泽特向他的穆里德阿谢杰尔使了个眼色,阿谢杰尔就从后面击倒可敦,把她杀了。"

"他究竟为什么要杀她?"洛利斯－梅里科夫问。

"他们是一不做二不休,所谓斩草除根,灭掉整个家族。沙米里把最小的一个杀死,从悬崖上扔下去。整个阿瓦利亚都被干泽特征服了,只有我和哥哥不愿屈服。我们要为汗们讨还血债。我们假装屈服,心里却想着怎样向他讨还血债。我们同祖父商量,决定等他从宫里出来的时候,设埋伏刺死他。没想到有人偷听了我们的谈话,向干泽特告了密,他就把祖父叫去。他说:'你得注意,要是你的孙儿真的阴谋反对我,我就把你和他们都吊到一个绞刑架上。我是奉真主的旨意行事,谁也不能拦阻我。去吧,记住我的话。'祖父回家告诉了我们。这样,我们就决定不再等待,节日第一天就在清真寺起事。伙伴们拒绝参加,只剩下我跟哥哥两个。我们每人带着两支手枪,披上斗篷,直奔清真寺。干泽特带着三十名穆里德走进清真寺。他们的刀都出了鞘。走在干泽特旁边的是他心爱的穆里德阿谢杰尔,也就是砍掉可敦脑袋的那个家伙。他一看见我们,喝令我们脱掉斗篷,同时走到我面前。我手里拿着短剑,就把他杀了,接着向干泽特扑去。但奥斯曼哥哥已向他开了枪。干泽特没有死,拿着短剑向哥哥扑来,但被我先下手刺中了脑袋。穆里德有三十人,可我们只有两个。他们杀死了奥斯曼哥哥,我突围出来,跳窗跑了。老百姓知道干泽特被刺,都起来了,穆里德跑了,没有跑的都被杀死。"

哈吉穆拉特停了停,沉重地叹了一口气。

"这本来是件好事,"他讲下去,"后来却被糟蹋了。沙米里接替干泽特的位子。他派使者来,要我跟他一起打俄罗斯人。我要是拒绝的话,他威胁要把洪泽赫夷为平地,并把我杀死。我就回答说,我不到他那里去,也不让他到我这里来。"

"为什么你不到他那里去呢?"洛利斯-梅里科夫问。

哈吉穆拉特皱起眉头,没有立刻回答。

"办不到。沙米里欠了奥斯曼哥哥和阿布农察尔汗的血债。我没有到他那里去。罗森将军给了我军官头衔,命令我当阿瓦利亚长官。本来可以太平无事,可是罗森先委任卡齐库梅赫的马戈梅特-米尔沙汗,后来又委派阿赫梅特汗来管理阿瓦利亚。阿赫梅特汗恨我,他想让儿子娶可敦的女儿萨尔塔聂特。可敦不肯把女儿嫁给他,他就以为是我在作梗。他恨我,派他的卫兵来杀我,可是我逃走了。于是他就在克留盖瑙将军面前说我的坏话,说我不让阿瓦尔人向俄罗斯兵提供柴火。他还对克留盖瑙将军说我缠头巾,就是这个东西,"哈吉穆拉特指指他皮帽上的头巾说,"还说这就是表示我对沙米里的忠心。将军不信他的话,没有拿我怎么样。但将军去梯弗利斯后,阿赫梅特就自作主张:他带了一连士兵逮捕我,把我戴上锁链,拴在大炮上。就这样把我拘留了六天六夜。第七天,他们打开锁链,把我押解到铁米尔汗舒拉城。由四十名荷枪实弹的士兵押解。他们把我的两手捆住,还命令,要是我逃跑,就把我打死。这一点我是知道的。我们快到莫克索赫的时候,山路狭隘,右边是五十来丈的峭壁。我离开士兵向峭壁边缘走去。一个士兵想拦住我,可我往峭壁下一跳,把那个士兵也拉了下去。士兵摔死了,我却活下来。肋骨、脑袋、胳膊、腿都摔坏了。我想爬,可是爬不动。我的头发晕,人就昏过去了。等我苏醒过来,发现浑身是血。一个牧人看到我,叫了人来,把我抬到村子里。肋骨、脑袋都长好了,腿也长好了,就是

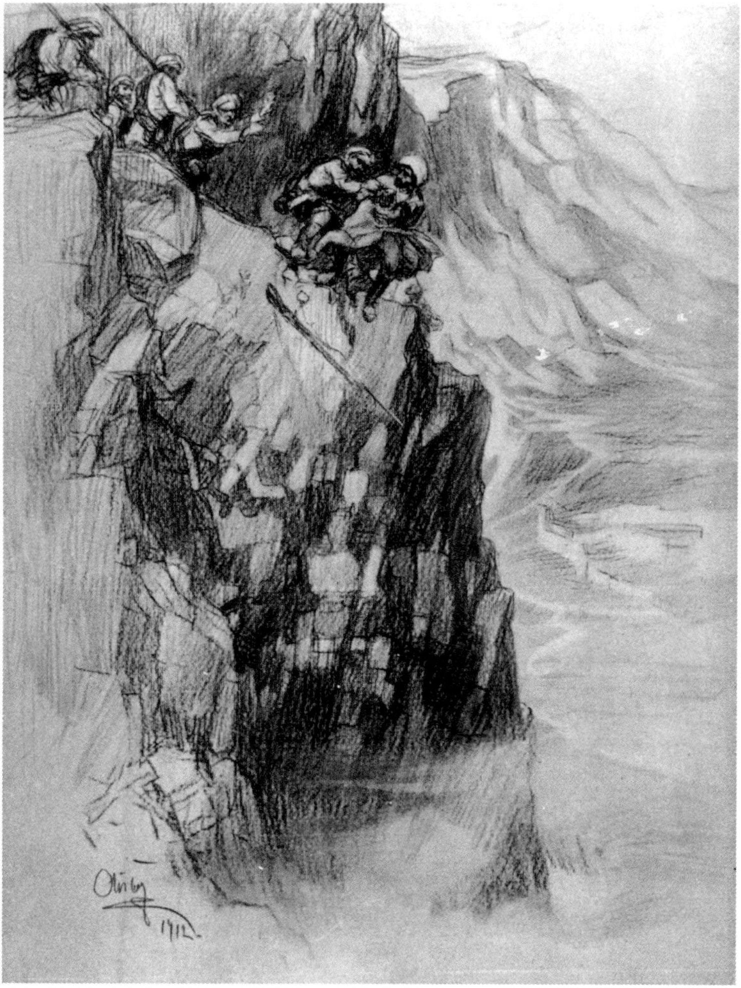

一条腿短了一点儿。"

哈吉穆拉特说着伸出他那条弯曲的腿。

"走路倒没有什么问题，"他说，"老百姓知道了，都来看我。我复原后，就搬到采尔梅斯庄。阿瓦利亚人又要我去管理他们，"哈吉穆拉特镇定而自豪地说，"我同意了。"

哈吉穆拉特敏捷地站起来，从褡裢里取出一个公文包，抽出两封发黄的信，递给洛利斯－梅里科夫。信是克留盖瑙将军写的。洛利斯－梅里科夫看了一遍。第一封信是这样写的：

哈吉穆拉特准尉！你以前在我这里服务，我对你满意，把你看作好人。前不久，阿赫梅特汗少将向我报告，说你是个叛徒，说你缠头巾，说你同沙米里有联系，说你教唆老百姓不听俄罗斯长官的话。我命令逮捕你，并解到我这里来，你又跑了。我不知道这样好不好，因为不知道你是不是犯了罪。现在听我说：你要是对伟大的沙皇问心无愧，你要是没有一点儿罪，那就到我这儿来。你谁也不用怕，我是你的保护人。汗不会对你怎么样的，他是我的部下，所以你不用害怕。

接下去克留盖瑙说他从不食言，大公无私，再次规劝哈吉穆拉特到他那里去。

洛利斯－梅里科夫读完第一封信，哈吉穆拉特又掏出另一封信来，但他没有把信递到洛利斯－梅里科夫手里，而讲了他是怎样答复第一封信的。

"我给他回信说，我缠了头巾，但不是为了沙米里，而是为了拯救灵魂。沙米里那里我不愿去，也不能去，因为我的父亲、兄弟和亲戚都死在他手里，但我也不能投奔俄罗斯人，因为他们侮辱了我。那天我在洪泽赫被捆，有个无赖竟朝我身上撒尿。那人一天不死，我就一天不能到你那里去。不过，主要是我怕阿赫梅特汗那个骗子手。于是将军就给我送来了这封信。"哈吉穆拉特说着把另一张发黄的信纸递给洛利斯－梅里科夫。

"你答复了我的信，谢谢，"洛利斯－梅里科夫念道，"你说，你不怕回来，但有个异教徒侮辱了你，使你不能回来。我可以向你保证，俄国法律是公正的，你将亲眼看到那个侮辱你的人受到惩罚。我已下令调查这件事。听我说，哈吉穆拉特，我对你不满是有理由的，因为你不信任我，不信任我的真诚，但我原谅你，因为我知道山民都生性多疑。你要是问心无愧，你缠头巾只是为了拯救灵魂，那你就没有过错，你可以大胆正视俄国政府和我的眼睛；我保证，那个侮辱你的人，定将受到惩罚，你的财产定将如数归还。你将看见和懂得俄国法律是怎样的。再说，俄国人对事情有自己的看法，即使你受无赖的侮辱，你在他们眼里也不会丧失威信。我还亲自答应吉穆林村①人缠头巾，并且公正地看待他们的行为。因此，我再说一遍，你不必有所顾虑，你随我派去的人一起到我这里来，他对我是忠实的，他不是你的敌人的奴仆，而是受政府特别器重的人的朋友。"

接下去克留盖瑙再次劝说哈吉穆拉特投奔俄国人。

"这话我不信，"洛利斯－梅里科夫念完信，哈吉穆拉特说，"所

---

① 吉穆林村 —— 沙米里的家乡，在阿瓦利亚。

以我没有到克留盖瑙那儿去。我主要是要向阿赫梅特汗报仇，而这事我不能假手于俄罗斯人。这时候，阿赫梅特汗包围了采尔梅斯，想活捉我，或者把我打死。我的人马太少，我打不过他。就在这时，沙米里派使者送信给我。他答应帮助我打退阿赫梅特汗，把他杀死，让我统治整个阿瓦利亚。我考虑再三，最后投奔沙米里。从此以后我就不停地跟俄罗斯人打仗。"

于是哈吉穆拉特就讲了他的全部战功。他的战功多极了，洛利斯－梅里科夫知道一部分。他每次出征和进攻都异常神速，无比勇猛，使人吃惊，而且总是旗开得胜。

"我同沙米里从来没有交情。"哈吉穆拉特讲完自己的身世，"但他怕我，同时又需要我。有一次有人问我，除了沙米里，谁可以当伊玛目？我说，谁的刀快，谁就是伊玛目。这话传到沙米里耳朵里，他就想除掉我。他把我派到塔巴萨伦①去。我到了那里，夺来一千只羊和三百匹马。但他说我做得不对，免去我副帅的职务，下令把所有的钱都交给他。我送了他一千金卢布。他派他的穆里德来没收我的全部财产。他要我去见他，我知道他想杀我，没有去。他派人来捉拿我。我逃走了，投奔伏隆卓夫。可我没有把家眷带来。母亲、老婆、儿子都在他那里。你告诉总司令，我家眷一天在那里，我就一天无法行动。"

"我去告诉他。"洛利斯－梅里科夫说。

"劳驾想想办法。我的一切都属于你，费神在公爵面前美言几句。我的手脚被捆着，绳子一头牵在沙米里手里。"

---

① 塔巴萨伦——在达格斯坦南部。

哈吉穆拉特用这句话结束了对洛利斯-梅里科夫的叙述。

十四

十二月二十日，伏隆卓夫给陆军大臣契尔内舍夫写了一封信。信是用法文写的。

上班邮车我没有给您去信，仁慈的公爵，因正考虑如何处理哈吉穆拉特之事，再者，最近两三天贱体略感不适。我在上信中已禀告大人哈吉穆拉特到达此地一事。他于八日到达梯弗利斯，次日我即和他见面，并同他谈了八九天，考虑他今后能为我们做些什么，尤其是现在我们该拿他怎么办，因为他对他家眷的命运极为关切。他说得十分坦率，只要他的家眷尚在沙米里手中，他就无法行动，无法为我们效劳，以报答我们对他的款待和宽大。他的亲人情况不明，使他坐立不安，六神无主。我派去陪伴他的人明确对我说，他通宵失眠，饮食不进，一直祷告，只要求带几名哥萨克骑马兜风——这是他多年来唯一的嗜好和运动。他天天来向我打听，他的家眷有无消息，他还要求我将各线归我们管辖的所有俘虏集中起来，作为向沙米里交换他家眷的条件，而且他还可添上一些钱财。为这件事有人愿意给他出钱。他一再对我说，救救我的家眷，然后给我机会为您效劳（他认为最好是在列兹庚一线），要是我不能在一个月之内为您立大功，您可以任意处分我。

我答复他说，我认为这一情况无可非议，假如他的家眷留在山上，不带到此处充当人质，此间将会有许多人不信任他。我对他说，我将尽力收集我边境上的俘虏，但按照我们的规矩，我们无权给他凑足他所缺的赎金，我也许能找到别的办法帮助他。我还坦率地告诉他我的一个想法：沙米里绝不会把他的家眷交还他，但可能直接向他宣布，他完全饶恕他，恢复他的一切职务，同时又威胁他，他要是不回来，就杀害他的母亲、妻子和六个孩子。我问他，他能不能老实告诉我，要是沙米里这样向他宣布，他将怎么办。哈吉穆拉特仰望天空，举起双手对我说，一切都在真主手里，但他决不会投入敌人怀抱，因为他断定沙米里绝不会饶恕他，因此他是活不长的。至于会不会杀害他家眷这一点，他认为沙米里不敢轻举妄动：第一，沙米里不愿使他的对手横下心，变得更加危险；第二，达格斯坦有许多有影响的人物会劝阻他这样做。最后他再三对我说，不管真主的旨意怎样，他现在想的只是如何赎出他的家眷。他恳求我看在真主分上帮助他，让他回到车臣近郊，到了那里，他在征得我们长官同意后，可同家眷取得联系，经常了解他们的情况，研究搭救他们的方法。他说，在这一部分敌人统治的地区，有许多人，其中包括几个州长，和他多少有点儿交情。在我们的协助下，他很容易在归顺俄罗斯或保持中立的居民中建立联系，而这对达到他朝思暮想的目的十分有利。一旦达到这一目的，他即可安心，并可为我们出力，获得我们的信任。他要求再把他派到格罗兹尼，并给他二三十名骁勇的哥萨克卫兵，如此既可抵抗敌人的袭击，又可说明他的意图的真诚。

仁慈的公爵，不瞒您说，这一切都使我感到为难，因为不论怎么做，我都责任重大。完全信任他，那是极不慎重的。假如想防止他逃跑，我们就得将他囚禁起来，但我认为这样做既不公正，又不策略。假如采取这种措施，消息将很快传遍整个达格斯坦。这对我们极其不利，因为这样一来，凡是多少准备公开反对沙米里的人（这样的人为数很多），以及关心这个被迫向我们投诚的骁勇善战而又精明强干的伊玛目助手在我们这里情况的人，都将改变主意。假如我们像对待俘虏那样对待哈吉穆拉特，那么他叛变沙米里而给我们带来的全部好处将化为乌有。

因此，除了现在这样行动，我别无他法。不过，万一哈吉穆拉特想逃走，我将铸成大错而受人指摘。处理这种棘手的公事，要不担风险，顺顺当当，即使不是不可能，也是极其困难的。但既然只有这一条路可走，那就得走下去，不管前途如何。

仁慈的公爵，请您将此事奏闻皇帝陛下，我的处置如能获得圣上首肯，我将感到幸福。上述情况我已另行告知扎瓦朵夫斯基和柯兹洛夫斯基两将军。让柯兹洛夫斯基同哈吉穆拉特直接联系。我曾警告哈吉穆拉特，不得柯兹洛夫斯基将军同意，不准有任何行动，也不准去任何地方。

我对他宣布,他能在我们卫兵护送下一起出去走走,对我们来说更好,不然沙米里就会诬蔑我们将哈吉穆拉特囚禁起来。同时我又取得哈吉穆拉特的许诺,从此不到伏兹德维任斯克去,因为我的儿子——哈吉穆拉特先向他投诚,后来又将他看作自己的朋友——并非该地区长官,他去可能引起误会。再说,伏兹德维任斯克离人口众多、敌视我们的地区太近,他若要同他的亲信取得联系,格罗兹尼要方便得多。

除了二十名精选的哥萨克——哈吉穆拉特要求他们寸步不离——之外,我又派洛利斯-梅里科夫骑兵大尉陪他前去。洛利斯-梅里科夫是个精明能干、足智多谋的军官,通鞑靼语,甚为了解哈吉穆拉特的为人,哈吉穆拉特也完全信任他。哈吉穆拉特来此处十天,跟因公来到此地的苏申斯克中校衔县长塔尔哈诺夫公爵同住一屋。塔尔哈诺夫公爵为人极其稳重,我完全信任他。他也取得了哈吉穆拉特的信任。由于他懂鞑靼语,通过他的翻译,我们讨论了一些微妙的秘密问题。

我同塔尔哈诺夫商量过哈吉穆拉特的事,他完全同意我的意见:或者照现在的方式办理,或者将哈吉穆拉特囚禁起来,并严加看守——因为如果不是客客气气待他,就不容易管住他——或者干脆把他送到国外。但后两种办法不仅将抵消由于哈吉穆拉特和沙米里龃龉而产生的全部利益,而且将冲淡山民对沙米里政权不断增长的不满和反抗情绪。塔尔哈诺夫公爵对我说,他认为哈吉穆拉特是诚实的,而且哈吉穆拉特深信,沙米里永远不会饶恕他,即使答应过对他宽大,最后仍将处死他。塔尔哈诺夫在同哈吉穆拉特交往中唯一担心的事是,哈吉穆拉特对宗教的笃信,他本人也不讳言,沙米里可能从这方面去感化他。不过,正如我在前面说过的那样,沙米里绝不能使哈吉穆拉特相信,他不会要他的性命,不是立即处死,就是等他回去后过一些时候。

仁慈的公爵,以上就是我要向阁下禀告的这一事件的始末。

十五

这份报告是十二月二十四日从梯弗利斯送出的。一八五二年新年前夕,信使一路上赶坏十匹马,把十名车夫抽得皮破血流,才将报告送到当时的陆军大臣契尔内舍夫公爵手里。

一八五二年元旦,契尔内舍夫向尼古拉皇帝呈递公事,其中就有伏隆卓夫的这份报告。

契尔内舍夫不喜欢伏隆卓夫,因为伏隆卓夫颇有名气,深孚众望,因为他拥有大量财富,因为他出身贵族,而契尔内舍夫只是个暴发户,主要则是因为皇上对伏隆卓夫特别垂青。所以契尔内舍夫一有机会就竭力诋毁伏隆卓夫。在上次有关高加索的报告里,契尔内舍夫陈述由于伏隆卓夫的疏忽,高加索有一支不大的部队受山民袭击，几乎全军覆没，引起尼古拉对伏隆卓夫的不满。现在契尔内舍夫又力图从不利方面参伏隆卓夫一本，告他在处理哈吉穆拉特问题上出了纰漏。他向皇上暗示，伏隆卓夫一贯庇护甚至姑息当地土著而损害俄国利益，他把哈吉穆拉特留在高加索是很不明智的。他还暗示，哈吉穆拉特多半只是为了窥探我方防御工事而诈降，因此最好把他送到俄罗斯中部，等到将他的家眷从山里救出，证实他对我们确实忠心耿耿，才能使用他。

不过，契尔内舍夫的计划没有成功，只因为元旦那天尼古拉心情不佳，不肯采纳任何人的任何建议，再说他也不愿接受契尔内舍夫提出的建议。尼古拉不喜欢契尔内舍夫而勉强让他留在这个位置上，只因为当时还没有找到合适的人选来代替他。尼古拉知道他在十二月党人案件中竭力陷害查哈尔·契尔内舍夫[①]，妄图侵占他的财产，因此认为他是个大浑蛋。这样，由于尼古拉心情不佳，哈吉穆拉特就留在高加索。要是契尔内舍夫换个时候将此事奏闻皇上，哈吉穆拉特的命运也许不会发生后来那样的变化。

九点半钟，在零下二十摄氏度的寒雾中，契尔内舍夫那个头戴蓝丝绒尖顶帽的大胡子胖车夫坐在同尼古拉一世一样的小雪橇驭座上，将雪橇赶到冬宫门口，对他的朋友——陀尔戈鲁基公爵的车夫亲切地点头致意。这个朋友早已让主人下了雪橇，停在冬宫门口，把缰绳塞到臃肿的大棉裤下，拼命搓着冻僵的双手。

契尔内舍夫身穿毛茸茸的灰色海龙皮领外套，头上照规矩戴一顶插雉毛的三角帽。他掀掉熊皮毯，小心地把他那双没穿套鞋（他以

[①] 查哈尔·契尔内舍夫（1796—1862）——十二月党人。

从来不穿套鞋自豪）的冻僵的腿从雪橇里挪出来，碰响马刺，从地毯上走进门房毕恭毕敬地给他打开的门里。契尔内舍夫在前厅把外套扔给急急跑来的老侍仆，走到镜子前，小心翼翼地连鬈曲假发一起摘下帽子。他照了照镜子，用那双衰老的手熟练地卷了卷鬈发和额发，整了整十字勋章、肩带和巨大的带绣花字母的肩章，这才软弱无力地迈动他那两条不听使唤的老腿，踏着铺地毯的坡度平缓的楼梯上楼。

契尔内舍夫经过一排整齐的谄媚地向他鞠躬的内侍，走进客厅。值日官是个新任命的侍从武官，身穿金光闪闪的崭新军服，佩戴着崭新的肩带和肩章，脸色红润鲜嫩，蓄着小胡子，鬈发梳得像尼古拉一世那样。他站起来迎接契尔内舍夫。陆军副大臣华西里·陀尔戈鲁基公爵，神情呆滞，留着同尼古拉一世一样的络腮胡子、小胡子和鬓角，也站起来迎接契尔内舍夫，向他问好。

"皇帝呢？"契尔内舍夫问侍从武官，眼睛瞟瞟办公室的门。

"陛下刚回来。"侍从武官说，显然对自己悦耳的声音感到很得意。他轻悄而平稳地——平稳得就是头上顶一满杯水都不会溢出来——走到无声地打开的门前，整个神态都表示对他将要进去的地方怀着无限崇敬，接着在门后消失了。

这当儿，陀尔戈鲁基打开公事包，查看了一下里面的公文。

契尔内舍夫呢，皱紧眉头，踱来踱去，活动活动两腿，考虑着应该奏闻皇帝的事。办公室的门大开，里面走出一个容光更加焕发、态度更加威严的侍从武官。他做手势请大臣和副大臣进去觐见皇上。这当儿，契尔内舍夫正站在办公室门口。

冬宫遭到大火后早已整修一新，但尼古拉皇帝仍住在楼上。他

哈吉穆拉特 | 345

接见大臣和高级官员、听取报告的办公室是一个有四面大窗的高大房间。正面墙上挂着亚历山大一世的巨幅画像。在窗与窗之间放着两张办公桌。靠墙放着几把椅子，房间中央有一张巨大的写字台，桌子后面放着尼古拉的安乐椅，前面有几把椅子，是为被接见的人预备的。

尼古拉穿一件没有肩章、只带肩章标志的黑礼服，大肚子勒得紧紧的庞大身躯仰靠在安乐椅上，死气沉沉的眼睛茫然瞅着进来的人。他的脸又长又白，前额宽大突出，梳得光光的鬓发巧妙地同假发连在一起，盖住他的秃顶。今天他的神情特别阴冷和呆滞。他的眼睛一向浑浊无光，今天更加黯淡无神；紧闭的嘴唇上留着两撇往上翘的胡子；新剃的肥胖双颊长着灌肠般的络腮胡子，被高高的领子托住；下巴颏也被高领子顶住——这一切使他的脸增添了一种烦恼甚至愤怒的神色。这种情绪是由疲劳造成的，而疲劳的原因则是他昨晚参加了假面舞会。当时他照例戴着饰有鸟形徽的近卫重骑兵头盔，穿过向他挤来又怯生生地让开的大量扬扬自得的人群，遇到了上次假面舞会上遇到过的那个戴假面具的女人。这个女人雪白的皮肤、优美的身材和娇滴滴的声音唤起了他那老年的情欲。她上次躲开他，答应下次舞会再同他见面。昨天在假面舞会上，她走到他跟前，他就不再放过她了。他把她领到专为这个目的设立的单间，他可以同他的女伴单独留在那里。尼古拉默默地走到单间门口，环视了一下，眼睛搜寻着内侍，可是没有找到。尼古拉皱起眉头，推开单间的门，让女伴走在前面。

"里面有人。"假面女人站住，说。单间里真的有人。在丝绒沙发上，一个枪骑兵军官和一个年轻漂亮、金发鬈曲、身穿化装斗篷和摘下假面具的女郎依偎在一起。金发女郎一见尼古拉皇帝挺直身子、怒气冲冲的模样，慌忙戴上假面具；枪骑兵军官吓得呆若木鸡，坐在沙发上一动不动，眼睛盯住尼古拉一世。

尼古拉虽已看惯人们在他面前惶恐的神色，他还是喜欢看这种表情。他有时故意说几句亲切的话，使他们更加惶恐不安。现在他又这样做了。

"哦，老弟，你比我年轻，"他对吓得目瞪口呆的军官说，"可以把位置让给我。"

军官连忙站起来，脸上一阵红一阵白，弯着腰，戴上面具，默默地走出单间。尼古拉跟他的女伴就单独留在那里。

戴面具的女伴是个二十岁的美丽姑娘，天真烂漫，是个瑞典籍家庭女教师的女儿。这个姑娘对尼古拉说，她从小看到照片，就爱上他和崇拜他，决心要获得他的垂青。如今目的已经达到，她再不需要什么了。这位姑娘被带到尼古拉通常同女人幽会的地方，尼古拉在那里同她消磨了一个多小时。

那天晚上，尼古拉回到自己的寝宫，躺在又窄又硬的床上（他以睡这种床自豪），盖上他的大氅（他自认为这件大氅像拿破仑帽子一样闻名天下，还常常这样对人说），久久不能入睡。他忽而想起那姑娘白嫩脸上又惊又喜的神态，忽而想起他的老情妇聂丽多娃健美的肩膀，并且拿她们两人做着比较。至于已婚男人不该再过放荡生活，这一层他可连想都没有想过。要是有人为这种事谴责他，他还会感到奇怪。不过，他虽然自信他的行为没有什么不对，内心却有一种不愉快的波动。为了消除这种烦恼，他就想着一件常常能使他平静的事：他是一个多么伟大的人物。

哈吉穆拉特 | 347

他虽然很晚才入睡，早晨仍像平时一样七点多钟起床。他照常盥洗，用冰块擦擦他那肥大的身子，祷告过上帝，嘴里念着从小念惯的祷文："圣母""我信仰""我们在天上的父"，心里根本没意识到这些祷文的含义。接着他穿上外套，戴上制帽，从边门走到滨河街。

在滨河街中心，他遇见一个身穿制服、头戴制帽、身材像他一样高大的法学院学生。尼古拉皇帝一看见法学院——他因那里流行自由思想而不喜欢这个学校——制服，就皱起眉头，但那个学生的高大身材、笔挺的立正姿势和臂肘突出敬礼的模样稍稍减轻了他的不满情绪。

"你叫什么名字？"他问。

"波洛萨托夫，皇帝陛下！"

"好样的！"

那学生一直举手敬礼，站在那里。尼古拉站住了。

"你愿意服役吗？"

"不，皇帝陛下。"

"蠢货！"尼古拉转过身，向前走去，大声念着首先溜到嘴边的字眼。"柯佩文！柯佩文！"他把昨天那个姑娘的名字念了几遍。"可恨，可恨。"他根本没有意识到他在说些什么，只是用说话来克制自己的感情。"是啊，俄国要是没有我，会成为什么样子。"他感到愤恨的情绪又袭上心来，自言自语着，"不仅俄国，整个欧洲要是没有我，会成什么样子！"他想到他的内弟普鲁士国王，想到他的懦弱昏庸，摇了摇头。

他回到冬宫门前，看见叶莲娜·巴甫洛夫娜的马车。她带了一个穿红制服的侍从来到萨尔蒂科夫大门口。叶莲娜·巴甫洛夫娜在他的心目中是废物的化身。这些废物不仅空谈什么科学和诗歌，而且议论政治，还认为他们实行自治会比他尼古拉统治他们好。他知道，不管他怎样压制他们，他们还是会浮起来，浮到上面来。他想起了不久前去世的弟弟米哈伊尔·巴甫洛维奇。他感到一阵悔恨和悲伤。他闷闷不乐地皱起眉头，喃喃地随口念着滑到嘴边的话。直到他走进冬宫，才不再自言自语。他走进自己的宫里，对镜梳理络腮胡子、鬓发和额上的假发，捻了捻小胡子，一直往听取报告的办公室进去。

他首先接见契尔内舍夫。契尔内舍夫从尼古拉的脸色主要是眼神看出，他今天心绪不佳。他知道他昨天的风流韵事，懂得他为什么心绪不佳。尼古拉冷冷地同契尔内舍夫打过招呼，请他坐下，又用那双死气沉沉的眼睛盯住他。

契尔内舍夫启奏的第一件事是军需官贪污案；接着是调动军队到普鲁士边境问题；然后是年终赏金获得者的补充名单；再有是伏隆卓夫关于哈吉穆拉特投诚的报告；最后是医学院学生谋刺教授案。

尼古拉默默地闭紧嘴唇，用他那无名指上戴着金戒指的白净大手翻阅着文件，听着贪污案始末，眼睛一直盯住契尔内舍夫的前额和额发。

尼古拉相信，没有一个官吏不贪污。他知道现在必须惩办那些军需官，罚他们去当兵，但这样做并不能制止新任军需官也贪污。官吏天生爱贪污，他的职责就是惩办他们。尽管这种事使他厌烦，他还是认真履行职责。

"看来，在我们俄国只有一个人廉洁。"他说。

契尔内舍夫立刻明白，俄国唯一廉洁的人就是他尼古拉本人。他赞同地微微一笑。

"我看是这样的，陛下。"他说。

哈吉穆拉特| 349

"不用说了，我来批示。"尼古拉拿起公文，把它放在桌子左边，说。

接着，契尔内舍夫报告发奖和军队调动的事。尼古拉看了看名单，划掉几个名字，然后断然命令调两个师到普鲁士边境。

尼古拉怎么也不能原谅一八四八年颁布宪法的普鲁士国王，因为，尽管他在信里和口头上对内弟表现得很亲热，他认为普鲁士边境必须驻兵以防万一。这支军队还有一个用处：一旦普鲁士人民起来暴动（尼古拉看到到处都在准备暴动），就可以出兵保卫内弟的王位，就像他上次出兵对抗匈牙利人保卫奥地利那样。边境上有了这支军队，他对普鲁士国王进忠告就更有分量和意义了。

"是啊，俄国要是没有我会变成什么样子。"他又想。

"喂，还有什么？"他说。

"有个使者从高加索来。"契尔内舍夫说，接着就报告伏隆卓夫信中关于哈吉穆拉特投诚的事。

"原来是这么回事，"尼古拉说，"倒是个良好的开端。"

"陛下亲手订的计划显然开始见效了。"契尔内舍夫说。

这种对他雄才大略的赞扬，尼古拉听了特别高兴，因为尽管他以雄才大略自豪，内心却意识到，他并没有这方面的才能。不过，现在他很想多听听这样的谀词。

"你对这件事怎么看？"他问。

"我的看法是，如果早就遵照陛下的计划，逐步向前推进，即使慢一点儿也行，砍伐树木，烧毁粮食，那么高加索早就被征服了。哈吉穆拉特的投诚，我看也全靠这种形势。他明白他们撑不住了。"

"说得对。"尼古拉说。

在敌人境内砍伐树木、烧毁粮食、逐步推进的计划，其实是叶尔莫洛夫和维里亚米诺夫两将军的计划，同尼古拉的计划正好相反。按照尼古拉的计划，必须一举占领沙米里的地盘，捣毁他的匪窟，并为此进行了伤亡惨重的一八四五年达尔果远征。虽然如此，尼古拉还是把砍伐树木、烧毁粮食、逐步推进的计划算作自己的计划。按理说，要人家相信砍伐树木、烧毁粮食、逐步推进的计划是他的，他必须掩盖真相，那就是他曾经坚持截然相反的一八四五年军事行动。但他对这件事并不讳言，而且以一八四五年的远征和逐步推进计划自豪，尽管这两个计划是完全对立的。周围的人经常露骨地奉承他，使他看不见自己的矛盾，使他的言行违反实际、违反逻辑，甚至违反常识。不管他的命令是多么错误、矛盾和荒谬，他还是相信他的一切命令都是正确、公正和协调的，只因为这些命令都是他下的。

在高加索事件之后，契尔内舍夫报告了外科医学院学生一案，尼古拉就是这样做出决定的。

事情是这样的：一个青年学生两次考试不及格，他考第三次，主考教授还是没让他及格。这个神经质的学生认为不公平，一气之下便抓起桌上削鹅毛笔的小刀向教授扑去，使教授受了几处轻伤。

"他姓什么？"尼古拉问。

"波日卓夫斯基。"

"是波兰人吧？"

"原籍波兰，信天主教。"契尔内舍夫回答。

尼古拉皱起眉头。

他对波兰人经常实行暴政。为了解释这种暴政，他必须相信，波兰人都是坏蛋。尼古拉认为他们都是坏蛋，因此痛恨他们，越对他们实行暴政，越痛恨他们。

"等一会儿。"他说着，闭上眼睛，垂下头。

契尔内舍夫不止一次听尼古拉说过这句话，所以知道当他在决定重大问题时，只要聚精会神地沉默几秒钟，就会灵机一动，做出十分正确的决定，仿佛内心有个声音会告诉他应该怎么办。此刻他正在考虑，怎样通过这个学生的事激发自己对波兰人的愤恨。结果内心的声音暗示他做出如下的决定。他拿起报告，在空白的地方批道："应处死刑。但感谢上帝，我们这里没有死刑。我也不愿破例。带他在千人行列中走十二次①。尼古拉。"他用他那难看的粗大花体字母签了名。

尼古拉知道，一万两千下鞭子无疑是一种致人死命的重刑，而且极其残酷，因为要打死一个身强力壮的人，五千鞭就足够了。但他喜欢做一个无比残酷的人，而想到我们这里没有死刑，又感到很得意。

他批完大学生案，把报告推给契尔内舍夫。

"好了，"他说，"你看吧。"

契尔内舍夫看了一遍，低下头，表示对这一英明的决定不胜钦佩。

"再把全体学生领到操场上，让他们看看行刑。"尼古拉补充说。

"这对他们有好处。我要消灭这种革命情绪，连根消灭掉。"他想。

"是。"契尔内舍夫说，停了停，整整额发，回到高加索报告上来。

"怎样答复伏隆卓夫，您有什么指示？"

"坚持我的政策：在车臣地区烧毁住房，烧毁粮食，不断对他们进行袭击。"尼古拉说。

---

① 在千人行列中走十二次——旧俄酷刑，被罚的人要经过一千人的行列，每人往他身上狠抽一鞭子。

"哈吉穆拉特的事,您有什么吩咐?"契尔内舍夫问。

"伏隆卓夫信里不是说要在高加索利用他吗?"

"这是不是有点儿冒险?"契尔内舍夫避开尼古拉的目光,说,"我怕伏隆卓夫过分信任他。"

"那你看应该怎么办?"尼古拉发现契尔内舍夫把伏隆卓夫的计划往坏里想,出其不意地问。

"我想还是把他送到俄国后方稳当。"

"你这样想,"尼古拉嘲笑说,"可我不这样想,我同意伏隆卓夫的计划。你就这样答复他吧。"

"遵旨。"契尔内舍夫说,站起来鞠躬告辞。

陀尔戈鲁基也鞠躬告辞。在禀奏过程中,他只就调动军队问题回答了尼古拉几句话。

在契尔内舍夫之后,尼古拉接见了前来辞行的西部边区总督比比科夫。他赞同比比科夫镇压不愿改信正教的农民的反抗,下令对不服从的一律军法从事。这就是说,判处他们"通过行列"。此外,他还命令把一名报馆编辑送去当兵,因为他刊登了几千名国家农民[①]被划归皇室领地当农奴的消息。

"我这样做,因为我认为这是必要的,"他说,"我不许任何人议论此事。"

比比科夫当然懂得这样处理合并派[②]教徒十分残酷,把当时仅有的自由农民改为皇室农奴也是完全不合理的。但他不能表示异议。

---

① 国家农民 —— 指耕种国家土地的自由农民。

② 合并派 —— 根据一四三九年佛罗伦萨会议,正教和天主教教会实行合并。合并后的教会称合并派。

哈吉穆拉特 | 353

不同意尼古拉的命令，就会使他丧失四十年惨淡经营所获得的煊赫地位和所享的特权。他只好驯顺地低下花白的头，表示准备忠实执行那残酷、狂暴和无理的圣旨。

比比科夫走后，尼古拉觉得自己圆满履行了职责，伸了个懒腰，看看表，走去更衣，准备出门。他穿上带肩章、勋章和绶带的军服，走进客厅。那里已有一百多个穿军服的男人和袒胸露臂的盛装女人按照各自的身份排列着，战战兢兢地等着他出来。

他眼神死气沉沉，高高鼓起从上到下绷紧的肚子，挺起胸膛，向等待着他的人们走去。他发觉所有的眼睛都露出诚惶诚恐和卑躬屈节的神色，就装得更加威严。他看到一张张熟识的脸，记起那是什么人，停下脚步，有时说几句俄语，有时说几句法语，同时用没有生气的冰凉目光死盯住他们，听他们对他说些什么。

尼古拉接受他们的请安后就去教堂。

上帝通过他的仆人（神父）也像世俗的人那样，颂扬尼古拉，并向他致敬。尼古拉对于这种致敬和颂扬虽已厌倦，但还是心安理得地接受了。这是理所当然的，因为全世界的和平幸福都系在他一人身上。这一切已使他厌倦，不过他仍不放弃造福世界的努力。当午祷结束，身穿华美法衣、头发梳得精光的助祭高呼"万岁"，唱诗班悦耳地同声附和时，尼古拉回过头来，看到双肩丰腴的聂丽多娃站在窗旁，就以庇祖她的眼光拿她同昨天的姑娘做着比较。

午祷后，他走到皇后那里，在家里待了几分钟，同孩子、皇后说说笑笑。接着，穿过爱尔米塔日宫来到御前大臣伏尔康斯基那里，顺便托他从自己的特种用款中每年拨一笔养老金给昨天那个姑娘的母亲。然后从他那里出来，去做例行的散步。

那天午餐是在庞贝厅①举行的,参加午餐的除了两个小皇子外,还邀请了李文男爵、尔席夫斯基伯爵、陀尔戈鲁基、普鲁士公使和普鲁士国王的侍从武官。

普鲁士公使和李文男爵利用等待皇帝和皇后驾到的空余,就最近从波兰接到的令人不安的消息做了一番意义深长的谈话。

"波兰和高加索是俄国的两个伤口。这两个地方每处至少得驻十万人。"李文说。

公使听了这话,假装很吃惊。

"您是说波兰吗?"

"是啊,这是梅特涅的一步狠棋,弄得我们很为难……"

他们谈到这里,皇后抖动着脑袋,脸上挂着没有表情的微笑走进来。她后面跟着尼古拉。

吃饭时,尼古拉讲到哈吉穆拉特的投诚,还讲到由于他的伐木围困政策奏效,高加索战争不久可望结束。

普鲁士公使和侍从武官交换了个眼色,今天早晨他们还谈到尼古拉以战略大家自居是个不幸的毛病。这会儿却大大称赞这个计划,认为它再次证明尼古拉是个伟大的战略天才。

饭后尼古拉去看芭蕾舞演出。几百个穿三角裤的裸体女人表演了进军舞。其中一个特别撒娇地瞟了他一眼。尼古拉把芭蕾舞导演叫来,向他致谢,并吩咐人赏给他一只钻石戒指。

第二天,契尔内舍夫前来启奏时,尼古拉重申对伏隆卓夫的命令,要他趁哈吉穆拉特前来投诚的时机,加紧骚扰车臣地区,收拢

---

① 庞贝厅——冬宫里的一个大厅,其建筑和设备都依照古罗马的庞贝城。

哨兵包围圈。

契尔内舍夫遵照圣旨写信给伏隆卓夫。于是另一使者又赶坏了几匹马，打伤了几个车夫的脸，向梯弗利斯驰去。

十六

为了执行尼古拉皇帝这一命令，一八五二年一月对车臣区进行了袭击。

担任袭击的部队由四营步兵、两百名哥萨克和八门大炮组成。纵队走的是大路。纵队两边，穿高筒皮靴和短皮大衣、戴高筒皮帽的猎骑兵，扛着枪，挎着子弹带，组成连续不断的散兵线，在山谷里忽上忽下地行进着。队伍在敌人的地区行军，照例竭力保持安静。只有大炮经过沟渠时发出铿锵的声音，或是不懂得命令的拉炮车的马偶尔发出嘶鸣声和响鼻声；有时愤怒的长官看到散兵线拉得太长，走得离纵队太近或太远，就用压低的沙哑嗓子叱责部下。只有一次，一只白肚子、白屁股、灰脊背的母山羊和一只同样颜色的双角弯向背部的公山羊突然从散兵线和纵队之间的小树丛里蹿出来，打破了寂静。这两头受惊的漂亮动物，前腿一收，飞快地向纵队跑去。它们离纵队很近，有几个士兵又喊又笑地跑去追赶，想用刺刀捅它们，但山羊转身冲过散兵线，被几条军犬追逐着，像飞鸟一般往山上跑去。

冬天还没有过去，太阳却已升得很高。到了中午，一早出发的队伍已走了十俄里光景，大家感到有点儿热。阳光十分强烈，刺刀和大炮铜皮上的反光刺得人眼睛发痛。

后面是部队刚涉过的湍急清溪，前面是耕地和草地，还有不深的山沟，再前面是长满树木的神秘的黑色群山，群山之后有突出的悬崖，而在高高的地平线上，则是永远美丽动人、永远变幻莫测、像钻石一样闪闪发亮的雪山。

走在第五连前面的，是不久前才从近卫军调来的身穿黑制服、头戴高皮帽、肩挎马刀的高个子英俊军官布特勒。他身强力壮，对生活充满乐观情绪，勇敢地蔑视死亡的危险。他渴望行动，并意识到自己参与了一个由统一意志领导的伟大事业。今天是布特勒第二次上战场，他高兴地想到他们马上就要遭到射击，他不仅不会在飞来的炮弹下低头，不仅不会理睬子弹的呼啸，并且会像上次那样高高昂起头，眼睛含笑环顾同伴和士兵，若无其事地谈些毫不相干的事。

部队离开大道，转入人迹罕至的玉米茬地间的小路。当他们接近树林时，突然一颗炮弹带着不祥的啸声不知从哪里飞来，落在路旁玉米地上辎重车中间，把玉米地的泥土炸得飞溅开来。

"开始了！"布特勒快乐地笑着对旁边的同伴说。

果然，炮弹爆炸后，树林里出现了黑压压一伙打着旗号的骑马车臣人。在这伙人中间有一面大绿旗，视力很好的连司务长告诉近视的布特勒，那肯定是沙米里本人。这伙人走下山，来到右边最近一个山谷的高处，又往下走。身材矮小的将军穿着厚厚的黑制服，戴一顶白羔皮高帽，骑一匹遛蹄马，跑到布特勒一连人跟前，命令布特勒从右边迎击骑马的车臣人。布特勒迅速地把他的连调往指定的方向，但还没有跑下山谷，就听见背后接连响起两声大炮的轰鸣。他回头一看：两团灰蓝色的浓烟正从两尊大炮上升起来，顺着山谷扩散。那伙车臣人显然没想到有炮兵，就往后撤。布特勒的连开枪追击山民，整个谷地都充满了火药味。只有从谷地高处可以看见山民一面还击追逐他们的哥萨克，一面急急忙忙地后退。部队继续追击山民，看得见第二个山谷的斜坡上散布着山民的村庄。

布特勒带着连队紧随着哥萨克骑兵，进入那个山村。村子里一个居民也没有。士兵们奉命烧毁粮食、干草和土屋。整个村子弥漫着刺鼻的浓烟，士兵们在浓烟中窜来窜去，从土屋里拖出找到的东西，主要是捕捉和射击山民没有带走的母鸡。军官们在离浓烟远一点儿的地方坐着吃早饭，喝酒。司务长用木板端来蜂房蜜。这里听不见车臣人的动静。午后不久，接到撤退的命令。各连队在村后排成纵队，布特勒担任后卫。纵队一开拨，车臣人就出现了。他们追踪部队，在后面开枪。

部队来到开阔地，山民落在后面。布特勒手下没有一人受伤。他回来时，一路上心情愉快，精神振奋。

部队涉过早晨走过的山溪，排列在玉米地和草地上，各连歌手纷纷走到队列前唱起歌来。没有风，空气清新明净，百里外的雪山仿佛近在咫尺。歌声一停，就听见均匀的脚步声和大炮的铿锵声，好像歌曲的引子和间奏。布特勒的五连唱着一个士官生为颂扬团队而作的歌，歌曲用了舞曲调子和"猎骑兵，猎骑兵，了不起，了不起！"的副歌。

布特勒骑马跟他的顶头上司彼得罗夫少校并排走着。他同彼得罗夫住在一起，对他自己从近卫军调到高加索来感到说不尽的高兴。他调到高加索来的主要原因是，他在彼得堡打牌输了钱，弄得身无分文。他担心留在近卫军里戒不了赌，而又没有钱可输。这一切如

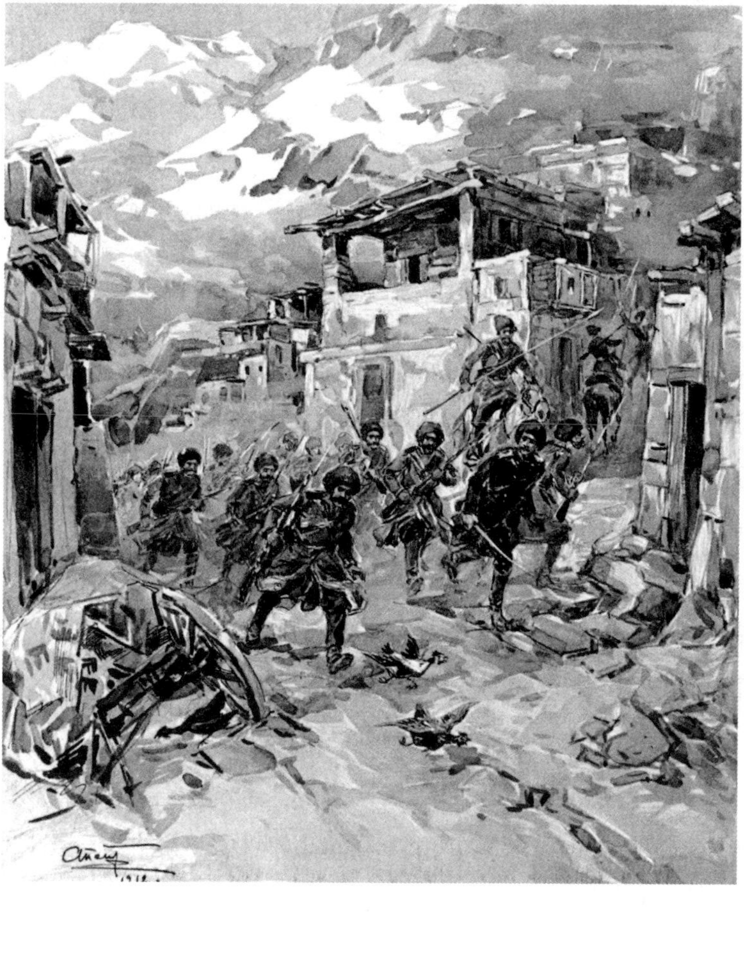

今都已过去,他开始过另一种生活,一种生气勃勃的美好生活。他忘记了自己的破产和未偿还的债务。而高加索,战争,士兵,军官,喜欢喝酒、作战勇敢而心地善良的彼得罗夫少校——这一切在他看来都十分美好。他有时简直不相信,他不是在彼得堡,不是在烟雾腾腾的屋子里"折角",押注,痛恨庄家,并感到窒闷得头痛,而是在这迷人的地方,同高加索好汉们待在一起。

"猎骑兵,猎骑兵,了不起,了不起!"他的歌手们唱着。他的马按照音乐节奏轻快地迈着步子。连队那头灰色长毛军犬特列索尔卡好像长官,摇动尾巴,专心致志地在连队前跑着。布特勒感到神清气爽,心里平静而快乐。战争在他看来只是面临危险和死亡,但因此可以赢得奖赏,获得本地伙伴和俄罗斯朋友的敬意。而战争的另一面:官兵和山民的伤亡,说也奇怪,他根本没有想到。他甚至不自觉地避免看到伤亡,以保持战争的诗意。今天也是这样,我方有三人阵亡,十二人负伤。他从一具仰面躺着的尸体旁边走过,只斜眼瞟了瞟一只姿势古怪的白蜡般的手和头上暗红色的斑点,就不再看他。在他看来,山民也只是些必须加以防御的骑手罢了。

"看到了吗,老弟,"在唱歌间歇的时候少校说,"这里可不像你们彼得堡那样的大马路,可以向右看齐,向左看齐,起步走。从这里回家可得费点儿劲了。回到家里,我的玛丽雅会给我们包子吃,还有美味的菜汤。这才叫生活!你说是不是?喂!唱一个《朝霞升起来》!"他命令歌手们唱他心爱的歌。

少校跟司务长的女儿玛丽雅结了婚,生活在一起。玛丽雅是个淡黄头发的漂亮女人,满脸雀斑,今年三十岁,没有孩子。不管她过去怎样,现在她是少校的忠实伴侣。她像保姆一样照顾他,而这正是少校所需要的，因为他常常喝得烂醉如泥。

他们回到要塞，一切都不出少校所料。玛丽雅请他和布特勒以及两个军官吃了一顿丰盛美味的午餐。少校大吃大喝，喝得连话都说不出来了，只好回到自己屋里去睡觉。布特勒也筋疲力尽，但心情愉快。他多喝了几杯契希尔，也回到屋里，一脱下衣服，一只手枕着漂亮的鬈发，立刻睡着了，既没有做梦，也没有醒过。

十七

遭到袭击而被破坏的山村就是哈吉穆拉特投奔俄罗斯人前夕住宿过的地方。

萨多——哈吉穆拉特在他那里歇过几天——在俄罗斯人逼近山村的时候，带着家眷上了山。后来萨多回到山村，发现他的泥屋已倒塌，屋顶塌了下来，门和走廊的柱子都被焚毁，屋里十分肮脏。他那个眼睛闪闪发亮的漂亮儿子不久前还兴高采烈地望着哈吉穆拉特，现在已经死了，尸体用一匹盖着斗篷的马驮到清真寺。他背部被刺刀捅穿。那个上次服侍过哈吉穆拉特的端庄女人，此刻穿一件胸前撕破的衬衫，露出衰老下垂的乳房，披头散发站在儿子尸体前面，抓得满脸是血，不停地号啕大哭。萨多拿着鹤嘴锄和铁铲带着一家人去给儿子挖坟。老爷爷坐在倒塌的土屋墙边，手里削着一根小棒，眼睛直勾勾地瞧着前方。他刚从养蜂场回来。那儿的两堆干草被烧掉了；老头儿亲手种植、已经成活的几棵杏树和樱桃树被折断并烧焦了，主要是蜂箱和蜜蜂都被烧得一干二净。家家传出女人的哭声，广场上又运来两具尸体，也是一片哭声。小孩子和母亲一起号啕大哭。饥饿的牲口找不到东西吃，也在嚎叫。大孩子不再玩耍，而用惊慌的目光瞧着大人。

泉水被弄脏了，显然是有意不让人饮用。清真寺也被弄得很脏。毛拉和他们的弟子正在里面打扫。

上了年纪的户主们聚集在广场上，蹲在地上讨论他们的处境。谁也没有提到对俄罗斯人的憎恨。车臣人，不论老少，对俄罗斯人绝不仅仅是一般的憎恨。这不是憎恨，他们认为俄罗斯人不是人而是狗，并且对俄罗斯人疯狂的残酷感到深恶痛绝和难以理解，恨不得像消灭老鼠、毒蜘蛛和豺狼那样把他们灭掉。这种感情非常自然，就像自卫的本能一样。

摆在居民面前的只有两条路：或者留在本乡，以惊人的毅力重建惨淡经营而毁于一旦的家业，但可能再次遭到破坏；或者违反伊斯兰教教规，违反痛恨和蔑视俄罗斯人的感情，向他们屈服。

老人们做了祷告，一致决定派使者到沙米里那里求援，并立刻动手重建家园。

十八

袭击后的第三天，布特勒从后门走到街上，时间已不早了。他想在早点前散散步，呼吸呼吸新鲜空气，然后照例跟彼得罗夫一起用早点。太阳已从山后升起,街右边阳光照耀下的白色土屋非常刺眼,但从左边看去,远方覆盖着树林的郁郁葱葱的高山和从山峡口中露出的酷似白云的连绵雪山却使人感到赏心悦目。

布特勒望着群山,深深吸着新鲜空气,庆幸他还活着,活在这个美好的世界上。还有使他高兴的是,昨天在战斗中,在进攻时,特别是在充满激烈战斗的撤退中,他干得很漂亮;还有值得高兴的是回忆昨天行军回来的情况,当时和彼得罗夫同居的玛丽雅招待他们吃喝,她对所有的人都和蔼可亲,而对他尤其亲热。玛丽雅留着一条粗辫子,肩膀丰满,胸部高高隆起,满是雀斑的和善的脸笑盈盈的,不由得把布特勒这个身强力壮的单身汉迷住了。他甚至认为她有意于他。不过他认为,如果这样,就会对不起忠厚老实的朋友,因此对玛丽雅始终以礼相待。这一点,他对自己很满意。此刻他正在想这件事。

前面大街上灰沙飞扬,传来马匹急促的蹄声,仿佛有几个人疾驰而来,把他的思绪打断。他抬起头,看见街尾有一群人骑马走来。约莫有二十个哥萨克,其中有两个人领头:一个身穿白色契尔克斯外套,头戴高皮帽,缠着头巾;另一个是俄国军官,黑脸膛,鹰钩鼻,身穿青色契尔克斯外套,衣服上和武器上有许多银饰。那个缠头巾的人骑的是一匹脑袋很小、眼睛好看的赤兔马;那军官骑的是一匹高大的卡拉巴克骏马。布特勒一向喜欢骏马,顿时被这匹马的雄姿所吸引。他停住脚步,想打听这些人是谁。那个军官对布特勒说:"这是不是军事长官的公馆?"他用生硬的不标准的俄国话问(说明他不是个真正的俄国人),同时用鞭子指指伊凡·马特维耶维奇的房子。

"正是。"布特勒说。

"这是什么人?"布特勒问,走到军官紧跟前,以目示意那个缠头巾的人。

"他是哈吉穆拉特。他到这里来,要住在军事长官的公馆里。"

布特勒知道哈吉穆拉特,也知道他向俄国人投诚的事,但怎么也没有料到会在这个小小的要塞里看到他。

哈吉穆拉特友好地望着他。

"你好,柯施柯尔德[①]。"布特勒用新学会的鞑靼语招呼说。

"萨乌布尔。"哈吉穆拉特点点头回答。他骑马来到布特勒跟前,伸出手,两个手指上挂着马鞭。

"你是长官吗?"他问。

"不,长官在那里,我去叫他。"布特勒对军官说,走上台阶,推开门。

不过,玛丽雅所说的"正门"却关着。布特勒敲敲门,没有人答应,他就绕到后门。他喊他的勤务兵,没有人答应,两个勤务兵一个也没有找到。他走进厨房。玛丽雅包着头巾,脸涨得通红,卷起袖子,露出白白胖胖的手臂,把那像她手臂一样白的擀好的面切成包子皮。

"勤务兵都到哪儿去了?"布特勒问。

"都灌酒去了,"玛丽雅说,"您有什么事?"

"把大门打开;你们家门外有一大批山民。哈吉穆拉特来了。"

"您真会开玩笑。"玛丽雅笑着说。

"我没有开玩笑。是真的。他们都在门口等待。"

"真有这种事吗?"玛丽雅问。

"我跟您开玩笑做什么。您去看看,他们都站在门口呢。"

---

① 柯施柯尔德——突厥语"问好"的音译。

"真是想不到，"玛丽雅放下衣袖，摸摸粗辫子上的发针，说，"那我去把彼得罗夫叫醒。"

"不，我自己去。你啊，邦达连科，去开门。"布特勒说。

"嗯，那也好。"玛丽雅说，又动手干活。

彼得罗夫听说哈吉穆拉特来到，一点儿也不感到奇怪，因为早就听说哈吉穆拉特在格罗兹尼。他从床上坐起来，点着一支烟，开始穿衣服，同时大声咳嗽，埋怨上级给他送来"这个鬼东西"。他穿好衣服，叫勤务兵拿"药"来。勤务兵知道所谓"药"就是伏特加，给他拿了来。

"没有比这东西更糟糕的了，"他喝着伏特加，吃着黑面包，发牢骚说，"昨天喝了点儿契希尔，到现在还头痛。嗯，全准备好了。"他说完走进客厅。布特勒已把哈吉穆拉特和陪同的军官领到那里。

陪同哈吉穆拉特的军官把左翼长官的命令交给彼得罗夫。命令指示他接待哈吉穆拉特，允许他通过密探同山民接触，但绝不许他离开要塞，除非有哥萨克陪同。

彼得罗夫读了公文，对哈吉穆拉特注视了一会儿，又仔细琢磨起文件来。他这样一会儿看公文，一会儿看来客，看了几次，这才盯住哈吉穆拉特说："雅克西，培克，雅克西[①]。让他住下来好了。你告诉他，我奉命不允许他出去。上级命令都是神圣的，不能违抗。你看我们把他安顿在哪儿，布特勒？安顿在办公室里行吗？"

布特勒还没来得及回答，玛丽雅从厨房里出来，站在门口，对彼得罗夫说："为什么要安顿到办公室里去？就安顿在这里好了。我们把客房和储藏室交给他们使用。至少能看住他们。"她说，瞧了一

---

① 雅克西——突厥语"好的，先生，好的"音译。

眼哈吉穆拉特，同他的目光相遇，慌忙转过脸去。

"我看玛丽雅说得对。"布特勒说。

"喂，喂，走吧，这儿没有娘儿们的事。"彼得罗夫说。

在谈话过程中，哈吉穆拉特一直手按短剑柄坐着，露出一丝冷笑。他说，他住哪里都行。他只要做一件事，也是总司令允许的，那就是同山民接触，因此他希望放他们来见他。彼得罗夫说这事可以办到。他请布特勒招待客人，给他们吃喝，为他们收拾房间，自己到办公室去签发必要的文件，下达必要的指示。

哈吉穆拉特对待他这位新相识的态度一开始就很鲜明。对彼得罗夫，哈吉穆拉特初次见面就感到厌恶和轻蔑，在他面前总是显得很傲慢。玛丽雅给他做菜送饭，他特别喜欢她。他喜欢她的朴实和富有异国情调的美，而她对他的迷恋也不知不觉感染了他。他竭力不去看她，不同她说话，但眼睛总是情不自禁地瞧着她，并且注意她的一举一动。

他一见布特勒，就对他产生好感，高兴跟他谈话，而且谈得很多。他询问布特勒的生活，告诉他自己的情况，把密探带来的关于他家眷的情况讲给他听，甚至同他商量他该怎么办。

密探给他送来的消息都不好。他在要塞里待了四天。他们找过他两次，两次带来的都是坏消息。

十九

哈吉穆拉特投奔俄国人不久，他的家眷就被送到维杰诺村监禁起来，等待沙米里的决定。女眷——巴蒂玛特老婆子、哈吉穆拉特的两个妻子和她们生的五个小孩被软禁在百人长拉希德家里；哈吉穆拉特的儿子，十八岁的小伙子尤素福被关在监牢里，而所谓监牢就是两米多深的大坑，里面还有另外四名罪犯，同他一样等待着自己命运的判决。

判决还没有下来，因为沙米里不在家，他出兵打俄国人去了。

一八五二年一月六日，沙米里在同俄国人作战后回到维杰诺村。俄国人认为这一仗打垮了沙米里，逼他逃回维杰诺村；沙米里和全体穆里德却认为他们获得了胜利，把俄国人赶跑了。在这次战役中，沙米里亲自用步枪射击，抽出马刀策马冲向俄国人（这在他是很难得的），但跟随他的穆里德把他拦住。其中两个穆里德在沙米里旁边当场被打死。

中午，沙米里回到驻地，一群穆里德在他周围表演马术，用步枪和手枪射击，嘴里不停地唱着《真主之外无真主》。

维杰诺是个大山村。全体居民都站在街上和屋顶上迎接他们的首领，也用步枪和手枪射击，以庆祝他们的胜利。沙米里骑着阿拉伯高头大白马，走近家门时快乐地挥动缰绳。马具非常简单，没有金银饰品，只有一根中间有沟的红色皮马勒、一副金属杯状马镫和从鞍子下面露出来的红色垫褥。这位伊玛目身穿衣领和袖子露出黑皮毛的棕色呢面外套，细长的腰上束着一根挂短剑的黑皮带。头戴饰着黑穗子的平顶高皮帽，缠着白头巾，头巾梢儿垂在颈后。脚上穿绿色平底软鞋，小腿上打着普通细线缝边的黑裹腿。

伊玛目身上没有一样辉煌的金银饰物，但他身材挺拔魁伟，衣着朴素无华，在一群服装和武器都镶金带银的穆里德的簇拥下显得威严庄重。给人民以这样的印象，正是他所希望的，也是他能够办到的。他脸色苍白，留着剪得整整齐齐的褐色大胡子，一双小眼睛经常眯缝着，脸像化石一般，一动不动，毫无表情。他经过山村，感到有几千双眼睛在望着他，但他对谁也不瞧一眼。哈吉穆拉特的两个妻子和孩子也跟居民们一起到游廊上观看伊玛目的到来。只有哈吉穆拉特的母亲巴蒂玛特老婆子没有出来。她像平时一样披散着一头白发，两只长长的胳膊抱住瘦削的膝盖，坐在土屋的地上。她眨动一双目光刺人的黑眼睛，望着壁炉里快要熄灭的树枝。她同她的儿子一样，一向憎恨沙米里，如今恨得更加厉害，因此不愿看见他。

　　哈吉穆拉特的儿子也没有看到沙米里的凯旋。他在又黑又臭的土坑里只听见枪声和歌声，感到特别难受，就像一般生气蓬勃而丧失自由的青年那样。他坐在臭气熏天的土坑里，眼前只看到几个同囚的人。他们身体肮脏，形容憔悴，遭遇不幸，却又往往相互仇视。面对着这些人，他不禁十分羡慕那些享受着新鲜空气、阳光和自由并在首领周围骑着骏马驰骋、射击和齐声高唱《真主之外无真主》的人。

　　沙米里穿过山村，走进一座大院子。这座院子通到沙米里的里院。两个武装的列兹金人在第一座院子的大门口迎接他。院子里挤满了人，有因事从远方来的，有来请愿的，有被沙米里召来听候审判和发落的。沙米里一进来，院子里的人都站起来，双手贴在胸前，向伊玛目致敬。有几个人跪下来，直到沙米里从大门穿过院子走进里门。沙米里知道，在等候他的人中间有许多讨厌的人和许多要求照顾的乏味的来访者，但他仍板着脸从他们身旁经过，走进里院，在官邸大门左首的游廊旁下马。

这次出征十分劳累。这种劳累与其说是体力上的，不如说是精神上的，因为沙米里尽管在口头上宣扬出征的胜利，其实他心中明白是失败的：许多车臣人的村庄被焚毁和破坏，头脑简单的车臣人动摇善变，那些接近俄罗斯人的已准备投降——这一切都叫人难受，必须考虑对策，但沙米里此刻什么也不愿做，什么也不愿想。他只有一个愿望：在他最宠爱的妻子，眼睛乌黑、手脚麻利的十八岁吉斯金姑娘阿米涅特身边享受家庭的温暖，得到休息和抚爱。

现在阿米涅特就在那堵隔开内室和男人住房的墙壁后面（沙米里相信，此刻阿米涅特和其他几个妻室正在门缝里张望着），但他既看不见她，也不能到她那儿去，不能在羽绒床褥上躺一会儿休息休息。首先他得去做此刻无心去做的响礼，因为作为宗教领袖非履行这种教规不可，何况对他本人来说，祷告就像每天吃饭一样不可缺少。于是他只好去沐浴和祈祷。做完祷告，又召见等候他的人。

第一个进来的是他的岳父和老师杰马尔·爱丁。杰马尔·爱丁是一个体格魁梧的老人，须发雪白，脸色红润，相貌堂堂。他向真主做了祷告，接着询问沙米里出征的经过，还讲了沙米里不在时山里发生的事。

杰马尔·爱丁讲了报复杀亲仇、盗窃牲口和违反教规吸烟喝酒等各种案件后，又讲到哈吉穆拉特曾派人来，要把家眷接到俄国人那里去，但这事被察觉了，他的家眷被送到维杰诺幽禁起来，等候伊玛目处理。旁边的客厅里聚集着几个老人，准备讨论这些案件。杰马尔·爱丁建议沙米里今天就放他们回家，因为他们等他已有三天了。

沙米里在自己屋里吃了午饭——午饭是由他不喜欢的那个尖鼻

哈吉穆拉特 | 369

子、黑头发、面目可憎的大夫人扎伊德送来的——就到客厅里去。

六个老人组成他的谋士会议。这些老人，有的胡子雪白，有的胡子花白，有的胡子火红，有的缠头巾，有的不缠头巾，有的戴着高顶皮帽，穿着新的短袄和契尔克斯外套，腰里束着挂短剑的皮带，站起来迎接他。沙米里比他们所有的人都高出一头。他们个个像他一样，举起双手，手掌朝上，闭上眼睛，念着祷词，然后两手擦脸直擦到胡子，再双手合十。做完以后，大家都坐下来，沙米里坐在中央较高的坐垫上，开始讨论案件。

被控罪犯一律按伊斯兰教规判决：两个犯盗窃罪的被判刹掉一只手，一个杀人犯被判杀头，三个人获得赦免。然后讨论主要案件：就车臣人归降俄国一事商量对策。为了防止这种归降，杰马尔·爱丁拟了如下告示：

愿万能的真主赐给你们永世平安。得悉俄罗斯人对你们实行招安政策，号召你们归降。你们不要相信他们，不要归降，要忍耐。只要你们能做到，今生不得善报，来生也必得善报。想一想俄罗斯人以前怎样没收你们的武器。一八〇四年要是真主不开导你们，你们早就被拉去当兵，你们手里拿的将不是短剑而是刺刀，你们的妻子将不能穿裤子，还要被人斥骂。回顾往事可以推测未来。宁可与俄罗斯人作对到死，也不能与异教徒共存。忍耐一下吧，我将带《古兰经》和马刀到你们那里去，率领你们去反对俄罗斯人。我现在严令你们：不仅不许怀有归降俄罗斯人的打算，而且不能有这样的念头。

沙米里赞同这告示，签了字，决定把它分发到各地。

这些事处理完毕后就讨论哈吉穆拉特的事。对沙米里来说，这事非同寻常。他要是有了哈吉穆拉特，以哈吉穆拉特的机灵、大胆和勇敢，车臣地区就不会出现现在这样的局面。这一层他嘴里不说，心里可是明白的。最好能同哈吉穆拉特讲和，让他再为自己效劳；这一点要是办不到，那也绝不能让他去帮俄罗斯人的忙。因此无论如何要把他召来，召来后再把他干掉。办法是或者派一个人到梯弗利斯就地刺死他，或者把他弄到这里来杀掉。要达到这个目的，唯一的手段就是利用他的家眷，主要是他的儿子。沙米里知道，哈吉穆拉特最疼他的儿子，因此必须利用他儿子来行事。

谋士们商量这件事时，沙米里闭目不语。

谋士们知道，这表示他在倾听先知的声音，指示他现在该怎么办。沙米里严肃地沉默了五分钟，睁开眼睛，但眯缝得更细，说："把哈吉穆拉特的儿子给我带来。"

"他就在这里。"杰马尔·爱丁说。

果然，哈吉穆拉特的儿子尤素福已站在大门外等候传讯。他形容枯槁苍白，衣衫褴褛发臭，但体格和面貌仍很俊美，一双目光灼人的黑眼睛活像他的祖母。

尤素福对沙米里没有他父亲的那种敌意。他不知道往事，即使知道也没有亲身经历过，因此弄不懂父亲为什么那样固执地同沙米里为敌。他唯一的愿望就是，身为首领之子，继续在洪泽赫过吃喝玩乐的生活，因此觉得根本没有必要同沙米里作对。他同父亲相反，特别喜欢沙米里，也像一般山民那样狂热地崇拜他。此刻他怀着敬畏首领的心情走进客厅，在门口站住，遇到沙米里眯缝着眼睛射出的咄咄逼人的目光。他站了一会儿，然后走到沙米里跟前，吻了吻他那手指很长的白净的大手。

"你是哈吉穆拉特的儿子吗？"

"我是，伊玛目。"

"你知道你爹干了些什么事吗？"

"我知道，伊玛目，我为这事感到遗憾。"

"你会写字吗？"

"我准备将来当个毛拉。"

"那么好，你写封信给你父亲，他要是在拜兰节①前回到这里来，我就原谅他，一切待遇照旧。他要是仍留在俄罗斯人那里，那么，"沙米里恶狠狠地皱起眉头，"我将把你的奶奶、你的母亲送到各村去当奴婢，并砍掉你的脑袋。"

尤素福脸上的肌肉一动不动，他低下头表示明白沙米里的话。

"你就这样去写，写好了交给我的信使。"

沙米里沉默了一下，对尤素福看了一会儿。

"你写信告诉他，我可怜你，不杀你，但要把你的眼睛挖掉，就像我对待一切叛徒那样。你去吧。"

尤素福在沙米里面前勉强保持镇定。他一被带出客厅，就向押送他的人扑去，从他的剑鞘里拔出短剑企图自杀，但被人抓住双手捆起来，带回牢坑。

那天晚上，沙米里行完昏礼，天色已黑，他穿上白皮袍，穿过

---

① 拜兰节 —— 伊斯兰教的大节。

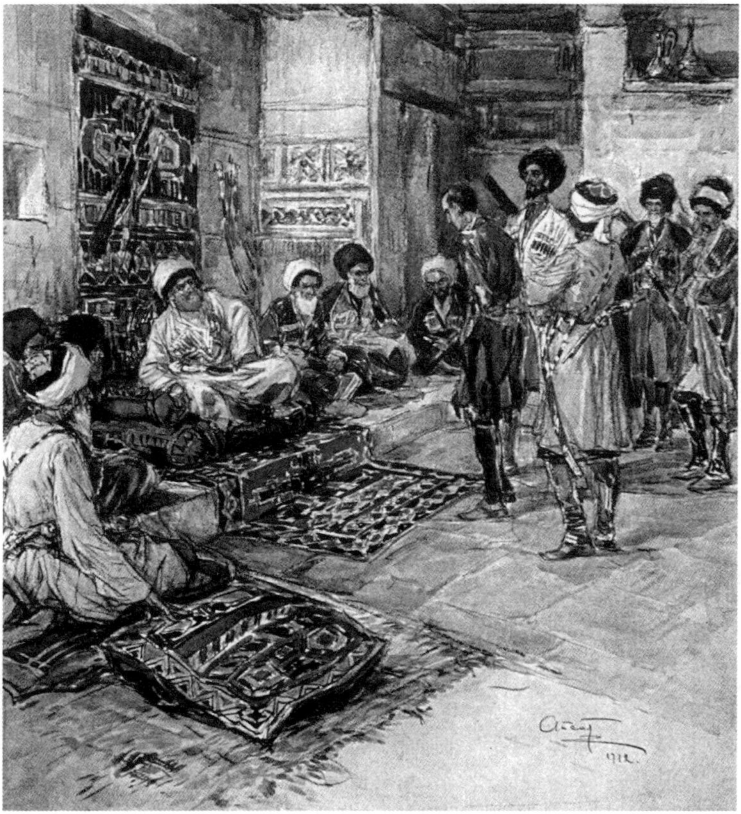

垣墙，走进后院，往阿米涅特的屋子走去。阿米涅特不在。她在沙米里几个大夫人那里。于是沙米里就悄悄地站在门口等，竭力不让人瞧见。阿米涅特因为沙米里没有送给她绸料子，却送给了扎伊杰特，正在生他的气。她看见他出来，又走进她的屋里找她，她就有意不回自己屋里去。她在扎伊杰特房门口站了好一会儿，望着那白乎乎的人影在她屋里一会儿进一会儿出，不禁自个儿吃吃笑了起来。沙米里白白等了她半天，回到自己屋里已到了宵礼的时候。

二十

哈吉穆拉特已在要塞彼得罗夫家住了一个星期。玛丽雅同大胡子哈涅菲（哈吉穆拉特随身只带两个人：哈涅菲和艾达尔）吵过架，有一次把他从厨房里推出去，而为这事哈涅菲差点儿没把她杀死。尽管如此，玛丽雅对哈吉穆拉特却特别有好感，很尊敬他，同情他。现在她不再给哈吉穆拉特送饭，而把这事交托给艾达尔，但她一有机会就去看他，巴结他。她十分关心赎回他家眷一事的谈判，知道他家里有几个妻子儿女，多大年纪，每次密探来过之后，她总要打听谈判的结果。

布特勒在这一个星期里已同哈吉穆拉特成为好朋友。有时哈吉穆拉特到他屋里，有时布特勒到他屋里。有时他们通过翻译谈话，有时用他们自己的方法，打手势，但主要是用微笑。哈吉穆拉特显然很喜欢布特勒，这从艾达尔对布特勒的态度上看得出来。布特勒每次走进哈吉穆拉特屋里，艾达尔总是高兴地露出雪白的牙齿迎接，连忙放好垫子请他坐。要是布特勒佩着长剑，就替他解下。

布特勒同哈吉穆拉特的奶兄弟大胡子哈涅菲也搞熟了，两人谈得很投机。哈涅菲知道许多山歌，唱得挺好听。哈吉穆拉特为了让布特勒高兴，就命令哈涅菲唱他最喜爱的山歌。哈涅菲是个男高音，吐词清晰，唱起来特别有感情。有一首山歌哈吉穆拉特特别喜欢，它那悲壮的曲调也使布特勒感动。布特勒请翻译介绍歌词，并把它记下来。

这首歌是唱杀亲之仇的，也就是哈涅菲同哈吉穆拉特之间的事情。

歌词是这样的：

等我坟上的土干了，亲娘啊，你就会把我遗忘！等我墓地上荒草萋萋，老爹啊，荒草就会埋没你的悲伤。姐姐的眼泪有一天会流干，她心里也有一天不再悲伤。

但在我的死仇没有报以前，我的大哥啊，你可不能把我忘记。我的二哥啊，在你没躺到我旁边以前，你也不能把我忘记。

子弹哪，你浑身发烫，带来死亡，但你难道不是我忠实的奴隶？黑土啊，你将把我埋葬，但我的马蹄不是正踩在你身上？死神哪，你浑身冰凉，但我是你的主人。土地将容纳我的躯体，天堂会接受我的灵魂。

哈吉穆拉特听这首歌时总是闭着眼睛。等到声音越来越低，歌曲快要结束时，哈吉穆拉特总是用生硬的俄语说："这歌挺不错，意思挺明白。"

由于哈吉穆拉特的来到以及接近他和他的穆里德，布特勒听了这种颂扬山民剽悍性格的歌，格外感动。他给自己弄来契尔克斯外套、短袄和裹腿，自认为是个山民，过着同山民一样的生活。

哈吉穆拉特动身那天，彼得罗夫找了几个军官给他送行。哈吉穆拉特一身出门打扮，瘸着腿，快步走进屋里来的时候，有几个军官坐在茶桌旁——玛丽雅正在那里斟茶——有几个军官坐在摆着伏特加、契希尔和冷菜的另一张餐桌旁。

大家都站起来，一个个同他握手问好。彼得罗夫请他坐软榻，他道了谢，但坐到靠窗的椅子上。他进去时，屋里鸦雀无声，但这并没使他感到困惑。他留神地环顾一张张脸，然后若无其事地把目光停在桌上的茶炊和冷菜上。泼辣的军官彼得科夫斯基第一次看到哈吉穆拉特，就通过翻译问他是不是喜欢梯弗利斯。

"阿伊雅。"他说。

"他说喜欢。"翻译回答。

"那么他最喜欢什么？"

哈吉穆拉特作了回答。

"他最喜欢看戏。"

"那么，总司令家的舞会他喜欢不喜欢？"

哈吉穆拉特皱起眉头。

"每个民族都有自己的风俗。我们那儿的妇女不兴那样穿戴。"他对玛丽雅瞧了一眼，说。

"怎么，他不喜欢吗？"

"我们那儿有一句谚语，"他对翻译说，"狗请驴吃肉，驴请狗吃草，两个都挨饿。"他微微一笑，"每个民族都有自己的好风俗。"

话没有再谈下去。有的军官在喝茶，有的在吃冷菜。哈吉穆拉特把给他沏的茶放在面前。

"你要什么？奶油？面包？"玛丽雅把吃的东西递给他，问道。

哈吉穆拉特点点头。

"那么，我们要分手了！"布特勒碰碰哈吉穆拉特的膝盖，说，"什么时候再见面？"

"再见，再见，"哈吉穆拉特笑着用俄语说，"你是个好朋友，好朋友。可是我得走了。"他说，向要去的方向摆摆头。

艾达尔肩上搭着一件很大的白色衣服，手拿马刀，出现在房门口。哈吉穆拉特向他招招手。艾达尔大踏步走到哈吉穆拉特跟前，把白斗篷和马刀交给他。哈吉穆拉特站起来，拿起斗篷把它扔到另一只手里，对翻译说了句什么，就把斗篷交给玛丽雅。翻译说："他说，你夸奖这斗篷，那就送给你。"

"干吗送我呀？"玛丽雅涨红了脸，说。

"应该这样。这是我们的规矩。"哈吉穆拉特说。

"哦，那谢谢您了，"玛丽雅收下斗篷，说，"但愿上帝保佑您救出儿子。好一个枪骑兵，"她添上说，"您翻译给他听，我祝他早日救出家眷。"

哈吉穆拉特瞧了玛丽雅一眼，赞许地点点头，然后从艾达尔手里接过马刀，送给彼得罗夫。彼得罗夫收下马刀，对翻译说："你告诉他，让他骑我那匹枣红骟马去，我没有别的东西可以送他。"

哈吉穆拉特举起手来摇摇，表示他什么也不需要，他也不接受那匹马，然后指指山和自己的心，向门口走去。大家都跟着他走去。留在屋里的军官拔出马刀，察看刀刃，断定这是真正的古尔德宝刀[①]。

[①] 古尔德宝刀——高加索产的著名马刀。

布特勒跟哈吉穆拉特一起走到门前台阶上。这时发生了一件谁也没料到的事，要不是哈吉穆拉特生来机智、果断和灵敏，他的命差一点儿就给断送了。

库梅克人的塔施-吉楚村居民十分尊敬哈吉穆拉特，多次来要塞看望这位赫赫有名的副帅，而且在哈吉穆拉特离开前三天请他星期五到他们的清真寺去。居住在塔施-吉楚村的几个库梅克王爷却痛恨哈吉穆拉特，同他有杀亲之仇，得知这件事，就向人民宣布，不准哈吉穆拉特进清真寺。人民骚动起来，同王爷方面的人发生了械斗。俄国长官镇压了山民，并派人叫哈吉穆拉特不要进清真寺。哈吉穆拉特没有去，大家以为事情就此结束。

但就在哈吉穆拉特走上台阶准备上马时，库梅克王爷阿尔斯兰汗（他认识布特勒和彼得罗夫）骑马来到彼得罗夫家。

阿尔斯兰汗看见哈吉穆拉特，就拔出手枪对准他。但没等他开枪，哈吉穆拉特虽然腿瘸，却像猫一样敏捷地冲下台阶向阿尔斯兰汗扑去。阿尔斯兰汗开了枪，但没有打中。哈吉穆拉特跑到他跟前，一手抓住他的缰绳，一手拔出短剑，用鞑靼语大喝一声。

布特勒和艾达尔同时向敌人奔去，抓住他们的手。彼得罗夫听见枪声走出来。

"你这是怎么搞的，阿尔斯兰汗，竟在我家里干起这种勾当来！"他得知是怎么一回事后，说，"兄弟，这样不好。在野外可以听你们的便，但怎么能在我家里干这种杀人的事。"

阿尔斯兰汗个儿矮小，留着黑色小胡子，脸色苍白，浑身哆嗦，跳下马来，恶狠狠地瞪了哈吉穆拉特一眼，就跟彼得罗夫一起走进屋里。哈吉穆拉特回到马匹前，沉重地喘着气，微笑着。

"他为什么要杀他?"布特勒通过翻译问。

"他说,他们有这样的规矩,"翻译转达哈吉穆拉特的话,"阿尔斯兰汗应该向他报杀亲之仇,所以要杀他。"

"那么,万一阿尔斯兰汗在路上赶上他,那该怎么办?"布特勒问。

哈吉穆拉特微微一笑。

"那有什么,他要是把我杀了,那也是真主的意思。嗯,再见。"他又用俄语说,然后抓住马鬃,环视了一下所有来送行的人,又亲切地同玛丽雅对视了一眼。

"别了,大嫂,"他对她说,"谢谢你。"

"上帝保佑,上帝保佑您早日救出家眷。"玛丽雅说。

他不懂她的话,但知道她同情他,就向她点点头。

"记着,别忘记老朋友。"布特勒说。

"告诉他,我是他的忠实朋友,永远不会忘记他。"他通过翻译回答。他虽然瘸着一条腿,但一碰到马镫,就轻盈地翻身坐到高高的马鞍上。他整整马刀,习惯地摸摸手枪,以山民特有的威武姿态离开彼得罗夫家。哈涅菲和艾达尔也骑上马,亲切地跟主人和军官们告别,跟着他们的穆尔西德小跑着走了。

大家照例谈论着离去的人。

"真是条好汉!"

"他像狼一样扑向阿尔斯兰汗,脸色都变了。"

"他真会吹牛,准是个骗子手。"彼得罗科夫斯基说。

"上帝保佑,但愿俄国多些这样的骗子手。"玛丽雅忽然愤愤地插嘴说。"他在我们家住了一个星期,只看到他好的,没看到他坏的,"她说,"人又和气又聪明,又通情达理。"

"您怎么都知道呢？"

"我自然知道。"

"爱上他了，是吗？"彼得罗夫走进来说，"就是这么一回事。"

"是爱上他了。这关您什么事？明明是个好人，为什么还要说他坏话。他是鞑靼人，可是个好人。"

"对的，玛丽雅，"布特勒说，"您辩护得太好了。"

二十一

在车臣前线要塞，居民的生活依旧如故。后来，山民来骚扰过两次，几连步兵、哥萨克骑兵和民团出动镇压，但两次都没能制止山民的骚扰。山民出来活动，有一次在伏兹德维任斯克赶走八匹正在饮水的马，还打死了一个哥萨克。自从上次捣毁那个山村以来，没有再进行过袭击。巴略金斯基公爵新近被任命为左翼长官，他正在部署一次对车臣地区的大规模军事行动。

巴略金斯基公爵是皇太子的朋友，做过卡巴尔金斯基团团长，现任整个左翼的长官。他一到格罗兹尼要塞，就集结部队，继续执行契尔内舍夫写信转告伏隆卓夫的皇帝制订的计划。集结在伏兹德维任斯克的部队开到库林斯克阵地，然后驻扎在那里砍伐树林。

小伏隆卓夫住在一座豪华的呢绒帐篷里。他的妻子玛丽雅也常到营地来，并在那里过夜。巴略金斯基同玛丽雅的关系已成为公开秘密，她一到营地，夜间就得派密探放哨，弄得非宫廷军官和士兵都臭骂她。山民常常偷偷把大炮推近,向营地开炮。但炮弹多半都打不中,因此对这种射击没有采取什么措施。如今为了防止山民开炮使玛丽雅受惊,就派出几个密探。但为了不让这贵妇人受惊,天天晚上都得放哨,这使人感到委屈和厌恶,因此士兵们和挤不进上流社会的军官们就用难听的字眼臭骂玛丽雅。

布特勒利用休假也从自己的要塞来到这里,他想看望看望聚集在这里的贵胄军官学校的老同学和在库林斯克团同过事的副官和传令官。他到这儿的头几天心情一直很愉快。他在波尔多拉茨基的营帐里歇脚,遇到许多热烈欢迎他的熟人。他又去看望伏隆卓夫。他们在同一个团里服务过,所以有点儿熟。伏隆卓夫亲切地接待他,把他介绍给巴略金斯基公爵,还请他参加为前任左翼长官科兹洛夫斯基将军饯行的宴会。

宴会十分豪华。运来六座帐篷,扎成一排。尽帐篷的长度安排了餐桌,上面摆满食具和酒类。这里的一切都像彼得堡近卫军的生活。两点钟入席。餐桌中央一边坐着科兹洛夫斯基,另一边坐着巴略金斯基。科兹洛夫斯基右首坐着伏隆卓夫,左首坐着伏隆卓夫夫人。餐桌两边坐满卡巴尔金斯基和库林斯基两个团的军官,布特勒坐在波尔多拉茨基旁边,两人兴致勃勃地谈着话,同时跟邻座军官们一起喝酒。大家喝得有几分酒意,勤务兵就给每人斟上一杯香槟,波尔多拉茨基忧心忡忡地对布特勒说:"我们的'怎么样'① 要丢脸了。"

"为什么?"

"因为他得致辞。可是他会致什么辞呢?"

---

① "怎么样"——指科兹洛夫斯基,"怎么样"大概是他的口头禅。

哈吉穆拉特 | 381

"是啊,老弟,这可不像冒着枪弹冲锋那样容易啊。何况他旁边还坐着一位太太,还有那些宫廷大官。是啊,他那副模样真可怜。"两个军官低声议论着。

庄严的时刻终于到了。巴略金斯基站起来,举起酒杯,对科兹洛夫斯基说了几句话。等巴略金斯基说完,科兹洛夫斯基站起来,声音洪亮地说:"遵照皇帝陛下圣旨,我要离开你们,同你们分手了,军官先生们,"他说,"但你们要把我看作始终跟你们在一起……先生们,你们都懂得那个真理:孤掌难鸣。因此,我在职时蒙受圣恩……我所获得的一切奖赏……一切荣誉……我的地位……都应该……绝对应该……"说到这里他的声音发抖了,"归功于你们……我感谢大家,我亲爱的朋友们!"他的脸皱得更厉害了。他抽噎起来,眼泪夺眶而出,"我从心底里向你们表示感谢……"

科兹洛夫斯基再也说不下去,站起来,拥抱走到他跟前的军官们。大家都十分激动。公爵夫人用手帕蒙住脸。巴略金斯基公爵扭歪着嘴,不断眨巴着眼睛。许多军官都流了泪。布特勒同科兹洛夫斯基虽然不熟,也忍不住掉下泪来。他很喜欢这种气氛。然后大家为巴略金斯基、为伏隆卓夫、为军官们、为士兵们干杯。客人们酒醉饭饱,个个心情愉快,沉醉于他们所特别喜爱的军人的狂欢中。

天气很好,阳光明媚,没有风,空气清新,使人精神振奋。四面八方都是毕剥响的篝火声和唱歌声。人人都像过节一样。布特勒怀着十分幸福和激动的心情回到波尔多拉茨基那里。军官们聚集在他那里,摆开牌桌,副官拿出一百卢布坐庄。布特勒两次从帐篷里出来,手握着裤袋里的钱包,最后还是忍不住,不顾对自己和弟兄们许过不再赌博的诺言,又下起注来。

不到一小时，布特勒就满脸通红，浑身出汗，身上撒满了粉笔灰，双肘支在桌上，根据折角的纸牌计算着下的赌注。他输得太多了，因此怕算所欠的数目。他不算也知道，即使预支全部薪金，再拿马匹折价，也还不清他欠陌生副官的赌债。他还想赌下去，但副官板着脸，用他那双白净的手放下牌，计算粉笔记下的布特勒的欠账。布特勒窘态毕露地请求原谅，因为不能当场付清欠账，他说家里会给他送钱来。他说这些话的时候，发现大家都很同情他，人人都避开他的目光，连波尔多拉茨基也不例外。这是他在部队里的最后一个晚上。他想：他要是当初不赌钱，应邀到伏隆卓夫那里去，就太平无事了。可现在不仅不太平，而且是糟透了。

他跟同事和熟人告别回家。回到家里，躺下来睡觉，一睡就是十八个小时，好像一般赌输钱的人那样。玛丽雅从他向她要半卢布给护送他的哥萨克酒钱，从他忧郁的神情和简短的回答上看出他输了钱，就责备彼得罗夫不该放他出去。

第二天，布特勒在十二点钟醒来。他意识到自己的处境，想再回到黑甜乡里去，但已办不到了。他得想办法偿还欠那个陌生人的四百七十卢布。一个办法是给哥哥去信，对自己的罪孽表示忏悔，请求他最后一次寄给他五百卢布，这笔钱可以从他们两人共有的磨坊上扣还。其次他又写信给一位吝啬的女亲戚，请求她借给他五百卢布，利息多少由她决定。最后他去找彼得罗夫，知道他有钱，或者不如说玛丽雅有钱，请他们借给他五百卢布。

"我倒是很愿意，"彼得罗夫说，"现在就可以给你，可是玛丽雅不会同意。她们这些娘儿们鬼知道是怎么一回事，都吝啬得要命。不过，总得想个办法，他妈的。随军食品商那个鬼东西不知有没有钱。"

哈吉穆拉特 | 383

不过，向随军食品商开口是没有必要的。因此布特勒只有一条路，就是向哥哥或者吝啬的女亲戚借钱。

二十二

哈吉穆拉特在车臣地区没有达到目的，回到梯弗利斯，天天去找伏隆卓夫。伏隆卓夫接见他，他就要求把俘虏的山民集合起来，拿他们去交换他的家眷。他再三说，不然他的手脚被捆着，他就不可能为俄罗斯人出力去消灭沙米里。伏隆卓夫总是含糊其词地答应尽力去办，但一再延宕，说是要等阿古京斯基将军来梯弗利斯，同他商量后再做决定。于是哈吉穆拉特就要求伏隆卓夫让他到外高加索奴赫镇小住，在那里同沙米里一帮人谈判家眷问题比较方便。再说，奴赫是个伊斯兰教小镇，那里有清真寺，在那里按伊斯兰教规祷告比较方便。伏隆卓夫把这事报告彼得堡，同时准许哈吉穆拉特去奴赫镇。

对伏隆卓夫，对彼得堡当局，以及对多数知道哈吉穆拉特历史的俄国人来说，这件事可能是高加索战争中的转折点，也可能只是一个有趣的插曲。对哈吉穆拉特来说，这可是他一生中一个可怕的转折点，特别是从近来的局势看。他从山上逃下来，一半是为了解救自己，一半是因为憎恨沙米里，尽管这次逃跑十分困难，他还是达到了目的。开头，他为自己的成功感到高兴，也确实考虑过攻打沙米里的计划。他原以为把家眷接出来很容易，实际上却比他想象的困难得多。沙米里逮捕他的家眷，把他的妻子关起来，并扬言要把他的女眷送到各村当奴婢，把他的儿子杀死或者挖去眼睛。现在哈吉穆拉特来到了奴赫，企图通过达格斯坦他的信徒，从沙米里手里智取或者夺回家眷。最近，一个密探来奴赫告诉他，忠于他的阿瓦尔人准备把他的家眷夺回来，一起投奔俄国人，但愿意参加的人太少，他们不敢在囚禁他家眷的维杰诺行动，一定要等他的家眷从维杰诺转移到别处时下手。他们答应在半路上动手。哈吉穆拉特要人转告他的朋友们，他答应悬赏三千卢布救他的家眷。

在奴赫，给了哈吉穆拉特一所五房的小住宅，离清真寺和汗的宫殿不远。同住的还有伴随他的几名军官、翻译和卫兵。哈吉穆拉特的生活就是等待和接见从山上回来的密探，他还被允许在奴赫郊区骑马散步。

四月八日，哈吉穆拉特散步归来，听说梯弗利斯来了一名官员。哈吉穆拉特很想知道官员给他带来了什么消息，但他没去找官员和监督，而先到自己屋里行晌礼。晌礼毕，他才走到充作客房和接待室的屋子。从梯弗利斯来的胖胖的五等文官基里洛夫带来了伏隆卓夫的口信，要哈吉穆拉特在十二日前到梯弗利斯同阿古金斯基见面。

"行。"哈吉穆拉特怒气冲冲地用鞑靼语说。

他不喜欢基里洛夫这个官僚。

"钱带来了吗？"

"带来了。"基里洛夫说。

"到今天一共两星期，"哈吉穆拉特说，先伸出十个手指，又伸出四个手指，"拿过来。"

"这就给你，"五等文官说，从旅行袋里掏出钱包，"他要钱做什么用？"他用俄语问监督，以为哈吉穆拉特听不懂，其实哈吉穆拉特是懂的。他怒气冲冲地瞪了基里洛夫一眼。基里洛夫取出钱，想同哈吉穆拉特谈谈，回去好向伏隆卓夫公爵交账。他就通过翻译问哈吉穆拉特是不是感到气闷。哈吉穆拉特轻蔑地瞟了一眼这个不带武器的矮胖文官，什么也没回答。翻译把他的问题又说了一遍。

"你对他说，我不想跟他说话。叫他把钱给我。"

哈吉穆拉特说完这话，又坐到桌旁准备数钱。

基里洛夫取出金卢布，叠成七柱，每柱十个金卢布（哈吉穆拉特每天应得五个金卢布），推到哈吉穆拉特面前。哈吉穆拉特把金币装进契尔克斯外套的衣袖里，站起身来，出其不意地往五等文官的秃头上拍了一巴掌，转身就走。五等文官跳起来，通过翻译说，哈吉穆拉特不该这样做，因为他是个上校。那个监督也这样附和说。但哈吉穆拉特点点头表示他明白，大步走了出来。

"对他这种人有什么办法，"监督说，"只要用短剑一捅就完了。同这种恶鬼无理可讲。我看他都快疯了。"

天刚黑，就有两个风帽直包到眉毛的密探从山上下来。监督把他们领到哈吉穆拉特屋里。一个是又黑又胖的塔夫林人，另一个是瘦老头儿。他们带来的消息使哈吉穆拉特感到不快。原来答应营救他家眷的朋友，如今都拒绝了，因为沙米里用各种酷刑威胁愿意帮助哈吉穆拉特的人。哈吉穆拉特听完密探的消息，两肘支在盘着的腿上，垂下戴皮帽的头，沉默了好一阵。他在思考，苦苦地思考。他知道这是最后一次思考，必须做出决定。哈吉穆拉特抬起头，拿出两个金卢布，给每个密探一卢布，说："你们去吧。"

"有什么回话吗？"

"回话要看真主的旨意。你们去吧。"

密探站起来走了,哈吉穆拉特双肘支在膝上,仍旧坐在地毯上。他这样坐着思索了好半天。

"怎么办? 相信沙米里,回到他那里去吗?"哈吉穆拉特想。"这个老狐狸最会骗人。即使这次不骗人,也不能对这个红毛老骗子屈服。既然我已到了俄国人这里,他不会再相信我了。"哈吉穆拉特想。

接着他想到塔夫林流传的一个关于鹰的童话:一只鹰被人捉住,在人间住了一阵,然后回到山上伙伴那里。它回去时带着脚绊,脚绊上系着银铃。别的鹰都不肯接纳它。它们说:"飞吧,飞到给你戴上银铃的地方去吧。我们这里没有银铃,也没有脚绊。"鹰不愿离开家乡,就留下来。但别的鹰都不肯接纳它,最后把它啄死了。

"他们也会这样把我啄死的。"哈吉穆拉特想。

"留在这里吗? 为俄国沙皇去征服高加索,去获得名誉、地位和财富吗?"

"这也行。"他想,记起他跟伏隆卓夫的会晤和这位老公爵的甜言蜜语。

"可是得立刻做出决定,要不他会把我的家眷毁掉的。"

哈吉穆拉特通夜没有合眼,苦苦思索着。

二十三

直到子夜,他才做出决定。他决定逃到山里,同忠于他的阿瓦尔人潜入维杰诺，不是自己牺牲，就是把家眷救出来。以后，他带着家眷回俄国人这里来呢，还是带着他们去洪泽赫再跟沙米里决战，这一点哈吉穆拉特还没有拿定主意。他只知道，现在得离开俄国人到山里去。他立刻实行这个决定。他从枕头下拿出黑棉袄，往卫兵屋里走去。卫兵住的屋子隔着一条过道。哈吉穆拉特一走到门户敞开的过道，就感到月夜的露水沁人心脾，同时听到宅旁花园里夜莺的鸣啭。

哈吉穆拉特穿过过道，推开卫兵的房门。屋子里没有灯光，只有上弦月照着窗户。屋子的一旁放着一张桌子和两把椅子。四个卫兵都躺在地上铺着的地毯和斗篷上。哈涅菲在院子里同马匹一起睡。甘泽洛听见门声，爬起来，对哈吉穆拉特看了看，认出是他，又躺下。躺在旁边的艾达尔立刻跳起来，穿上棉袄，等待命令。库尔班和汗马戈玛都在睡觉。哈吉穆拉特把棉袄放在桌上，棉袄里有一样硬东西在桌面上碰了一下。这是缝在里面的金币。

"把这些也缝上。"哈吉穆拉特把今天领到的金币交给艾达尔，说。

艾达尔接过金币，立刻走到光亮的地方，从短剑鞘里拿出小刀，动手拆棉袄里子。甘泽洛起来盘腿坐着。

"甘泽洛，你带领弟兄们检查一下步枪、手枪，准备好弹药。明天我们要出远门。"哈吉穆拉特说。

"火药有，子弹也有，一切都会准备好的。"甘泽洛说，同时嘴里咕哝着什么。

甘泽洛明白哈吉穆拉特为什么要准备弹药。他一向有个愿望，而近来变得特别强烈，那就是尽可能多地消灭俄国狗，然后逃到山上去。现在他看到，哈吉穆拉特也想这么干，因此很高兴。

哈吉穆拉特走后，甘泽洛就把同伴们叫醒。四个卫兵通夜检查步枪、手枪、火门、燧石，换掉坏火药，在药池里装上新火药，把油布裹着的装有定量火药的子弹塞进子弹囊里，磨快马刀和短剑，又在刀刃上涂上油。

黎明以前，哈吉穆拉特又到过道里去取水洗脸。在过道里，听见夜莺叫得比晚上更响亮更频繁。卫兵屋里传出来均匀的磨刀声。哈吉穆拉特从桶里舀了水，回到自己房门口，听见穆里德屋里除了磨刀声，还有哈涅菲尖细的声音，他正在唱一支哈吉穆拉特所熟悉的歌。哈吉穆拉特停住脚步，听他唱。

这支歌唱的是骑手干泽特带领勇士从俄国人那里夺来一群白马。一位俄国公爵在捷列克河畔追上了他，大军像树林一样把他团团围住。然后唱到干泽特宰了几匹马，同他的弟兄们一起隐蔽在血淋淋的死马后面，同俄国人一直搏斗到枪里没有一颗子弹，腰里没有一把短剑，脉管里没有一滴鲜血。干泽特临死时看见空中的飞鸟，对它们大声说："候鸟啊，飞到我们家里去，告诉我们的姊妹、母亲和纯洁的姑娘，我们都为圣战牺牲了。告诉她们，我们的尸体不会长眠在坟墓里，贪婪的狼群会把我们的尸骨拖散，啃个精光，乌鸦会啄食我们的眼睛。"

歌词就用这句话结束。最后几句悲凉的歌词一唱完，乐天的汗马戈玛就雄赳赳地高唱《真主之外无真主》，接着又尖声叫嚷。接着又是一片寂静，只听得花园里夜莺的鸣啭和啼叫以及门里时断时续的磨刀声。

哈吉穆拉特听得出神，没发觉水壶拿歪了，水都流出来。他摇摇头，走进自己屋里。

哈吉穆拉特行了晨礼，检查了武器，在床上坐下。再没有别的事可做了。要骑马，得先问过监督。但天还没有亮，监督还在睡觉。

哈涅菲唱的歌使他想起母亲编的一首歌。这首歌唱的是真人真事，当时哈吉穆拉特刚出世，那事是他母亲后来讲给他听的。

歌词是这样的：

你的钢剑刺破我雪白的胸膛，我把我的小太阳紧抱，用我的热血把他洗净。伤口不用草药自然愈合，我不怕死亡，我的小骑手长大了也不会害怕。

这首歌是专门为哈吉穆拉特的父亲编的，反映这样一段往事：哈吉穆拉特出世的时候，可敦正好生下第二个儿子乌马汗。可敦要哈吉穆拉特的母亲去奶她的长子阿布农察尔。但巴蒂玛特不愿抛下自己的儿子，拒绝了。哈吉穆拉特的父亲生气了，命令她去。巴蒂玛特再次拒绝，他就拔出短剑刺她，要不是人家把她拉开，他准会把她刺死。巴蒂玛特就这样把哈吉穆拉特奶大，还特地编了这首歌。

哈吉穆拉特想起他的母亲，当时她跟他并排睡在泥屋平顶上，身上盖着皮袄，她唱这首歌给他听，他常要求母亲让他看看胸口的伤疤。他的眼前栩栩如生地浮现出母亲的面貌，不像他最近离开她时那样满脸皱纹，一头白发，牙齿稀疏，而是年轻、漂亮、健壮。那时他已经五岁，身体相当沉，她用箩筐背着他翻山越岭到外祖父家去。

他想起了他那满脸皱纹、留着灰白大胡子的外祖父，他是个银匠，一直用青筋毕露的双手铸造银器，还逼他的外孙念祷词。他想起山脚下的喷泉,他常拉着母亲的裤子去汲水。他想起那条舔他脸的瘦狗,特别清楚地记得他跟母亲到棚屋里挤牛奶和煮牛奶,闻到那炊烟和酸牛奶的味儿。他想起母亲第一次给他剃头,怎样从挂在墙上的铜盆里看见自己发青的圆圆小脑袋。

哈吉穆拉特一回忆自己的童年,便想起了他的爱子尤素福。第一次是他亲自给他剃的头。如今尤素福已成了一个年轻英俊的骑手。他想起最后一次看到儿子的情景。这是他从采尔梅斯出走时的情景。儿子给他牵来马,要求送他一程。他全身武装,牵着自己的马。尤素福俊俏红润的脸和他那瘦长的个子(他比父亲高)洋溢着青春的豪气和生的欢乐。虽然年轻而却已很宽阔的肩膀,特别阔大的骨盆,细长的腰身,修长健壮的双臂,一举一动表现出来的力量、灵活和机警,这一切都使做父亲的高兴。他常常情不自禁地欣赏着儿子。

"不用送我了。如今家里只剩下你一个人。你得好好照顾母亲和祖母。"哈吉穆拉特说。

哈吉穆拉特还想起,尤素福得意地红着脸说,只要他活着,谁也不敢欺负母亲和奶奶,同时脸上露出勇敢和自豪的神气。尤素福还是骑上马,把父亲送到山溪那里。他从山溪那里回去,从此哈吉穆拉特就再没有看到过妻子、母亲和儿子。

就是这个儿子,沙米里要把他的眼睛挖掉!至于人家将怎样对付他的妻子,他简直连想也不敢想。

想到这里,哈吉穆拉特再也坐不住了。他霍地跳起来,瘸着腿迅速走到门口,打开门,叫了一声艾达尔。太阳还没有升起,但天已大亮。夜莺还在歌唱。

"你告诉监督,我想骑马出去逛逛,你们给我备马。"他说。

二十四

　　这个时期，布特勒的唯一安慰就是充分享受富有诗意的部队生活，这一点不仅表现在公务上，而且表现在私生活上。他一副契尔克斯人打扮，卖弄马术，两次同波格丹诺维奇打埋伏，虽然两次都没有遇到一个敌人，也没有杀死过一个人。布特勒很珍重这种勇敢行为以及同著名勇士波格丹诺维奇的交情。他借了犹太人的高利贷，还清了赌债，其实只能把他的窘况暂时缓和一下。他竭力不去想到自己的窘况，除了部队生活的诗意外，还借酒浇愁。他喝得一天比一天多，精神一天比一天萎靡。如今他对玛丽雅来说已不是俊美的约瑟了。[①] 相反，他粗鲁地主动追求她，不料却遭到她的坚决拒绝。这使他感到十分羞愧。

　　四月底，要塞里来了一支部队，那是巴略金斯基用来进剿难以进入的车臣地区的。其中有卡巴尔金斯基团的两个连。按照高加索的习惯，驻扎在库林斯克的几个连殷勤招待了这两个连。士兵们被分配到各个兵营里，不仅吃到有米饭和牛肉的晚餐，还喝了伏特加。军官们被安顿在军官的营里，当地军官照例招待新来的军官。

　　最后大家开怀痛饮，狂欢作乐，还请歌手来唱歌助兴。彼得罗夫酒意十足，脸色由红转成灰白，拿椅子当马骑，拔出马刀，砍杀

[①] 典出《旧约·创世记》第三十九章约瑟不受主人妻子诱惑的故事。

假想的敌人,忽而破口大骂,忽而呵呵大笑,忽而同人家拥抱,忽而一面跳舞一面唱他心爱的歌:"当年沙米里起来造反,嗒啦——啦——嗒嗒。"

布特勒也在座。在这里,他也竭力想找到部队生活的诗意,但他心底里很可怜彼得罗夫,而又无法制止他。布特勒觉得有几分酒意,就悄悄回家去。

一轮满月照着一座座白色的小屋和路上的石头。月光很亮,路上的每块小石头、每根干草和每堆马粪都看得清清楚楚。布特勒快到家的时候,遇见玛丽雅。她包着头巾,把肩膀都遮住了。自从玛丽雅拒绝布特勒的追求以来,他感到羞愧,有意回避她。这会儿,布特勒喝了几杯酒,又在溶溶的月光下,心情很好,又想向她表示亲热。

"您上哪儿去?"布特勒问。

"去看看我那老头子。"玛丽雅和气地回答。她拒绝布特勒的追求完全是实实在在的,而且态度坚决,但他最近总是躲着她,这又使她不快。

"看他干什么,他会来的。"

"他会来吗?"

"他自己不会来,但人家会把他抬来的。"

"哦,这样可不好,"玛丽雅说,"那就不用去了?"

"是的,不用去了。我们还是回家吧。"

玛丽雅转过身,同布特勒并排走回去。月光十分明亮,照得人头上的亮光随着路边的阴影一起移动。布特勒瞧着这亮光,想对她说他依旧喜欢她,但不知怎样开口。而她却等着他开口。他们就这样默默地走回家,但这时拐角处闪出几个骑者,那是一个军官和几名随从。

"这个时候会有什么人走路哇?"玛丽雅说着,闪到路边。

月亮从背后照着骑马的人,直到他们走到旁边时,玛丽雅才认出他来。这是军官加米涅夫,以前跟彼得罗夫同过事,所以玛丽雅认识他。

"彼得·尼古拉耶维奇,这是您吗?"玛丽雅对他说。

"是我,"加米涅夫说,"哦,布特勒!您好!还没有睡吗?同玛丽雅一起溜达吗?当心彼得罗夫找您算账。他在哪里?"

"喏,您听,"玛丽雅指着有鼓声和歌声传来的方向,说,"他们又在灌酒作乐了。"

"怎么,是你们的人在灌酒作乐吗?"

"不,是从哈萨夫帐幕来的,现在正在吃饭呢。"

"哦,这倒是件好事。我还赶得上。我来找他只要一分钟就行。"

"怎么,有事吗?"布特勒问。

"有点儿小事。"

"是好事还是坏事?"

"要看对什么人!对我们是好事,对有些人可是坏事。"加米涅夫笑起来。

这时,他们来到了彼得罗夫家。

"契赫列夫!"加米涅夫对一个哥萨克喊道,"来一下!"

这个顿河哥萨克从队伍中骑马出来。他身穿普通的顿河军服和军大衣,脚穿靴子,鞍子后面放着个褡裢。

"喂,把那玩意儿拿出来。"加米涅夫跳下马,说。

哥萨克也跳下马,从褡裢里拿出一个装着东西的口袋。加米涅夫从哥萨克手里接过口袋,伸进一只手去。

"现在给你们看一样新鲜玩意儿,好吗?您不会害怕吧?"他问玛丽雅。

"有什么可怕的。"玛丽雅说。

"你们看,"加米涅夫说,从口袋里拿出一个人头,托在月光下,"你们认识吗?"

这是一个剃光的头:颅骨宽大突出,留着黑色的大胡子和剪短的小胡子,眼睛一只张一只闭,剃光的脑壳砍得血肉模糊,鼻孔里凝结着黑血。脖子上缠着一条血淋淋的手巾。尽管头上伤痕累累,发青的嘴唇上却现出孩子般善良的神气。

玛丽雅瞅了瞅,什么话也没有说,连忙转身往屋里走去。

布特勒无法把目光从这个可怕的人头上移开。这就是哈吉穆拉特的头,就是前不久跟他亲切交谈、共度黄昏的哈吉穆拉特的头。

"这是怎么回事?是谁把他杀死的?在什么地方杀的?"布特勒问。

"他想逃跑,被人捉住了。"加米涅夫说,把人头交给哥萨克,自己同布特勒往屋里走去。

"他死也死得像条好汉。"加米涅夫说。

"怎么会发生这样的事?"

"你等一下,等彼得罗夫来了,我原原本本讲给你们听。我就是为这事来的。要把他带到各个要塞和山村去示众。"

派人去找彼得罗夫。他喝得醉醺醺的,带着两个同样酒意十足的军官回来。他拥抱了加米涅夫。

"我把哈吉穆拉特的头给您带来了。"加米涅夫说。

哈吉穆拉特 | 395

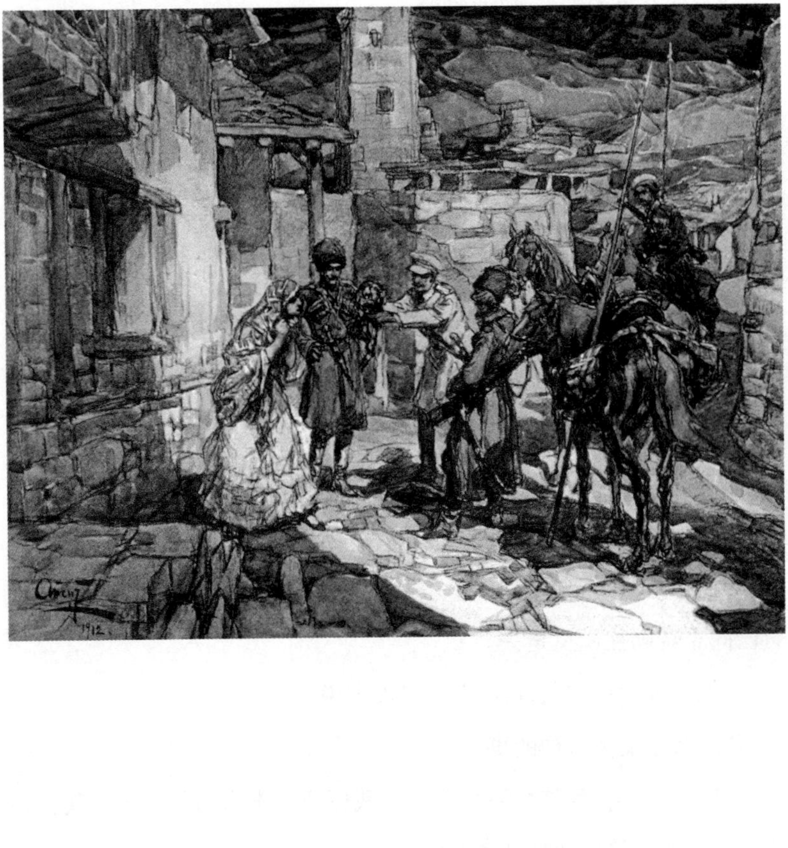
1912

"胡说,把他打死了?"

"是的,他想逃跑。"

"我说过,他这人靠不住。那么他在哪里?头在哪里?让我看看。"

那个哥萨克被叫了来。他手里拿着装人头的口袋。彼得罗夫醉眼蒙眬地对它瞅了好一阵。

"他到底是条好汉,"彼得罗夫说,"让我吻吻他。"

"是啊,是条有胆魄的汉子。"一个军官说。

大家都看了一遍,又把人头交给哥萨克。哥萨克小心地把人头放回口袋,竭力让它轻一点儿着地。

"喂,加米涅夫,拿人头示众时,你要讲话吗?"一个军官问。

"来,让我吻吻他。他送过我一把马刀。"彼得罗夫大声说。

布特勒走到台阶上。玛丽雅坐在台阶第二级上。她瞧了瞧布特勒,立刻又生气地转过脸去。

"您这是怎么了,玛丽雅?"布特勒问。

"你们都是刽子手。我简直受不了。真的,都是刽子手。"她说着站起来。

"这种事谁都可能遇到的,"布特勒不知说什么才好,"战争嘛。"

"哼,战争!"玛丽雅叫道,"什么战争?一句话,都是刽子手。人死了就该埋到地里,可你们还要捉弄他。真的,都是刽子手。"她又说了一遍,走下台阶,从后门回家。

布特勒回到客厅,请加米涅夫详细讲讲事情的经过。

加米涅夫就讲了一遍。

事情是这样的。

二十五

他们准许哈吉穆拉特骑马到郊外散步，但必须有哥萨克兵护送。奴赫城里总共有五十名哥萨克，其中十名担任几个长官的警卫，其余的人负责值勤。要是按照命令每次派十名，那么隔天就要轮到一次。因此，第一天派十名值勤，以后每天派五名，并要哈吉穆拉特不要把所有的卫兵都带去，但四月二十五日那天哈吉穆拉特出去散步，却把所有五个卫兵都带走。哈吉穆拉特上马的时候，队长发现他把所有五名卫兵都带走，就对他说这样不行，但哈吉穆拉特仿佛没有听到，径自策马上路，队长也就没有坚持。带领哥萨克兵的是班长纳扎罗夫。他曾获乔治勋章，淡褐色头发剪成两个半圆，皮肤白里透红，是个身体十分强壮的小伙子。他出生于一个贫穷的旧教徒家庭，是长子，从小丧父，一直赡养着老母亲、三个妹妹和两个弟弟。

"留心点儿，纳扎罗夫，别放他们走远！"队长喊道。

"是，长官！"纳扎罗夫回答，接着踏上马镫，扶住肩后的枪，策动那匹高大温驯、钩鼻子的枣红骟马小跑起来。四名哥萨克兵骑马跟在后面：一个是费拉邦托夫，瘦长个儿，第一号小偷和挣钱能手，卖给甘泽洛火药的就是他；一个是超期服役的农民伊格纳托夫，他已上了年纪，但身强力壮，并以此自豪；一个是米施金，是个衰弱无力的小伙子，被大家所嘲笑；还有一个是彼得拉科夫，年纪很轻，头发淡黄，是个独子，总是很和气，乐呵呵的。

早晨有雾，到吃早饭时天气放晴了，太阳照耀着刚张开的树叶，照耀着幼嫩的青草，照耀着禾苗，也照耀着路左边水流湍急的河面的波纹。

哈吉穆拉特骑马一步步地走着，哥萨克兵和他的卫兵紧跟在后面。他们就这样缓缓地沿大路走出要塞。他们遇到几个头顶筐子的女人、赶辎重车的士兵和几辆吱嘎作响的牛车。哈吉穆拉特走了两俄里路后，策动他那匹卡巴尔达白马；他骑马大步走着，而他的卫兵就得策马快跑才能跟上他。哥萨克兵也这样急急地跑着。

"嘿，他骑的马真行，"费拉邦托夫说，"要是在他还没有归顺的时候，我早就把他放倒了。"

"是啊，老兄，这样的马在梯弗利斯要值三百卢布呢。"

"我的马能赶上他。"纳扎罗夫说。

"可不是，你能赶上他。"费拉邦托夫说。

哈吉穆拉特不断加快速度。

"喂，朋友，这样不行！慢点儿！"纳扎罗夫一面追赶哈吉穆拉特，一面大声叫喊。

哈吉穆拉特回头瞧了瞧，什么话也没说，继续快步前进，没有减低速度。

"注意了，他们在打什么鬼主意，那些魔鬼，"伊格纳托夫说，"瞧他们把马打得多狠。"

他们这样往山上跑了一俄里路的样子。

"我说，这样不行！"纳扎罗夫又叫道。

哈吉穆拉特没有回答，也没有回顾，更加快速度，由快步改成大步跑。

"你胡闹，你逃不掉的！"纳扎罗夫大惊失色，吆喝道。

他鞭打那匹高大的枣红骟马，在马镫上欠身向前俯伏着，全速向哈吉穆拉特追去。

当纳扎罗夫整个身子同那匹骏马合成一体，在平坦的大路上追逐哈吉穆拉特的时候，天空那么明朗，空气那么新鲜，生命那么欢快地在他心里跃动，以致他根本没想到会发生什么不祥的、悲伤的或者可怕的事。他感到高兴的是，每一跃进都使他更加接近哈吉穆拉特。哈吉穆拉特从逼近他的哥萨克骏马的蹄声上听出，他快被哥萨克赶上了。他右手拿出手枪，左手轻勒胯下那匹热得发躁并听见后面蹄声的白马。

"对你说，这样不行！"纳扎罗夫差不多跟哈吉穆拉特并排了，一面喊，一面想抓住他的马缰。但不等他抓住缰绳，就响起了枪声。

"你这是干什么？"纳扎罗夫抓住胸口喊起来，"打他们，弟兄们！"他说着，身子摇晃了一下，伏在鞍子上。

然而，山民比哥萨克先拿出武器。他们用手枪射击哥萨克兵，并用马刀乱砍。纳扎罗夫挂在马脖子上，他那匹受惊的马在它同伴们的周围乱跑。伊格纳托夫的马倒下来，把他的一条腿压住。两个山民拔出马刀，骑在马上向他的脑袋和胳膊乱砍。彼得拉科夫刚要扑上去救同伴，但响起了两声枪响，一枪打中他的背，一枪打中他的腰，他觉得浑身火烧火燎，像个口袋似的一个跟头从马上栽下来。

米施金掉转马头，向要塞奔去。哈涅菲和汗马戈玛在后面直追，但他已跑远，山民没能追上他。

哈涅菲和汗马戈玛眼看追不上哥萨克兵，就回到自己人那里去。

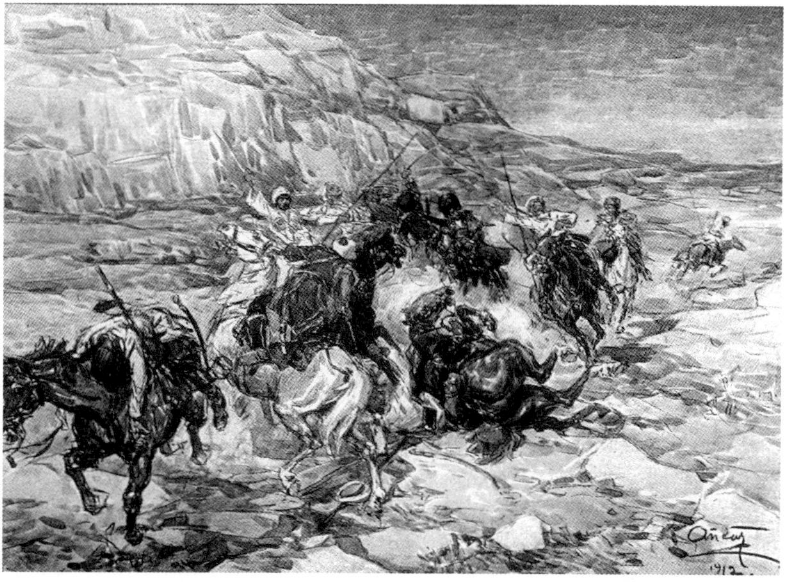
1912

甘泽洛拔出伊格纳托夫的短剑，对纳扎罗夫又刺了几下，把他拉下马来。汗马戈玛从死人身上解下弹药囊。哈涅菲想牵走纳扎罗夫的马，但被哈吉穆拉特喝住，就顺着大路向前跑去。哈吉穆拉特的卫兵赶开彼得拉科夫的马，跟着他疾驰。塔楼鸣枪告警时，他们已来到离奴赫三俄里路的稻田里。

彼得拉科夫肚子被剖开，仰面躺在地上。他那年轻的脸冲着天空，他像一条鱼似的抽着气，渐渐死去。

"天哪，我的亲爹呀，瞧你们干了什么好事！"要塞长官得知哈吉穆拉特逃走，抱住头，嚷道。"真该砍你们的脑袋！把他放走了，你们这些强盗！"他听来米施金的报告，喊道。

四面八方都响起了警报。不仅所有当地的哥萨克兵都被派去捉拿逃犯，而且把归顺的山村民团都尽量集合起来。当局贴出布告，凡捉拿哈吉穆拉特归案的，不论死活，一律赏给一千卢布。哈吉穆拉特和同伴逃离哥萨克两小时后，就有两百多名骑兵随着监督出来搜索和捉拿逃犯。

哈吉穆拉特顺大路跑了几俄里路，勒住他那匹气喘吁吁、热汗淋漓、毛色发灰的白马。路右边远远地现出别拉尔奇克村的土屋和清真寺的尖塔，路左边是田野，田野尽头有一条河。虽然上山去的路在右边，哈吉穆拉特却拐进方向相反的左边，估计追兵一定往右边追捕他。他想离开道路涉过阿拉赞河，走到没有人守候的大路上，顺着大路走到树林那里，然后再渡过河，穿过树林上山。他这样打定主意，就向左拐。可是无法走到河边，因为必须穿过稻田，而稻田每逢春天总是灌满水，变成一片沼泽，马匹齐小腿陷进稻田里。哈吉穆拉特和他的卫兵左冲右突，想找个干燥些的地方，但他们所走的那块田地全灌满了水,而且被水浸透了。马匹像拔瓶塞那样咕唧咕唧地从泥浆里拔出腿来,沉重地喘着气,走几步停一停。

他们这样挣扎了好半天,天色黑下来了,还没走到河边。他们左面有一个灌木发青的小岛。哈吉穆拉特决定到灌木丛那里去,让疲惫的马休息一下,到夜间再走。

哈吉穆拉特和他的卫兵走进了灌木丛,下了马,绊上马腿,让它们吃草,自己就吃随身带来的面包和干酪。一钩新月起初悬在空中,接着落到山后,四下里就变得一片漆黑。奴赫的夜莺特别多。在这灌木丛里也有两只。哈吉穆拉特同他的人马走进灌木丛,发出飒飒的响声,夜莺不叫了。但等人声一静,夜莺又此起彼落地鸣啭起来。哈吉穆拉特用心细听,自然听到了夜莺的叫声。

夜莺的鸣啭使他想起昨晚打水时听到的那支关于干泽特的歌。如今他随时都会落到干泽特那样的境地。他突然觉得他准会落到这样的下场,不由得感到心情沉重。他摊开斗篷,做了祷告。刚做完祷告,就听见一片嘈杂声逼近灌木丛。这是许多马蹄走在泥沼里的声音。眼尖的汗马戈玛跑到灌木丛边。在昏暗中看见黑压压一大片骑兵和步兵向灌木丛逼近。哈涅菲从另一边也看到了这群人。这是县军事长官卡尔加诺夫带着民团赶来了。

"好吧,让我们像干泽特那样战斗吧!"哈吉穆拉特想。

卡尔加诺夫听到警报,就带上百名民团和哥萨克兵追赶哈吉穆拉特,但哪儿也没找到他,也没见到他的踪迹。卡尔加诺夫失望地回家去,但傍晚遇到一个鞑靼老头儿。卡尔加诺夫问老头儿有没有看见六个骑马的人。老头儿回答看见了。他看见六个骑马的人在稻田里打转,后来跑进他打柴的灌木丛去。卡尔加诺夫带了老头儿从原路回来,看见绊着腿的马,确定哈吉穆拉特就在这里,当夜就把灌木丛团团围住,想等天亮活捉或者打死哈吉穆拉特。

哈吉穆拉特知道被包围,就在灌木丛里找到一条旧沟渠,决定埋伏在里面,抵抗到弹尽力竭。他把这主意告诉伙伴们,并吩咐他们在沟渠上筑鹿砦。卫兵们立刻动手砍伐树枝,用短剑挖地做土垒。哈吉穆拉特同他们一起干。

天蒙蒙亮,民团的百人长就跑到灌木丛附近,大声喊话:"喂!哈吉穆拉特!投降吧!我们人多,你们人少。"

回答他的是沟渠里的一团烟,步枪咔嚓一声,子弹打中民团的一匹马,马向后一颠就倒了下去。接着,灌木丛边上民团的枪响了,子弹嘘溜溜地叫着,打得树枝纷纷落在鹿砦上,但没有打中伏在鹿砦后面的人。只有甘泽洛那匹离群的马被打中。马头受了伤。马没有倒下,却挣断绊绳在灌木丛中乱窜,向别的马冲去,偎依在它们身上,并把鲜血洒在新出土的草上。哈吉穆拉特和他的卫兵只有当民团中有人跑出来时才开枪,而且难得打不中目标。民团里有三人受伤了。民团不仅没有向哈吉穆拉特和他的卫兵扑去,而且离他们越来越远,只偶尔从远处随便向他们开几枪。

这样持续了一个多小时。太阳升到半树高,哈吉穆拉特刚想上马,试图从河边突围,忽然听到大队人马的呐喊声。这是密赫图林区的加治阿加和他的部下。总共有两百人光景。加治阿加原是哈吉穆拉特的朋友,在山里一起生活过,后来投奔俄国人。跟他同来的还有阿赫梅特汗,那是哈吉穆拉特仇人的儿子。加治阿加也像卡尔加诺夫那样,先向哈吉穆拉特喊话,要他投降,但哈吉穆拉特也像第一次那样开枪回答。

"拼刀,弟兄们!"加治阿加拔出刀来喊道。于是就听见几百个人尖声叫着,向灌木丛冲去。

民团跑进灌木丛,鹿砦后面接二连三地响起枪声。三个团丁倒下了,进攻的人停了下来。灌木丛边上也响起了枪声。他们开着枪,同时越过一棵棵灌木,逐渐逼近鹿砦。有几个人冲过来,有几个人被哈吉穆拉特和他的卫兵打倒。哈吉穆拉特百发百中地打着枪,甘泽洛也几乎弹无虚发,每次看到打中目标,就尖声欢呼。库尔班坐在沟渠边上,嘴里唱着《真主之外无真主》,不慌不忙地射击着,但难得打中目标。艾达尔恨不得立刻拿短剑同敌人肉搏,激动得浑身直打哆嗦。他不断地随便开枪,不断地回头看看哈吉穆拉特,从鹿砦后面探出身子。毛发浓密的哈涅菲卷起袖子,在这里也执行着勤务兵的职务。他把哈吉穆拉特和库尔班递给他的枪装上弹药,使劲用铁通条把涂过油的子弹推进枪膛,把火药罐里的干火药撒到药池里。汗马戈玛不像别人那样坐在沟渠里,他从沟渠里跑到马匹旁边,把它们赶到安全些的地方,不断地尖声大叫,不用枪架,手拿步枪射击着。他最先受伤。子弹打中他的脖子,他坐在地上,一面吐血,一面咒骂。随后哈吉穆拉特也负伤了。子弹打穿他的肩膀。哈吉穆拉特从短褂里撕下一团棉花,塞住伤口,继续射击。

"冲上去跟他们拼刀。"艾达尔第三次这样说。

艾达尔从鹿砦后面探出身子,准备向敌人冲去,但就在这当儿,一颗子弹打中了他。他身子晃了晃,仰天倒下来,正好倒在哈吉穆拉特的一条腿上。哈吉穆拉特瞧了他一眼。艾达尔那双好看的羊眼睛木然不动地盯着哈吉穆拉特。他的上唇像孩子般翘起,嘴唇抽动着,合不拢。哈涅菲向被打死的艾达尔弯下腰,从他的契尔克斯外

哈吉穆拉特 | 405

套上取下未用的弹药。哈吉穆拉特从他身下抽出脚，继续向敌人瞄准。库尔班一直唱着山歌，慢吞吞地装上子弹射击。

敌人尖声叫着，从一棵灌木跑到另一棵灌木，越来越逼近。又有一颗子弹打中哈吉穆拉特的左腰。他躺在沟渠里，又从短褂里撕下一团棉花把伤口塞住。腰部的伤是致命的，他觉得他要死了。往事像一幅幅图画异常迅速地在他头脑里交替出现。他忽而看见大力士阿布农察尔汗一只手托住被砍得挂下来的脸颊，一只手拿短剑向敌人扑去；忽而看见苍白虚弱、满脸奸相的老伏隆卓夫，还听见他那微弱的声音；忽而看见儿子尤素福，忽而看见妻子苏菲阿特，忽而看见他仇人沙米里苍白的脸、褐色的大胡子和眯缝的眼睛。

往事一幕幕在他头脑里掠过，但他对此已无动于衷：没有遗憾，没有仇恨，也没有愿望。这一切，同此刻在他身上发生的事相比，对他来说真是太渺小了。他那强壮的身体继续做着开了头的事。他拼着最后的力气从鹿砦后面站起来，用手枪射击一个冲过来的人，把他打中。那人倒下了。然后哈吉穆拉特从沟渠里爬出来，拿着短剑，瘸着腿向敌人冲去。几声枪声，他身子一晃就倒下了。几个团丁尖声欢呼着向倒下的身体冲去。但他们原以为死去的身体忽然动起来。那个血淋淋的光头先抬起来，接着躯体也抬起来，最后他抓住一棵树直立起来。他的模样煞是可怕，吓得冲过来的人都收住脚。忽然，他浑身打了个哆嗦，一踉跄离开那棵树，整个身子就像一株砍倒的牛蒡花，脸向下倒下来，再也不动了。

他一动不动，但还有感觉。加治阿加第一个跑到他跟前，拿一把大短剑向他的头扎去，他还以为有人拿锤子敲他的头，但他不知道这是谁干的，为什么要这样干。这是他头脑里最后的意识。以后

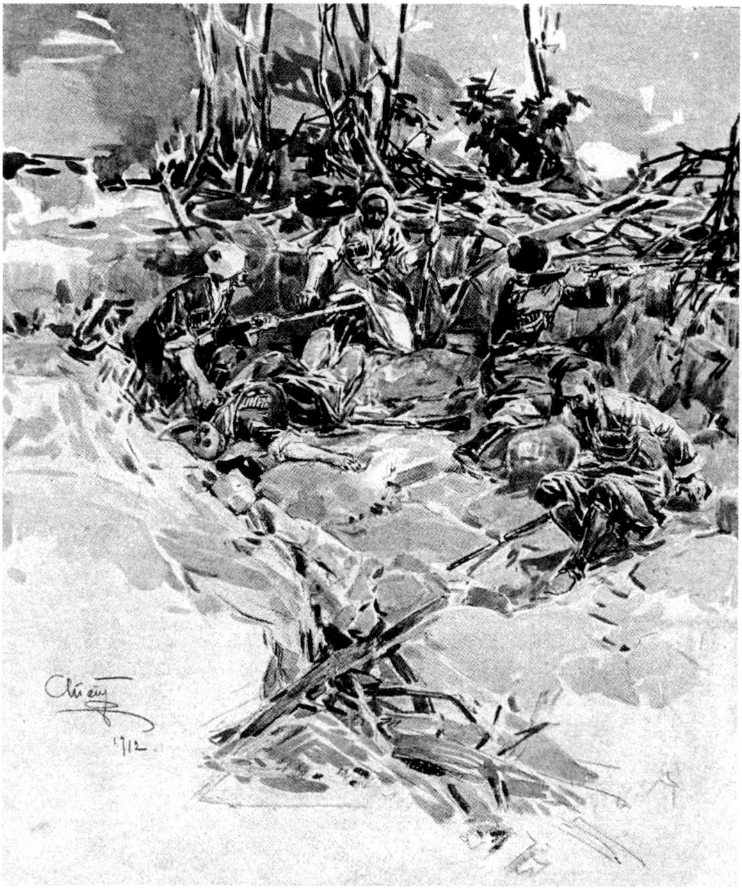

就再也没有知觉了。敌人踩他,砍他,但他对这一切已毫无感觉。加治阿加一只脚踩住尸体的背,两刀就把头割下来。他唯恐鞋子沾上血,小心地把头踢开。鲜红的血从颈动脉涌出,黑色的血从头颅里直往外冒,洒在草地上。

卡尔加诺夫、加治阿加、阿赫梅特汗和全体民团,像猎人围着打死的野兽那样围着哈吉穆拉特和他的卫兵的尸体(哈涅菲、库尔班和甘泽洛被捆起来)。他们站在火药气弥漫的灌木丛里,快乐地说说笑笑,庆祝他们的胜利。

夜莺在射击的时候沉默了一阵,这时又鸣叫起来,先是近处的一只,然后远处的几只也跟着叫了。

对了,就是那朵在翻耕过的田野上被踩躏的牛蒡花使我想起了哈吉穆拉特的死。

一八九六年至一九〇四年

КОНЕЦЪ.

草婴

(1923－2015)

原名盛峻峰,俄语文学翻译家。

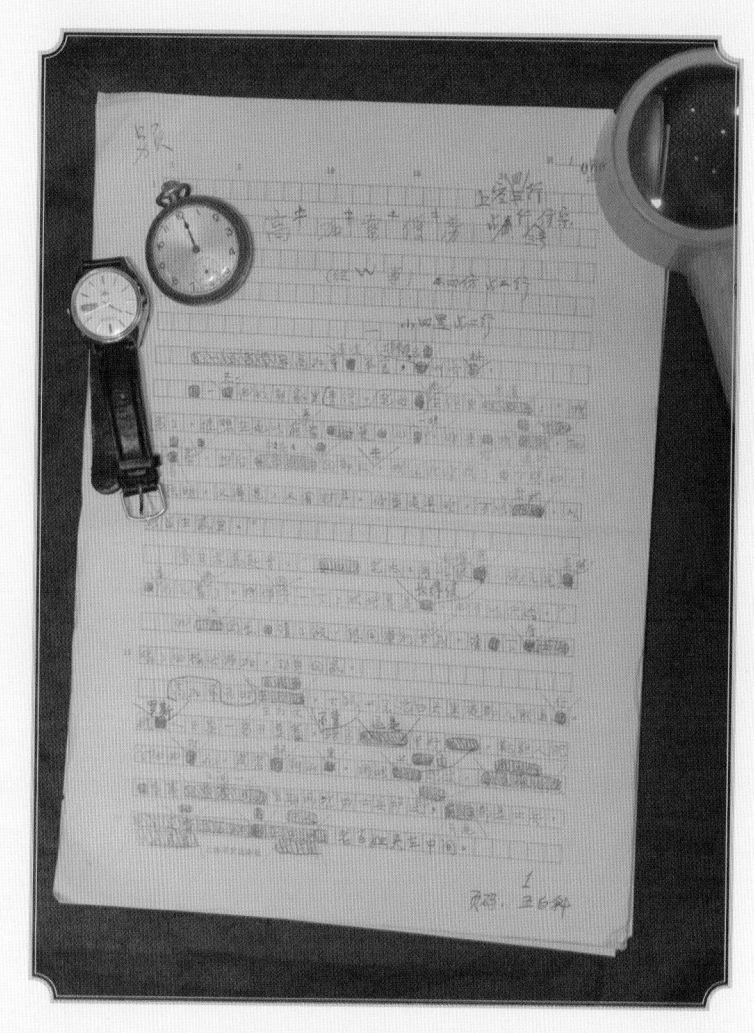

草婴翻译《高加索俘虏：往事》手稿